HEYNE <

Zum Buch

1713 leidet die Bretagne unter den Pocken, ganze Landstriche werden von der Seuche entvölkert. Wie durch ein Wunder überlebt das Findelkind Qoëlet die Krankheit. Nachdem er aufgrund erster Liebeserfahrungen ein Priesterkolleg verlassen muss, reist er durch die halbe Welt. Er ist als Gewürzhändler erfolgreich und gerät in Kriegswirren. Schließlich verschlägt es ihn nach Paris, wo er nicht nur eine unsterbliche Liebe findet, sondern sein Leben auch dem Kampf gegen die Pocken verschreibt. Doch nicht nur der Klerus steht ihm skeptisch gegenüber. Ist Qoëlet am Ende nur ein Scharlatan, der sich Zugang zu den großen Salons und berühmten Persönlichkeiten seiner Zeit verschaffen will?

»Historischer Roman, Abenteuergeschichte, Liebesroman und philosophische Erzählung - Gourcez vereint dies alles mit traumwandlerischer Sicherheit und großer Intensität.« *Le Point*

Zum Autor

François de Gourcez, 1969 in Paris geboren, studierte Kunstgeschichte und Literatur. Er schrieb sechs Romane, aber erst den siebten schickte er an einen Verleger, der ihn sofort ins Programm aufnahm. *Der Kopf des Löwen* war in Frankreich eines der meistbeachteten literarischen Debüts der letzten Jahre. Besuchen Sie den Autor im Internet unter www.gourcez.com

FRANÇOIS DE GOURCEZ

Der Kopf des Löwen

ROMAN

Aus dem Französischen von Wieland Grommes

WILHELM HEYNE VERLAG
MÜNCHEN

Die Originalausgabe QOËLET erschien bei
Éditions Robert Laffont, Paris

FSC
Mix
Produktgruppe aus vorbildlich bewirtschafteten Wäldern und anderen kontrollierten Herkünften
Zert.-Nr. SGS-COC-1940
www.fsc.org
© 1996 Forest Stewardship Council

Verlagsgruppe Random House FSC-DEU-0100
Das für dieses Buch verwendete FSC-zertifizierte Papier *Holmen Book Cream* liefert Holmen Paper, Hallstavik, Schweden.

Vollständige deutsche Taschenbuchausgabe 10/2009

Printed in Germany 2009
Umschlagillustration: © Science and Society Picture Library, London; © Herve Champollion / AKG Images, Berlin; © Gemälde von James Webb/Fine Art Photograpzhic Library/Corbis
Umschlaggestaltung: Hauptmann & Kompanie Werbeagentur, München – Zürich
Druck und Bindung: GGP Media GmbH, Pößneck
ISBN: 978-3-453-47092-7

www.heyne.de

für Geneviève Loth

»Ich, Kohelet, war in Jerusalem König […]
Ich beobachtete alle Taten,
die unter der Sonne getan wurden.«

DAS BUCH KOHELET 1, 12–14

Die Suche

EINS

Als endlich der Befehl erlassen wurde, die Stadttore zu schließen, waren bereits hundert Pariser Bürger von der Krankheit dahingerafft. In den folgenden Monaten sollten ihnen noch mehr als zehntausend in die Grube folgen.

Wer floh, wurde eingeholt. Wer sich versteckte, wurde aufgespürt. Dann erreichte die Seuche ihren Gipfel: Mehrere Mitglieder der königlichen Familie kamen um, während andere nur noch verstümmelt oder blind überlebten. Die Berichte jener Zeit waren voll davon. Einen Moment lang bangte man gar um die Zukunft des Königreichs.

Jeder hat seither erfahren, dass die *Variola*, die Pocken, auch Blattern, vulgo *petite vérole* oder *picote* genannt, in jenem 18. Jahrhundert den Höhepunkt ihrer Wirksamkeit erreichten: Diese Geißel war die größte Mäherin, weit größer als die Kriege oder die Pest.

Gerade hatte man den Frieden von Utrecht ausgehandelt, der dem Spanischen Erbfolgekrieg, so lang und so mörderisch, dass er die Nationen verunehrte, die daran beteiligt gewesen, ein Ende setzte. In Paris schlug gar ein Priester namens Saint-Pierre – ein aufgeklärter Geist bereits in einer Zeit, die noch nicht den Anspruch erhob, es zu sein – eine vollständige und sofortige europäische Union vor, um sie von diesem Makel reinzuwaschen. Er wurde verlacht. Ein anderer, der den Sitz des nämlichen Apostels innehatte, verbot von Rom aus einen besonderen Zufahrtweg zum Paradies – den Jansenismus –, obgleich eine große Zahl sich beeilte, genau diesen Weg zu beschreiten.

Das Chaos, nicht damit zufrieden, die Körper zu erfassen, malträtierte auch den Geist. Das Herrschaftsende des alten Königs war schlimmer als ein Desaster: eine Tragödie. Ludwig XIV verlor in wenigen Jahren einen Sohn, einen Enkel und einen Urenkel, bevor er selbst vom Tode gezeichnet wurde.

Zu jener Zeit hatte der Himmel in verblüffender Mimesis so gewaltige Unwetter herabgewälzt, dass sie die Ernten ertränkten. Schon früh in der Jahreszeit hatte die Knappheit Hungersnot und Ungeziefer in die Dörfer getrieben und so der Plage das Lager bereitet: Überall im Land raffte das »Familienleiden« – oder die »kleine Schwester«, wie man die Variola auch nannte – nicht jedes zweite Kind, jeden zehnten Erwachsenen wie gewöhnlich, sondern zwei Mal so viele dahin.

Sämtliche Kinder.

Die Priester sprachen kein anderes Gebet mehr als das für die Toten. Ob berauscht vom Glauben oder von der Trunksucht, machte keinen Unterschied: Sie brachten zu Grabe, wie man sich zu Bett begibt.

Gott in der Höhe, jenseits der unablässigen Unwetter, welche die Felder mit Wasser durchweichten, schien taub für die Gebete, blind für die Prozessionen, die Ihn um Milde anflehten. Und doch fuhr man fort, die Glocken der Kirchen im Sturm zu läuten, um den Zorn des Himmels abzuwenden. Vergebens. Wen die Krankheit nicht dahinraffte, der ging am Hunger zugrunde. In den Scheunen war nicht einmal mehr etwas zur Aussaat verblieben. Die Früchte faulten am Geäst der Bäume. Und nun ging auch noch eines nach dem andern das Vieh ein, ohne dass sich etwas dagegen unternehmen ließ. Überall nur Schreien und Schluchzen: ein wahrer Jammer.

Männer, Frauen und Kinder, ja, die ganze arme Menschheit, alle lebten, nicht genug damit, dass sie das gleiche elende

Lager, Angst und Hunger teilten, auch noch resigniert in einer krassen Unwissenheit, schutzlos ausgeliefert den unberechenbaren Launen der Natur.

In der Bretagne wie überall im Land erhoben sich die Männer fast nur noch, um ihre Lieben zu Grabe zu tragen.

Im hintersten Winkel dieses Elends dehnte sich ein Gutsbesitz, dessen Herr, ein ehemaliger Offizier, der in der Schlacht einen Arm verloren hatte, die Geburt eines Sohns erwartete. Seine Frau sollte kurz darauf niederkommen, als ein fahrender Händler die Grenze zwischen Frankreich und der Bretagne passierte.

Von der Krankheit infiziert, ohne dass er es wusste, schritt der Mann umso zuversichtlicher der Zukunft entgegen, als er sich anheischig machte, den guten Leuten in der Heide ein allmächtiges *orviétan* – ein Allheilgebräu, so benannt nach einem Quacksalber aus Orvieto, der es erfunden hatte – für die Zipperlein des Leibes sowie echte Reliquien für die der Seele zu verkaufen. Einige Tage später warf ihn jedoch eine respektlose Diarrhö nieder, ohne dass sein Trank ihm nur die geringste Linderung verschaffte. So erreichte er, bereits am ganzen Leibe zitternd und bleich, am Saum des Waldes eine Poststation, von der man ihn sofort verjagte.

In der Nähe dieser Poststation hatte sich jedoch ein weiterer Mann die Keime des Übels eingefangen. Er steckte seine Frau an, und eine Verwandte von dieser hatte ihrerseits Umgang mit … Über sie drangen die Blattern in das baufällige Gemäuer der Schlossherrschaft, erklommen die Stiege, überschritten die Schwelle des Schlafgemachs … Eines Morgens wurden zwei Domestiken von Bauchgrimmen und Fieber gepackt. Ein untrügliches Zeichen. Der Herr warf sie aus dem Haus. Die anderen ergriffen übereifrig von sich aus die Flucht. Bald war niemand mehr da außer dem Alten selbst, um seine Frau zu pflegen, ihre besudelten Laken zu wechseln und über diesem gewaltig angeschwollenen Bauch zu wachen, der sich ganz allmählich nach dem Umkreis der Lippen mit winzigen Pickeln überzog. Bald waren der Bauch, doch auch die Gliedmaßen, der Rücken, der gesamte Körper außer den Fußsohlen davon übersät.

Weder das Kohlebecken, das der einarmige Schlossherr am Fußende des Betts aufstellte, noch saftiges Fleisch, ja nicht einmal der mit Pfeffer und Zimt gewürzte Schnaps drängten das Übel zurück. Die Pusteln rundeten sich, bekamen einen silbrigen Glanz, während die Haut der Schlossherrin unter ihrem Gebirg von Zudecken grauenhaft aufquoll. Dann begannen die Pusteln zu eitern und trieben die Leiden, die die Kranke erdulden musste, auf die Spitze.

Die Krämpfe, in denen sie sich vor Schmerzen wand, trieben ihr das Kind, das sie trug, aus dem Leib, ohne dass sie auch nur aus dem Delirium erwachte. Die Fieber und das Leiden zehrten immer noch an ihr, als auch das Neugeborene von Pusteln bedeckt wurde und schließlich an der Schleimschicht aus Eiter, die es umhüllte, erstickte. Dies in nur wenigen Tagen. In jener tiefen Nacht, die dem Tag der Toten vorausgeht und dem Jahreswechsel, den man in der Bretagne *Samonios* nennt, hörte der Atem auf, die kleine Brust zu heben.

Der arme Vater war noch dabei, den Himmel zu verfluchen, als der alte Volksglaube von seinem Geist Besitz ergriff. Ein teuflisches Grinsen überkam den Schlossherrn. Er steckte sich seine Streitaxt an die Seite und schleppte den blatternbedeckten kleinen Leichnam in seinem verbliebenen Arm hinaus in die Nacht. Als er am Morgen zurückkam, hielt er, in einer Tierhaut an die Brust gepresst, einen quicklebendigen, plärrenden Säugling im

Arm, dem er voller Stolz den einzigen Namen seines Stammes gab, und dieser lautete Kohelet, auf gut Bretonisch: *Qoëlet*.

Als seine Frau sich aus ihrem Kindbett erhob, war ihr Haar vollkommen weiß geworden und ihr Gesicht gezeichnet von Narben, die sich frisch in die bereits tiefen Falten gruben. Nach mehreren Wochen einer gnadenlosen Quarantäne, die ihr Gemahl über sie verhängte, empfing sie den Kleinen mit abgöttischer Liebe in ihren Armen, fest überzeugt, Gott allein habe ermöglicht, dass das Kind von der Krankheit verschont blieb.

So ging das Jahr 1713 zu Ende.

Die Jahre, die auf Qoëlets Geburt folgten, bescherten wie durch ein Wunder bessere Ernten. Die Bäume bogen sich unter der Last der Früchte. Die Kühe, schwer von fetter und duftender Milch, begannen zu kalben, was ihre Kräfte vermochten. Die *picote* oder Kuhpocken, die lange Zeit ihre Euter befallen hatten, schwanden dahin. Ebenso geschah es, so wird man hinzufügen, um diese landwirtschaftliche Betrachtung zu vollenden, mit den Pferdepocken (*javart*) und der Blauzunge (*clavelée*), Krankheiten, die von den Rosshufen und aus den Schafmäulern verschwanden – das Leben kam langsam wieder in Gang.

In der abergläubischen Bretagne noch mehr als anderenorts hielten die Menschen, vielleicht aufgrund der ständigen Naturkatastrophen, an ihren Gewohnheiten fest, die sie vor allem Unerwarteten schützen sollten. Man feierte die Planetenzyklen, die Aussaat und die Ernte, die Blumen und die Vögel, sofern es einen Heiligen gab, der imstande war, für das betreffende Ereignis die Verantwortung zu übernehmen. So verlangten es die Priester. Der Kalender bot sie zum Glück in Fülle. Und schließlich verliehen alte und unausrottbare örtliche Bräuche diesen guten Traditionen ihr Gewand, mit dem sie höchst probat den

Geist benebelten und den Körper den natürlichen Rhythmen unterwarfen.

Die Erbinnen der Priesterinnen des alten Kults, die man je nach Gehör oder Verstand *penseuses*, *panseuses*, *passeuses*, »weise« oder auch »weiße Frauen« nannte, kurierten die Verrenkungen und Verbrennungen. Stillten die Blutungen durch die Kraft ihrer Gebete oder indem sie ihre Hände ein Stück weit über die Wunde hielten. Sprachen feierliche Gesundheitssegen. Kannten die Pflanzen und die Kräuter. Behandelten das kranke oder verwundete Vieh.

Die weise Frau aus dem Dorf unweit des Schlosses, in dem Qoëlet auf die Welt kam, wurde so ausschließlich und selbstverständlich die La Reine Blanche, Weiße Königin genannt, dass man sich nicht mehr entsann, wie sie mit Taufnamen hieß. Was auch immer geschah, man suchte sie vor dem Priester auf, denn sie kannte die Sprüche des alten Kults, darunter auch besondere, welche die Transmutation der Seelen betrafen. Zuweilen verstand sie sich darauf – ein fernes Vermächtnis der römischen Invasionen –, aus dem Flug der Vögel die Zukunft vorherzusagen.

Das bretonische Volk führte ein raues und einfaches Dasein. Man genas von den Blattern, wie man von allem genesen war. Außerdem starb man nicht wirklich in dem Land zwischen Heide und Wald: Man entfernte sich nur, nahm Abschied, in der fest mit der Seele verschraubten Gewissheit, dass man früher oder später wiederkäme, Menschen so gut wie Tiere. Jedermann wusste, dass ihre freien Seelen, im Morgendämmer versammelt, silbernen Flämmchen gleich über die Heide flogen.

Kaum litten die Bretonen keinen Hunger mehr, kaum hatten sie ihre Tränen getrocknet, neue Kinder gezeugt, die guten

Böden besät und kräftiges Jungvieh bekommen, da kehrten Krankheit und Hungersnot ins Land zurück.

Die Voraussicht wie der Argwohn des Einarmigen bewahrten jedoch sein altes Haus vor diesen Gefahren. Sein Gesinde starb zwar beklagenswert beharrlich dahin, doch der Kleine blieb verschont. Abgeschieden zwischen den breiten rissigen Mauern des Schlosses, geschützt vor Blicken und Infektion, wuchs und gedieh Qoëlet bei seinen beiden betagten Eltern wie eine kräftige Pflanze.

ZWEI

Der Krieg hatte ihre Körper zueinander getrieben. Damals war der Herr ein junger, siegreicher Offizier gewesen. Doch eines Tages hatten ihn seine Kameraden vor einer Stadt im Elsass, welche zögerte, sich zu ergeben, nicht mehr berauscht von Blut und Angriff, sondern verstört und verängstigt vorgefunden; er sah nicht mehr die Toten, hörte nicht mehr die Schreie, die Schlacht ließ ihn kalt, er war das Kämpfen leid: Mitten im Gemetzel suchte und fand er nicht mehr seinen rechten Arm, den soeben eine Kanonenkugel mit sich fortgerissen hatte.

Am Morgen noch Hauptmann der Regimenter Seiner Majestät, fand sich der stolze Bretone am Abend als Einarmiger wieder. Seine Träume waren verflogen, die Zukunft seines Hauses vom Wind der französischen Ruhmestaten verweht. So hatte sich der Offizier, aschfahl, schwankend, schier besoffen vor Verzweiflung, auf den Heimweg in seine Provinz begeben. Ein Zigeunerpaar hatte ihn entkräftet, doch bei Sinnen, am Straßenrand entdeckt. Da sie es auf das Wenige abgesehen hatten, was er noch besaß (seinen Degen, einen Ring, eine Geldbörse), nahmen sie ihn bei sich auf, um ihn desto besser ausrauben zu können. Aber eines Abends hatte der Verwundete geglaubt, er durchschaue ihren Plan, ihm die Zunge herauszuschneiden und Ketten anzulegen – als Ersatz für ihren Bären, der vor Kurzem verendet war und bis dahin die Rolle eines Monsters in dem Stück gespielt hatte, das sie beim Betreten der Dörfer aufzuführen pflegten.

In seiner plötzlichen Angst, seine Tage als elender Sklave beenden zu müssen, und der Einsicht, dass er zu schwach war, um dem Kerl die Kehle durchzuschneiden und dessen Weib zu vergewaltigen, wie sein Naturell es ihm befahl, hatte der Behinderte die Flucht ergriffen. Mehr tot als lebendig hatte er gerade noch das Grenzland der Bretagne erreicht, bevor er auf der Straße zusammenbrach.

Sein Anblick hatte ein braves molliges und gottesfürchtiges Mädchen erbarmt, das keine zehn Schritt weit von dort eine verrufene Schenke führte, in der Häscher und Anwerber des Militärs junge Burschen mit Rot- und Branntwein abzufüllen pflegten, um sie zur Armee zu pressen. Ihr Krüppel von Vater – er hatte sämtliche Feldzüge des Königs mitgemacht, bis ein trockener Wundbrand ihn zwang, sich von einem Bein zu trennen –, jener hinkende Greis, den sie sofort hinzuholte, hatte unter dem Dreck und Gestank des eitrigen Fleisches sogleich einen unglückseligen Offizier erkannt. Der Mann besaß gewiss kein gütigeres Herz als seine Zeitgenossen, doch Respekt vor dem Dienstgrad und wehmütige Erinnerungen an seine jungen Jahre. Ihm war, als hätte sein amputiertes Bein ihn angefleht, diesem um einen Arm verwaisten Körper zu helfen. Die feuchten Augen seiner Tochter hatten den Rest getan, um ihn zu überreden.

Waschungen. Verbände. Schläfrigkeit. Schweres, endloses Dösen wie ein Stück Vieh. Nach zwei Monaten kräftigen Ragouts und leichten Clairets, Würzbrot und Konfitüren hatte der Einarmige wieder zu leben gelernt. Doch nun betrachtete er voller Missgunst den Himmel, den die Wolken in Kavallerieformation, so seine Worte, durchzogen. Auch harrte er inzwischen der Stunde entgegen, in der Madeleine seine Kammer betrat, um seinen Verband zu erneuern. Die dralle Jugend der Jungfrau war der Frieden des Versehrten geworden. Dies so sehr, bis der Soldat sich im Laufe der Wochen ertappte, dass er die, der er sein Leben verdankte, wie eine zu stürmende Stellung betrachtete.

Madeleine, die von den Männern nichts als das Geplärr der Besoffenen kannte, war rasch geschmeichelt, bald hingerissen, sträubte sich ein wenig, schlüpfte dann aber doch eines Abends, noch dazu von ihrem Krüppel von Vater mit Krückenstößen geschoben, schüchtern zu ihm unter die Decke. Die Süße ihrer Miene am nächsten Morgen, während sie sich, über einem Zinnbidet hockend, sinnierend die Wunde der amourösen Verwüstung betrachtete, hatte dem Einarmigen eine Regung von Zufriedenheit entlockt.

»Verkauf dein Wirtshaus, Madeleine, und ich geb' dem Sohn, den ich dir gerade gemacht hab', einen Namen«, hatte der Offizier barsch in die Morgenfrühe dieser warmen und nach noch frischen Lilien duftenden Kammer gerufen.

Die Schenke wurde tatsächlich verkauft, man behielt nur ein paar Rationen Wein. Beim Umzug wurde Madeleines Vater mit seinem Holzbein, gewissermaßen Holz auf Holz, mit auf die Fässer gewuchtet. Der Besitz in der Bretagne wurde wieder bezogen, bevölkert, besät. Und so hatte das Schloss, heruntergekommen, wie es war mit seinen armselig enthaupteten Türmen, mit den Jahren wieder begonnen, von den wilden Kavalkaden immer zahlreicherer Söhne zu erzittern. Mit Schüsseln voll Hirsch- und Zibetwasser, probaten Mitteln, um die Hitzen der Schwangerschaft zu überstehen, die Schenkel mit Schlangenhäuten umwickelt, um die Schmerzen der Mutterschaft zu lindern, so hatte Madeleine mit all der Energie ihrer Jugend einen nach dem andern geboren.

Bald waren es drei, vier, fünf, schließlich sieben gewesen.

Kein einziges Mädchen. Das ließ den Einarmigen vor Stolz geradezu anschwellen. Wozu konnten Mädchen taugen, außer zum Weben von weißen Hemden für die Tage der Trauer?

Madeleine, inmitten dieser Horde von wappenverbrämten Rotznasen, wischte Hintern und stopfte Socken von früh bis spät.

»Meine Söhne, meine noblen kleinen Gossenjungen!«, entzückte sie sich in einem fort, während sie zusah, wie ihr Vater sie die edle Kriegskunst lehrte.

Rings um den Gutsbesitz, der an den Wald angrenzte, ließ der Einarmige Roggen, Hafer, Weizen oder Hanf anbauen. Man züchtete einen stattlichen Bestand an Schweinen, Kühen und Ochsen, auch ein paar Pferde, und nicht die schlechtesten. Den Rest, den unendlich weiten Rest der Ländereien, bedeckte Heideland. Alles verschlingend, unbezwungen zog sich die bretonische Heide, so weit das Auge reichte, flach und öde unter ständig wehenden Winden dahin. Man verfluchte die Menschen, die in ihren Mooren lebten. Sie bevölkerten sich mit den Seelen der Toten, sobald die Nacht anbrach. Das war der Lauf der Welt.

Weitere Jahre. Madeleines Vater, der Alte mit dem Holzbein, war gestorben. Man vergaß ihn rasch. Der Einarmige, der den Gedanken hasste, in seinem Bett zu sterben, sprach nur von jenen, die vor ihm aufrecht stehend gefallen waren: von seinem unauslöschlichen Stamm.

An gewissen Winterabenden lauschte ihm, um den Kamin versammelt, die gesamte Familie, wie er vom Reichtum des Klans zur Zeit der alten Könige erzählte: von den Eroberungen des berühmten Judicaël l'Iraistre oder »Tollwütigen«, von den tolldreisten Taten des illustren Conan, genannt *l'Outrepasseur*, der »Drauf- und Drübergänger«, von den glorreichen Toten, gefallen in der Schlacht von La Lande-à-la-Lune, will heißen »Heide-im-Mondlicht«, in welcher die ganze Rasse zugrund gegangen war ... Vom Wunder jenes Jungen, der am Abend der furchtbaren Niederlage geboren ward, von denen, die auf ihn folgten, von einer neuen Blüte, dann vom Ruin, von der Pestepidemie, von noch weiteren Kriegen ... Vom Vater des Einarmigen, der Hauptmann des Königs von Schweden gewesen war und den der Tod jenes Monarchen auf die Straße des Heimwegs geworfen hatte; er war reich gewesen, doch Soldaten der eigenen Kompanie hatten ihn eines Nachts – leider Gottes! – aller Habe beraubt und für tot gehalten mitten auf der Straße liegen gelassen ... Von seiner Rückkehr in den alten Stammsitz, diesmal verheert von den Blattern, von den zwölf Söhnen, die er der Tradition gemäß erzogen hatte ... Von seinen Brüdern, ihren verschiedenen Schicksalen und ihrem Tod mit dem Schwert in der Faust, sofern es möglich war. Dann von seinen eigenen Feldzugsjahren, von der Zeit des großen Königs bis zu dem Tag, als das Schicksal seinen Bemühungen ein Ende setzte ...

»Reibt diesem Bettelpack derer von Blanche-Épine – ich bitt' euch, »Weiß-Dorn«! Was für ein Name! – morgen nur fest ein um die Ohren«, knurrte der Einarmige an solchen Abenden, bevor er im Dunkel der steinernen Stiege verschwand.

Dann schnürten sich die Söhne bereits im Morgengrauen in alte Kettenhemden, schützten sich mit Sturm- oder Beckenhauben, schnallten sich Schuppenpanzer und Panzerröcke an, wappneten sich mit einem Arsenal verbeulter Blech- und Eisenwehr, waren bereit, draufloszuschlagen.

Die Blanche-Épines, Nachbarn von jenseits des Waldes, Nachfahren der französischen Invasoren, deren Wappen ein silberner Busch zierte, erwarteten sie unerschrocken und voller Spott. Man schlug sich, man verdrosch sich, man kehrte zuweilen mit einem gebrochenen Arm oder einer ausgerenkten Schulter zurück. Das war Nebensache, die Ehre war heil. Die von gegenüber, auch sie hatten ganz schön Blut gepisst, geplärrt vor Schmerz.

Von Jahr zu Jahr war der Streit zwischen den beiden Nachbarn erbitterter geworden. Der Blutzoll, den das Fußvolk, von beiden Familien unter den Bauern angeheuert, entrichten musste, zeugte von der rohen Art dieser Treffen. Mit der Zeit zählte man die Toten, wie andere beim Spiel die gewonnenen Punkte zählten. Die kleinen Qoëlets lachten nur darüber, schärften persönlich die Reißzähne ihrer Furcht erregenden englischen Doggen.

Madeleine hatte nicht nur die zerrissenen Kleider, sondern auch die Haut ihrer Kinder wieder zusammengeflickt. Diese Tollwütigen von Blanche-Épine bissen auch noch. Und wenn die Söhne nun »Töt' ihn!« im Getümmel schrien, vergalten ihre Widersacher ihnen dies Schlag um Schlag.

Im Laufe der Jahre waren die Wunden tiefer, die Schmisse klaffender geworden. Als sie eines Abends aufs Schloss zurückgekehrt waren, hatten die Söhne eine Bahre auf den Schultern, auf der der Leichnam des vierten lag. Dem Kind, es war erst vierzehn, hatte man mit einem so furchtbaren Schlag mit dem Streitkolben den Schädel gespalten, dass ihm das Hirn in den Mund geflossen war. Nicht wiederzuerkennen. Man verwehrte seiner Mutter das Recht, es noch ein letztes Mal zu sehen.

»Kein Anblick für eine Frau, so was!«, hatte der Einarmige gebrummt, während er mit untröstlicher Miene die blutüberströmte Leiche seines Kleinen betrachtete.

Aber noch während zu einer Rache gerüstet wurde, war die Kunde eines Kriegs um die Erbfolge des spanischen Throns von einem Ende zum anderen des Waldes gelangt. Die Qoëlets hatten sich darein wie in ein Fest gestürzt. Auch die Blanche-Épines drüben brauchten keine Lektion in Sachen Mut zu erhalten – sie waren mit der gleichen Begeisterung in den Tod gegangen. Denn man starb in der Tat wie die Fliegen.

Der Älteste des Einarmigen war bei der Verteidigung einer Stellung von geringer Bedeutung, die jedoch gehalten werden musste, gefallen, als eine heranfliegende Partisane ihm, so wurde berichtet, die ganze Oberhälfte des Schädels weggehauen hatte.

Der Zweitälteste fand im folgenden Jahr den Tod durch einen Arkebusenschuss, der ihn, gut gezielt, genau in die Brust getroffen hatte. Die beiden Nächstfolgenden, kaum siebzehn und fünfzehn, waren im Mai 1706 in der berühmten Schlacht von Ramillies dabei, als die niederländischen und englischen Truppen unter der Führung des Herzogs von Marlborough die Franzosen schlugen, die sich nun aus den Spanischen Niederlanden zurückziehen mussten. Der eine war von einer Salve buchstäblich zerrissen worden – man hatte ihn nur noch an seinem Waffengehenk erkannt. Den anderen hatte eine Kanonenlafette dahingerafft, die über seinen Körper hinweggerollt war, noch bevor er Gelegenheit hatte, sich wenigstens ein wenig Ruhm zu erwerben. Blieben im Schloss nur noch zwei Söhne übrig, die schier vergingen vor Drang nach einem ähnlichen Geschick. Zu ihrem Glück war der Krieg so gnädig, noch fortzudauern: Sie hatten sich gleich als Paar in ihn gestürzt und fanden darin ebenso prompt den Tod.

Aufgrund einer wunderlichen Koinzidenz hatte ihre Mutter genau an jenem Tag von ihrer beider Tod erfahren, als sie auch merkte, dass sie wieder schwanger war. Fast möchte man meinen, die Hoffnung auf dieses Kind, das bald zur Welt kommen würde, habe sie über den Verlust ihrer beiden jüngsten ein wenig hinweggetröstet, denn sie trug es ohne Komplikationen – so weiß man – bis zu einem bestimmten Abend im November 1713 unter dem Herzen.

DREI

Angetrieben von einer Liebe, deren Ausmaß nur jener Groll erreichte, den sie gegen den Einarmigen hegte, fand Madeleine die Kraft, die unerschütterliche Ordnung, die der alte Edelmann forderte, in Frage zu stellen.

Dieser kam nämlich gerade mit ernster Miene auf das Geld zu sprechen, das er ansammelte, um dem Kind – Qoëlet war erst drei Jahre alt – ein Offizierspatent zu kaufen, als sie plötzlich mit einem zu lange zurückgehaltenen Zorn aufschrie:

»Meine Söhne sind umgekommen, da sie Euch zu gut gehorcht haben. Der hier gehört mir. Er wird nicht Soldat, sondern Priester, damit er die Seelen seiner Brüder erlösen kann!«

Diese unerwartete Rebellion überraschte den Einarmigen so sehr, dass er den Beutel voller Écus-Münzen wütend an seiner ausgestreckten einzigen Faust zu schütteln begann.

»Im Namen meines Arms, den ich in der Schlacht verlor, und aller seines Stammes«, brüllte er, »er ist ein Qoëlet und wird es für immer bleiben! Er braucht nichts weiter als die Kraft, einen Degen zu halten, und Ihr werdet Euer Wunder erleben, Schurkin!«

Von da an entbrannte ein wahrer Krieg zwischen dem Schlossherrn und der Schlossherrin.

Das Alter und seine Gebrechen hatten beide Eheleute starrsinnig gemacht. Sie versteiften sich auf ihre Pläne mit einem Zorn, der in gewisser Weise zu bewundern war, und schürten ihren Hass aus den gleichen Quellen, aus denen sie ihre Liebe der ersten Zeit genährt hatten. Ein Nichts zum Vorwand nehmend, fuhren sie sich vor den entsetzten Domestiken an, bastelten sich mühsam, er Holzschwerter, sie Kruzifixe, mit denen sie beide den Kleinen so plump mit ihren Schmeicheleien traktierten, dass sie jene, die sie dabei überraschten, zum Schmunzeln brachten.

Dies war Qoëlets früheste Erinnerung: zwei Birkenästchen, mit Gräsern kreuzweis zusammengebunden, die sein Vater und seine Mutter sich bemühten, ihn entweder am einen oder am anderen Ende halten zu lassen. Dabei beobachteten der Einarmige und Madeleine den Jungen und suchten Indizien zu entdecken, die für das Metier des Soldaten oder das des Priesters sprachen. Kein Kind wurde eingehender beäugt, studiert, beobachtet als Qoëlet in seinen ersten Jahren.

Und doch war Madeleines Blick durch maßlose Liebe getrübt: Der Kleine schien ihr vollkommen in allem, wohlgestaltet, ruhig, aufgeweckt, heiter. Ihr Gemahl, der höhere Ansprüche stellte, fand ihn zu oft schüchtern, zögernd und verträumt, Charakterzüge, die für den Kriegerstand unangemessen waren. Der Gedanke, die wahre Herkunft des Jungen könnte die Ursache dieser Mängel sein, erfüllte ihn mit Grauen. Er lenkte sich davon ab, indem er sich vorstellte, dass dieser unweigerlich einen Tropfen Blut des Klans besitzen *musste*. Hatte er selbst nicht bei mehr als einer Gelegenheit irgendein Mädchen aus der Heide gewaltsam genommen, um jene Lust zu finden, die seine Frau ihm nicht mehr verschaffte?

Als Qoëlet sieben Jahre alt war, kam fahrendes Volk durch die Domäne gezogen. Obwohl diese Leute bei dem Einarmigen nur Verachtung im Überfluss hervorriefen, suchte doch jeder der beiden Eheleute sie ohne Wissen des anderen auf, um bei ihnen jene Prophezeiungen einzuholen, die sie nicht gewagt hatten, von den *weisen Frauen* zu erbitten. Die Ägypter hatten ihr Lager am Rand der nebelverhangenen Heide aufgeschlagen, wohin man sich, wie sie wussten, kaum je ohne Furcht zu begeben pflegte. Und doch empfingen sie das Kind mit Wohlwollen, denn dieses Volk liebt Kinder.

Was die Zigeunerin in den Linien von Qoëlets Händen las, beunruhigte Madeleine zutiefst. Aber die Menschen, deren Metier es ist, die Zukunft zu verkaufen, wissen, dass sie Gutes weissagen müssen, damit man sie bezahlt. Daher redete die alte Ägypterin mit so viel Geschick, dass jeder für sich, der Einarmige wie Madeleine, als sie die Fremde verließen, überzeugt war, am Ende über den anderen zu triumphieren. Durchtrieben – denn sie hatte Erfahrung in ihrem Geschäft –, war die Weissagerin zu dem Schluss gelangt, dass ein bedeutendes Ereignis im Leben des Jungen eintreten werde, sobald er das vierzehnte Lebensjahr vollendet habe:

»Denn vierzehn kosmische Punkte schneiden seine Lebenslinie hier, hier und hier … Alles ist gesagt in der Hand!«

Fortan gingen beide Ehegatten jeweils davon aus, dass Qoëlets Schicksal in diesem Alter bestimmt werde.

Tatsächlich verstummte ihr Geschrei allmählich. Die alten Feinde machten sich den vierzehnten Geburtstag des Kindes zu ihrem heimlichen Horizont.

Sie blähten sich mit Schweigen, brüteten über ihrem Hass, nährten sich von jedem Augenblick, der sie noch trennte von dem angekündigten Tag. Denn bald redeten sich beide ein, die Zigeunerin habe für jenes genaue Datum ein furchtbares Ereignis verheißen, zählten und zählten, jeder für sich, insgeheim in der linken Hand des Jungen die Male auf jener Lebenslinie, die durch einen gewöhnlichen bösen Zauber seine kleine Handfläche in zwei Hälften teilte.

Jedes Jahr erfüllten die Samonios-Feste das Haus mit einer erschreckenden Stille. Wer hätte an jenem Abend inmitten der Feuer, die die Bretonen zur Feier des neuen Jahres entfachten, ohne Zittern geahnt, wovon der Einarmige träumte, während er mit den Fingern über die Klinge seines Degens fuhr?

Auch ist es besser, nicht daran zu denken, welche Gedanken die Seele der frommen Madeleine zum Lodern brachten, die zusammengekrümmt über ihrem Kind wachte, es unablässig an der linken Hand hielt und mit mechanischer Nervosität mit dem Daumen die zarte Mulde und ihre kleinen Linien streichelte.

Vom Tod des Regenten Philippe d'Orléans im Jahr 1723, von der großen Pest, die fünf Jahre darauf mit einem Schiff in Marseille anlegte, von den französischen Eroberungen im fernen Hindustan wusste man so gut wie nichts. Denn in jener Gegend der Bretagne zu wohnen, bedeutete in geistiger Verbannung zu leben. Hier kannte man nichts als den weiten Meereswind über der Heide, die schweren, tief hängenden Wolken und den Schatten, der in den unermesslichen Wäldern nistete. Alles andere gehörte einer diffusen Ebene der Wirklichkeit an, die im Übrigen durch nichts wirklich bewiesen wurde. Kaum ein Besucher, kaum eine Post trafen hier ein.

Der Schlossherr verschanzte sich auf seinen Gütern wie einst seine Vorfahren, die sie nur verlassen hatten, um in der Armee zu dienen. Die meisten unter ihnen hatten es sich zur Ehre gemacht, nicht mehr zurückzukehren.

Jahrmarkt zwei Mal im Jahr, ein alter Nachbarschaftsstreit – mit seinem Nachbarn Blanche-Épine – um ein mit Dolmen bestandenes Feld, irgendein undurchsichtiger Prozess: Der Einarmige fand kaum andere Motive, um seinen Grund zu verlassen, auf dem sein Galgen in jedem Frühjahr einen neuen Strick erhielt.

Aber immerhin gab es da noch das Kind und mit ihm die Hoffnung, diese Tradition am Leben zu erhalten, die ihn über den gemeinen Mann erhob. Das waren seine eigenen Worte und seine einzige Ansicht über die Zukunft, seit er sich in dem Alter befand, wo man zu denken beginnt. Darin glich er durchaus allen seiner Art: beunruhigt über jede Neuerung, sich krampfhaft an seine Gewissheiten klammernd, sie zänkisch schützend wie zerbrechliche Schätze.

Jeden Morgen stieg der Einarmige mit seinem Säbel in der Hand in den Hof, um seinem Jungen, berauscht von Erinnerung und Hoffnung, Hieb und Stoß zu lehren.

Seine nostalgische Sehnsucht galt dem Kampf von Mann zu Mann: Qoëlet wird einmal Soldat, wie es alle gewesen waren, die seinen Namen trugen. Mit dumpfer Stimme und fieberndem Blick – dabei wehte sein langer Bart in der Morgenbrise – erzählte der Einarmige, »warum das sein muss«. Er war auf tragische Art aufrichtig, als er, der Verstümmelte, seinem Sohn erklärte, dass er keine andere Bestimmung hatte als die, seinen Körper dem Kampfgetümmel auszuliefern.

Und wahrhaftig, er erschöpfte ihn bereits im ersten Tagesdämmer sehr gewissenhaft mit brutalen und immer noch brutaleren Übungen.

Madeleine betrachtete sie vom Fenster ihrer Kammer aus, ohne sich zu zeigen. Sie zitterte am ganzen Leib. Dann klammerte sie sich an ein schwankendes Betgestühl, auf dem sie ihren Glauben in unendlichen Gebeten stammelte – ein jedes einzeln wiederholt aus Furcht, der kriegerische Lärm könnte verhindern, dass es klar und deutlich zu seinem mächtigen Empfänger gelangte.

Ihre Frömmigkeit war ein Geschäft, dem sie mit kindlichem Eifer oblag: Sie las die heiligen Schriften, wie man ein Orakel vernimmt. Verbot es sich, auch nur das Geringste hinzuzuimaginieren, was nicht dem Buchstaben entsprach. Rezitierte bis aufs Komma genau die Litaneien des Tages, die sie auswendig kannte, aber aus Furcht, sie könnte sich verheddern, immer wieder neu erlernte. Klagte sich selbst unnachgiebig der Schwäche an.

So gewann der Körper über den Geist die Oberhand. Seit jeher waren es immer die gleichen unmerklichen Gesten, die diese Worte begleiteten, welche nach der Ewigkeit strebten: Die Lippen bewegten sich kaum wahrnehmbar in einer Art Stammeln, die Augen rollten ekstatisch hinter den geschlossenen Lidern, die Finger perlten krampfhaft Perle um Perle den elfenbeinernen Rosenkranz durch. Ihr Fleisch peinigte bei dieser Niederwerfung ein Schmerz bis zur Vergessenheit. Denn diese war sehr wohl vonnöten, um den Lärm von draußen, den Aneinanderschlag der Klingen, die Schreie, das *Aah!* und das *Ha!* zu ignorieren. Wenigstens erreichte sie, dass Qoëlet bei dem Pastor des Dorfes Lesen und Schreiben lernte. Doch schon musste der Junge wieder das Klingenkreuzen über sich ergehen lassen. Sie vernahm die Schreie im Hof… Da vergaß sie sich und wünschte, ganz aufrichtig, der Einarmige möge bald das Zeitliche segnen.

Inzwischen fürchtete sich Madeleine vor dem Teufel: Der Pastor ihrer Kindheit hatte ihr versichert, dass er existierte. Seither hatte sie nicht einen Augenblick daran gedacht, diese verkündete Ordnung der Welt in Frage zu stellen. Außerdem glich diese ganz und gar jener, die von der Geistlichkeit geschildert wurde, sie erlebte sie so: Man musste leiden auf dieser Erde, um für die Sünden der Männer, unendlich viele, zu sühnen.

Sie hatte wahrhaftig viel gelitten und sieben Mal erfahren, was keine Mutter auch nur ein Mal zu erleben wünscht. Da hatte sie von Todesfall zu Todesfall im weißen Trauergewand aus dem Beten einen immer größeren Trost geschöpft. Nun betrachtete sie betrübt ihre schmerzenden, von Flecken übersäten Hände, während ein Mädchen mit vor Kälte steifen Fingern mühsam ihr langes Haar flocht. Ihr »armer Körper«, seufzte sie zuweilen zugleich besorgt und resigniert.

Aber von nun an war dies ihr einziger Kummer: Getragen von ihrer Verbitterung, unterstützt durch den Priester, dem sie die günstige Voraussage der Zigeunerin und die Erziehung des Kindes anvertraut hatte, sah Madeleine in ihrem Sohn einen künftigen Kardinal, manchmal sogar einen wundertätigen Heiligen. Hatte Qoëlet nicht die Blattern überlebt? Oft nahm sie ihn zärtlich an den Schultern, streichelte sein kastanienbraunes Haar, küsste ihm lachend die Wangen.

»Der Himmel hat dich geschickt, mein Engel, Ihm muss man danken. Oh, was für ein schöner Heiliger du sein wirst!«

Ihr einziges, wahres Glück hienieden, ihr Daseinsgrund. Auch wusste der Kleine seine Gebete schon vollkommen auswendig. Eines Tages würde er genug Latein beherrschen, um ins Priesterkollegium einzutreten. Man brauchte nur zu warten und zu beten. Niemals würde er Soldat werden. Nie.

VIER

Die Jahre verstrichen, Qoëlet wurde zehn, dann zwölf, schließlich dreizehn. Die Einfalt seines Daseinsglücks war mit der Kindheit entflohen. Das ist leicht gesagt. Viel weniger leicht, es Sekunde um Sekunde am eigenen Leib zu erfahren. Denn jeder Augenblick schlägt Wunden.

Altern. Das ist das Drama, die große gewöhnliche Erschütterung. Der natürliche Verfall … der Körper wächst heran, ohne dass man das Sprießen des Fleisches kontrollieren kann. Der Geist wird in den gleichen Momenten immer begieriger nach Entdeckungen. Die einstigen Gewissheiten weichen immer mächtigeren Zweifeln: Die Unschuld entflieht uns unwiederbringlich.

Qoëlet entging diesem Gesetz nicht. In ein Alter gelangt, in dem man sich Fragen stellt, die, weil sie die einfachsten, auch die schrecklichsten sind, verfluchte er die Waffenlektionen des Einarmigen. Kaum weniger verachtete er das fromme Getue seiner Mutter. Völlig verblüfft darüber, dass er existierte, hatte der Heranwachsende, über den einst eine Zigeunerin geweissagt hatte, er werde einmal zugleich Priester und Soldat sein, begonnen, nach einem Ziel seiner Existenz zu suchen.

Dann kam jener Sommer, glühend heiß, bald vierzehn Jahre nach der Geburt des Kindes, in dem die Weiße Königin plötzlich mit einem mächtigen Leinensack voller Kräuter und Blumen in der ausgestreckten Hand aus einem Dickicht brach, mitten in den Waldpfad trat, auf dem gerade Qoëlet daherkam, und ihm den Weg versperrte.

Einen langen Moment beäugte sie den Jungen misstrauisch, argwöhnisch, ja mit einer Art Besorgnis; in ihre Kühnheit fuhr plötzlich ein Schrecken, den sie nicht zu bändigen vermochte. Die Hexe hustete, besabberte mehrere Blätter mit weißlichem Schleim, dann krächzte sie heiser:

»Bist also noch am Leben, du, der mitten im Chaos zur Welt kam, heil durch große Plage, die verfluchten Blattern gekommen! O Wunder! Wunder und Chaos, bei der heiligen Kuh! Hör mir zu, und wenn ich dran krepier, dann krepier ich eben!«

Qoëlet starrte sie sprachlos an. Er war verblüfft, dass er diese Frau, von der er bisher nur die krumme Silhouette kannte, weil sie bei seinem Nahen immer die Flucht ergriffen hatte, nun sprechen hörte und fuchteln sah.

»Hör auf, mich anzugaffen, wie 'ne Jungfrau die Eier an einem Pimmel beglotzt, du Rotzkopf! Hilf mir, trag!«, befahl sie und reichte ihm ihren Sack, den er mechanisch ergriff. »Der Einarmige hat nie was gesagt, wie? Hat sein Geheimnis für sich behalten, der Unhold!«

Qoëlet, ganz verdattert, wollte etwas sagen, doch die Weiße Königin schnitt ihm das Wort ab:

»Weißt du, wer ich wirklich bin?« Und ohne eine Antwort abzuwarten, fuhr sie fort: »Ich bin die, die den Seelen über die Furt hilft. Und du, du weißt nichts. Du lebst, ohne was zu wissen. Durch ein Wunder genesen, jawohl! Die Blattern … Wie konnte er nur? Ein Monster! Du hast keine Male? Nicht mal eins?«, keifte sie, während sie eingehend, wie es ein Rosshändler mit einem Gaul getan hätte, sein Gesicht untersuchte.

Qoëlet wich erschrocken zurück, verstand nichts von dem Gekreisch dieser zerrupften Verrückten.

»Komm schon, bei der Ägypterin hast du dich nicht so geziert! Lass deine Handfläche sehn!«, befahl die Frau und packte die Linke des Jungen.

Dann, nachdem sie seine Hand aufmerksam untersucht hatte, rief sie kichernd: »Eine Männerhand, so viel ist sicher! Da hast du sie, die Weissagung der Weißen Königin!«

Darauf tippte die Hexe dem Jungen mit ihrem krummen Zeigefinger an die Stirn und fügte zornig hinzu: »Erinnerst du dich, wer du vor diesem Leben warst, du wiedererstandenes Ungeziefer? Du weißt es nicht! Er hat dich wiederkehren lassen in der heiligen Nacht! Keiner kann Samonios verstehen! Keiner!«

Die weise Frau riss ihm den Kräutersack aus den Händen und kreischte, wobei ihren Körper nervöse Zuckungen durchfuhren: »Erinner dich immer an dies: Du lebst in einem Körper, der dir nicht gehört, und eines Tags musst du ihn zurückgeben, wie wir alle. Fluch über deinen Vater!«

Damit flüchtete sie humpelnd ins Dickicht und wiederholte in einem fort: »Die große Magie! Die große Magie der Toten!«

Während Qoëlet ihr nachblickte, sagte er sich ungläubig: Meinen Körper zurückgeben? Aber wem denn? Das ist doch dummes Zeug...

Das ganze Haus hatte im Laufe jenes glühenden Sommers 1727, der für Qoëlet durch seine Begegnung mit der Weißen Königin eröffnet wurde, eine diffuse Angst erfasst. Auch er erwartete, dass etwas Einschneidendes passierte. Denn er konnte sie nicht mehr ertragen, diese Gewissheiten, die man über ihn, den kleinen Wundergeheilten, verhängte, diese traurige Routine: auf der einen Seite der Degen und das Kreuz, auf der andern das unverständliche Gekeif der Hexe und diese Linie in der Hand, in der alles geschrieben stand, aus der er selbst aber nichts herauslas.

Seine Tage waren nur noch Schweigen. Schweigen der Heide, geschmeidig, unberührt, unendlich. Schweigen des Waldes, voller Finsternis und Rätsel. Was dachte er bei sich? Niemand wusste es. Keuchend kehrte er, das Gewand von pflanzlichen Gerüchen schwer, mit immer schwererem Herzen ins Logis zurück.

Im Saal roch es nach Räucherspeck, Knoblauch und Kuhmilchkäse. Bei den Domestiken, die sich zu viert oder fünft in einen dunklen Winkel drückten, roch es nach Gülle.

Der Einarmige, den Blick auf die Flammen gebannt in seinem Sessel vor dem Kamin, zuckte nur mit den Lidern, wenn er hörte, wie Qoëlet die Tür aufstieß. Madeleine kam entgegengerannt, küsste ihr Kind, als wäre es einer großen Gefahr entronnen – dann setzte man sich mit den Dienern zum Abendgebet um den schweren Eichentisch. Und schließlich nahmen sie mit einem konfusen *Amen*-Gemurmel und verlegenem Räuspern auf den Bänken Platz.

Eine Stimmung machte sich im Schloss breit, wie sie in einem Gerichtsprozess der Verkündigung des Urteils vorausgeht. Jedes Wort, das sie seit dem Sommer miteinander wechselten, jeder Blick, den sie einander zuwarfen, waren von Argwohn, ja Hass getränkt. Die beiden Alten schielten heimlich hinter ihrem Löffel einer nach dem andern und suchten einen schwachen Punkt beim Gegenüber, um dessen Pläne zu durchkreuzen.

Schließlich wurden sie von der steinernen Stiege verschlungen. Der Einarmige begab sich zu dem Schmerz, der insgeheim an seiner Seele nagte, Madeleine in den Hafen ihres blinden Glaubens, das Kind zu seinem Zittern einer jungen Pflanze zurück.

Er hatte begonnen, von Glücksmomenten, die er ergreifen wollte, von einer kühnen Suche, von grandiosen Gelübden zu träumen.

Eine Stimme flüsterte Qoëlet ein, dass sein Herz weit genug sei, um die Welt zu entdecken und nie von ihr gesättigt zu werden. Im selben Moment verspürte er eine maßlose Angst. Die Magie der bretonischen Sagen, die in ihm widerhallten, verstärkte diese Schauder der Seele.

Wenn er am Fenster seiner Kammer lehnte, fühlte der Junge zuweilen, wie die alten Steine des Gemäuers unter seinen Fingern erzitterten, während ein dünner Mondlichtstrahl bis zu den Gräbern des Klans glitt. Ein Getöse von Tiergeschrei und Stimmen drang ihm in die Ohren – vielleicht die Echos, die von der Schlacht von La Lande-à-la-Lune widerhallten. Aber dann erbleichte seine Stirn. Die Muskeln seines Gesichts zogen sich zusammen. Er zitterte: Was tun? Später, im Schlaf, sah er sich wie einen Vogel über den Ozean fliegen oder vor zahlreichen Zuhörern sprechen. Und doch fand jeder Morgen ihn schweigend und zitternd im Schlosshof. Außer in seinen Träumen hatte er nie den Ozean oder eine Menschenmenge gesehen. Stillgestanden! Jeden Morgen derselbe Zusammenschlag der Degen …

Der Sommer ging zur Neige. Die Blätter der Bäume fielen in größerer Zahl, als Qoëlet an Tagen zählte. Dann wurde es November, der besagte Monat, der trügerische Geburtstag, das berüchtigte Datum: Samonios. Man brauchte nicht mehr zu zählen.

»Möge endlich der Tag anbrechen und alles klären!«, brummte der Einarmige, der keinen Schlaf fand und jetzt wieder ganz deutlich jene Nacht im Jahre 1713 vor Augen hatte, die er so lange schon aus seiner Erinnerung verscheucht hatte.

Er vernahm die Gesänge, die Schreie, erinnerte sich an den Geruch der Krankheit. Das Kind, plötzlich von Krämpfen gepackt, hatte sich in seiner Windel gewunden wie eine aus ihrem Kokon gerissene Larve. Seine Händchen schlugen hilflos in die Luft. Plötzlich war sein winziger Körper erstarrt. Wie gelähmt war der Einarmige vor der Reglosigkeit des zerbrechlichen Kadavers verharrt. Seine Augen betrachteten entsetzt das unförmige Kleine. Und so sehr er sich von seiner morbiden Faszination befreien wollte, kehrte sein Blick doch unzählige Male zum Inhalt der Wiege zurück. Dieser Tod war wider die Ordnung der Welt: gestorben das Kind, gestorben damit der ganze Stamm! Unmöglich waren nun für immer die Rache, der Ruhm, der Neubeginn … Da hatte der Einarmige Gott gelästert, hatte die Nacht beleidigt.

Madeleine, keine zehn Schritt weit entfernt, rang mit dem Tod. Jetzt erinnerte er sich wieder an den Duft von Pfeffer und Zimt, die man dem Schnaps beimischte, um das Übel zu bekämpfen – an diesen Duft von Gewürzen, der über der Leichengrube schwebte. Mit ruckartigen Handgriffen hatte er die sterbliche Hülle des Kindes eingewickelt. Dann war er, den mageren Kadaver mit seinem einzigen Arm an seine Brust gepresst, mit dem baumelnden Stiel seiner schweren Axt an seiner Seite, in die Nacht getaucht.

Das Knacken der Zweige unter seinen Schritten, das Rascheln des verdörrten Laubs, die Huhuu-Rufe der Uhus, die verschreckte Flucht der Säue, die Lautlosigkeit der lauernden Wölfe hatten ihn begleitet. Ja, das alles fiel dem Einarmigen jetzt wieder ein. Ein Wunder war möglich. Diese Gewissheit hatte er erlangt. Sie, die Weiße Königin, das Hexenweib musste wissen, wie man diesem Körper in der Samonios-Nacht wieder Atem einhaucht.

Er hatte sie gefunden, doch die Hexe hatte, als sie seine Bitte vernahm, den Kopf geschüttelt:

»Ich bin machtlos. Dein Sohn ist schon in weiter Ferne!«

»Dann bring ihn wieder zurück!«, hatte er befohlen.

In dieser Lichtung, in deren Mitte seit zwanzig Jahrhunderten ein Druidentisch den moosigen Boden zermalmte, hatte die Weiße Königin, während sie die kostbare Last auf die Erde des Unterholzes legte, die Formeln des Übergangs gesprochen, die die Transmutation der Seelen auslösen, fremde und geächtete Sätze der alten Sprache, die nur sie allein noch kannte. Der von der alten Zauberformel beschworene Moment war verflossen, ohne dass die Erde erzitterte. Nichts.

Der Einarmige hatte tausendundeine Verwünschung gen Himmel gespien, den Gestirnen und der Schöpfung abgeschworen. »Verschwinde! Dass ich dich nur ja nie mehr seh!«, hatte er der Hexe ins Gesicht gebrüllt und drohend seine Axt geschwungen. »Verschwinde und komm den Meinen nie mehr nah!«

Während er sich durch die Heide heimwärts begab, hatte er die Feuer eines Lagers bemerkt, das in der Mulde eines leicht hügeligen Geländes aufgeschlagen war. Der Schein der Flammen warf ein gespenstisches Weiß auf die gehörnten Köpfe einer mageren Kuhherde und verlieh ihnen das Aussehen von Drachen. Auf der anderen Seite des Feuers hockte eine junge Frau, sie war allein, gab gerade einem erst wenige Tage alten Kind die Brust.

In eine Tierhaut gehüllt, barfuß, mit verdrecktem Gesicht, lächelte sie im Halbschlaf vor sich hin. Diese Einzelheiten kamen ihm wieder in den Sinn nach so vielen Jahren, während er wusste, dass damals nichts außer dem winzigen Stück Fleisch seine Aufmerksamkeit erregte, das oberhalb der Schenkel des Säuglings steckte: ein Junge!

In diesem Moment hatte er geglaubt, der Zauber hätte sich erfüllt. Dieses Kind sei ihm geschickt worden. Er sah wieder das Mädchen vor sich, wie sie versuchte, zwischen die Kühe zu flüchten, wie er sie vom Bein eines Tieres losriss, an das sie sich geklammert hatte. Sah noch deutlicher wieder die frische Wunde vor sich, die in die Schulter des Säuglings geritzt war. Damals war ihm eingefallen, dass man seit jeher von den Heideleuten erzählte, wie sie ihre Nachkommenschaft verstümmelten. Das Blut auf der Schulter des Kindes hatte seinen Zorn auf die Spitze getrieben: Seine Faust hatte sich um die Kehle der armen Mutter geschlossen und nur noch eine Tote losgelassen.

»Eines Nachts geschwängert, am nächsten Tag Mutter, am Abend drauf ein Kadaver ... War dieses Volk denn mehr wert als sein Vieh?«, fragte er sich noch vierzehn Jahre später.

Er hatte das Kind, das an der Schulter – das einzige Zeichen der Gewalt, die sich soeben in der Heide entfesselt hatte – immer noch blutete, an seine Brust gepresst und war in die Nacht entflohen.

Seither sah er es immer wieder vor sich: auf seinem weißen Hemd das Blut des Kindes wie die Signatur seines Verbrechens. Tausend Gedanken bestürmten ihn, darunter viele, die ihn verletzten. Denn nun zog er die Bilanz seines Lebens, unterzog Episode für Episode, die verschiedenen Etappen seiner Existenz, von seiner Geburt bis zu jenem so sehr herbeigesehnten Abend, einer erneuten Prüfung.

Er hatte kein schlechtes Gewissen, empfand nicht die geringste Reue, so sehr war er der Meinung, er habe stets aufs Beste gehandelt. Wie an jenem Tag, als er sich gewappnet und gerüstet, von Qoëlet begleitet, bei seinem Nachbarn Blanche-Épine präsentierte, um ihn herauszufordern. Der Franzose hatte ihn verlacht, aber etwas Anderes war viel schmerzlicher gewesen. Auf dem Heimweg hatte das Kind ihm nämlich erklärt, dass es keinen Sinn darin sehe, sich an einem Nachbarn zu rächen, dem es zum ersten Mal begegnete.

Die Rache begraben? Diese Vorstellung empörte ihn nun, da sie aufs Neue vor sein geistiges Auge trat, so aufrichtig, dass sich unter dem Anstrom der Masse an Blut aus einem Äderchen seines Gehirns ein Gerinnsel löste. Er konnte nicht mal mehr schreien, fand sich binnen eines Augenblicks von Kopf bis Fuß gelähmt, am Rande des Abgrunds.

»Das hatte die Zigeunerin nicht vorausgesagt…«, sagte sich der Einarmige. Plötzlich begriff er, dass sein eigenes Ende nahte.

Die unheimliche Stille, die die Luft an jenem Morgen umhüllte, versetzte Madeleine in Angst und Schrecken. Sie sah ihren Sohn, allein. Einen langen Moment blickten sie sich an, ohne ein Wort zu sagen. Dann erklommen sie die steinerne Stiege, die zu den Gemächern des Schlossherrn führte, ganz langsam, als lauere dort oben das Unheil.

Als sie die Kammer des Einarmigen betraten, spürten sie nur den eisigen Wind des Winters, der in der letzten Nacht hereingebrochen war. Kein Geruch, weder von Mensch noch von Tier, lag in der Luft. Das Zimmer war so gut wie verlassen: eine eisenbeschlagene Truhe, ein Stuhl, eine Bettstatt. Der alte Degen und die Streitaxt hingen an der Wand.

In dem Raum schwebte, seltsam offenbart durch das Licht des Morgens, ein weißer Staub, den man zögerte zu durchqueren, um an das Bett zu gelangen. Da lag der Einarmige hingestreckt, in jenem undeutlichen Zustand, in dem man nicht mehr wirklich von dieser Welt und noch nicht von jener ist.

Sofort herbeigerufen, entdeckte der Priester, während er sich über diesen langen steifen Körper beugte, einen Blick, dessen Starre ihm einen eisigen Schauer über den Rücken trieb. Plötzlich begann der, den man für tot hielt, zu sprechen. Von Grauen gepackt, sank Madeleine auf die Knie, während der Priester zurückwich.

Allein Qoëlet bewahrte Ruhe. Zumindest blieb er einige Schritte von dem Bett entfernt reglos stehen.

Der Sterbende bot seine letzten Kräfte auf und sprach mit zitternder Stimme. Der Atem schien seine Worte ersticken zu wollen. Doch was der Einarmige da sagte, war auf geradezu tragische Weise starrsinnig und eintönig. Von dem Geheimnis der Geburt des Kindes verriet er nichts. Aber er verlangte unaufhörlich, dass man sich seinem Willen als Familienoberhaupt unterwarf.

Der Mensch ist ein beschränktes Tier. Der Einarmige machte sich dies, noch während er im Sterben lag, so sehr zur Religion, dass man schier davon überzeugt war. Und er war durchtrieben bis zum letzten Atemzug. Der Einarmige hatte Geld versteckt. Mehrere Säcke, machte er sich die Mühe zu präzisieren. Da es ihm nicht gelang, sie freiwillig zum Schwur zu bewegen, erklärte er seiner Gemahlin, er werde das Versteck des Schatzes nur verraten, wenn sie schwor, ihn zu verwenden, um Qoëlet eine Stelle in der Armee zu verschaffen.

Mit beklommenem Atem, rasendem Puls stammelte Madeleine, man müsse des Teufels sein, um noch in der Stunde des Dahinscheidens zu feilschen. Ihre Betschwesternlippen bebten so sehr vor Empörung, dass der Einarmige am liebsten gegrinst hätte – doch nicht ein Muskel seines Gesichts regte sich. Bestürzt blickte sie zum Priester hinüber. Dieser nahm sie beiseite, riet ihr zu schwören und versicherte ihr, sie später von ihrem Eid zu entbinden. Er sprach von dem Glück, das dieses Geld für das Kind bedeute, dann von einer Pflicht, dem Sterbenden zu willfahren, und stützte sein Argument mit Worten des heiligen Augustinus, jenes ehrwürdigen Kirchenvaters, der so viel geschrieben hatte, dass der Abt meinte, ihm ohne Gefahr noch weitere Betrachtungen zuschreiben zu können.

»Schwört mit dem Rande der Lippen, doch das Gegenteil in Eurer Seele, und ich werde Euch das wenige an Schuld, das verbleiben wird, vergeben im Namen des Vaters, des Sohnes und des Heiligen Geistes«, drängte er und zeichnete ein gigantisches Kreuzeszeichen in die Luft.

Beeindruckt wähnte Madeleine einen Moment lang den Mut in sich, eine als lässlich erklärte Sünde zu begehen. Einen kurzen Moment jedoch nur, denn dann hörte man den Sterbenden von Neuem murmeln wie eine Spieluhr, deren Feder, am Ende des Ablaufs erschöpft, der Mechanik noch ein paar Noten entringt. Er forderte das über sein Ohr gebeugte Kind auf, seinerseits zu schwören. Mit rasendem Zorn entrang sich der Kehle der alten Frau der Schrei:

»Niemals!«

Überrascht blickte der Junge einen nach dem andern seine Eltern an, den kalten Sterbenden und die Lebende. Alle begriffen, dass sie jetzt endlich vor jener Entscheidung standen, die seit so langem erwartet wurde.

Qoëlet zögerte, sichtlich verwirrt. Schweißtropfen perlten auf seiner Stirn. Sein Rücken spannte sich. Viele Gedanken stoben durch seinen Kopf. Familientradition? Reue? Man wollte, dass er sein Leben Gespenstern weihte, im Namen jener Vorfahren und jener Brüder, die er nicht kannte. Diese Toten hatten nicht zu ihm gesprochen. Der Junge blickte verstohlen in seine linke Handfläche und erklärte:

»Ich werde nicht sein, was die Ägypterin gesagt hat …«

Madeleine erbleichte vor Entsetzen und Scham. Mit krampfhaftem Griff klammerte sie sich an den Arm des Priesters, doch der stieß sie verlegen fort. Die Finger der einzigen Hand des Alten hätten sich verkrampft, wenn er noch Macht über sie gehabt hätte. Doch nur seine Nasenflügel bebten. Er fühlte sich in die Falle dieses Körpers geraten, der ihm nicht mehr gehorchte; da begann er erneut an Gott zu glauben, ganz fest. Er erblickte ein weißes, blitzendes Licht, zuckte mit den Lidern und hauchte sein Leben aus, ohne ein weiteres Röcheln, nur erstaunt, so plötzlich zu begreifen, dass er in die Ewigkeit eintrat – und dass sie ganz anders war, als er sie sich vorgestellt hatte.

In diesem Moment betraten Bedienstete, von Madeleines Schrei alarmiert, die Kammer.

»Auf die Knie!«, befahl ihnen der Priester.

Dann sprach er ein rasches Gebet in Richtung des Leichnams, das die Schlossherrin sofort mit Schluchzern in der Stimme aufgriff. Qoëlet hingegen blieb stumm. Alle bekreuzigten sich. Dann murmelte eine zahnlose Kammerfrau eine Formel des alten Rituals, um der Seele des Verstorbenen beim Aufflug zu helfen.

Bald würden die ersten Samoniosfeuer in der Heide aufflammen. Männer, Frauen und Kinder würden um die Gräber tanzen und alte keltische Weisen singen. Die schwangeren Mädchen würden ihren Bauch an den Menhiren reiben, damit die Seele eines Toten in sie fahren und durch sie wiedergeboren werden konnte. Die des alten Herrn flog gewiss bereits den großen weißen Felssteinen entgegen.

Und das war ganz sicher so, denn die meisten in der Bretagne glaubten an eine solche Ordnung der Welt.

Madeleine verharrte im Gebet vor der sterblichen Hülle

ihres Gemahls, während Qoëlet, außerstande, Schlaf zu finden, zusah, wie immer dickere Schneeflocken fielen. Niemand weiß, welche Gedanken ihn im Laufe dieser Nacht bewegten. Aber er weinte, das steht fest.

Am Tag darauf war die Kirche mit schwarzem und weißem Flor bespannt, wie es Brauch war, wenn ein Mann des alten Klans starb. Nach der Messe schritten die in Trauerkleider gewandeten Dorfbewohner in einer Prozession hinter dem Sarg her. Die Heide ringsum schien zu Stein erstarrt. Raureif hing von den Ästen der Bäume. Der Schnee knirschte unter den Schritten.

Der Winter war in einer einzigen Nacht gekommen. Mehr brauchte es hier nicht, damit die Bretonen darin ein Vorzeichen sahen. Alle fragten sich besorgt, in welcher Gestalt der Einarmige ihnen wieder erscheinen würde. Schließlich erreichte die Schar die östlichen Grenzen der Domäne, ein am Waldrand gelegenes Feld gespaltener Grabsteine, deren heraldische Insignien und Inschriften die Zeit halb ausgelöscht hatte. Dort, in diesem Jahrhundert um Jahrhundert mit Leichen besäten Boden, hatte man einen Abgrund ausgehoben, der die sterbliche Hülle des alten Grundherrn bald den Blicken entfernte.

Aber als man gerade die erste Schaufel Erde werfen wollte, um den Sarg zu bedecken, da tauchte, wie aus dem Nichts, ein Mann auf – unverkennbar ein Wilder aus der Heide: Er war dicht behaart und in ein Tierfell gekleidet –, warf einen abgestorbenen Ast in die Grube, bevor er unter unverständlichem Gebrüll wieder entfloh. An jenem Abend kam in dem einzigen Wirtshaus des Dorfs wieder die Rede auf die, über die man immer nur flüsternd sprach: die Menschen aus der Heide. Nachdem die Alten einen Schluck von jenem Ginsterschnaps getrunken hatten, der, so sagt man, blind macht, verrieten sie, was sie von ihren Vätern gehört hatten. Man erzählte sich Gerüchte. Man kolportierte sagenhafte Begebenheiten. So lange, bis man Angst bekam.

Jener in die Grube geworfene Ast war ein altes Zeichen der Trauer. Doch welch unergründlicher Zorn hatte in der Stimme dieses Kerls gebebt! Ein so vulgärer Dialekt, dass man lange über den Sinn dieses Geschreis im Zweifel war. Manche meinten, es hätte »Toter auf der Rückkehr zu Toten« bedeutet. Andere sprachen von einer »zweiten Wiederkehr«, ohne dass man sich auf eine bestimmte Übersetzung einigen konnte. Die alte Verachtung für das Heidevolk lebte mit diesen Fragen, auf die man keine Antwort fand, wieder auf. Man erinnerte an die barbarischen Bräuche dieser Leute: Sie kochten das Fleisch ihrer Büffel nicht, kleideten sich in schlecht gegerbte Felle, verehrten noch die Götzen, verstümmelten ihre Nachkommenschaft. Und übertrugen die Blattern! Jawohl! Das entsetzliche Übel, die Geißel, die den Familien ihre Kinder, ihre Eltern und Angehörigen raubte, sie taub oder blind machte, dieses rohe Gesindel verbreitete sie, ohne dass man ihnen diese Sitte abgewöhnen konnte.

»Ausrotten sollte man sie bis zum letzten Mann!«, warf einer in die Runde.

Alle nickten mit ernster Miene.

Die Stimmen verstummten. Jeder glaubte im Tiefsten seines Herzens, in diesem Fall geschähe ein Übel zu einem noch viel größeren Wohl – dies glaubten sie mit jener eigenartigen Leichtigkeit, mit der sie in allem übereinstimmten, was sie hassten.

Dann sprach man wieder von dem Einarmigen, von seiner närrischen Begeisterung für das Waffenhandwerk, von Madeleine, die aus der Fremde gekommen war, von den unablässigen

Streitereien der beiden, von ihren Söhnen, vom ältesten bis hin zu Qoëlet, von ihm vor allem, dem wunderlich Geheilten, den man innig liebte.

Vielleicht machte irgendein Gesetz – ein so unfassbar hohes wie unbestimmbares – den Tod des Einarmigen zu einem jener Hebel, die mehr als einmal Qoëlets Leben eine gänzlich neue Richtung geben sollten.

Die Worte der Zigeunerin hatten jenseits aller Mäßigung in den Köpfen derer, die sie vernommen hatten, zu gären begonnen. Die Weissagung hatte den Einarmigen ins Grab gebracht. Die leichtgläubige Madeleine hingegen harrte ihrer Bestrafung entgegen – denn sie war überzeugt, dass ihre unverzeihlichen Gedanken die Ursache für den Tod ihres Gemahls waren. Seit zu langer Zeit überzeugt, dass das Leben aus nichts als Schmerzen besteht, wusste die arme Frau ohnehin nicht mehr zu leben, ohne das Schlimmste zu befürchten. Und so geschah auch das Schlimmste: Qoëlet verließ das Schloss und entfernte sich über die Heide.

»Das hatte die Zigeunerin nicht geweissagt… Noch nicht jetzt!«, stammelte die Unglückliche, als sie entdeckte, dass sie ihres einzigen Lebensgrunds beraubt war.

Sie konnte sich jedoch dem Fortgang ihres Sohns nicht widersetzen, da sie doch selbst vor Monaten den Priester angefleht hatte, alles zu tun, um seine Zulassung zum Priesterkolleg in Vannes zu erreichen. Dieser Widerspruch zwischen ihren Wünschen und deren Wirkungen machte sie untröstlich.

Die Haltung der alten Frau wurde mit den Jahren immer gebeugter, als trüge sie eine zu schwere Last, vielleicht auch, weil sie oft niederkniete und betete. Aschfahl geworden aufgrund von kindischen Ängsten, unablässig mit einem Bittgesuch gen Himmel auf den Lippen, schrumpfte sie immer mehr zusammen und lebte in der großen Furcht, nicht mehr da zu sein, wenn ihr Sohn das Priestergewand nahm. Das Alter trieb sie zu kleinlicher Genauigkeit. Sie ordnete ihren Tageslauf wie ihr Haus nach strengen Regeln.

Als Madeleine ihr Leben aushauchte, entdeckte man Steine unter ihrer Matratze, runde und weiße, die sie offenbar daruntergesteckt hatte, um ihren armen Leib gewissenhaft zu martern.

Die Tore des Hauses wurden geschlossen. Da sie jetzt unbewohnt und verwaist waren, traten die verschiedenen Flügel des Gebäudes in ein neues Greisenalter.

In den folgenden Jahren suchten einige Glücksjäger das Schloss auf, um nach dem Geld zu fahnden, das hier verborgen sein sollte. Niemand wagte es jedoch, das schwere Torschloss quietschend zu öffnen, so sehr machte allen die Erinnerung an den Einarmigen Angst, die noch weiter anschwoll durch zahllos durchwachte Nächte, in denen die Alten von der Härte seiner Gerechtigkeit und von dem Schicksal seiner Söhne erzählten. So dass es keine zehn Jahre dauerte, bis man in der Heide wie im Wald felsenfest glaubte, dass die Eingeweide des Anwesens einen Schatz bargen, der von den Geistern des alten Klans beschützt wurde.

Diesen Schatz sollte Qoëlet später wiederfinden – doch erst war zu einer Zeit, in welcher der Einarmige bereits zu einer Legende geworden, von der die Alten, die ihn nicht einmal mehr gekannt hatten, den Kindern ihrer eigenen Kinder erzählten. In einer Zeit, in der Qoëlet, genesen von Fahrten auf hoher See, von Wanderschaften in weite Fernen, für ein paar Sommer zurückkehren würde an diesen Ort, an dem er aufgewachsen war.

FUENF

Zu Hunderten rannten die Kinder unter den strengen Blicken der Jesuitenpatres umher. Gelächter, Geschrei, Geheul von so vielen Seiten waren für Qoëlet neu. Die Schüler rempelten und drängten sich beim Verlassen der Kapelle des Kollegs, in der sie jeden Morgen die Messe hörten. Er vernahm die geflüsterten Schmähreden, sah, wie Pechklöße gegen die Habite flogen, ahnte, wie heimliche Fußtritte gegen Schienbeine fuhren. Zwei oder drei Jungen weinten. Andere gestikulierten wie wild. Dieser Lärm machte die tiefe Einsamkeit nur noch größer, die Qoëlet während des ganzen Wegs von der Heide bis nach Vannes begleitet hatte.

Plötzlich fühlte er, wie jemand an seinem Ärmel zog. Er drehte sich um und verspürte Erleichterung statt Furcht. An dem glatten Gesicht, der Rundlichkeit seiner Wangen sah man, dass dieser Bursche jünger war als er, Qoëlet, aber der Glanz, der in seinen schwarzen Augen strahlte, sein offenes Lächeln, die wirren Locken seines Haars verliehen seiner Physiognomie etwas Heiteres und Intelligentes. Das nahm den der düsteren Heide entsprungenen Qoëlet sofort für ihn ein. Der Unbekannte gab sich ganz ungezwungen, duzte ihn sofort, als würden sie sich bereits seit langem kennen.

»Was willst du nach dem Kolleg tun?«

Die Frage verwirrte Qoëlet. Während er hinter dem Jungen das Gewölbe des Portals durchschritt, das von Heiligenfiguren mit strahlenden Gesichtern umrahmt war, antwortete er nachdenklicher, als er es eigentlich wollte: »Ich weiß es noch nicht.«

Der andere respektierte seinen Ernst und stellte sich vor: Jean-Baptiste Lavaur. Er war in der Sexta, zwei Jahre jünger als Qoëlet, armer Leute Sohn und einer der wenigen Pensionsschüler, die im Kolleg nächtigten. Seine Erziehung hatten die Patres in der festen Hoffnung übernommen, eines Tages die Früchte dieser Investition zu ernten.

Qoëlet dagegen schlief wie die meisten anderen bei braven Bürgersleuten in der quirligen Hafenstadt. Schon im Laufe dieses Tages ihrer ersten Begegnung stellte sich heraus, dass die beiden Kollegschüler vieles miteinander gemein hatten. Die Erinnerung an eine einsame Kindheit, eine gewisse Gleichgültigkeit gegenüber ihren Eltern, die ihnen stets fremd erschienen waren, und die gleiche Prophezeiung widersprüchlicher Schicksale.

Jean-Baptiste hatte ihm seine Geschichte in einem Winkel des Hofs, abseits von ihren Mitschülern, erzählt. Er hatte seine Hand aufgehalten und ihm seine Handfläche gezeigt:

»Sieh sie dir an …«

Qoëlet hatte gesehen, dass eine tiefe und einzige Linie sie durchzog. Er hatte geschmunzelt und auch die seine geöffnet:

»Sieh sie dir an …«

Verblüffung, Gelächter … Sie hatten über die Wahrsagerinnen gespottet, die sich ihren Reim über das Wunder gemacht hatten – vielleicht war es dieselbe, die in Qoëlets Hand und in der von Jean-Baptiste gelesen hatte? –, sowie über ihre Eltern, die einen wie die anderen, die beide jeweils für sich geglaubt hatten, was die Prophezeiungen angekündigt hatten. Diese Entdeckung verwandter Erfahrungen prägte die Art ihrer Freundschaft: Sie hielten sich für Brüder und sonderten sich ab von den Niederungen des Kollegs, erfanden sich eine neue Vergangenheit, begannen sogar Verse zu schreiben …

Beide hatten sie nun erstmals in ihrem Leben das Gefühl, nicht mehr allein zu sein, und das bewahrte sie vor den Erschütterungen des großen Streits, der rings um sie wütete. Die Schüler des Kollegs von Vannes kämpften nämlich in der strengen Rangordnung von Jünglingslegionen, die der Knute der Lehrpatres unterworfen waren.

Die einen waren Jansenisten. Sie behaupteten, sie hätten die göttliche Gnade empfangen, und beriefen sich auf die Wunder, Reliquien und »101 Glaubensartikel« ihres Meisters, des hochwürdigen Paters Pasquier Quesnel, der vor wenigen Jahren in Amsterdam verstorben war. Unter den Jansenisten befanden sich die glühendsten Gegner der königlichen Macht. Nicht wenige von ihnen waren Sprösslinge von Parlamentsmitgliedern oder fromm zu Reichtum gelangten Bürgern.

Die anderen waren Papisten. Sie hielten ihren Feinden die freie Entscheidung des Menschen, unablässig geführt von der göttlichen Erleuchtung, entgegen und bildeten die Partei des Königs. Es war auch die der ehrwürdigen Jesuitenpatres, die ganz besonders in die Päpstlichkeit verliebt waren, mit der ihre Ordensregel sie – über das Fleisch hinaus, wie sie sich rühmten – verband. Der Einfluss, den sie auf die weltliche Macht und das Gewissen der Menschen ausübten, konnte niemandem verborgen bleiben.

Der Kampf zwischen den Anhängern des Papstes und den Teilhaftigen der Gnade war unerbittlich. Er war der Streit der Väter, den die Söhne aufgrund eines erheblichen Mangels an Phantasie Wort für Wort aufgegriffen und in das Kolleg übertragen hatten. Anstatt sich in die rhetorischen Übungen der *inventio-disputio-elocutio* zu stürzen, die ihren Lehrern so lieb und teuer war, zogen die Schüler es vor, sich gegenseitig als »räudige Pelagier«, »mickrige Ultramontane«, »gehörnte Bigotte« oder

»Molinisten ohne Eier« zu beschimpfen – Epitheta, die gerade als Schimpfworte in Mode waren.

Über den Inhalt und die Form dieses Kriegs, der Frankreich in jenen Tagen beherrschte, amüsierten sich Qoëlet und Jean-Baptiste Lavour nur, wie sie auch über die Wortturniere lachten, die sich eine Hälfte der Klasse mit der anderen lieferte. Einmal pro Woche teilten die Rektoren die zweihundert Schüler der Klasse in zwei Gruppen auf, die auf einem Themenfeld, das die Lehrer ihnen vorgaben, gegeneinander kämpften. Als »Römer« gegen »Karthager« schärften diese jungen Geister unter dem strengen Auge ihrer Lehrer ihre Klingen.

Als Erster zeichnete sich Qoëlet aus und trug den Siegespreis davon. Er stellte mit so viel Kraft und Überzeugung den jungen David dar, wie dieser König Saul das Haupt des Philisters überbrachte, dass die Patres ihn zum Centurio ernannten. In der folgenden Woche war Jean-Baptiste derjenige, der in der Rolle des Odysseus, welcher Agamemnon anfleht, seine Tochter dem öffentlichen Wohl zu opfern, die Stimmen der Rektoren für sich gewann. Die Lehrer verliehen auch ihm den Dienstgrad des Centurio.

Bald jeweils das Haupt einer Legion, wurden Qoëlet und Jean-Baptiste, in Eifer und Talent wetteifernd, zu Meistern der Redekunst, denen alle applaudierten. Unverkennbar zeichneten beide sich durch ihre große Redegabe vor ihren Mitschülern aus.

Auf der Rednerbühne Gegner, wurden sie, sobald der Unterricht beendet war, Komplizen. Jeder beehrte den andern mit seinen Kommentaren:

»Geschickt gefügte Worte bilden eine Poesie, die angenehm das Ohr berührt«, meinte Qoëlet.

»Man muss lang und breit reden, um zu überzeugen, ganz

so, wie einst die Propheten predigten!«, entgegnete Jean-Baptiste mit Überzeugung.

Ihr Lieblingsspiel bestand jedoch darin, sich gemeinsam vorzustellen, wie ihr Leben in zehn, in zwanzig Jahren aussehen würde. Bei dieser Übung nährte alles ihre Phantasie: die Bücher, die sie lasen, die Gemälde in der Kapelle, der Unterricht, den ihre Professoren ihnen erteilten. Monat um Monat bereicherten und variierten die beiden Freunde ihre Pläne und lachten zuweilen, wenn ihnen klar wurde, dass sie nicht zu verwirklichen waren – denn sie waren arme Schlucker, der eine wie der andere, obwohl Qoëlet von adliger Herkunft war und Jean-Baptiste nicht. Nicht immer waren sie sich einig, welchen Beruf man ergreifen sollte, bald Astronom, bald Schiffsausrüster oder auch Poet, aber sie wussten beide, dass sie in weite Ferne ziehen, dass sie sich aufs Meer begeben würden, um zu fremden Küsten zu gelangen.

»Wir könnten doch auf demselben Schiff anheuern!«, meinte eines Abends Jean-Baptiste mit einem Schmunzeln, noch strahlender als sonst. »So könnten wir noch besser den Narren und Gemeinen die Stirn bieten.«

»Warum nicht?«, stammelte Qoëlet, den in diesem Augenblick die Begeisterung eines großen Ziels durchströmte. »Mein Vater hat mir das Fechten beigebracht«, fügte er hinzu, »ich könnte uns verteidigen.«

»Und ich, ich kenne die Kräuter, habe alles über sie bei meiner Mutter gelernt, aber davon wollen die Patres nichts wissen. Ich könnte uns also jederzeit verarzten. Wohin willst du? Los, such unser erstes Ziel aus!«

Da erschien ihnen die ganze Welt zum Greifen nah. In wenigen Worten trug ihre Phantasie sie bis nach Nouvelle-Orléans, jene Stadt, die französische Kolonisten 1718 in Amerika gegründet hatten, nach Karthagena, zum Kap der Stürme, ja sogar zu den »Terres Australes«, den entlegensten Gefilden unweit des Südpols, wie sie auf den Karten hießen. Ihre Besprechung dauerte die ganze Nacht. Qoëlet war heimlich zu der kleinen Kammer hinaufgestiegen, die Jean-Baptiste unterm Dach bewohnte. In der vollkommenen Stille des Kollegs, nur erhellt vom Licht des Monds, das durch eine schmutzige Scheibe drang, flüsterten sie, einer den andern übertrumpfend, zeichneten auf dem Betttuch die Kontur der Küsten von Brasilien oder Koromandel. Im Morgengrauen schliefen sie ein, erschöpft vom vielen Reden und Lachen, berauscht von der Luft des offenen Meers. Sie wussten, dass sie nur das Fenster zu öffnen brauchten, um am ganzen Leibe den Wind des Ozeans zu fühlen, der die Kaimauern des Hafens von Vannes beleckte.

Diese herrliche Nacht war jedoch die letzte ihrer Freundschaft.

Gewiss, sie sprachen sich wechselseitig Mut zu, verzückt und verängstigt über die gewaltigen Veränderungen, die in ihnen vorgingen. Jean-Baptiste sah sich jedoch durch sein ungestümes Temperament gezwungen, Gewissheiten zu schmieden. Ganz anders dagegen Qoëlet, dem nichts anderes gelang, als seine Zweifel zu offenbaren. Gewissheiten boten bereits die Patres in Fülle. Und Gott war die erste von allen.

Jean-Baptiste, ein glänzender Schüler – seine Lehrer beurteilten ihn als *subtile* und *valet ingenio* –, wurde von jener anderen Reise, in das Innere seiner selbst, verlockt. Er verbrachte immer mehr Zeit, über seine gefalteten Hände gebeugt, in der Kapelle.

»Du träumst, anstatt zu glauben, Qoëlet«, sagte er eines Tages, als ihm sein Freund von verschiedenen Schiffen sprach, die bald in See stachen. »Warum öffnest du dein Herz nicht weiter dem Glauben? Er ist der einzige Weg, der zur Wahrheit führt.«

Der junge Lavaur begab sich auf eine immer aufrichtigere Suche nach dem »heiligen Gast seines Herzens«, jenem verheißenen Gott, von dem seine Lehrer ihm täglich von früh bis spät sprachen. Qoëlet wurde Zeuge mehrerer Exzesse des Jungen, doch er traute sich nicht so recht, ihn von seiner Erforschung abzulenken. Als er Jean-Baptiste eines Tages an einem Wintermorgen, da alles zu Stein und Bein gefror, auf den nackten Fliesen der Kapelle knien sah, zog er sich leise zurück, ohne ihn anzusprechen. Diese wenn auch nur leichte Zurückhaltung war das erste Zeichen seiner Entfremdung. Obwohl auch er mit aufrichtigem Herzen zu jenem Gott der Barmherzigkeit und der Vergebung betete, der in den Himmeln thronte.

»Herr, könnt Ihr mich hören?«

Die Patres versicherten: ja.

Woran glauben? Wem folgen? Wozu? Diese Fragen, ganz einfache, doch entscheidende, nahmen sie vollständig in Beschlag. Qoëlet und Jean-Baptiste sprachen oft darüber, so leidenschaftlich suchten sie beide nach einem Weg, dem sie folgen sollten.

Von einer bestimmten Nacht an behielt Jean-Baptiste seine Entdeckungen jedoch für sich. Gerade brach der Tag an, als Qoëlet ihn mit geröteten Augen und fiebrigen Händen, wie von einem anderen Geist als dem seinen besessen, die Kapelle betreten sah. Er habe »etwas gesehen«, murmelte er in sich hinein. Sein Lächeln war so strahlend wie bisher, aber er richtete es nicht mehr an Qoëlet.

»Ich habe die tiefsten Gründe meiner Seele erforscht«, fügte er hinzu, womit er, ohne es auch nur zu bemerken, eine Formel wiederholte, die er während einer Predigt vernommen hatte.

Auf Qoëlets entgeisterten Blick reagierte er nicht. Von diesem Tag an wechselten sie nur noch knappe Sätze, behielten jedoch den Ton der Freundschaft bei wie in der Hoffnung, eines schönen Tages wieder zu ihrer ungetrübten Komplizenschaft zurückzufinden.

Die Patres lobten Jean-Baptistes Begeisterung, auch wenn sie seinen Eifer mäßigten. »Schont Euch für später«, meinte eines Tages der Studienpräfekt, während er ihm zur Ermutigung ein bereinigtes Exemplar des *Berichts des Pilgers*, der berühmten Autobiografie von Ignatius von Loyola, dem Gründer des Jesuitenordens, überreichte, aus der man zu Studienzwecken zahlreiche Lesungen hielt.

Jean-Baptistes Lernbereitschaft öffnete ihm im folgenden Jahr die reiche Bibliothek des Kollegs. Darin entdeckte er – vielleicht mit zu viel Genuss – die berühmte *Imago primi saeculi*, ein prachtvoll illustriertes Werk zum Ruhme des Ordens, dessen Bilder ihn bezauberten. Das Martyrium des Père de Brébeuf, dem von den Indianern Nordamerikas bei lebendigem Leib die Haut abgezogen, die Lippen abgeschnitten und, weil er noch während seiner Marterung weiter von Gott sprach, das Herz herausgerissen wurden, versetzte ihn ins Schwärmen. Heimlich las er die *Geistlichen Exerzitien* des Ignatius, in denen der Erste der Jesuiten von all dem Leid berichtet, das er seinem Körper zuzufügen vermochte, um Gott noch mehr zu lieben. So brach der junge Lavaur in Tränen aus, als er las, dass der Meister es sich verbot, an den Tod zu denken »aus Furcht, dadurch zu viel Trost zu erlangen«. Während er mit einem lüsternen Blick das Kruzifix anschaute, erklärte er Qoëlet:

»Wir sind nicht Herr über unser Schicksal. Ich werde Missionar!«

Qoëlet war nicht überrascht. Anstatt darüber betrübt zu sein, dass diese brüderliche Freundschaft, die er glaubte gefunden zu haben, von Tag zu Tag mehr zerbröckelte, zog er es vor, sich im Stillen darüber zu amüsieren, wie sein Freund sich in Andachtsübungen verzehrte und dies mit einer Inbrunst, wie Madeleine sie für ihn selbst gewünscht hätte. Später überreichte er ihm aus reinem Spaß an der Provokation ein Exemplar der *Persischen Briefe* von einem gewissen Montesquieu, ein Werk, das sich über den religiösen Fanatismus mit stark ironischen Tönen ausließ und sogar ein Loblied auf den Protestantismus sang.

»Ungeheuerliche Lüge! Das gehört verbrannt!«, schrie der Musterschüler und schleuderte das in Amsterdam gedruckte Pamphlet in die Ecke.

»Schlag es wenigstens mal auf«, drängte Qoëlet, den die Lektüre dieses politischen Brandstifters begeistert hatte.

»Würdest du etwa die *Memoiren des Judas* lesen, du armer Tor?«, entgegnete Jean-Baptiste voller Zorn.

Eines Tages jedoch fand Qoëlets Belustigung ein jähes Ende. Die Kollegschüler und Patres versammelten sich am Aschermittwoch zur Messe. Im Augenblick der Erhebung der Seele zu Gott vernahm man plötzlich ein Rascheln von Stoff und einen dumpfen Schlag. Ein Raunen ging durch die Versammlung. Jean-Baptiste war in Ohnmacht gefallen und lag mit wächserner Haut und halb geschlossenen Lidern im Gang. Qoëlet stürzte zu ihm, und in ihm erwachten wieder all die Gefühle, die er für den Knaben empfunden hatte, der ihn einst aufmunternd am Ärmel gezupft hatte. Er hob ihn in seinen Armen hoch, war verwundert, dass er ihn so leicht fand, und trug den immer noch Ohnmächtigen zur Krankenstube. Dort wollte er nicht von seiner Seite weichen, versuchte ihm den Kragen zu öffnen und ihm Luft zu verschaffen.

»Lasst ihn …«, befahl der Bruder Krankenmeister und stieß ihn fort.

Und der beleibte Mann machte sich mit so präzisen und raschen Griffen an dem reglosen Körper zu schaffen, als wüsste er ganz genau, was zu tun war. Qoëlet sah, wie er ihm den Habit auszog, dann die Weste, das Leibhemd … Darunter fand sich noch ein weiteres Kleidungsstück. Neugierig trat Qoëlet näher. Da sah er, wie der Ordensmann etwas aufschnitt, das aus einem unbeschreibbaren Material, vermutlich Rosshaar, bestand, mit einer schon alten Schmutzkruste verklebt war und von etwas wimmelte, was Madengewürm zu sein schien. Ihm wurde übel von dem Gestank. Und was er unter dem Büßerhemd erblickte, erfasste ihn mit Grauen. Jean-Baptistes Haut lag offen da, bedeckt mit geschwollenen Krustenflechten an den Stellen, wo die Infektion ausgebrochen war.

Der Junge kam zu sich; sein Gesicht, aschfahl, verzerrte sich vor Schmerz.

»Was hast du mit dir gemacht?«, schrie Qoëlet ihn mit Tränen in den Augen an.

»Ich habe ein großes Licht gesehn …«, stammelte der Kranke.

»Du bist in Ohnmacht gefallen.«

»Ich habe Gesänge gehört …«

»Wir haben alle gesungen!«

»Nein! Andere Gesänge!« Zitternd stützte er sich halb von seinem Lager auf. »Eine Stimme sprach zu mir: ›Du musst den Weg deines Herzens finden.‹ Es war, als sprächen alle Heiligenfiguren zugleich zu mir. Ich sah sie nicht mehr, aber sie waren es … sie sagten immer wieder: ›Den Weg deines Herzens …‹«

Diese letzten Worte begann er zu psalmodieren und konnte nicht mehr aufhören. Qoëlet war außer sich und rief den Freund bei seinem Vornamen, schüttelte ihn so heftig und lange, bis Jean-Baptiste endlich mit erstaunten Augen zu ihm aufsah.

»Warum starrst du mich so an?«, fragte er verwundert. »Begreifst du denn nicht?«

»Aber was denn?«, schrie Qoëlet und fühlte, wie Zorn sich in seine Tränen mischte.

»Du ängstigst dich zu Unrecht um mich, mein Freund«, hauchte Jean-Baptiste mit einem Lächeln. »Mir geht's bestens. Ich weiß, Qoëlet! Ich habe vernommen... Alles hat nun einen Sinn...« Und er fügte hinzu: »Ich bin jetzt glücklich! Und mehr denn je dein Freund! Der Weg meines Herzens, das ist der der verlorenen Seelen... Wir müssen reisen, das Wort hinaustragen... Ich werde Seelenfischer sein! Ich werde dir helfen... Auch du wirst finden. Ich werde dich führen... Komm mit mir!«

Qoëlet erblickte darin eine letzte Chance, ein wenig von der verlorenen Brüderlichkeit wiederzufinden:

»Ich bewundere und ich beneide sogar deine Gewissheiten, aber...«, begann er.

»Liebe mich, wie ich bin«, fiel ihm Jean-Baptiste ins Wort. »Selbst wenn ihr dieses Hemd vernichtet«, fuhr er auf das Büßerhemd deutend fort, das der Bruder Krankenmeister gerade mit betrübter Miene verbrennen ließ, »werdet ihr mich nicht zurückhalten. Glaubst du wirklich, Qoëlet, du wüsstest bereits alles vom Leben, weil du mich abwenden willst von dem Weg, der, so glaube ich, der rechte ist? Nein, ich denke, du weißt nicht genug, mein Freund. Dein Zweifel ist keine Kraft, sondern ein Unwissen, das dich untergräbt. Qoëlet, gleite nicht auf den Irrweg ab, auf einen großen und langen Irrweg, der dich nicht weniger martern wird als diese Krankheiten, die uns heimsuchen, sei's die Pest oder seien es die Pocken... Ich sag's dir noch einmal: komm mit mir!«

Qoëlet konnte nicht verhindern, dass ihn ein Schaudern überkam. Er schüttelte den Kopf und trat von Entsetzen gepackt zurück, so als besäße der Junge, den er geliebt hatte, die Macht, ihn mit in seinen Wahnsinn zu reißen. Er begriff, dass sie niemals dasselbe Schiff besteigen würden. Und flüchtete aus der Krankenstube.

SECHS

Fortan verließ Qoëlet an den Abenden sofort nach dem Unterricht das Kollegium. Während Jean-Baptiste von seinen Lehrern immer öfter den Siegeslorbeer erhielt, verfiel Qoëlet mehr und mehr in Schweigen, stürzte in der Benotung in die Tiefe und vernachlässigte sein Studium.

Sein Körper wandte sich dem Lärm und Getriebe der Stadt zu. Allein im Gewirr der Gassen, im Schweiß der Menge, im tollen Treiben der Märkte, in der Stille der Sackgassen drang der Bretone ins Herz der Hafenstadt vor. Außer zur Stunde des Nachtmahls begab er sich nur noch selten in seine Pension.

Diese Stadt am Meer war eine ganz andere Welt als die Landschaften seiner Kindheit. Unermesslich groß, in unterschiedliche Viertel geteilt, reich an Gassen mit einem Gewühl von Leibern. All dies hatte der Ozean geschaffen. Jeden Tag ging ein neues Schiff auf der Reede vor Anker. Der Quai du Vin, so genannt, weil dort seit jeher die Weinfässer verladen wurden, rauschte vom Lärm jenes bunt gemischten Volks, das ewig gleich die Häfen beherrscht: Diebe, Huren, Bärentreiber, Puppenspieler, Edelleute, Spitzbuben, Soldaten … und nochmals Huren, Krüppel, Matrosen, Gestrandete, Betrunkene … Sie bildeten das Herz der Stadt, jene unzähligen Wesen, ihr Geschrei, ihr Gestank, ihr gemeinsamer Gang dem Tod entgegen, und dazu noch die Ertrunkenen, die ihn bereits gefunden hatten … Inmitten dieses dichten Gedränges glitt Qoëlet ganz benommen vom Überborden der Eindrücke wie ein Fremder durch die Menschenmengen. Von der Travée aux Bretons, die bis zum Quai du Vin hinunterführte, kannte er bald jedes Haus aus weißem Granit, das bescheidenste Etablissement, das kleinste Ladenschild. Wenn er an der Bäckerei Tudieu vorbeischritt, kam die Bucht von Morbihan in Sicht. Daneben ein Kurzwarengeschäft, dann eine Metzgerei, der Laden eines Schusters, das Palais eines Finanziers und die »Herberge der drei Wege«.

Dort hatte die Tochter des Wirts ihn eines Abends unter dem Vorwand, mit ihm ein Buch zu lesen, auf ihre Kammer gelockt. Ein abgrundtiefer, genusssüchtiger Seufzer. Dann hatte sie in seinen Beinkleidern gefingert, ihn aufs Bett gestürzt und ihre Röcke gehoben. Erst war er verwirrt gewesen, meinte sich schämen zu müssen, doch dann hatte die Begierde alle Bedenken, alle Scheu vertrieben, und er war in sie eingedrungen und in einem Taumel der Lust versunken.

Im Übrigen besaß er mit achtzehn Jahren seine volle Mannesgestalt, leicht größer als der Durchschnitt, noch schlank und rank, hatte ein hübsches und ernstes Gesicht, feine, ja scharfe Züge, ganz wie sein Blick. Der Bart dunkel und dicht, die Brust wild behaart, die Taille gut gebaut, hoch aufgeschossene Schenkel. Mehr als eine Frau in Vannes ließ sich von diesem rätselhaften Schönen bereitwillig betören. Und sein erstes Erlebnis dieser Art rief nach Wiederholung.

Aber genauso, wie er sich von der Menge getrennt fühlte, konnten seine Mätressen ihn nicht aus seinem Kummer reißen. Was hatte er inmitten all dieser Leiber, an all diesen Orten verloren? Jene Prophezeiungen, jene Offenbarungen, jene Drohungen aus dem Munde derer, die er bis dahin gekannt hatte, fraßen an seinem Hirn. Denn so sehr er sie alle in den Wind schlug, betrachtete er jetzt doch seine Hände – vornehmlich die linke – und fragte sich, was er mit ihnen anfangen sollte.

Seine schwer deutbaren Träume – die Flüsse entlang zur Quelle zu streben, dem Lauf der Wolken zu folgen, zu den Massen zu sprechen – hatten ihn bisher nirgendwohin geführt.

Er machte sich auf, diese Träume zu ergründen, und entdeckte den Wein. Er stieß darin, ein wenig zu rasch vielleicht, auf düstere, aber gewaltige Wahrheiten, auf eine besänftigende Ruhe. Später stürzte er sich in jene Abgründe der Illusion, die der Rausch im Bewusstsein der Menschen öffnet, und ließ die Abende mit kräftigen Schlucken eines herben Weißen bis zum innersten Berauschtsein vorübergehen. Begann das Ganze, verblüfft von Kopf bis Fuß, schwammig vor Alkohol und Ekel, versteinert vor Angst, wieder von vorn – durchlitt Alpträume.

Bereits seit Monaten endeten seine nächtlichen Ausflüge stets in denselben Kaschemmen. Als die berüchtigten Novemberstürme nahten, schlugen ganze Wolkenbrüche ihr Wasser aufs Pflaster und peitschten ihm Regen ins Gesicht, während er ziellos durch die Gassen streunte. Wenn die Stadtlaternen abgesoffen waren, sah man in diesen Wasserschwaden keine zehn Schritte weit. Doch immer erreichte er, geführt vom Grölen der Matrosen, die, während sie gegen eine Mauer pissten oder ihren Rausch erbrachen, mit einem Bordlied gegen den Wind anbrüllten, jene Schenken, aus denen eng umschlungen Rudergäste und Hafenhuren heraustorkelten.

Meist zog er an ihnen vorbei und betrachtete durch die schmutzigen Scheiben die wirre Masse der Zechgenossen. Er hörte das fette Lachen der Männer, das glucksende Kichern der Weiber. Er ging weiter. Der Regen hämmerte mit strengem Gleichmaß auf das Pflaster. Eine niedrige Tür am Ende eines Hinterhofs. Er trat ein. Ein Mädchen, oftmals hässlich, kam ihm einen klaren Traubenfusel servieren, der in der Kehle kratzte und im Eingeweide brannte.

Dann konnte er sich endlich mit Alkohol und Einsamkeit betäuben und sang während dieses eintönigen Geschäfts aufs Geratewohl Trinklieder, die er zu bekannten Melodien summte. Es waren flüchtig auf Papierfetzen gekritzelte Vierzeiler voller Ironie, die er mit betrübtem Schulterzucken zerriss, wenn er sie nicht zu Bällen, aufgeweicht von der Weinpfütze auf dem Tisch, zusammenknüllte.

Und noch ein Weinkrug. Der Körper nimmt auf, was die Seele nicht verdaut. Dann Abstoßung. Urinieren. Er erhob sich, achtete genau auf jede seiner Gesten. Seinen Körper beherrschen, oh, welch schöne Beschäftigung! Er begann dummes Zeug zu stammeln, schrieb nicht mehr, trank nur noch und warf unbeholfen ein Paar Würfel auf den Tisch. Das war das Zeichen, zumindest ein deutliches Indiz. Qoëlet wusste, nun war es an der Zeit, zu gehen. In wenigen Augenblicken würde in seiner Pension der Riegel vorgeschoben werden, und der Hauswirt verkroch sich. Für Qoëlet hieß es, entweder jetzt aufzubrechen oder eine weitere jener Nächte zu verbringen, in denen er seinen Wein und seine Schande in den Rinnstein kotzte.

»Man schliddert in sich rein wie in einen Abgrund …«, stammelte er an einem dieser Abende mit krächzender Stimme, sein Gesicht hinter den Händen verborgen. Und in jenem Moment höchster Schwäche wäre es ihm lieber gewesen, er hätte den Schmerz, die Sorge, den Kummer, egal was gespürt: Hauptsache, etwas spüren, glauben, hoffen. So wie Jean-Baptiste, die Wangen ausgehöhlt vom Fasten, die Knie versengt von den Fliesen der Kirche, gefühlt, geglaubt und gehofft hatte.

So konnte das nicht mehr lange währen. Der Pensionswirt ahnte etwas von den Ausschweifungen seines jungen Gastes. Eines

Tages würde er mit den Patres reden. Und was dann? Rauswurf aus dem Kolleg? Qoëlet konnte sich keine Zukunft vorstellen. Sein Rhetorikjahr näherte sich bereits dem Ende, und seine Mutter schrieb ihm, dass er danach um das Noviziat ersuchen müsse. Wenn sie gewusst hätte, arme Madeleine!

In einem grauenhaften Halseisen aus Scham und Abscheu gefangen, hätte er seine ersten achtzehn Lebensjahre, in denen er so wenig Sinn und Verstand entdeckte, am liebsten vergessen, ausgelöscht. Denn während manche nach Mitteln und Wegen für ihre Absichten suchen, glaubte er an jenen Abenden nicht einmal eine Vorstellung davon zu haben, was er überhaupt wollte. Aus der Mulde seiner linken Hand warf ihm die Lebenslinie ihre gewohnte Grimasse zu. Im Suff sah sie hässlich und von unentzifferbaren Strichen zerrissen aus.

SIEBEN

In jener Nacht begab er sich, nachdem er unter zögerndem Schwanken eine verkommene Schenke verlassen hatte, zum Quai du Vin. Das Unwetter tobte. Sein Schritt war unter der Sturmbö energischer geworden. Mit der Nase im Wind, das Gesicht gepeitscht vom Regen, dachte er nach. Der Alkohol bleibt im Körper, doch der Geist löst sich in einer solchen Lage von seinen engen Fesseln.

Da sagte er sich: Es geht nicht so sehr darum, dass man weiß, was man tun soll, als vielmehr darum, dass man weiß, warum man es tut... Und ich, ich weiß, warum ich auf der Suche bin.

Und als ob diese mitten im Rausch gemachte Feststellung eine gewaltige Offenbarung gewesen wäre, schlug er mit entschlossenem Schritt den Weg zur Pension ein.

Sein Hauswirt erwartete ihn bereits mit einer Kerze in der Hand, die Nachthaube tief über den Schädel gezogen, den Wanst in eine große Wolldecke gewickelt, am Fuß der Treppe. Mit seinem von geplatzten Adern übersäten Gesicht und seinen von vierzig Jahren Pökelfleisch und guten Weinen ähnlich rot geäderten Augen glich er einer Naturgewalt.

»Wir haben ein Wort miteinander zu reden, junger Mann!«, bellte er Qoëlet entgegen, der ihn mit einem sanftmütigen Säuferblick betrachtete.

»Das wird mir stets ein Vergnügen sein«, antwortete dieser leichthin.

»Spielt nur nicht den Oberschlauen«, gab der Mann kalt zurück. »Los, setzt Euch lieber mit mir ans Feuer. Kommt schon, sag ich!«, drängte er, während er, in seine dicke Decke gemummt, zum Kamin trat.

Der alte Pensionswirt zerrte eine Handvoll Zweige aus einem Reisigbündel und warf sie ins Feuer, um es wieder zu entfachen. Bald erfüllte ein beruhigendes Knistern das Zimmer. Qoëlet legte einen Scheit obendrauf, dann setzte sich jeder auf einen Stuhl und versenkte den Blick in den rötlichen Lichtschein des Kamins.

»Eure desillusionierte Miene betrübt mich zutiefst, und noch mehr, wenn Ihr den Geistreichen spielt. Ich seh, Ihr seid jung, voller Geist, nicht auf den Kopf gefallen, doch wie ausgelöscht, wie erdrückt von Eurem eigenen Gewicht, erstickt allein von Eurem Atem. Was sucht Ihr denn?«

»Das Glück… vermute ich…«, stammelte Qoëlet fast verschämt.

»Wunderbar!«, rief der Mann mit einem spöttischen Schmunzeln und rieb sich kräftig die breiten Hände. »Und Ihr sucht es in den verkommensten Kaschemmen? Ich bitt Euch, versucht's nicht abzustreiten!« Er betrachtete den Jungen mit einer verschwörerischen Miene und fuhr fort: »Lasst es Euch gesagt sein, dass mir's piepegal ist, was Ihr von Gott und der Welt haltet, und Ihr könnt mit Eurer Haut tun und lassen, was Ihr wollt. Aber ich will nicht, dass ich durch Eure Schuld Scherereien bekomm. Also schlag ich Euch folgenden Handel vor: Entweder Ihr bleibt und hört auf, noch weiter jeden zweiten Abend stockbesoffen heimzukehren, oder Ihr verlasst dieses Haus. Ich verdiene mein Geld mit Leuten Eurer Sorte, ich beherberge Schüler aus dem Kollegium, kurzum: Ich bin ein ehrbarer Mann, und die Patres schenken mir Vertrauen. Allein daraus dürftet Ihr erahnen, wie biegsam ich bin… Aber ich seh's Euch an: Ihr habt das Zeug, Euch in einer dunklen Gasse die Gurgel durchschneiden zu lassen, und das würde mich dann garantiert in Schwierigkeiten bringen. Und das rat ich Euch ganz und gar nicht …«, setzte er mit so übertrieben jesuitischer Süßlichkeit hinzu, dass klar und deutlich wurde, wie viel Härte sie verbarg.

Als er sich erhob, überragte der Mann Qoëlet um Hauptes-länge.

»Wenn ich unsern Handel mit wenigen Worten abschließen darf, so merkt sie Euch genau, denn ich sag sie kein zweites Mal. Ich weiß, dass man eines Tages zwanzig sein wird. Auf der Schwelle zu diesem Alter tritt eine tiefe Verwandlung ein. Da hört unser Körper nämlich auf zu wachsen und sagt zur Seele, die er mit sich schleppt, gewissermaßen: ›So, das wär geschafft, ich bin zur Reife gelangt, und nun bist du an der Reihe, mir so lange vorzuschreiben, welche Richtung ich einschlagen soll, bis ich dir nicht mehr folgen kann …‹ Hübsche Rede, nicht wahr?«

Der alte Pensionswirt hatte seinen Satz mit einem spöttischen Grinsen beendet.

»Und dann vergisst man diese Zeit, betrachtet sie nicht selten voller Bitternis. Man wird alt und älter. Man nimmt den Stand an, der seinem Vermögen und seiner Geburt entspricht. Man hat seinen Platz. Dass Ihr nicht wisst, wo der Eure ist, bringt den meinen in Gefahr«, fuhr der Pensionswirt fort, während er sich mit einem müden Rascheln noch fester in seine Decke hüllte. »Manche versichern, dass man mit einer Bestimmung geboren wird oder dass man, umgekehrt, von einem Fatum, einem Verhängnis, gezeichnet ist. Misstraut solchen Worten, die sich anmaßen, mehr zu enthalten, als der Grips zu fassen vermag, Ihr Hitzkopf. Sie umfassen unsere Ängste, aber sie binden sie nicht. Gott und der Zufall genügen für dieses

Geschäft. Lasst es Euch gesagt sein: Große Bestimmungen sind rar …«

Der Alte ergriff den Schürhaken, rüttelte so kräftig die Scheite, dass er den Gluten weiße, laut knackende Funken entriss. Dann drehte er sich jäh zu Qoëlet um und sagte mit einer dumpfen, wohl auch gerührten Stimme zu ihm:

»Kommt, seid vernünftig, versaut Euch nicht alles. Hört auf, vom Unmöglichen zu träumen … Das Glück, was für eine Schnapsidee! Hört auf mich! Kehrt zurück zur Ordnung, lasst diese Eskapaden. Wenn nicht, dann werf ich Euch aus dem Haus und sorg dafür, dass Euch auch die Patres aus dem Kolleg rauswerfen!«

Der Junge antwortete mit einem langsamen Nicken. Aber die Planken der hölzernen Stiege seufzten schon unter den müden Schritten des Alten, der bereits nach oben verschwunden war.

Nun war er allein in dem Zimmer. Das schwere Holzscheit im Kamin war nur noch ein großes glimmendes Reis. Einen Moment lang versenkte der Bretone sich in die Betrachtung dieses Schauspiels. Er blickte auf seine Hände, die er den Flammen entgegenstreckte – wie es, wenn er nach dem Lehmstück oder Hals greift, der Künstler oder Mörder tut –, bevor er sie langsam wieder seinem Gesicht zudrehte. Die Lebenslinie in der Höhlung seiner linken Hand erschien vor seinem Blick, schnitt sie abgrundtief entzwei.

Woran dachte er genau, als er diese Hand plötzlich in die Flammen stieß, bis sie mit der Innenfläche die Glut berührte? An Jean-Baptiste vielleicht.

Der Haut entströmte, während sie verbrannte, ein abscheulicher Gestank, den er nie mehr vergessen sollte – so wenig, wie er jemals in seinem Leben die ganz natürliche Faltung seiner Hand wiedersehen sollte.

Bereits im Morgengrauen jenes wild entfesselten Tags befand er sich, seine magere Habe, die er in ein um die Brust geschlungenes Tuch gestopft hatte, an sich pressend, auf dem Quai du Vin. Dort lief er einem jener Kapitäne über den Weg, die allen, die die beruhigende Gewissheit der Reisen suchen – den Ausreißern wie den Abenteurern – das Angebot machen, an Bord zu dienen.

Die Unabhängigkeit

EINS

Der Zufall lässt sich steuern, mein lieber Qoëlet! Unser Tun gleicht dem Karten- und dem Würfelspiel. Über das Blatt, das anfangs ausgegeben wird, habt Ihr keine Macht, aber Euer Talent muss darin bestehn, es möglichst gut zu spielen. Genauso ist's beim Handel, wo es mehr drauf ankommt, wem Ihr begegnet, als auf das, was Ihr zu verkaufen habt. Alles kann auf einen Schlag gewonnen oder verspielt sein!«

Gilbert Roux warf das Würfelpaar, das er in der Hand hielt, auf den Tisch.

»Zwei Fünfer!«

»Mit einem solchen Wurf ist leicht hoffen. Das ist schon Euer drittes Paar!«, entgegnete Qoëlet, während er nach den Würfeln griff.

»Macht nicht so ein miesepetriges Gesicht! Man sieht doch, dass auch Ihr gern spielt …«

Schmunzelnd warf Qoëlet die Würfel.

»Zwei Sechser! Oh, ich verfluch Euch!«, schrie der Bordschreiber.

»Wie man sieht, begreife ich Eure Lektionen gut, Monsieur Roux.«

»Spottet nicht, steckt lieber Eure Écus ein, junger Freund. Es soll mir eine Freude sein, Euch auszuzahlen. Ihr habt Glück beim Würfeln. Das ist mal was andres als unsre Offiziere, die einen miesen Charakter haben und mir gram sind, sobald ich gewinne. In Euch hab ich Vertrauen. Ihr lernt rasch, und Euer Geschick beim Kartenspiel sagt mir, dass Ihr's weit bringen werdet.«

»Wie das? Alles ist doch nur Spiel, so Eure Worte?«

»Alles! Der Handel wie der Rest, lasst es Euch gesagt sein. Geht mit Instinkt vor. Folgt dem, was Euer Herz Euch sagt, und Ihr werdet gewinnen. Wie bei den Karten. Die besten Spieler sind nicht die, die am meisten setzen, sondern die, die wissen, wann sie setzen müssen und gegen wen!«

»Diese Lektion werde ich mir merken.«

Von Gilbert Roux, dem Bordschreiber des Schiffs, auf dem er in Vannes angeheuert hatte, war Qoëlet als Sekretär angestellt worden. Vor ein paar Tagen hatte die Schonerbrigg die Säulen des Herkules passiert und war in das Mittelmeer gelangt, mit Kupfer für Italien beladen. In Venedig war die Mannschaft an Land gegangen. Dort machte der junge Reisende Bekanntschaft mit jüdischen Kaufleuten, Menschen von – wie es hieß – unreinen Sitten, doch großem Wissen, durch die er das Bankwesen entdeckte.

Qoëlet lernte zu rechnen. Machte sich mit dem Kurs der Waren vertraut. Lernte den Wert der Dinge kennen. Wurde ein Mann des Handels und der Zahlen, der Gutschriften und Zahlungsbelege, der Wechsel und der Lagerhäuser: mit einem Fuß auf der Erde, mit dem andern auf irgendeiner Brücke.

Mittelmeerhandel, Rivalitäten. Wutanfälle, Angst, Torheiten der Begierde und des Stolzes. In den Häfen kam es häufig zu tätlichen Zusammenstößen, zuweilen zu Schlägereien, denen Qoëlet sorgsam aus dem Weg ging. Er trug nie eine Waffe bei sich, wenn er in die Gasthäuser, die Tavernen, die Parkanlagen ging. Aber in seiner Kabine fand man einen kräftigen Degen und eine Kavalleriepistole. Er verstand mit ihnen umzugehen, zu oft hatte er früher das Stechen und Stoßen des Einarmigen parieren müssen.

Von Hafen zu Hafen, Taverne zu Taverne, weihte er sich weiter in der Kunst der Karten ein. Mit der Zeit wurde er ein geschickter Spieler, mit sicherem Gedächtnis, und war im Stande, die Absichten seiner Gegner zu durchschauen. Er gewann ein wenig Geld, das er sofort in feines und solides holländisches Tuch, in Madeira-Wein, der in der Farbe dem der Côtes du Rhone oder der Côte-Rôtie gleicht, in Öl aus Badajoz, Hanf aus Königsberg, Blei aus dem Harz, Stahl aus Schweden, Zinn aus England investierte. Das Blei war ein gutes Geschäft im Sommer 1734. Ein Jahr zuvor war Frankreich nämlich in Italien eingefallen. Der Armee gebrach es an Kugeln, so rasch verlief der Vormarsch der Truppen. Der Handel war im Nu geschlossen worden. Qoëlet hatte mehr als zehntausend Livres für fünftausend investierte eingesackt.

Im folgenden Jahr war er in Palermo, wohnte den Feierlichkeiten der Krönung Karls von Spanien zum König beider Sizilien bei – der Schiffsausrüster, in dessen Diensten er stand, hatte die Kerzen geliefert, die die Kathedrale erleuchteten. Diesmal gewann er beträchtliche Summen im Spiel gegen Mitglieder des Hofes. Summen, die er, seiner Sache sicher, sofort wieder in ein neues Handelsgeschäft investierte.

»Seht Ihr, wie begabt Ihr seid. Fortuna reicht Euch die Arme«, jubelte Gilbert Roux, der inzwischen Zuneigung zu ihm gefasst hatte. »Glück und Geschick: Ich sag's Euch noch einmal, diese beiden Verbündeten fördern die großen Karrieren!«

Er war nicht reich, hatte sich aber geschworen, es zu werden. Was er suchte, war nicht das Glück, aber vielleicht ein Mittel, um es zu erlangen. Zumindest redete er sich das ein. Es schien nicht schwer zu sein. Wie im Spiel zahlte sich auch im Handel Wagemut aus. Mit einigen glücklichen Treffern hatte er mehr

Geld angehäuft als andere in dreißig Jahren verzweifelter Versuche. Liebenswürdig zu den Damen, streng gegenüber den Männern, überzeugend, sobald er den Mund auftat, Neugier erweckend, wenn er schwieg, kostete ihn dies alles nur ein Lächeln. Seine hohe Statur und sein kantiges Gesicht zogen die Blicke an. Der befehlende Ton seiner Stimme flößte Respekt ein.

Kurz nachdem sie Palermo verlassen hatten, wurde Gilbert Roux von den Masern dahingerafft. Auf Empfehlung seines Kapitäns ernannte der Schiffseigner, in dessen Diensten der Dahingeschiedene gestanden hatte, den jungen Bretonen zu dessen Nachfolger. Er war erst dreiundzwanzig und besaß bereits einen Rubin, zu einem guten Preis erstanden von einem jüdischen Kaufmann aus Venedig, den er auf eine ertragreiche Kapitalanlage hingewiesen hatte.

Qoëlet bewegte sich unter Kaufleuten, Venezianern, Griechen, Juden, Ottomanen, hörte viel zu, redete wenig, drang voller Leidenschaft in die Arkana des Handels ein. Seine ersten Erfolge machten ihn kühner. Er wagte immer höhere Einsätze, ging immer größere Risiken ein. Liebte dieses Spiel. Entdeckte auf diese Art Venedig, Genua, Zypern, Karthago, Sizilien, Malta oder Konstantinopel. Lernte an jedem dieser Orte Männer, zuweilen Frauen kennen, ohne sich jedoch an irgendjemanden zu binden. Seine Menschenkenntnis wuchs mit jeder dieser Begegnungen.

Der Rest der Zeit spielte sich auf hoher See ab, auf elend langsamen, eintönigen Überfahrten, unter peitschenden Sturmböen, sengender Sonne. Er sah Männer an Krankheiten sterben, andere von den Fluten fortgerissen verschwinden. Mehrere Male wurde sein Schiff von nordafrikanischen Piraten gejagt, auf ihren Schebecken mit weit vorspringendem Bug.

Man musste Kanonen einsetzen, ein Entern gewärtigen. Was sie rettete, waren die Malteserritter, ein plötzlicher Mistral oder die Nähe der Küste.

An Bord gehen. Von Bord gehen. Waren einschiffen, Waren ausschiffen, löschen. Rechnen, nachrechnen... so vergingen drei Jahre, immer den Küsten des Mittelmeers folgend. Dachte Qoëlet noch an Jean-Baptiste, an seine Mitschüler, an seine Mutter? Überkam ihn, während er an der Reling lehnte, Reue bei der Erinnerung an seinen plötzlichen Aufbruch, jene überstürzte Flucht? Ja, eines Abends, im Angesicht eines heraufziehenden gewaltigen Sturms. Dann wurde er wieder von der Eintönigkeit des Reisens, von der Langsamkeit der Überfahrten, vom Vergessen erfasst, das ihn unmerklich mit fortriss. Ja, es gibt die Lebenden, die Toten und jene, die sich auf See befinden.

Er hatte zu allen Menschen eine sonderbare Distanz gefasst, als wäre er nur ein entfernter Zuschauer.

Er wartete auf eine Begegnung, eine Offenbarung, eine Tür, die sich plötzlich öffnete. Eine Frau ohne Zweifel. Aber sie tauchte nicht auf. Da machte er Bekanntschaft mit Bussy.

Seit einem Monat lebte Qoëlet in Konstantinopel. Die antike, aufgrund ihrer Reichtümer imposante, einst christliche, nun muslimische Stadt war ein Juwel. Für Qoëlet war es sein vierter Aufenthalt in dieser Stadt. Bei seinem ersten Besuch hatte gerade eine Feuersbrunst die Höhen von Galata und Péra, die französischen Viertel am nördlichen Ufer des Goldenen Horns, verwüstet. Die Kirche und das Jesuitenkolleg waren wie die Hälfte der Wohnungen der Franzosen zerstört worden. Im darauffolgenden Jahr hatte er das Funkeln nicht mehr der Feuersbrunst, sondern der Sonne auf den Bleidächern der neuen

Kirche der Patres betrachten können. Konstantinopel brannte, Konstantinopel erbaute sich neu; und Qoëlet war allmählich mit dieser Stadt vertraut geworden. Ihre unermesslich großen Plätze, ihre verfallenen Gemäuer, ihre verborgenen Gärten, ihre bunt zusammengewürfelten Menschenscharen hatte er mit dem dumpfen Instinkt durchquert, der ihn früher durch die Gassen von Vannes streunen ließ.

Die Bronze, die er zu liefern hatte, war längst entladen und verkauft worden. Sie sollte dazu dienen, neue Kanonen für die Armeen des Sultans zu gießen, der sich im Krieg gegen die Russen und die Österreicher befand.

Die Verwaltung des Großtürken arbeitete in erstaunlicher Perfektion. Während er auf seine Pässe wartete, war der Reisende ständiger Gast im Palais de France, wo die Sekretäre seinen scharlachroten Habit, seine lange Gestalt und sein ernstes Gesicht inzwischen kannten. Man wusste, dass er im Auftrag eines griechischen Reeders, eines Bekannten des Botschafters Villeneuve, arbeitete. Er war diesem durch Pascha Bonneval vorgestellt worden. Dieser türkische Grandseigneur war ein gebürtiger Franzose, der fünf Jahre zuvor zum Großmeister der Artillerie des Sultans avanciert war, mit dem er in Geschäften stand. Er war es, dem der Bretone bereits mehrmals Bronze für die türkischen Kanonen geliefert hatte.

Claude Alexandre de Bonneval stammte aus einer alten Familie in Limousin und war schon mit dreizehn dem königlichen Marine-Korps beigetreten. Seine großen dunklen Augen, seine wulstigen Lippen, sein mächtiger Stiernacken hatten ihn bei allen Fürsten seiner Zeit in Ungnade gebracht. 1704 war er von einem Kriegsgericht gar zum Tode verurteilt worden, hatte sich jedoch nach Deutschland retten können. Er war bis in ottomanisches Gebiet geflohen, wo er zum Islam konvertierte. Seither machte er unter dem Namen Achmed Pascha mit den Titeln eines Gouverneurs von Karamanien und eines Beylerbey von Rumelien sein Glück.

Bonneval und Qoëlet hatten sonderbare Freundschaftsbande miteinander geknüpft. Ersterer redete in einem fort, erging sich in Ausrufen, trampelte mit den Füßen und klatschte in die Hände, kochte über wie ein Jüngling, obwohl er bereits mehr als sechzig Jahre zählte. Letzterer zeigte eine fast beängstigende Ruhe, einen sonderbaren Ernst für einen Jungen von kaum mehr als zwanzig Jahren. Und doch strahlte seine Person eine Autorität aus, die sich allen gegenüber durchsetzte. Bonneval, der seit frühester Jugend Dienst tat, hatte sie erkannt und schätzte sie.

Der September, in Konstantinopel der angenehmste Monat, war schon fast zu Ende. Die Erde war noch warm von der Hitze des Sommers, aber die Luft war kühler. Die Stadt schien geradezu in Milde zu baden. Die beiden Männer hatten sich in einem Etablissement eingefunden, in dem man Kaffee und Raki zum Trinken und Haschisch –, zuweilen auch Opiumpfeifen zum Rauchen servierte. Die Unterhaltung des mehrfach verbannten Abenteurers besaß durchaus ihren Reiz, da sie getönt war von jenem philosophischen Geist, der dann in alles einsickerte, was sich auf Erden auch nur einen Hauch französisch fühlte.

»Nun, Qoëlet, Ihr stecht also wieder in See?«

»Ich warte noch auf meine Pässe. Euer Großtürke scheint wenig Eile zu haben, sie mir zurückzugeben.«

»Man muss ihn verstehen. Er hat andere Dinge im Kopf. Dieses Land denkt nur noch an den Krieg! Bald werden wir in Belgrad sein. Mit den Serben werden wir kein großes Federlesen machen! Das sind Leute ohne Erziehung, grobes Bauernpack … Danach bleibt dem Kaiser und der Zarin keine Wahl mehr, als uns um Gnade zu bitten. Der Botschafter Villeneuve erwartet nichts anderes. Ach, mein junger Freund! Ein Jammer, dass Ihr nicht auf unsrer Seite seid! Ihr würdet wahre Wunder vollbringen, dessen bin ich sicher. Ihr und ich, wir sind aus dem gleichen Holz geschnitzt!«

Qoëlet lächelte flüchtig, antwortete aber nicht gleich. Da berichtete ihm Bonneval in allen Einzelheiten vom Vorrücken der türkischen Armeen, von den Städten und ganzen Provinzen, die in ihre Macht fielen, aber auch von den Gewinnen, die dabei möglich wurden. Bei diesen Worten fing der Bretone Feuer. Welche Bodenschätze hatten die eroberten Länder? Welche Bedürfnisse die Bewohner? Die Armeen? Dauer der Transporte? Risiken und Gefahren?

»Ihr sprecht von Geschäften wie ein Leutnant von einer zu stürmenden Stellung! Ihr hättet Soldat werden sollen, mein Junge. Ihr habt genau das Ungestüm, das für dieses Metier vonnöten ist. Ungestüm und Kaltblütigkeit!«, rief Bonneval, während er sich seinen dichten Bart streichelte und seine Augen schelmisch leuchteten.

»Mein verehrter Pascha, auf der einen Seite gibt's das Holz, aus dem man die Lafetten Eurer Kanonen zimmert, und auf der andern das, aus dem man Schiffe oder Dachstühle baut. Das Eure dient zum Vernichten. Das meine zum Errichten. Ihr zerstört, während ich erbaue.«

»Verfluchter Philosoph! Immer wendet Ihr alles zu Eurem Vorteil! Aber ich mag euch, Qoëlet. Männer Eures Kalibers findet man selten hier auf Erden. Die meisten unsrer Zeitgenossen bewegen sich kriechend voran. Sie sind servil, feige, folgsame Schatten. Ich dagegen bin immer nur meinem Instinkt gefolgt!«

Bonneval ergriff die Raki-Flasche, die auf dem Tisch stand, und füllte ihre Gläser auf.

»Seht Ihr, mein Lieber, die, die wenig trinken, sind häufig die, die wenig leben. Wir sind von einer andren Spezies. Wir brauchen Exzesse, um wirklich was zu spüren. Um zu leben!«

In diesem Moment betrat eine Gruppe Europäer in Waffen das Etablissement. Sie wurde angeführt von einem blonden Pagen von zarter Gestalt. Bonneval machte ein mürrisches Gesicht.

»Man könnte wahrlich meinen, das Schicksal sei mir nicht gewogen«, knurrte er. »Seht Ihr dieses Mädchen, das den Degen trägt? Es trinkt nicht oder nur so wenig, dass es im Grund kein Trinken ist. Und dennoch: Was für ein Soldat!«

Bonneval erhob sich und donnerte:

»Hierher, Bussy! Antreten!«

Das Kind oder der Mann, der wie ein solches wirkte, wandte den Kopf in ihre Richtung. Qoëlet war verblüfft von seiner Ähnlichkeit mit Jean-Baptiste. Die Feinheit seiner Züge war die gleiche, sein blondes Haar ebenfalls. Selbst das leichte Herabziehen der Mundwinkel, als er Bonneval erblickte, erinnerte Qoëlet an seinen früheren Freund und Glaubenseiferer. Eine Art verächtliches Grinsen, selbstsicher, nicht feindselig, aber ein aufdringliches Gefühl von Überlegenheit offenbarend.

Ihm fiel ein, dass er bereits anderen Männern über den Weg gelaufen war, die ganz diesem Porträt entsprachen. Das erste Mal war es ein venezianischer Edelmann, das zweite Mal ein Erhängter mit zerfleddertem Körper. Die Tauben von San Marco und die Raben am Galgen hatten in beiden Fällen mit den Flügeln geschlagen, als er nahte.

Das Dutzend Franzosen war zu ihnen getreten. Bonneval stellte die Männer einander vor.

»Mein lieber Qoëlet, erlaubt mir, Euch Leutnant de Bussy vorzustellen, der im letzten Frühjahr zusammen mit einigen unserer Landsleute im Gefolge unsres geschätzten Botschafters Villeneuve hier eingetroffen ist. Monsieur Charles Joseph de Bussy ist wie Ihr ein ehrgeiziger Knabe, und er besitzt sogar eine gewisse Begabung für den Krieg ...«

Der Leutnant verneigte sich unmerklich, während er Qoëlet mit einer Mischung aus Neugier und Herablassung musterte.

»Leutnant«, fuhr Bonneval fort, »dies ist Monsieur de Qoëlet, der uns die Bronze verkauft, aus der wir unsre schönsten Kanonen gießen, und den ich, wenn auch ohne Erfolg, zu überreden versuche, das Handeltreiben zugunsten des edlen Waffenhandwerks aufzugeben. Er selbst wird es Euch nicht verraten, denn er ist so schweigsam, wie ich geschwätzig bin.«

Der Bretone reichte Bussy die Hand, und dieser schüttelte sie mit einer Kraft, die seine schmächtige Erscheinung nicht erahnen ließ. Bonneval befahl knurrend, Stühle für sie heranzuschaffen, und die ganze Schar nahm um den Tisch Platz.

»Diese Herren kommen von der Südarmee«, erklärte Bonneval und stellte Qoëlet die übrigen Hinzugetretenen vor. »Wir haben hier einige Unteroffiziere, die sich in Italien langweilten, wo sie den Österreichern eine hübsche Tracht Prügel verabreicht haben. Darf ich vorstellen: Monsieur Douce, trotz seines sanft klingenden Namens weiß Gott kein Lamm; dann Monsieur Braquemart – sein Name, »zweischneidiger Dolch«, dagegen fast allzu zweideutig, da er nicht nur die Waffe am Gehenk, sondern auch das Gemächt in der Hose meint; dann Monsieur Crèvecoeur, dem sein Name »Herzensbrecher« gleichfalls prächtig steht ... Ah! Zum Teufel! Diese Kampagne in Italien! Wie gern hätt' ich mir das angesehn. Anno 1716, als Ihr beide noch in Euren Windeln lagt, da hab' ich bei Peterwardein en masse

Türken umgesäbelt im Dienst des Kaisers, und dieser Schurke hat mich zum Lohn dafür so übel behandelt, dass Ihr mich seither selbst als Türken seht mit einem ausgesprochnen Faible, nun Österreicher in Stücke zu hauen. Ihr seht: vor zwanzig Jahren hab' ich für diese Kerle Belgrad eingenommen, und noch bevor zwei Jahre um sind, nehm' ich es ihnen mit meinen türkischen Kanonen wieder ab!«

»Aber was machen Soldaten des Königs von Frankreich in der Armee des Großtürken?«, fragte Qoëlet, abwechselnd Bonneval und Bussy anblickend.

»Das ist ein kleiner Scherz, den sich der Botschafter Villeneuve mit den Russen und den Österreichern erlaubt. Sie sind ›Militärberater‹! So etwas wie ein neues Metier. Sie sind ... Professoren, wenn man so will. Sie schlagen nicht mit dem Säbel drein, zumindest nicht offiziell, sondern sie zeigen den Janitscharen, wie man's nach den europäischen Methoden macht. Sie lehren sie Manöverschritt und Disziplin. Eine Art Beichtväter der Faust«, schloss Bonneval und prustete vor Lachen.

Auch die Franzosen brachen in Gelächter aus. Nur Bussy verzog keine Miene. Er lehnte den Schnaps ab, den Bonneval ihm einschenken wollte, und begnügte sich mit einem Glas Wasser.

»Mein kleiner Bussy«, protestierte der Pascha, »man muss doch im Stande sein, sich ein wenig das Leben zu versüßen!«

»Das meine versüß ich mir auf dem Schlachtfeld«, entgegnete der junge Offizier hochnäsig.

»Ah! Zeus und Donner!«, rief Bonneval und neigte sich zu Qoëlet. »Heute werde ich wahrhaftig nur Abfuhren erleiden. Dieser Bussy ist einer von der tristen Spezies. Er führt Krieg nicht zum Vergnügen, sondern aus Ehrgeiz! Er liest Bücher über die Kunst, seinen Nächsten zu töten. Macht sich

Notizen. Betreibt Recherchen. Er will avancieren! Reüssieren! Sich einen Namen machen! Ich bin sicher, er würde sogar seinen eigenen Bruder töten, wenn er ihn im gegnerischen Lager fände …«

Bussy schien durch sein Schweigen den Worten des alten Soldaten zuzustimmen.

»Ich dagegen«, fuhr Bonneval fort, »habe dem meinen in Turin das Leben gerettet. Denn ich kenn' Euer Italien, wo ich, wie man mir nachsagt, ein paar hübsche Taten vollbracht habe. Das war vor bald zwanzig Jahren. Ich stand bei Prinz Eugen in Diensten, und mein Bruder, Marquis de Bonneval, befand sich im französischen Lager. Ohne mein Eingreifen hätten die ungarischen Grenadiere das Oberhaupt unsres Hauses aufgestochen wie ein Weinfass! Lasst's euch gesagt sein, das ist die Heldentat, die ich mir zur größten Ehre anrechne. Denn auch wenn ich dem Anschein nach Türke bin, bleibe ich im Herzen doch Franzose und immer stolz auf mein Blut! Durch eine innere Regung türkischer Gnade habe ich mich zum Mohammedaner bekehrt, aber ich bin seit mehr als siebenhundert Jahren Bonneval und Franzose und werde es bis zum letzten Atemzug auch bleiben. Das ist der Grund, weshalb mein Bruder noch am Leben ist. Wir sind im Übrigen die besten Freunde der Welt. Ich schreibe ihm einmal im Jahr, um ihm meinen Respekt zu entbieten und ihm Nachricht von mir zu geben. In unseren Tagen ist diese Art von Höflichkeit bei Leuten wie unserem jungen Freund dabei, aus der Mode zu kommen. Ich bitte Euch, Bussy! Es gibt Dinge, die man einfach nicht tut!«

»Ich habe keinen Bruder«, log Bussy, der den, den er hatte, verachtete, da dessen einzige Passion das Übersetzen griechischer Autoren war.

»Umso besser für ihn!«, schrie Bonneval.

»Er hat vielleicht Schwestern«, meinte der Unteroffizier Braquemart, ein Hüne, der viel Aufsehen erregte, spöttisch. »Genauso hübsch, aber ein wenig offenherziger …«

Alle barsten vor Lachen.

Bussys Gesicht erstarrte. Fast auf der Stelle blitzte eine dünne Klinge in seiner ausgestreckten Faust. Ohne dass jemand, und nicht einmal Braquemart, seine Absicht durchschaut hätte, war er auf die andere Seite des Tischs gesprungen und hatte der Wange des Riesen einen Schmiss verpasst.

»Mach so was nie wieder, Braquemart!«, sagte Bussy dem Soldaten kalt ins Gesicht. Und während er die Spitze seiner Klinge abwischte, setzte er hinzu. »Du bist sehr unhöflich zu meinen Schwestern gewesen, die ich nicht habe. Nun lass dich von Douce zusammenflicken! Du bist kein schöner Anblick …«

Der Hüne hielt sich seine blutende Wange und zitterte am ganzen Leib. Aber ein breites Grinsen erhellte sein Gesicht, als er vernahm, wie der junge Offizier für alle Schnaps bis zum Umfallen bestellte. Später sollte er sich voller Stolz seiner Narbe rühmen und sie als die »erste Heldentat des tapferen Bussy« bezeichnen.

»Man hat den Eindruck, unser junger Satrap schätzt es nicht, wenn man von seiner Familie spricht«, flüsterte Bonneval dem staunenden Qoëlet ins Ohr. »Man muss hinzufügen, dass er der Sohn eines gewissen Oberstleutnant Pâtissier ist, dem es, als er Karriere machte, angemessen schien, die Schlachtfelder unter einem weniger handwerklichen Namen zu frequentieren! Man kann sich seine Vorfahren eben nicht aussuchen … «

In diesem Moment wandte Bussy sich dem Bretonen zu und entschuldigte sich mit tausend höflichen Floskeln für den Vorfall: »Ich bitte Euch, Monsieur, verzeiht diesem Rüpel, der unsre Unterhaltung durch vulgäre Worte gestört hat. Er ist nur zum Krieg zu gebrauchen. Für die restliche Zeit sollte man ihn einsperren«, meinte er in einem Ton voller Feingefühl. »Vergessen wir diese Störung. Graf von Bonneval meinte eben, Ihr liebt das Lesen. Ich meinerseits … Seht hier«, fuhr er fort, während er einen kleinen Band aus der Tasche seines Waffenrocks zog, »ich musste erst bis nach Konstantinopel gelangen, um endlich diese kleine Kostbarkeit zu ergattern …«

Qoëlet nahm das Werk, das Bussy ihm reichte. Es handelte sich um eine französische, aus dem Jahr 1718 stammende Ausgabe der *Monita secreta*, jener berühmten *Geheimen Instruktionen der Jesuiten*, die überall, wo die Patres Macht besaßen, verboten war und die er selbst ein paar Jahre zuvor in Venedig gelesen hatte.

Man muss einen ebenso kritischen Geist wie ich besitzen, dachte der Bretone, um sich für einen derart polemischen Text zu interessieren. Dass er dieses Buch, welches er selbst seinerzeit mit lebhaftestem Interesse studiert hatte, in den Händen des jungen Soldaten entdeckte, machte ihm diesen sofort sympathisch. Bussy, fünf Jahre jünger als Qoëlet, offenbarte sich als großer Verführer. Bald wurden sie von ihrer Unterhaltung fortgerissen. Der Offizier wusste zauberhaft vom *Commentaire de l'histoire de Polybe* von Folard und den *Mémoires sur la guerre* von Feuquières, zwei Werken über Taktik und Kampftechnik, zu schwärmen, die der Bretone selbst voller Leidenschaft las.

In den folgenden Tagen knüpften sie noch engere Bande, während sie bei Bonneval wie bei dem Botschafter Villeneuve speisten, denen es beiden ein Vergnügen war, mit diesen jungen und ehrgeizigen Männern Umgang zu pflegen. Irgendetwas hatte sie unaufhaltsam zusammengeführt. Zuallererst das Faible für Bücher. Dann der Mut. Sowie das Verlangen, sich von der Masse abzuheben, aufzusteigen. Eine ähnliche Entschlossenheit, obwohl sie nicht die gleichen Ziele hatten. In Bussys besessenem Verlangen nach Ruhm lag eine Leidenschaft, die Qoëlet instinktiv mit jener verglich, die ihn selbst antrieb. Zum ersten Mal, so schien es ihm, war er einem Menschen begegnet, den er als gleichwertig betrachtete. Was Bussy als »Ruhm« bezeichnete, nannte er das »Glück«. Aber die Energie, die beide aufwandten, um an ihr Ziel zu gelangen, war die gleiche. So wurden sie Freunde. Nach einer Woche duzten sie sich, als würden sie sich bereits seit Jahren kennen.

ZWEI

Charles Joseph de Bussy! Wie viele verlassene Frauen, besiegte Nabobs und in die Knie gezwungene Radschas haben diesen Namen mit vor Erregung schwerer Stimme ausgesprochen?

Die Gestalt eines Engels. Die Entschlossenheit in Person. Dazu noch vollkommene Manieren, dämonisches Geschick mit Pistole und dem Degen, eine Prise Humor, eine Menge Feinsinn, gewandtes Benehmen, Glück hinzu, und man ahnt, von welcher Art der Mann war, dem Qoëlet 1735 in Konstantinopel begegnete.

Sein Vater, ein Offizier, hatte ihn von Quartier zu Quartier geschleppt – bis vor zwei Jahren jener gesegnete Tag der Kriegserklärung kam. Sofort war er mit einer tollwütigen Armee über die Po-Ebene hergefallen und hatte jede Stadt, die ihm im Weg stand, eingenommen. Bei seiner ersten Kampfhandlung hatte er einen österreichischen Offizier getötet und seine erste Beute gemacht: eine Uhr, die er nun überall voller Stolz vorzeigte. Darauf stand, in roten Lettern auf das Email gezeichnet, die Sentenz zu lesen: *Vulnerant omnes, ultima necat.*

»Alle verwunden, die letzte tötet«, übersetzte Qoëlet, während er das Objekt eingehend betrachtete.

»Es genügt, wenn man gleich den Ersten tötet!«, entgegnete der junge Soldat trocken.

Das Folgende hing mit jenem Zufall zusammen, den manche gern als Schicksal oder Bestimmung bezeichnen und worin die kleine Geschichte insgeheim die große erahnen lässt.

Mit seinem Selbstbewusstsein, Mut und Ehrgeiz hatte Bussy alle zur Weißglut gebracht, doch mit denselben Eigenschaften machte er sich am Ende dem Botschafter Villeneuve unersetzlich. Seine ständige Präsenz bei den türkischen Truppen, sein Unternehmungsgeist, seine überbordende Energie hatten ihn bei den Janitscharen zum erfolgreichsten unter den französischen Beratern gemacht. Am Abend frequentierte er außerdem die Salons des Palais de France, um mit einzigartigem Talent die Paschas zu überreden, Frankreich und seine Trümpfe zu verkaufen. Die Türken schätzten ihn. Die Franzosen bewunderten ihn. Er allein war der Repräsentant jenes »französischen Genies«, das Villeneuve so sehr der Hohen Pforte zu offerieren wünschte.

Bonneval wiederum schätzte seinen mitreißenden jugendlichen Elan und veräumte es nicht, das Augenmerk des Botschafters auf diese Persönlichkeit zu lenken.

Man rüstete zu einem neuen Feldzug, einem neuen Vorstoß nach Norden. Die Janitscharen schnaubten vor Kampfesdurst. Die Franzosen vergingen vor Ungeduld. Eines Morgens tauchte Bussy in dem Gasthof auf, wo Qoëlet logierte. Er schlug ihm vor, sich dem Gefolge der Janitscharen anzuschließen, um seinen Handel durch das Beliefern der Armee auszuweiten. Er werde ihn persönlich eskortieren. Villeneuve unterstütze das Unternehmen. Es werde ordentlichen Profit und bedeutende Privilegien geben. Keine Steuern, geringe Unkosten, aber jede Menge Ware auszutauschen, schlechte gegen gute, wenig gegen viel.

»Vergiss einen Augenblick deine Träume vom Glück und jene süßen Ambitionen, mit denen du mir in den Ohren liegst. Man braucht Geld für die Frauen. Sie lieben den Luxus und bewundern nur die Starken. Riskier dein Leben und dein Vermögen, und du wirst sie alle bekommen. Eroberte Länder sind jungfräulicher Boden, der erst karessiert, dann defloriert werden will! Komm mit uns. Jeder wird auf seine Rechnung kommen, mir bringt's den Ruhm ein und dir ... den Rest!«, argumentierte Bussy mit einem Schmunzeln um die Lippen.

Die Sache erschien dem griechischen Reeder, in dessen Diensten Qoëlet stand, so riskant wie gewagt. Er gab ihm einen Posten minderwertiger Ramschware und seinen Segen. Der Reisende investierte seinerseits alles Geld, über das er verfügte.

Der Gewinn erwies sich jedoch als real. Der Grieche wurde, da zu ängstlich, bald von Villeneuve gefeuert, und dieser entschied sich, nur noch mit Qoëlet zu verhandeln. Das Geschäft war von Erfolg gekrönt. Der Bretone verstand es, seltene Waren aufzutreiben und sie zum Höchstpreis abzusetzen. Nach drei Monaten hatte er bereits dreißigtausend Livres angehäuft, einen Gewinn, den er sofort dazu verwendete, um eine neue Reise in den Kosovo vorzubereiten. Die Franzosen von Konstantinopel, allen voran der Botschafter Villeneuve und Bonneval, setzten hübsche Summen auf Qoëlet. Mehr Geld als je zuvor begann im Galata-Viertel zu zirkulieren. Dort sagte man, die Kriege der Janitscharen hätten glückliche Folgen.

So gelangte Qoëlet im Gefolge der türkischen Armeen in jene Länder, die besiegt worden waren. Die einen hatten Bedarf an etwas, die anderen hatten Produkte. Er machte seine Geschäfte und machte großen Gewinn. Bald kannten seine Reisen zwischen Konstantinopel und dem Norden keine Unterbrechung mehr. Wie ein vom Erfolg berauschter Spieler setzte er immer höher, ging immer größere Risiken ein. Die Möglichkeit zu verlieren war in seinem Kopf nicht mehr vorhanden.

Bussy führte eine Reitertruppe an, die den Schutz von Qoëlets Handelskonvois sicherte, aber auch die Verbindung zwischen der ottomanischen Armee und dem französischen Botschafter unterhielt. Er war ein gerissener Fuchs, ständig auf der Lauer, bereit, die geringste Gelegenheit zum Kampf zu nutzen. Man kennt den berühmten Satz, den er fünfzehn Jahre später, nach dem Sieg von Golkonde in Hindustan prägen wird: »Ich verteidige mich nie. Ich greife an, das genügt …«

Während der übrigen Zeit ging er auf Patrouille, wobei er jedes Mal ein wenig tiefer in magyarisches oder serbisches Gebiet eindrang, dabei Schatten nachjagte, hier ein Dorf durchfilzte, dort einen Hof niederbrannte, woanders hartes und selbstherrliches Gericht hielt. Der junge Soldat liebte diese Treibjagd, erzielte Erfolge, brachte als Beweise erbeutete Gewehre zurück. Die Macht über Leben und Tod zu besitzen, auch das war nach seinem Geschmack.

In Wahrheit entdeckte Bussy auf diesen verkannten Feldzügen in der Umgebung von Nisch und Orsova seine wahre Natur. Er hatte Unabhängigkeit und Macht gekostet. Den Geschmack davon würde er immer in seinem Mund behalten. Seine Tollkühnheit erfüllte selbst die Mutigsten mit Bewunderung, seine Grausamkeit selbst die Zynischsten mit Neid.

Qoëlet war dagegen ungewollt in den Krieg eingetreten. Gegen seinen Willen hatte er sich an den Anblick frisch geschaufelter Gräber und in Asche gelegter Häuser, an das Geschrei der Verwundeten, das Gebrüll der Amputierten, das Geröchel der Sterbenden gewöhnt.

Er hatte feststellen müssen, wie selbst auf seinem Gebiet das Militärische still und heimlich über jeden anderen Aspekt die Oberhand gewann. So arbeitete er inmitten der Ballen und

Kisten seiner Warenlieferungen, obwohl Franzose und Zivilist, in der Masse der türkischen Armeen. Einer auf dem Feldzug befindlichen Armee zu folgen ist immer das Gleiche. Alle Siege haben aus der Ferne betrachtet die gleiche Farbe, den gleichen beißenden Gestank nach verfaultem Fleisch und verbranntem Pulver. Der Bretone liebte den Krieg nicht, aber er verstand ihn zu führen, nachdem ihn der Einarmige jahrelang allein zu diesem Zweck erzogen hatte. Mehr als einmal hatte er sich aktiv an der Verteidigung seiner Konvois beteiligen müssen, die unablässig von magyarischen oder serbischen Partisanenbanden belästigt wurden. Da hätte man ihn sehen sollen, im Sattel eines schäumenden Rosses, in einer Faust einen Säbel, in der andern eine Pistole. Oh, wie stolz wäre der alte Herr gewesen, hätte er seinen Sohn so entschlossen im Kampf gesehen.

So war Qoëlet, als die Armee des Sultans nach drei Jahren im Feld vor dem orthodoxen Belgrad auftauchte, von zwei Säbelhieben gezeichnet und sah jede Nacht im Traum die riesengroßen, vor Entsetzen wie Erstaunen aufgerissenen Augen eines Angreifers, dem er vermutlich mit einem Pistolenschuss den Schädel zerschossen hatte, um sein eigenes Leben zu retten.

»Ich habe getötet!«, sagte er sich, während er sich zitternd, von Entsetzen ergriffen, machtlos, das Geschehene ungeschehen zu machen – wie jeder Soldat dazu verdammt, bis zum letzten Atemzug die Last dieses Verbrechens zu tragen, für das ihn kein einziger Richter jemals verfolgen würde –, aus dem Grauen seines Traums riss.

»Das ist das Risiko, wenn man sich mit dem Militär einlässt, denn es ist von so liebevoller Natur, dass es Euch die Ehe anbietet und auch noch die Mitgift bezahlt …«, hatte Bonneval einmal liebevoll zu ihm gesagt.

Bussy meinte dagegen ironisch: »Ich bitte dich! Sei ehrlich! Hättest du so viel verdient, wenn wir nicht so weit gekommen wären? Alles hat seinen Preis!«

Und Qoëlet dachte bei sich, dass er Recht hatte, so sehr er Bussys Leidenschaft für den Kampf auch verachtete.

Diese Verachtung für das Blutvergießen schien ihm sein neuer Freund jedoch nicht übel zu nehmen. Der junge Soldat schien Qoëlet ganz aufrichtig verbunden. So als hätte er in ihm ein Wesen von gleichem Wert gefunden, das sich aber in einer ganz anderen Sphäre bewegt. Und vielleicht bewunderte er ihn sogar und fand in ihm jene Entschlossenheit wieder, die, wie er wusste, das Zeichen seines eigenen Wesens war und seinen Erfolg ausmachte. Die gleiche Verbissenheit, mit der Qoëlet sein Unternehmen betrieb, zeigte Bussy auf den Schlachtfeldern. Doch der Geist blieb der gleiche: der Geschmack am Risiko, der Durst nach dem Unbekannten, das Leben zum Trotz, als Herausforderung wie beim Würfeln aufs Spiel gesetzt.

Zwischen zwei Vorstößen nach Norden kam es nicht selten vor, dass sich Qoëlet in Konstantinopel wiederfand und lange Wochen in Müßiggang verbrachte, die er hemmungslos genoss. Der Botschafter behandelte ihn, höchst zufrieden, einen kultivierten Landsmann zu finden, mit dem er Konversation pflegen konnte, mit größter Zuvorkommenheit.

Dort, im Palais de France auf den Hügeln von Galata, genoss er den Luxus und Reichtum, die den gewöhnlichen Alltag des Botschafters bildeten. An seiner Tafel wurden die feinsten Speisen serviert. Die erlesensten Bordeauxweine füllten seinen Keller. Qoëlet bestaunte Tänzerinnen mit grazilem Körper, deren Geschmeidigkeit unerhörte Freuden versprach. Akrobaten. Gelehrige Tiere.

Villeneuve suchte die Gesellschaft des jungen Reisenden, dessen Ruhe und Reife ihn beeindruckten.

»Ihr solltet in meine Dienste treten, mein lieber Qoëlet. Ich brauche einen Mann wie Euch. Für Euer Alter besitzt Ihr eine seltene Weisheit und zugleich noch alles Ungestüm der Jugend. Eine kostbare Mischung … An meiner Seite könntet Ihr es weit bringen. Der Handel wird Euch zwar reich machen, aber keine Ehre einbringen. Der Ruhm, wisst Ihr, ist eine erlesene Sache … Den erlangt man nur durch das Schwert oder die Feder, durch nichts anderes.«

»Ich strebe nicht nach Ruhm, Exzellenz«, erwiderte Qoëlet. »Das Glück wird mir genügen.«

»Aber der Ruhm macht doch glücklich!«

»Ich will nicht nur glücklich sein. Ich habe vom Glück an sich gesprochen …«

»Was ist der Unterschied? Und rechnet Ihr wirklich damit, dass Ihr es bei Euren Handelsexpeditionen findet?«

»Ja, ganz bestimmt. Das ist sicher nicht der schlechteste Weg, um zu genießen und zugleich die Welt zu entdecken … Durch das Reisen werde ich, das weiß ich, finden, was ich suche. Aber mein Ruhm besteht weder im Reichtum noch im Abenteuer. Das sind nur Routen, denen man folgen muss, um zu ihm zu gelangen. Ich bewege mich so voran, wie man Würfel wirft, in der Gewissheit, dass der Zufall aufgrund der zurückgelegten Meilen und der besuchten Städte den Rest erledigen wird. Reines Gesetz der Zahlen …«

Da erschien Leutnant Bussy.

»Ihr redet immer noch und ohne Ende, ihr Schwätzer! Das Glück dieses Träumers Qoëlet bedeutet nichts. Der Ruhm ist das Einzige, was zählt! Geschichte macht man nicht mit Gefühlen, sondern mit der Kraft des Säbels!«, rief er wütend.

Und weil man sich in Konstantinopel befand und damit fern von jeder Gelegenheit zu Kampfgetümmel, entfernte sich der Soldat und zog, in seine schönste Uniform geschnürt, auf Eroberung irgendeiner Dame aus. Und da Bussy mit dem Gehabe eines Matadors davon sprach, er gedenke ein paar Röcke mit Adelswappen zu lüften, konnte es sich Villeneuve nicht verkneifen, ein wenig über solche Eroberungen zu spotten.

»Nur zu, Bussy!«, rief der Botschafter, während sich der junge Offizier entfernte. »Setzt nur tüchtig Euren Säbel ein! Ihr wisst besser als jeder andre, wie rasch Ihr mit ihm zur Hand seid. Und die Damen können der Faszination des Militärs ja niemals widerstehen. ›Der Kerl da behauptet, er bringt es fertig, einen Mann zu durchbohren‹, sagen sich diese Luder, ›dann müsste es mit dem Teufel zugehen, wenn er's nicht fertig brächte, mir wenigstens einen reinzuschieben ...‹ Dann mal auf zu großen Taten, hübscher Kerl!« Und an Qoëlet gerichtet, den dieses Spiel köstlich amüsierte, fügte er hinzu: »Was kann man andres machen als lachen über diese Kerle, denen der Ruhm so brünstig die Arme öffnet?«

Diese Bemerkung bekam der Bretone mehr als einmal zu hören. Doch Bussy ließ sich nie dazu herab, darauf zu antworten. Manche versichern jedoch, dass er mehr als zweitausend Mätressen hatte, davon hundert allein in Konstantinopel.

»Du redest von Liebe«, meinte er spöttisch zu Qoëlet. »Ich *mache* Liebe! Das ist der ganze Unterschied zwischen uns.«

DREI

Ohne Widerstand rückten die Armeen des Sultans nach Norden vor. Nisch war gefallen, dann Orsova, die alte Stadt am linken Donauufer. Qoëlet erlitt mehrere kleinere Verwundungen, am Schenkel, an der Schulter. Man darf aber annehmen, dass er zu jener Zeit bereits mehr als hunderttausend Livres, den Anfang eines Vermögens, angehäuft hatte.

Eines Morgens – in den ersten Märztagen des Jahres 1738 – erblickten sie die Mauern von Belgrad. Die ottomanische Armee schloss die serbische Hauptstadt ein. Jeder war Soldat geworden. Jeder Mann gehorchte, ob Türke oder Franzose.

Jetzt erst packte der Krieg Qoëlet so richtig an der Kehle.

Er ließ den Blick über die pannonische Tiefebene schweifen, auf der die unablässig bombardierten Befestigungsanlagen der alten Stadt errichtet waren. Obwohl die von den habsburgischen Besatzern beständig ausgebaute Kalemegdan-Festung eine der modernsten von Europa sein sollte, widerstand sie der Gewalt der türkischen Kanonen nicht lange. Ganze Stadtviertel standen in Flammen. Selbst waldbedeckte Berge in weiterer Ferne schienen von der Feuersbrunst erfasst zu werden, glutrot brannte auch die Sonne.

Der beißende Geruch des Todes hing in der Luft. Die Armeen des Sultans standen vor den Toren des Feindes. Nun musste man ihn nur noch vernichten. Leutnant Bussy jubelte. Ohne seinen Einsatz, ohne Claude Alexandre de Bonneval, dessen Kanonen Feuer spien, wäre dem Sultan ein solches Wunder nicht gelungen: den Belagerungsring um das orthodoxe Belgrad zu schließen, den Kaiser zu demütigen, die Zarin zur Aufgabe zu zwingen.

Qoëlet wäre am liebsten woanders gewesen. Seine Konvois mit Handelswaren waren beschlagnahmt worden. Er selbst hatte den Befehl erhalten, der türkischen Armee zu folgen; bei Zuwiderhandeln drohte ihm Enthauptung. Bonneval, derzeit vom Sultan verbannt, hatte ihn nicht unterstützen können. Villeneuve, in Konstantinopel geblieben, war außerstande, ihm wirksam zu helfen. Der Bretone saß in der Falle eines Unternehmens, das er zu weit getrieben hatte. Nur Leutnant Bussy ermöglichte es ihm dank des Einflusses, den er bei den Türken gewonnen hatte, noch ein gewisses Maß an Freiheit zu bewahren.

Plötzlich war der Unteroffizier Douce – einer von denen, die mit Bussy vor drei Jahren aus Frankreich in die Türkei gekommen waren – auf einem schäumenden Pferd vor Qoëlet aufgetaucht.

»Bussy verlangt nach Euch!«, keuchte er atemlos. »Und zwar sofort!«, setzte er hinzu, während sein Ross bereits eine Volte drehte.

Wenige Augenblicke später waren die beiden Männer beim Leutnant.

»Qoëlet! Ich habe Befehl erhalten, nach Konstantinopel zurückzukehren und Villeneuve einen Sieg zu melden, an dem ich nicht mitwirken kann. Der türkische General, dieser Verräter, will mich um das Beste betrügen. Er macht mich zum Botschafter vor dem Botschafter. Ich, ein Nachrichtenkurier... Mein Schmerz wird deine Freude sein, nehme ich an. Du wirst mich begleiten!« Und er befahl: »Douce! Braquemart! Mitkommen!«

Einige Stunden später fielen Bussy, Qoëlet und die wenigen Männer, die sie begleiteten, in einen Hinterhalt, den ein kleiner Provinz-Dracula vorbereitet hatte.

Die Hälfte von ihnen wurde getötet, ohne dass sie sich auch nur verteidigen konnten, allen voran der große Braquemart, wie ein Weinschlauch von drei, vier Piken durchbohrt, unsägliche Flüche brüllend bis zum letzten Atemzug. Die anderen – Qoëlet, Bussy, Douce und drei Türken – marschierten tagelang, an den Fäusten gefesselt, ohne Nahrung, hinter den Pferden ihrer Bezwinger her auf Maultierpfaden durch die Berge.

Nach einer Woche entdeckten sie ein von hohen Palisaden umzäuntes Lager. Vielleicht tausend Gefangene waren darin in groben Holzbaracken eingesperrt. Die meisten waren Mohammedaner. Aber man traf auch einige Christen, die die Launen des Schicksals dorthin verschlagen hatten und die ebenso ausgehungert waren wie ihre Leidensgenossen. Von ihnen erfuhren die Neuankömmlinge, dass der Mann, der sie gefangen hatte, seit jeher vom Handel mit Geiseln lebte. Dieser Handel war jedoch nur wenig lukrativ, seit sich das Land im Krieg befand – und mehr Männer gefangen genommen als verkauft wurden. Daher wurde die Zahl der Toten im Lager täglich größer. Die Hoffnung auf Befreiung schwand bei den Gefangenen mit jedem Tag mehr.

Die Türken waren Muslime, die Serben nicht. Jede Familie in der Gegend hütete die Erinnerung an die früheren Invasionen. Und so rächten sich die Serben nun für die Martern, die ihre Väter erleiden mussten, indem sie ihren Gefangenen die schlimmsten Misshandlungen zufügten. Der Galgen, der in der Mitte des Lagers stand, die Peitsche, deren Riemen mit Bleikugeln gespickt waren, die Wunden, die mit Erde eingerieben wurden, der Hass, der Tod. Das war das tägliche Grauen an diesem Ort.

Einmal am Tag verteilten die Wächter trockenes, oft steinhartes Brot und eine Kräutersuppe, in der ein paar Fleischstücke schwammen, an die Gefangenen. Diese Männer gingen in Fetzen und schlotterten selbst mitten in der Sonne. Viele waren dem Wahnsinn verfallen oder brachen plötzlich zusammen. Nachts begannen manche zu brüllen wie am Spieß, ohne dass man sie zum Schweigen bringen konnte. Man musste sie knebeln, um ihr Geschrei zu dämpfen. Aber manchmal tauchten die Wachen auf und schleppten den Gefangenen und seine Schreie fort. Und dann hörte man nichts mehr, keinen einzigen Laut.

Andere verfielen in eine Art Stumpfsinn, dem sie erst mit dem Tod entrannen. Man begrub sie im Morgengrauen, wenn die Hitze des Tages sich noch nicht auf die Hölle dieses Gefängnisses niedergesenkt hatte. Später wurde auch am Abend zu Grabe getragen, so zahlreich wurden die Toten. Man musste die Leichen in eine Grube werfen, die sich am hintersten Ende des Lagers längs der Palisaden befand. In einer Wolke fetter Fliegen, die über der Leichengrube summte, gruben Qoëlet, Bussy, Douce und andere mit einem Brettstück, das sie aus den Barackenwänden gerissen hatten, den Boden auf.

Die Tage erschöpften sich in quälender Langsamkeit.

Die Männer blieben in den Baracken eingeschlossen, lagen oder hockten verschwitzt, das Gesicht vom Bart überwuchert, mit geschlossenen Augen da. Oder entlausten sich, suchten mit trägem Fingernagel nach dem Ungeziefer, brüteten heimliche Gedanken, sprachen wenig, hörten noch weniger zu. Horchten aber nach jedem verdächtigen Geräusch, zählten seit dem Morgen zum hundertsten Mal die verflossenen Tage. Beteten zu Gott oder dem Teufel, dass endlich der Frieden erklärt, ihre Folterer vernichtet, dieser Ort von der Erdoberfläche getilgt werden möge.

Mehrmals am Tag wandten sich fast alle Mohammedaner gen Mekka zum Gebet. Dann hallten ihre wirren und rituellen Worte durch die Baracken, bevor die Gläubigen wieder in ein düsteres Schweigen verfielen. Schickten auch die wenigen Christen in jenen Momenten ein Gebet gen Himmel? Ohne Zweifel, aber der Glaube war letztlich nur ein magerer Trost, während alle nur auf Mittel sannen, um zu verhindern, dass sie verhungerten.

Jeder harrte der Stunde der Suppe entgegen, fand darin den einzigen Grund, noch einen weiteren Tag zu leben. Manche prügelten sich. Es kam zu Morden um einen Kanten, um Brösel, um einen Krümel Brot. Nur die Kräftigsten, die Begierigsten überlebten. Qoëlet und Bussy gehörten dazu. Der Unteroffizier Douce wich ihnen nicht von der Seite.

Einige zogen es freilich vor, sich selbst das Leben zu nehmen. Mit Holz- oder Steinsplittern brachten sie sich grässliche Wunden bei. Die meisten sah man just an jenen Leiden zugrunde gehen, die sie so sehr gefürchtet hatten.

Mit eingefallenen Wangen, vor Fieber geröteten Augen, doch voller Stolz, ja Hochmut spuckte Bussy auf die Leiche eines Selbstmörders.

Die anderen rangen allein kraft jenes Instinkts, der uns davon überzeugt, wie wenig die Menschen von den Tieren trennt, entschlossen um ihr Überleben.

Nichts konnte diese menschlichen Ruinen jedoch daran hindern, dass sie einander beobachteten und sich dabei im Stillen die erschreckende Frage stellten: Wer wird der Nächste sein? Bussy betrachtete Qoëlet. Qoëlet beobachtete Bussy. Und jeder dachte bei sich: »Wird er durchhalten?«

Die Monate flossen einförmig dahin. Inzwischen hatten die Gefangenen jenes Maß an Hoffnungslosigkeit erreicht, das die Vorstellung eines nahen Endes fast annehmbar macht. Da brach plötzlich eine Pockenepidemie über das Lager herein. In vier Tagen raffte sie mehr als zwanzig Männer dahin.

Um die Ansteckung zu begrenzen, hatte ein Greis, der sich als Heiler betätigte, unweit der Abortgrube eine Art Krankenstation eingerichtet. Qoëlet kehrte gerade von der Latrine zurück, als er den Mann überraschte, wie er mit verschwörerischem Gehabe aus der Baracke trat. Um seine Neugierde zu stillen, entschloss er sich, ihm zu folgen. Da sah er zu seiner Verwunderung, wie der alte Mann mit einer Nadel in der Hand von einem Gefangenen zum anderen ging, jeden von ihnen damit an mehreren Stellen des Gesichts in die Haut stach und dabei jedes Mal das Instrument in ein seltsam besudeltes Stoffstück tauchte, das er in der Hand hielt. Kurioserweise unterwarfen sich die Türken diesem eigenartigen Ritual, ohne den geringsten Widerstand zu zeigen.

Wieder zu seinen Kameraden zurückgekehrt, erzählte der Bretone Bussy und Douce sofort, was er beobachtet hatte.

»Dieser Ungläubige verbreitet die Pocken auch noch, um uns noch sicherer zu vernichten!«, schrie Douce zornig auf. »Der soll sich mir nur nähern, und ich stech' ihn ab!«

»Was meinst du dazu?«, fragte Qoëlet den Leutnant. »Die Sache ist immerhin sonderbar. Dieser Alte behauptet, er kuriert die Kranken, aber der Fetzen, in den er seine Nadel tauchte, war von ekelhaftester Art...«

»Ich meine gar nichts dazu«, entgegnete Bussy. »Das Ganze ist mir scheißegal...«

»Mir nicht!«, donnerte Douce. »Ich hab' schließlich nicht zwei Erschießungen und drei Säbelhiebe überlebt, um von einem Magier mit Turban vergiftet zu enden, Gott verdamm' mich!«

Bussy zuckte nur müde mit den Schultern.

»Von unseren Kerkermeistern haben wir mehr zu fürchten als von dem Alten«, meinte er mit dumpfer Stimme.

»Von wegen!«, empörte sich Douce. »Man kann die Peitsche eher überleben als die Blattern!«

»Douce hat Recht«, gab Qoëlet zu bedenken. »Man muss herausfinden, was dieser so genannte Heiler da treibt.«

»Du hast gesagt, die Türken hätten es sich gefallen lassen, ohne zu protestieren. Aber niemand kann uns zwingen, das auch einfach stumm über uns ergehen zu lassen. Warten wir einfach, bis er kommt, das ist alles!«, entgegnete Bussy.

»Ausgeschlossen. Den bring ich um, bevor er mich ermordet!«, brüllte Douce und griff nach einem Knüppel.

Und ohne länger zu warten, stürzte er aus der Baracke. Qoëlet erhob sich und setzte ihm nach. Douce rannte, er wirkte wild entschlossen. Qoëlet holte den aufgebrachten Kameraden erst ein, als dieser bereits den Holzverschlag betreten hatte, der als Krankenstation diente.

Der Raum war vom Wimmern der Sterbenden erfüllt. Ihren verwüsteten Körpern entströmte ein entsetzlicher Verwesungsgestank, der Qoëlet an der Kehle würgte. Unmöglich, sich den Kranken zu nähern, ohne sich das Gesicht zu bedecken. Die armen Teufel, die in diese Finsternis kamen, um dem Ende entgegenzusiechen, verband nur noch ein dünner Faden mit dem Leben. Eiternde Wunden bedeckten sie von Kopf bis Fuß. Ihr Röcheln erfüllte die verpestete Luft mit einem unerträglichen Raunen. Ihr Atem war der Atem des Todes selbst. Und in ihren Augen stand diese Leere des ganz nahen Endes, eine unendliche Verzweiflung, die selbst den Abgebrühtesten das Herz abschnürte.

Kaum hatte Douce den Heiler erblickt, schritt er auch schon mit seinem Prügel in der Hand direkt auf ihn zu. Qoëlet schnellte nach, erreichte seinen Landsmann und konnte ihn gerade noch am Handgelenk packen, als er im Begriff war, seine Waffe auf den Schädel des Alten niederfahren zu lassen.

Dieser starrte die beiden Gefangenen verwundert an.

»Was wollt ihr, Ungläubige?«

»Dich töten, bevor du uns abmurkst!«, knirschte Douce.

»Wer macht dich glauben, dass ich deinen Tod wünsche?«

»Er!«, fauchte der Soldat, auf Qoëlet deutend. »Er hat dich beobachtet!«

»Und wobei hast du mich beobachtet?«, fragte der alte Mann Qoëlet in einem ironischen Ton.

»Ich habe Euch heute gesehen, wie Ihr mit einer Nadel, getränkt mit übelriechenden Miasmen, mehreren Männern ins Gesicht gestochen habt.«

Den Alten überfiel ein wunderliches Schmunzeln, das Douce vollends zur Weißglut brachte.

»Du leugnest nicht mal, du Mörder! Mein Freund hat also die Wahrheit gesagt …«

»Du gleichst eher einem Mörder als ich«, entgegnete der Unbekannte. »Wer sagt dir, dass ich Böses tu'? Im Gegenteil, im Gegenteil …«

»Was wollt Ihr damit sagen?«, fragte Qoëlet.

»Damit will ich sagen, dass ich weiß, was ich tu', und dass ich es nicht tu', um Böses zu tun, sondern Gutes, um meine Brüder zu retten.«

»Er lügt!«, schrie Douce.

»Lass ihn ausreden«, befahl Qoëlet.

»Du bist klüger als dein Gefährte … Lass dir sagen, dass das Leiden, das uns befallen hat, mehrerlei Gestalt hat …«

»Ich weiß«, unterbrach ihn Qoëlet. »Pocken können gutartig oder bösartig sein – *variola minor* oder *major*. Die schlimmsten von allen sind die so genannten konfluenten, zusammenfließenden und ...«

»Du verteilst Namen, ich dagegen Heilmittel. So schweig doch!«, erregte sich der Heiler. »Allerdings stimmt es, was du sagst ... Also wirst du auch wissen, dass die Krankheit der guten Art nicht gefährlich ist, während andere Arten tödlich sein können. Wenn du auf einen Menschen die milde Art dieses Leidens überträgst, so wird er in Zukunft vor der üblen Art sicher sein. So verfährt man seit langer Zeit in meinem Land, und dies ist die Art, wie wir uns schützen.«

»Ihr wollt damit sagen, dass ...«

»Du hast mich recht verstanden! Infiziere dich mit dem Leiden in seiner ungefährlichsten Form, und du hast seine Angriffe für den Rest deiner Tage nicht mehr zu fürchten!«

»Lüge!«, stieß Douce hervor.

»Du bist nicht nur ein Ungläubiger«, entgegnete ihm der Mann mit einem Schmunzeln. »Du bist sogar ein Zweifler!«

»Vielleicht stimmt es, was er sagt«, meinte Qoëlet zögernd.

»Würdest du es etwa wagen, an der Weisheit der Frauen meines Landes zu zweifeln?«, fragte ihn der Alte. »Ihre Schönheit ist berühmt, und um sich gegen die Angriffe des Leidens zu schützen, verfahren sie so, wie ich es euch gerade beschrieben habe. Außerdem werdet ihr euch, wenn ihr mein Wissen ablehnt und dennoch unter den Kranken verweilt, ganz sicher auch mit der Krankheit infizieren.«

Qoëlet schien noch zu zögern, obwohl ihm die Sache klar geworden war. Der Mann zog aus den Falten seines Gewandes die Nadel und jenes übel riechende Stoffstück, das er am Morgen benutzt hatte.

»Er soll sich selbst vergiften«, zischte Douce und spuckte dem Alten vor die Füße.

»Wenn du es wünschst«, meinte dieser, dann tauchte er die Nadel in das besudelte Stoffstück und stach sich selbst mit raschen und präzisen Gesten in die Stirn und beide Wangen.

»Hast du nun weniger Angst?«, fragte er Qoëlet. »Und nun lass mich machen. Lass mich dir das Leben retten …«

Der Alte tauchte erneut seine Nadel in den Stoff und näherte sich dem Gesicht des Bretonen.

»Du bist wahnsinnig!«, schrie Douce.

»Nein, von *dir* wäre es wahnsinnig, das *kentroma* abzulehnen!«, entgegnete der Heilkundige.

Tausend wirre Gedanken und Fragen schossen Qoëlet in den Sinn. Hatte sein Kamerad womöglich Recht, und er war, durch lange Gefangenschaft zermürbt, im Begriff, den gesunden Menschenverstand zu verlieren? Warum sollte dieser Muselmane überhaupt ein Interesse haben, ihn, den Franzosen, zu heilen? Und überhaupt: so einfach ein Leiden zu kurieren, gegen das in ganz Frankreich niemand ein probates Mittel hatte?

Der Fremde schaute Qoëlet fragend an. Der Bretone konnte nichts Verschlagenes in seinen Gesichtszügen entdecken. Er schluckte, dann nickte er, und der Alte stach ihm dreimal ins Gesicht.

In diesem Moment tauchte Bussy in der Siechenbaracke auf. Einen Augenblick beobachtete er die Szene, dann gesellte er sich zu dem sonderbaren Trio. Qoëlet erklärte ihm, was der türkische Greis gerade getan hatte. Wortlos trat der Leutnant zu ihm und hielt ihm sein Gesicht hin. Douce starrte ihn entgeistert an, während der Alte Bussy in Stirn und Wangen stach. Dann trat auch er unter Murren heran und ließ sich ebenfalls behandeln.

»Wenn ich die Blattern bekomme, werde ich immer noch die Kraft finden, dir den Schädel zu spalten, vermaledeiter Türke!«, warf er dem Alten zu, als dieser seine Operation beendet hatte. Doch den Heiler schien die Drohung nicht zu bekümmern. Er wandte sich an Qoëlet und meinte:

»Bald werden zugleich mit leichtem Fieber Pusteln erscheinen. Nach ein paar Tagen werden die Krusten abfallen, ohne Spuren zu hinterlassen, doch ihr sollt wissen, dass ihr von diesem Moment an unter der Macht der Krankheit steht und dass diese nicht gefährlich ist, denn ich habe sie einem Mann entnommen, der heute vollkommen gesund ist ...«

»Ich hoffe, es verhält sich so, wie Ihr gesagt habt«, antwortete Qoëlet und verabschiedete sich von ihm.

Die drei Franzosen verließen die Siechenstätte und begaben sich in ihre Baracke. Douce verwünschte Qoëlet dafür, dass er ihn gezwungen habe, sich mit den Pocken zu infizieren. Bussy schwieg, unbeirrt vom Gejammer seines Kameraden.

Die Seuche raffte rund fünfzig Männer im Lager dahin, darunter mehrere Kerkermeister. Qoëlet stellte fest, dass all jene, die Gelegenheit gehabt hatten, die Medizin des alten Türken kennen zu lernen, den heftigsten Angriffen der Krankheit entgangen waren. Der Erfolg der vorbeugenden Maßnahme, diese wundersame Episode inmitten des Chaos, erweckte in den drei Franzosen wieder neuen Geschmack am Leben. Die Sehnsucht auszubrechen kam in ihnen auf, während sie immer neue Leichen zum Massengrab schleppten. Nur die Toten blieben von den Schikanen der Serben verschont, stellten sie fest. Daher kam ihnen die Idee, mit ihnen zu fliehen.

Die Sache war riskant. Mehrere Männer hatten in ihrer Verzweiflung bereits versucht, über die Palisaden zu klettern ... Ein paar Tage später hatte man ihre Leichen von den Spitzen lösen müssen.

Die drei Gefangenen beschlossen, unter dem Massengrab einen Tunnel zu graben. Das war der einzige Ort, an dem das Graben natürlich erscheinen konnte. Zwei endlose Wochen hindurch zwängten sich die Verschwörer zwischen die Toten, arbeiteten sich in dem unerträglichen Gestank Mal um Mal tiefer unter die Leichengrube. Ein Taschentuch vor das Gesicht gebunden, gruben sie zwischen den Kadavern, dann in einem Boden, in dem es wimmelte von gesättigten Maden, stützten den Schacht mit hier und dort ausgerissenen Bohlen.

Aber an dem Abend, da sie ausbrechen wollten, stürzte der Tunnel über Douce zusammen. Nur mit großer Mühe konnte der Unteroffizier aus dem Geröll geborgen werden. Qoëlet wurde am rechten Knie verletzt.

Wieder in ihre Baracke gebracht, wand sich Douce unter Schmerzen und redete wirres Zeug. Er hatte in die Hose gemacht, ohne es zu bemerken. Dann hatte er Gott angerufen. Aber Gott, egal aus welchem Himmel er stammte, war ihm nicht zu Hilfe geeilt. Mit einem komischen Grinsen des Trotzes unter seiner großen Nase, einem unvollendeten Fluch auf dem Rand der Lippen war er, nachdem er Vergebung für seine Verbrechen verlangt hatte, in Qoëlets Armen gestorben. Der Bretone gab ihm seinen Segen, der so viel und so wenig wie ein anderer taugte.

Dieser Fehlschlag stürzte Qoëlet in eine ratlose Lethargie. Selbst Bussy wirkte niedergeschlagen. Beide spürten, dass sie hier nicht mehr lebend herauskamen.

Und tatsächlich war es purer Zufall, dass sie überlebten. Einige Wochen später fanden die Gefangenen die Tore des Lagers offen. Von ihren Wächtern war weit und breit nichts zu sehen. Später sollten die beiden Franzosen erfahren, dass der habsburgische Kaiser und die Zarin mit den Türken in Belgrad einen

Friedensvertrag unterzeichnet hatten. Der Botschafter Villeneuve war der Initiator des Handels gewesen. Erst hatte ihnen ein fremder Heiler das Leben gerettet, dann die Diplomatie.

Das Leid, noch mehr als das Glück, lässt die Menschen näher denn sonst zusammenrücken. Dies glaubte zumindest Qoëlet, als Bussy ihm, kaum hatten sie wieder die Freiheit erlangt, seine Schulter bot, um ihn beim Gehen zu stützen.

VIER

Der Vertrag, den der Sultan 1739 geschlossen hatte, machte ihn zum Herrn über Belgrad, Nordserbien und die Kleine Walachei. Die Habsburger mussten ihren Besitz in dieser Region wieder abtreten.

Die Einnahme von Belgrad verschaffte dem Sultan einen sagenhaften Reichtum. Davon konnte er ruhig einige Brosamen verteilen. Er feierte seinen Sieg in Konstantinopel mit einem Fest, das drei ganze Tage währte.

Die Stadt schwelgte im Jubel. Die Kaufleute rieben sich die Hände, während sie in die Zukunft blickten. Die Soldaten stolzierten mit geschwellter Brust umher. Die Freudenmädchen ließen wie überall das Geld von einem Beutel in den anderen gleiten. Inmitten dieser freudigen Menge posierten die Franzosen, an ihrer Spitze Villeneuve und Bonneval oder vielmehr: Achmet Pascha, als Helden.

Qoëlet wurde wie ein Fürst behandelt und genoss die Freuden des Müßiggangs. Und doch war es dem Reisenden nicht beschieden, das Schauspiel von Konstantinopel, seinen unzähligen Plätzen und seinen Märkten bis zur Neige auszukosten, denn im Hafen lag ein Schiff am Quai vertäut, das bald nach Venedig auslaufen würde ... Die Erinnerungen an den Ort des Sterbens, wo er achtzehn Monate geschmachtet hatte, verfolgten ihn, wurden ständig belebt durch die Wunde, die ihm seine gescheiterte Flucht am Knie hinterlassen hatte. Er fühlte sich auf ewig verfolgt und glaubte mit all seinen Sinnen die Möglichkeit der Rückkehr in die grauenvolle Realität seiner Gefangenschaft zu spüren. Seine Augen sahen selbst am helllichten Tag die Gesichter der Toten wieder. Seine Ohren vernahmen die Schmerzensschreie, das Stöhnen, das Seufzen. Seine Nase füllte sich beim leisesten Windhauch mit dem Gestank von verwesendem Fleisch. Sein Gedächtnis tyrannisierte ihn. Am liebsten hätte er keines mehr gehabt und alles vergessen.

Aufbrechen, abreisen, das war von nun an sein einziger wirklicher Wunsch. Diesen Boden und seine Bewohner verlassen. Vor allem wollte er diesen Männern, diesen Franzosen, die nur hierhergekommen waren, um Krieg zu führen, den Rücken kehren.

Trotz dieses heftigen Verlangens, Konstantinopel zu verlassen, wünschte Qoëlet jedoch in einem Punkt Aufklärung zu finden. Jene Behandlung, die der Alte im serbischen Lager an Douce, Bussy und ihm selbst vorgenommen hatte, ließ ihm keine Ruhe. Er konnte nicht vergessen, dass man ihn einst den »kleinen durch ein Wunder Geheilten« genannt hatte, da er in einem Jahr geboren worden war, in dem die Pocken, so hieß es, sämtliche Kinder des Landes dahingerafft hatten. Hatte seine Mutter ihn nicht hundert Mal, dieses Faktum ins Feld führend, ermahnt, er möge dem geistlichen Stand beitreten, um dem Himmel zu danken? Somit war er gleich zwei Mal den Angriffen der Krankheit entronnen. Diese Koinzidenz beunruhigte ihn. Er musste unbedingt mehr in Erfahrung bringen.

Darüber ausgefragt, antwortete Bonneval bereitwillig mit einem leichten Lächeln auf seinem dicken sanguinischen Gesicht:

»Wie? Ihr wisst es also nicht, mein Lieber? In diesem Land stirbt man kaum noch an der Variola, weil man sich bereits in der Kindheit mit ihr ansteckt, um sich vor ihr zu schützen. In

Konstantinopel geht man sich die Pocken holen, wie man bei uns in Frankreich zur Badekur geht!«

Der Botschafter Villeneuve bestätigte diese Beobachtung wie etwas Selbstverständliches.

»Die Griechen sind sehr gelehrt auf diesem Gebiet, sogar hier an diesem Ort. Lasst Euch daher gesagt sein, dass der Großvater des gegenwärtigen Sultans als Leibarzt einen Griechen namens Emmanuel Timoni hatte, einen hochgelehrten Mann mit Diplomen aus Oxford und Padua, der ausschließlich auf Inokulation der Pocken schwor. Auf diese Weise hat Emmanuel Timoni auch den ältesten Sohn der einst wunderhübschen, dann durch Pocken entstellten Lady Montagu behandelt, woraufhin sie auch die Prinzessin Wales zu dieser Kur überredete. Emmanuel Timonis Neffe lebt noch hier, er ist ein Chirurgus von hohem Rang, den ich mehr als den Durchschnitt unserer Ärzte schätze...«

Sofort fragte Qoëlet, ob er besagten Timoni treffen könne. Der Botschafter organisierte die Begegnung in der Bibliothek des Palais de France, inmitten von Büchern, die er zu Hunderten aus Europa hatte kommen lassen.

Antonio Timoni, ein Mann von etwa vierzig Jahren, hatte den sonnengegerbten Teint der großen Reisenden. Er stammte aus Padua, wo er Medizin studiert hatte wie sein Onkel, den er früher nach Konstantinopel begleitet hatte. Seither verging kein Jahr, in dem er nicht in diese Stadt zurückkehrte. Die am Hof des Sultans bestallten europäischen Diplomaten, darunter der Botschafter Villeneuve, rühmten sein Wissen wie seine tiefe Kenntnis der türkischen Sitten.

Der Botschafter stellte ihm Qoëlet vor, der seine heftigen Knieschmerzen für einen Moment vergaß und ihn sogleich mit Fragen über das Procedere bestürmte, das der türkische Heiler im serbischen Gefangenenlager angewandt hatte, um sie gegen die Pocken zu schützen. Der Chirurg bestätigte ihm, dass diese Methode bereits aus alter Zeit stammte. Sein Onkel Emmanuel Timoni habe selbst beobachtet, wie die Tscherkessinnen mittels »Inokulation« einer harmlosen Art von Pocken die Angriffe der gefährlichen Pocken oder Variola bekämpften.

»Dies ist ein Metier alter, ein wenig hexenhafter Frauen«, präzisierte er nachsichtig lächelnd. »Aber jeder lässt sie gegen September, wenn die große Hitze vorüber ist, zu sich ins Haus, um die Kinder zu behandeln, die das Alter erreicht haben, in dem sie sich jener Behandlung unterziehen können, die man als *kentroma* bezeichnet. Vor einigen Jahrzehnten hat dieses Geschäft wirklich großen Umfang angenommen, womit ich sagen will, dass es sich dank zweier Frauen, die sich im griechischen Viertel der Stadt niedergelassen hatten, zu einer wahren Industrie entwickelt hat. Die Enkelin einer von ihnen praktiziert übrigens immer noch ihr Verfahren. Man sagt, sie sei sehr reich ... und mir fällt es nicht schwer, dies zu glauben. Wie denkt eigentlich Monsieur de Bonneval darüber, der sich ja zum Türken gewandelt hat?«

Bonneval erzählte seinerseits, was er über diese Heilmethode wusste.

»Monsieur Timoni hat zwei Griechinnen erwähnt, und er hat Recht. Die erste ließ sich Philippopolis nennen und behauptete, die Herkunft ihrer Kunst nicht zu kennen. Und doch muss sie diese von irgendjemandem erworben haben ... Ihre Methode bestand darin, ein Kind von gesunder Konstitution zu suchen, das mit gutartigen Pocken infiziert war. Mittels einer Dreiecknadel entnahm sie dem Kind ein wenig Pockeneiter, den sie in einem Tongefäß verschloss. Dann begab sie sich zu ihren Patienten und inokulierte ihnen mit derselben Nadel den

Eiter an genau jener Stelle, wo sie ihn auch entnommen hatte. Darauf bedeckte sie die Stelle mit Eichelschalen, zuweilen mit Engelwurzblättern und fixierte diese mit einem Verband, den man nach einigen Tagen entfernte.« Der Pascha trank einen großen Schluck Wein und fuhr fort: »Die zweite Frau nannte sich die Thessalierin. Sie behauptete, sie hätte in ihrer Laufbahn, die sich über viele Jahre erstreckte, mehr als vierzigtausend Seelen inokuliert. Durchtrieben wie sie war, versicherte die Thessalierin, sie habe ihr Wissen von der Jungfrau Maria persönlich empfangen. Sie pflegte den Menschen an vier Punkten ins Gesicht zu stechen, um an die Form des Kreuzes zu erinnern, und verlangte zusätzlich zu ihrem Salär Kerzen für den heiligen Altar …«

»Aber warum«, verwunderte sich Qoëlet, »ist ein so bewährter Erfolg nicht über die Grenzen des Osmanischen Reichs hinausgedrungen?«

»Manche haben versucht, dazu beizutragen«, warf Timoni ein. »Wisst Ihr, dass ein gewisser Polyranios, auch er in dieser Stadt geboren, über diesen kleinen Eingriff, der so große Wunder bewirkt, ein Traktätchen in gutem Latein drucken ließ, während Monsieur Antoine Leduc, gleichfalls aus Konstantinopel gebürtig, einige Jahre später an der Universität von Leiden die Doktorwürde erwarb, indem er eine Dissertation über die künstlichen Pocken in seiner Heimat vorlegte? Mein eigener Onkel hatte vor etwa fünfzig Jahren die Einführung dieses Verfahrens in England initiiert. Erwähnt Voltaire dies nicht in einer seiner Schriften? Aber alle stießen auf Verleumder. Priester und Mediziner haben sich verbündet, um ein Verfahren zu bekämpfen, das aus einem Land des Irrglaubens stamme …«

In diesem Moment zog Qoëlet eine Grimasse. Er begann zu taumeln und suchte an der Lehne eines Sessels Halt.

»Ist Euch nicht wohl?«, fragte Timoni besorgt.

»Ich habe mich während meiner Gefangenschaft in Serbien verletzt«, erklärte der Bretone mit unsicherer Stimme. »Wir versuchten gerade einen Ausbruch durch einen unterirdischen Gang, als dieser plötzlich einstürzte. Ein Stützbalken hat mir das Knie aufgeschürft, und ich fürchte, die Wunde könnte sich infiziert haben …«

Wir müssen annehmen, dass Qoëlet das Feuer des Schmerzes, das ein gewissenhafter himmlischer Handwerker für ihn entzündet hatte, nicht gespürt hat. Seine Wunde am rechten Knie hatte sich nämlich in der Tat infiziert. Nicht dass sie kompliziert oder tief gewesen wäre, aber der Schmutz, die Entbehrungen, der Zufall …

Er wurde von Antonio Timoni operiert. Es scheint sogar, dass der Medicus mit gewissem Geschick zuwege ging.

Eine Besserung trat ein, in deren Verlauf Qoëlet mit Bussy, Pascha Bonneval, dem Botschafter Villeneuve oder seinem Chirurgen die bereicherndsten Gespräche führte, zu denen er seit langem Gelegenheit hatte.

Leutnant Bussy gewährte ungeschminkt Einblick in seine Ambitionen – von wahrhaft pantagruel'schen Ausmaßen. Er sprach von Indien wie von seiner nächsten Eroberung, von der Welt wie von einem Spielfeld.

»Erhol dich von dieser Lappalie und komm mit mir. Zusammen werden wir der *Compagnie des Indes*, unserer Indischen Handelsgesellschaft, dienen und damit ein Vermögen machen! Wenn man von unserem unglücklichen Zwischenaufenthalt in Serbien absieht, weißt du so gut wie ich, dass unsere Verbindung uns beiden zum Vorteil gereicht. Die Zukunft liegt in Hindustan!«, wiederholte er in einem fort und unterstützte seine

Behauptung mit allen möglichen Geschichten über Indiens märchenhaften Reichtum.

Pascha Bonneval dagegen erzählte dem Bretonen in väterlichem Ton aus seinem bewegten Leben, das ihn quer durch Europa und Asien getrieben hatte – und ließ ihn in seiner Bibliothek, die arm an Folianten, doch reich an Flaschen war, die besten Bordeauxweine degustieren.

Der Botschafter Villeneuve legte ihm, bestens mit seinem Metier vertraut, wiederum dar, auf welche Art Frankreich und die Hohe Pforte, die Regierung des Osmanischen Reiches, seit zwei Jahrhunderten und nach gewissen *Kapitulationen* ihre Gewohnheiten pflegten. Nachdem er alles getan habe, um die Türken dazu zu drängen, Belgrad einzunehmen, habe er den Besiegten einen »hübschen kleinen Vertrag« angeboten, den er bereits seit vier Jahren in seinen Dossiers herumtrage.

Qoëlets Knochen unter dem Knie infizierte sich jedoch weiter. Inzwischen war es ihm unmöglich geworden, sein Bein zu beugen. Die Schmerzen hinderten ihn, Schlaf zu finden. Wenn er schließlich nach stundenlangem Wachliegen einschlief, so weckte ihn jeweils schon nach kurzer Zeit wieder ein stechender Schmerz auf.

Die Wunde schwärte, ohne dass man wusste, warum. Die Ausschabungen des Chirurgen, so schmerzhaft sie waren, halfen nicht. Ebenso wenig wie die Salben und Crèmes, die verschiedenartigsten Elixiere, die man ihm auftrug, ihm einmassierte, ihm einflößte …

Ein wenig Linderung brachte ihm bald nur das Opium, das ihm ein Diener Bonnevals in einem Tschibuk, einer großen türkischen Pfeife mit einem langem Schlauch, zubereitete, den der Kranke im Dämmerlicht und in seinem Delirium für eine Schlange hielt. Aber so sehr die Droge gegen den Schmerz ihre

Wand aus Äther und Träumen errichtete, so wenig verminderte sie das Abfaulen seines rechten Beins.

Eines Morgens – es war zu Beginn des Septembers 1737, er sollte sich noch lange daran erinnern – diagnostizierte Antonio Timoni den Beginn eines Gangräns.

»Das Bein ist verloren«, sagte er.

Qoëlet in seinem Fieber blickte ihn ungläubig an. Eine so harmlose Wunde, nichts als eine Schürfung …

Aber der Chirurg wiederholte unbarmherzig: »Euer Bein ist verloren, ich muss es amputieren!«

Sorgt die Natur für einen Ausgleich, ein gewisses Gleichgewicht, das Pflanzen, Menschen und Tiere beherrscht und regiert? Der Sommer folgt auf den Winter, wie der Tag nach der Nacht anbricht. Heiße Jahreszeiten, kalte Jahreszeiten, Flaute, dann Furie des Sturms: Jedes Phänomen auf Erden findet sein Gegenstück, dachte Qoëlet. Warum sich also nicht vorstellen, dass sich zu jeder Träne auf natürliche Weise ein Lachen gesellt? Zu jedem Schmerz eine Freude? Zu jedem Leid eine Lust?

Diese Fragen stellte sich Qoëlet wie besessen, während er, als er seinen Beinstumpf entdeckte, nach einem Mittel suchte, sich Mut zu machen, Trost zu finden und seine Hoffnung zu nähren.

Von der Operation hatte er, so sehr war er von Bonneval mit Opium und Wein benebelt worden, nur eine verschwommene Erinnerung. Außerdem hatte der Pascha ein für ihn komponiertes Lied angestimmt, dessen Worte er bald auswendig kannte:

Nur kurze Zeit währt unser Leben
Freund, geh froh drum in den Tag
Was noch kommt von all dem Streben
Sei uns nicht Sorg und Plag

Der Schmerz war ihm bei seinem Erwachen unverändert erschienen. Er war immer noch da, bald stechend, bald blitzartig zuckend. Ein innerliches Reißen, sonderbare Reibungen.

Der Schmerz war noch da, doch von einem Bein keine Spur. Das an seinem Körper klebende Betttuch brachte ihm die Leere, die fortan unter seinem rechten Knie herrschte, zur Kenntnis. Er weinte darüber vor Verbitterung und Ekel. Dachte an seinen Vater, den furchtbaren Einarmigen. An Madeleines Vater, die anderen Versehrten, die er aus Erzählungen oder persönlichen Begegnungen kannte. Eine unheimliche Zunft.

Wochen vergingen, dann Monate. Der Schmerz beruhigte sich. Er fand sich langsam mit der Abwesenheit der unteren Hälfte seiner Gliedmaßen ab. Oder nahm sie zur Kenntnis. Stand auf. Schwankte. Lernte mit Krücken zu gehen ...

Eines Tages wurde Bonneval in Begleitung eines renommierten Schreiners bei ihm vorstellig, der diverse Maße von seinen Gliedmaßen nahm. Einige Zeit später kehrte der Zimmerer mit einer Holzprothese mit Gelenk zurück, die er ihm mit Hilfe von Riemen anschnallte. Bald konnte Qoëlet sich mit dieser gelehrten Apparatur bewegen, die steif genug war, um ihn zu tragen, doch gelenkig genug, um seinen Schritt zu dämpfen, dem ein Gehstock festeren Halt verlieh. Jeden Morgen legte er sie an, jede Nacht wieder ab, um seinen Beinstumpf ausatmen zu lassen.

»Das war doch das Mindeste!«, antwortete Claude Alexandre de Bonneval auf die Dankesworte, die der Verwundete für die Prothese wie für den Gehstock vorbrachte, dessen kunstvoll geschnitzter Knauf einen prächtigen Löwenkopf darstellte.

Im Laufe der Zeit verschmolzen die Empfindungen des verlorenen Beins allmählich mit jenen, die die neuen Gliedmaßen auslösten. So dass er sich, als er eines Tages einen Phantomjuckreiz am Fuß verspürte, an seiner Apparatur kratzte und dabei zu seiner Überraschung feststellte, dass ihm dies Erleichterung verschaffte.

Weitere Wochen vergingen, bevor er die Kraft verspürte, seinen Schritten zu befehlen.

Charles Joseph de Bussy hatte ihm einen Dolch mit einem Griff, verziert mit Karneolintarsien, geschenkt.

»Den Rest deines Leibes musst du doch umso wirkungsvoller verteidigen!« Und er fragte voller Ungeduld: »Was gedenkst du nun zu tun?«

»Vergessen!«, gab Qoëlet grob zurück.

»Vergiss, wenn du willst, aber mit mir zusammen. Gehen wir nach Hindustan, sag ich dir! Dort werden wir zu Vermögen kommen ...«

»Die Wege, die du einschlägst, um dazu zu gelangen, haben mich zu viel gekostet. Sieh mein Bein an ... Nein, ich habe dir bereits gesagt, ich suche etwas anderes.«

»Was denn? Ach ja! Das Glück ... Dass ich nicht lache!«

»Das ist es, in der Tat: das Glück.«

»Dann adieu, Träumer! Ich lass dich in dein Nichts zurückkehren, da dies nach deinem Geschmack ist ... Aber ich, ich gehöre nicht zu denen, die man vergisst!«

Einen Augenblick später hatte sich Qoëlet an Bord eines venezianischen Schiffs begeben.

Vergessen. Glaubt ihr, dass dies möglich ist? Er glaubte es damals nicht. Wie hätte er es auch gekonnt? Er sah jeden Augenblick wieder vor sich, erinnerte sich an jedes Wort, das im Laufe jener Jahre gesprochen worden war. Bilder kehrten ihm im Geiste zurück. Geräusche. Gerüche aus jener Zeit. Unaufhörlich. Leutnant Bussy, Unteroffizier Douce, Claude Alexandre de Bonneval, Botschafter Villeneuve.

Und doch findet diese Erzählung ihn, so sehr ihn die Erinnerung an verschiedene Geschehnisse mit Grauen erfüllte, so wieder, wie er war, als er sieben Jahre zuvor den Hafen von Vannes verließ. Der Horizont, den sein Blick erfasste, war in seinen Augen genau der gleiche. Am Ende jener Jahre zielloser Irrfahrt war er immer noch begierig nach den gleichen Träumen, auf der Jagd nach den gleichen Freiheiten. Er war der Gleiche, nur vielleicht nervöser.

Nur seinem Instinkt gehorchen. Das war das Wichtigste in seinen Augen. Daher war, als er humpelnd Konstantinopel und die Hohe Pforte verließ, seine Gewissheit, dass er nun den grausamsten Augenblicken seines Lebens begegnet war, gewaltig. Und sein Durst, endlich nach eigenem Gutdünken, nur seinen eigenen Leidenschaften gemäß zu leben, war furchtbar.

Furchtbar auch die Worte, die er in die Gischt, in das Grollen eines aufziehenden Sturms spie, wobei er mehrmals mit dem Gehstock auf sein Holzbein schlug und diesem Fremdkörper, der jeden Tag seinem eigenen aufgepfropft wurde, einen hohlen Laut entlockte.

»Von nun an bin ich Herr über meine Schritte.«

Niemand hörte ihn, diesen Satz voll schmerzlicher Ironie. Aber wenn Sie in jenem Augenblick imstande gewesen wären in sein Herz zu blicken können, dann hätten Sie dort all jenen Daseinsdurst, all jene Lebensgier gefunden, die ihn damals an der Schwelle seines Mannesalters beseelte. Und Sie hätten darin auch mehr als je zuvor die aufrichtige Sehnsucht entdeckt, endlich jenes Glück zu finden, um dessen Entdeckung willen, wie ihm schien, der Mensch auf die Welt gebracht worden war. Und wenn Sie in jenem Augenblick ein wenig stärker die Ohren gespitzt hätten, dann hätten Sie die Gewissheit erlangt, dass er nicht daran zweifelte, es zu erreichen, so versehrt er von nun an auch war.

Durch diese innerliche Rede beruhigt, das Gesicht von der

untergehenden Sonne erleuchtet, reckte Qoëlet instinktiv, berauscht vor Mut und Hoffnung, seinen Körper hoch auf über die Flut.

Die Liebe

EINS

Noch heute findet man in der Bibliothek eines Anwesens in der Umgebung von Madrid ein Exemplar der Werke von Jean de La Fontaine, in welchem Qoëlet mit energischem Federzug die Worte unterstrichen hat:

Aimer, aimer ... le reste n'est rien.

Lieben, lieben ... der Rest ist nichts.

Tatsächlich muss man davon ausgehen, dass dies seine einzige Ambition geworden war. Sein einziger Grund zu leben. Schwankend, zerschlagen, verbraucht, verwundet, aber lebendig. Er hatte nach dem Glück nur gestrebt, die Meere nur überquert, um zu jenem *Anderen* zu gelangen, das er von nun an ohne Maßen suchte.

Nach kurzer Zwischenstation in Venedig setzte sich seine Reise fort, bis er im Süden Spaniens an Land ging. Stille, Gebirge, Stiere: Andalusien. Unermesslich der Azur über den makellos weißen, auf die Flanken der Berge gesetzten Dörfern. Er wanderte nach Nordwesten, schlief abends im Schatten der Olivenbäume, benutzte den Dolch, den Bussy ihm geschenkt hatte, als Kopfkissen. Einen mit Münzen gespickten Gürtel, den ihm heimlich der Botschafter Villeneuve zugesteckt hatte, um die Hüften. Seinen Gehstock mit dem Kopf des Löwen längs am Körper. In den Gasthöfen, die er betrat, musterten die Männer seine schwankende Gestalt mit argwöhnischem Auge. Die Frauen warfen ihm verstohlene Blicke zu. Dann sahen sie sein Gesicht und servierten ihm mit flüchtigem Lächeln Melonen, getränkt mit altem Wein.

Weiter nach Westen, und es kam der Ozean.

In Cadiz glaubte er sich in eine Dame von Stand zu verlieben. Erlangte diese oder jene Gunst von ihr. Lebte sogar recht gut, bald beim Gouverneur des Ortes angestellt durch Vermittlung des Gemahls. Wenn dieser gewusst hätte, dass der Sekretär so dienstbar war, wäre der Hidalgo womöglich weniger stolz gewesen ... Der Reisende war wohlhabend genug, um in aller Freiheit zu leben, arbeitete nur zur Zerstreuung, um sich zu beschäftigen. Die Dame war liebenswürdig. Lieblich der Ort. Dies währte ein knappes Jahr. Er fand diese vier Jahreszeiten sehr erholsam. Dann fassten seine Mätresse und er, als sie es sich nicht länger verbergen konnten, dass sie einander nicht wirklich liebten, den Entschluss, dem Gemahl wieder seine Ehre zurückzugeben. Qoëlet reichte seinen Abschied ein und machte sich wieder auf den Weg, diesmal nach Norden.

In Madrid sah man ihn in der Umgebung der königlichen Gärten als Freund eines jungen Mannes von hoher Geburt spazieren, der, da ein wenig furchtsam, höchstens die Stadt verließ, um sich in das Landhaus seines Vaters zu begeben. Qoëlet erlebte angenehme Augenblicke mit verschiedenen temperamentvollen Damen. Kein einziges dieser Abenteuer jedoch berührte ihn so tief, dass es verdient, hier berichtet zu werden. Er ließ sich's wohl sein, doch ohne reine Lust, ohne wahre Gefühle und wie als Gnadenfrist und Aufschub. Da ergriff er, als er spürte, dass er dieser Art, sich zu langweilen, überdrüssig war, ein weiteres Mal seine Freiheit.

So gelangte er zu den Pyrenäen, denn er bewegte sich unwiderstehlich in Richtung Paris, wohin er, wie er wusste, am Ende dieser Reise gelangen musste.

Die Menschen dieses Landes erinnerten ihn an die der Bretagne. Er glich ihnen ein wenig. Diese matte, wenn auch südländische Hautfarbe, dieses dichte Haar, diese breiten Schultern, diese scheue, ungesellige Art … Aber er war größer, auch schlanker als sie. Eine Beobachtung ohne Belang, denn damals lag ihm wenig an seinem Körper. Er war ein Instrument, das er schätzte als das, was davon noch übrig war. Bei seinem Gebrauch war es ihm sogar so vorgekommen, als sei er allseits kräftiger geworden, wie um den Verlust seines Beins zu kompensieren.

Ja, Qoëlet strebte von nun an nach der Liebe als dem einzigen Gut, das es zu erringen galt. Er war sich sicher, dass der Moment der Begegnung sich schon offenbaren, dass er ihn ohne jeden Zweifel wahrnehmen würde.

In kleinen geruhsamen Etappen erreichte er Toulouse, nachdem er unterwegs erfahren hatte, dass die französische Armee im April 1742 in Böhmen tausend Drangsale durch die österreichischen Truppen erlitt: General Fouget de Belle-Isle hatte im Österreichischen Erbfolgekrieg im November 1741 Prag gestürmt, sah sich von Sachsen und Preußen verlassen und musste sich im Dezember 1742 durch einen bewundernswerten Rückzug aus Prag vor der österreichischen Gesamtmacht retten. Qoëlet machte die Bekanntschaft der Frau eines ehemaligen Capitoul – wie man in Toulouse die mächtigen Ratsherrn einst nannte. Ein Jahr lang glaubte er sie ein wenig zu lieben.

Sie war begeistert, welche Abenteuer er von seinen Reisen erzählen konnte. Sie verging vor Erregung. Rief immer wieder »Zugabe!«, damit er noch ein wenig mehr preisgab. Schmiegte sich dann an ihn, flehte um einen Kuss, eine Zärtlichkeit, schließlich eine Umarmung – erschauerte wie nie, als ihr Schenkel das

Holz seines Beins berührte. Er dagegen lebte dahin, ohne an das Morgen zu denken, wer weiß?, weil er vielleicht inzwischen Gefallen fand an diesem abenteuerlichen Leben, das er in unbeteiligtem Ton heruntererzählte – als wäre es gar nicht sein eigenes. Er erwähnte keine der tragischen Szenen, deren Zeuge er geworden war, sondern beschrieb grandiose Landschaften, prächtige Städte, berühmte Bauwerke: alles, was er sich jenseits dessen, was sich ihm unbarmherzig aufdrängte, an Angenehmem im Gedächtnis zu bewahren bemühte. Sie glaubte mit ihm über den Marmor des Palais de France zu gleiten, das auf den Höhen über Konstantinopel thronte, und mit ihren Fingern die Säulen der Hagia Sophia zu berühren. Von Toulouse aus roch sie das Salz des Marmarameers, sah aus der Rinde der riesigen Kiefern von Rumelien einen schweren, glänzenden Harzsaft rinnen.

»Lass uns zusammen fliehen!«, flüsterte sie ihm eines Nachmittags zu, als sie die Kammer der Herberge betrat, in der er Quartier genommen hatte.

Er beschränkte sich auf ein leichtes Kopfschütteln, denn er spürte, dass nicht *sie* die Gesuchte war. Er sah, wie sich ihre Augen mit Tränen trübten. Heulend brach sie auf dem Bett zusammen. Und doch war sie nie so glutvoll in ihrer Lust wie an jenem Tag. Sie sprach davon, alles aufzugeben, um ihm zu folgen. Sie bot ihm ihre Schmuckstücke an, die er ausschlug, bis er sich doch noch gezwungen sah, wenigstens einen kleinen Saphir anzunehmen. Er verkaufte ihn, bevor er die Flucht ergriff, an einen Juden weiter, der ihn kurz darauf wiederum der Dame anbot ... Unglücklicher Zufall. Er sollte sie nie mehr wiedersehen.

Einige Zeit später wurde er Gast einer Gastwirtin, nicht mehr die Jüngste, doch noch bildschön, die ihn mit mütterlichen Tönen und den Wonnen des Körpers verwöhnte. Er ließ sich dies bis zum Herbst gefallen, genoss den behaglichen Empfang und die Freuden der Tafel. Als Entgelt für diese zuneigungsvolle Gastfreundschaft erwies er ihr kleine Gefälligkeiten, die ihm nicht schwerfielen: Löste mit Hilfe einiger Briefe und ebenso tiefer Lebensweisheiten ein juristisches Problem, das die Frau mit einem Nachbarn hatte. Stellte die Bilanz ihres Unternehmens auf, nachdem er ihren Besitz inventarisiert hatte. War sogar drauf und dran, so etwas wie Gewohnheiten anzunehmen.

»Bleib bei mir«, bat sie eines Abends, als er gerade eine Abrechnung abschloss.

»Du liebst mich, weil du weißt, dass ich wieder aufbrechen werde«, antwortete er ihr schmunzelnd.

Er sagte nicht, was er dachte. Da er sich durch diese Worte überdies zum Aufbruch gedrängt fühlte, löste er sie ein paar Tage später ein. Er sollte diese Frau ebenso wenig wiedersehen wie die anderen. Etwas Größeres wartete auf ihn. Davon war er überzeugt.

Er näherte sich Paris. Von nun an zählte nur das. Je näher er der Hauptstadt kam, desto mehr schien ihm, als habe er nie mit einem anderen Ziel gelebt als eines Tages diese Stadt zu betreten. Wovon würde er leben? Wo würde er logieren? Diese Fragen waren für Qoëlet damals noch ohne Bedeutung. Paris. Paris. Paris! Nichts anderes zählte als diese Stadt, in der er, davon war er überzeugt, die Ruhe des Körpers und das Heil der Seele finden würde. Daran glaubte er aufrichtig.

Eines Morgens gegen neun Uhr, nachdem er die ganze Nacht durchgewandert war, erfasste sein Blick zum ersten Mal in seinem Leben die Cité. Das war am 5. März 1744.

Vier Jahre trennten ihn von seinem Aufbruch von Konstantinopel. Elf von seiner Flucht aus dem Priesterkolleg in Vannes.

Diesmal war ihm, als sei er an das Ende einer Reise gelangt. Bestimmt würde nun etwas geschehen, was ihn für die bis zu diesem Tag erduldeten Leiden, die enttäuschten Verheißungen, die betrogenen Hoffnungen und im weiteren Sinn für das entschädigen würde, was sein Leben bis zu diesen Augenblicken gewesen war. Er hatte Lust, auf der Landstraße draufloszurennen, so aufrichtig war seine Erregung. Doch unmöglich ... mit diesem rechten Bein.

ZWEI

Er kam aus dem Süden und betrat die Hauptstadt über den Faubourg Saint-Marcel, das berüchtigte Armenviertel um die königliche Gobelin-Manufaktur am Ufer der Bièvre. Nach einigem Umherirren entschied der Reisende sich, hier Quartier zu nehmen. Er landete in einer schäbigen Herberge am unteren Ende der Rue Mouffetard, nur wenige Schritte von der Saint-Médard-Kirche entfernt. Dieses Gotteshaus hatte eine gewisse Berühmtheit erlangt.

»Wartet nur, bis ich Euch die Wunder von hier erkläre, Monsieur!«, meinte seine Zimmerwirtin, eine vom Wein aufgedunsene Alte, nachdem sie Qoëlet seine Kammer gezeigt und für zwei Monate Miete im Voraus eingestrichen hatte.

So erfuhr er, kaum angekommen, wie fünfzehn Jahre zuvor zwei Gelähmte bei der Beerdigung des Diakonus François de Paris, eines jansenistischen Priesters von Saint-Médard, der im Rufe großer Frömmigkeit stand, plötzlich den Gebrauch ihrer Gliedmaßen wiederfanden. Das Gerücht hatte sich verbreitet, dass jener François de Paris, obwohl mausetot, noch Wunder vollbrachte – Wunder, welche von Ärzten, Geistlichen und glaubwürdigen Zeugen bestätigt worden waren. Biedere Bürgersleute eilten in immer größerer Zahl zu dieser Grabstätte, wo sie unweigerlich in Ekstase fielen. Novenen wurden gehalten, gemeinsame Gebete aufgesagt, Reliquien oder Erde aus dem Friedhof wurden auf die Wunden und kranken Partien des Körpers gelegt.

Im Jahr darauf hatte der Bruder des verstorbenen Diakons ein größeres Grabmal errichten lassen. Noch mehr Fromme drängten sich nun nächtens auf dem kleinen stinkenden Friedhof von Saint-Médard. Man flehte zu Gott. Man jubelte den so genannten Konvulsionären zu, die ihre Körper in heiligen Zuckungen verrenkten. O Wunder! Die Blinden erlangten die Sehkraft zurück. Die Gelähmten sprangen hüpfend davon. Die Wunder waren wahr. Man hatte Beweise, Augenzeugenberichte.

Die Nachtwache war machtlos gegen diese Zusammenkünfte, die für Radau und Aufruhr in dem ohnehin lauten Faubourg Saint-Médard sorgten. Unmöglich, diese vor Inbrunst kopflosen, betenden, singenden, um die göttliche Gnade flehenden Massen zu zerstreuen. Lange konnte es nicht mehr so weitergehen. Die Jansenisten waren Freunde der Parlamentsherrn, die wiederum waren Feinde der Macht – und die unausweichliche Folge war, dass Ludwig XV im Jahre 1732 den Friedhof hatte schließen lassen. Noch in der gleichen Nacht hatte ein Pariser Possenreißer an dem verschlossenen Tor die folgende Inschrift angeschlagen: *Im Namen des Königs: Gott ist strengstens untersagt, an diesem Ort Wunder zu tun.* Noch zwölf Jahre später lachte man darüber.

Ohne auch nur einen Augenblick irdische Bestrafungen zu fürchten – denn Gott persönlich war ihr Führer –, hatten sich die Konvulsionäre in die Häuser der Nachbarschaft verfügt, wo ihre Zeremonien aufs Tollste von Neuem begannen. Und mochte Voltaire diese religiöse Schwärmerei auch verspotten, so war doch sein eigener Bruder im Kreise jener Schwärmer gesichtet worden.

Qoëlet machte sich auf, die Stadt in sämtliche Richtungen zu durchstreifen, wie er einst das Gewirr der Gassen von Vannes erkundet hatte – eine herrliche, eine menschenleere Stadt an einem kalten Novembermorgen. Er eilte über die dicht mit Häusern bebauten Brücken, staunte über die Holzstapel, die sich am linken Seineufer so hoch wie vierstöckige Häuser auftürmten – Brennholz für die langen Winterabende. Überall sah er Wasserträger, die mit ihren Eimern von morgens bis abends die Häuser aufsuchten, und so genannte *decrotteurs* – Entkoter –, die sich anboten, den Unflat von seinen Schuhen zu entfernen. Er streunte an Tabakläden, Spelunken und Spielhöhlen vorbei, verlor sich zwischen den Marktständen und Buden von Les Halles und wäre mehrfach beinah von einer Kutsche niedergemäht worden.

Lieben. Welches Ungestüm legte er jetzt in diese Hoffnung! An manchen Tagen schien es ihm, als wäre er zu zartbesaitet, um seine Erinnerungen zu ertragen, seine Schwächen zuzugeben, seinen Ambitionen zu folgen. Nein, an diesen Tagen gefiel er sich nicht, sowenig er auch an der Reinheit seiner Absichten zweifelte. Wenigstens war er frei, war alleiniger Herr seiner Schritte. War das nicht das Wesentliche?

Man muss annehmen, dass dem nicht so war. Denn von nun an ließ er auf jeder Frau seinen Blick verweilen und fragte sich: »Ist *sie* es?«

Eine furchtbare Frage, eine Frage von äußerster Gewalt. Was hatte das zu bedeuten? Was sollte dieses *sie*, getönt mit der Aura des Absoluten, bedeuten? War es überhaupt vernünftig, anzunehmen, er könnte durch einen einzigen Menschen zu seinen innersten Träumen vordringen, jenes Glück erreichen, endlich jene so heiß ersehnten Gefühle empfinden, seine Seele erheben? War das nicht reine Narrheit?

Qoëlet hatte, so vernünftig er auch sein konnte, aufgrund von Wünschen, die er sich in den Kopf gesetzt hatte, zu klare Vorstellungen, zu mächtige Vorsätze gefasst. Dies gestand er sich selbst ein, als er eines Abends seine Kammer unter den Dächern betrachtete – eine Kammer mit vor Feuchtigkeit schwitzenden Wänden, mit bröckelndem Putz und morschen Balken, die von rostigen Nägeln gemartert wurden.

Gänzlich in seine Suche vertieft, irrte er wie von unsichtbaren Fäden gezogen durch die Stadt, seine letzten Écus erschöpfend, ohne sich auch nur einen Augenblick zu fragen, was für ein Leben er denn führen würde, wenn er alle Vorräte aufgebraucht hatte. Er verkaufte Leutnant Bussys Dolch – der einzige Besitz, der ihm noch geblieben war – unter Wert, weil er in Not war. Ein knappes Jahr nach seiner Ankunft in Paris wusste er schon nicht mehr, wo er das Geld für die Miete hernehmen sollte. Da ließ er sich, einen Teil seiner Unabhängigkeit opfernd, bei einem Tuchwarenhändler anstellen, der im Faubourg Saint-Germain ansässig war.

Bei dieser Gelegenheit entschloss er sich, umzuziehen. Seine Zimmerwirtin nannte ihm ein Haus, geführt von einem ihrer Cousins, ganz in der Nähe des Tuchhändlerladens. So brach Qoëlet auf und bezog ein bescheidenes Appartement des Hôtel de Tours, Rue du Paon-Saint-André, nur wenige Schritte entfernt von der École de Médecine. Die Armut der Bleibe entsprach der der Pension, die er gerade verlassen hatte. Doch was kümmerte es ihn, sie war seiner Geldbörse angemessen. Er beachtete weder die Feuchtigkeit der Wände noch die Kälte, die durch das elende Fenster drang, in dessen Geviert der Kirchturm von Saint-Côme-Saint-Damien aufragte, jener Kirche, die nach Zwillingen – und Märtyrern – benannt worden war, die unentgeltlich arme Leute behandelt hatten und später zu Schutzheiligen der Chirurgen erhoben worden waren.

Seine Anstellung erforderte Talente, die Qoëlet hundertmal besaß. Doch damals bekümmerte ihn wenig, dass er unterhalb seiner Verdienste gehandelt wurde. Sich über Wasser zu halten war alles, worauf es ihm ankam. Das Einzige, was zählte, war jene Erscheinung, die er voller Inbrunst erwartete. Jene Frau, die er unausgesetzt verfolgte, obwohl er ihr noch nicht begegnet war.

Der Tuchhändler, in dessen Dienst er stand, Meister Lebleu, war sich bewusst, dass er auf einen weltgewandten Mann mit Geschick und Erfahrung gestoßen war. Er fasste Zuneigung zu ihm. Bot ihm an, an seiner Tafel zu speisen, und gab sich jede erdenkliche Mühe, diesen vorbildlichen Gehilfen zu halten, dessen düstere Miene und scharfkantige Züge ihn beeindruckten.

Jeder Vorwand war Lebleu recht, um ihn nach seiner Meinung zu fragen über die Geschäfte, die Zeit, die Politik. Im März des Jahres 1744 hatte Frankreich seine Truppen gegen England und Österreich geworfen. Durch die Ballen seiner beträchtlichen Tuchreserven vor fremden Ohren geschützt, klagte der Händler Qoëlet gegenüber doch über diesen neuen Krieg, in dem der König so viele Männer für so wenig Gewinn in den Tod schickte.

»Dieser Marschall Moritz von Sachsen ist ein tapfrer Mann, er hat für unsern König in Flandern trotz eklatanter Unterzahl Gegner zur Untätigkeit gezwungen, aber die Steuer steigt, und die Mütter weinen! Und überhaupt ist dieser ganze verfluchte Österreichische Erbfolgekrieg nicht gut fürs Geschäft. Ihr werdet mir doch nicht das Gegenteil behaupten, lieber Freund!«

Qoëlet dachte dagegen nur, er wäre besser mit von dieser Partie gewesen, anstatt einer imaginären Liebe nachzulaufen, von der er bisher nicht einmal den fernsten Widerschein erhaschen konnte.

Er hatte sich vielleicht einen Monat im Hôtel de Tours niedergelassen, als ihn eines Morgens das Geschrei des Hotelwirtes aus seiner Lektüre störte.

Auf der Schwelle des Gebäudes drängten sich schweißgebadete Männer. Sie versuchten, eine Tragbahre, befrachtet mit einem Kranken, durch die Tür zu schieben. Ein neuer Pensionsgast offenbar, denn zwei Reisetruhen folgten ihm. Der Wirt und Vermieter giftete über das Gestoß und Geschrei der Träger. Der Verwundete, ein Mann von etwa dreißig Jahren, bat mit einer Stimme voller Liebenswürdigkeit, man möge sein spärliches Geld als Entschuldigung für die Störung akzeptieren. Der Hotelwirt, bei dem Qoëlet hohe Wertschätzung genoss, weil er *Bücher las*, flüsterte ihm zu, Marquis de Vauvenargues sei ein ehemaliger, in Böhmen verwundeter Offizier.

»Ah, dieser Rückzug aus Prag vor zwei Jahren, was für ein Jammer!«, klagte der Marquis, während er die Diener anfauchte, die sein Mobiliar umstießen.

Der Hotelwirt blähte sich vor Stolz, dass der Marquis ausgerechnet sein Haus für seine Rekonvaleszenz auswählte. Fortan habe er also gleich zwei Männer von Rang unter seinem Dach.

Qoëlet musterte aufmerksam den Neuankömmling, dessen unkomplizierte Art ihn ebenso verblüffte wie die Entschlossenheit , die er verriet. Sein Gesicht freilich war von Pockennarben so verunstaltet, dass ihn der Anblick schaudern machte. Und doch waren darin so deutlich die Zeichen eines Herzensadels zu lesen, dass Qoëlet sofort wusste, dass er diesen Gast mögen würde. Erst jetzt gewahrte Vauvenargues den Mann, der sich auf einen Gehstock mit einem prachtvollen Löwenkopf am Knauf stützte. Sie machten einander ohne Umstände bekannt, und als ein Mann fehlte, die Trage die Treppe hinaufzustemmen, half Qoëlet bei dem Manöver, so gut er es konnte.

»Oh, Monsieur!«, rief der Kranke, nachdem man ihn in sein Bett gebracht hatte, »ich bitte Euch um Vergebung, dass ich Euch genötigt habe, mich zu tragen! Diese Reise ging über meine Kräfte …«

»Ich stehe ganz zu Euren Diensten«, antwortete Qoëlet höflich. »Wir sind nicht Herr über die Leiden, die uns niederwerfen. Im Übrigen bedeutet einen Dienst zu erweisen nicht, Erbarmen zu zeigen.«

»Der Mangel an Gesundheit ist das härteste Leid, das die Menschen treffen kann«, gestand Vauvenargues.

Wenige Augenblicke später zogen beide die Bilanz ihrer jeweiligen Behinderung. Der Marquis war jedoch härter geschlagen. Seine Füße, vor zwei Jahren in Böhmen erfroren während eines Rückzugs, in dessen Verlauf der Marschall von Belle-Ile die Hälfte seiner Männer verloren hatte, wollten nicht mehr heilen. Seine Wunden brachen immer wieder auf. Überdies machten ihm seit langer Zeit seine Augen zu schaffen. Aufgrund eines Brustleidens, das ihn nicht mehr losließ, musste er häufig husten. Und als Gipfel des Unglücks hatte er kürzlich während eines Aufenthalts bei seinen Verwandten in der Provence die Pocken der bösartigsten Spezies bekommen, die ihn bis zur Unkenntlichkeit entstellten.

Die Zurückhaltung, die der einstige Offizier wahrte, als er seine Leiden schilderte, traf Qoëlet mitten ins Herz. Seine eigene Ungerührtheit gegenüber den Schicksalsschlägen, die ihn selbst getroffen hatten, erregte wiederum Vauvenargues' Bewunderung. Qoëlet erzählte in wenigen Worten von den Abenteuern, die er bis zu seinem einunddreißigsten Lebensjahr durchlitten hatte. Kaum mehr Zeit benötigte der um zwei Jahre Jüngere, um ihm sein Leben zu beschreiben.

Da er es leid war, ohne Hoffnung auf Genesung Waffendienst zu tun, hatte Vauvenargues fünfzehn Monate zuvor aus dem Regiment des Königs Abschied genommen, in dem er seit neun Jahren als Hauptmann gedient hatte. Er hatte Amelot, den Minister des Auswärtigen, wie auch Ludwig XV persönlich geschrieben und darum gebeten, in irgendeiner beliebigen Verwendung, mit der man ihn gnädig betrauen möge, weiter dienen zu dürfen. Auch auf beharrliche Nachfrage hatte er nur vage Antworten erhalten.

»Das Schicksal lässt den Menschen selten die freie Wahl ihrer Beschäftigung«, sagte der Marquis. »Da ich ohne Geld und ohne Protektion bin, habe ich mich entschlossen, mir in der literarischen Laufbahn Ruhm zu erwerben. Ich befinde mich, so will ich Euch gestehen, in der verzweifelten Lage, zu einem Metier gezwungen zu sein, das mich im Grunde ebenso abstößt, wie es meiner Familie missfällt … aber die Not kennt kein Gesetz. Ich habe Monsieur de Voltaire ein Manuskript gesandt, und dieser vortreffliche Mann hat mir die Ehre erwiesen, mir für diese Bagatelle Komplimente zu machen, und mich eingeladen, ihn in Paris zu besuchen. Und so bin ich also hier mit der Hoffnung, Voltaires Bekanntschaft zu machen. Ich habe den Ehrgeiz, noch vor Jahresende ein Werk zu veröffentlichen, das mir nicht allzu sehr schaden möge.«

»Man wünscht von Euch zu lesen, sobald man Euch gehört und Euch ein wenig kennen gelernt hat, Monsieur«, antwortete Qoëlet in jenem ruhig bestimmten Ton, der nur ihm eigen war.

So knüpften die beiden Männer die bestmöglichen Beziehungen freundlicher Nachbarschaft. Der eine wünschte in der Liebe Erfüllung zu finden. Der andere in der Veröffentlichung seiner Werke. In den folgenden Wochen hatten sie lange und lebhafte Gespräche, in denen sich keiner von beiden über sein

Los beklagte, so sehr schöpften sie größeren Vorteil aus der Hoffnung.

Hoffen … Dieses Wort aus dem Munde eines armen Kranken verdiente Bewunderung. Es war von Vauvenargues' Seite eine Tag für Tag verdienstvollere Heldentat, dass er sich weigerte, zuzugeben, ob seine Gesundheit oder seine Geldbörse in elenderer Verfassung war. Dass er in diesem Hôtel de Tours, einer Stätte ohne Rang und Namen, absteigen musste, zeugte von eklatantem Mangel finanzieller Mittel. Was seine fleischliche Hülle anbetraf, deren Gast er noch war – so verursachte diese ihm immer größere Schmerzen. Und doch wiederholte er beharrlich eine Gewissheit aus dem Buch der Bücher: »Die Hoffnung belebt die Starken, Qoëlet. Sie trügt nur den Hochmütigen und Trägen …«

Die Zeit verstrich. Wie viel? Aber nur eines zählte in Qoëlets Augen: die Gewissheit, dass ihm eines Morgens, eines Abends, egal wann, die Liebe begegnen würde. Dass er *sie* garantiert, ohne die geringste Möglichkeit des Zweifels, im Bruchteil einer Sekunde erkennen würde. Dies war seine Narrheit. Das war die Fessel, die ihn seiner Unabhängigkeit berauben sollte. Fast schäme ich mich, es Ihnen zu gestehen, so sehr handelte es wider allen Sinn und Verstand, dieses Tier. Ausgerechnet in Saint-Médard-Kirche sollte er sich noch mehr zum Narren machen als all die Narren rings um ihn.

DREI

Sein Zustand zwang dem armen Vauvenargues, je mehr die Wochen verflossen, desto heftigere Schmerzen auf. Sein Brustleiden verschlimmerte sich unverkennbar. Qoëlet konsultierte mehrfach die Ärzte für seinen Freund und erhielt von ihnen Rezepte für Säfte, die von einem bestimmten Apotheker von Rang herzustellen waren.

An diesem Morgen hatte er sich früher als gewohnt erhoben, um eine Salbe abzuholen, die, wie man ihm versichert hatte, nur nachts hergestellt werden konnte und in den ersten Tagesstunden auf die Brust aufgetragen werden musste. Als er an die Tür des Apothekers klopfte, erklärte ihm dieser, dass er mit ihrer Zubereitung noch nicht fertig sei, und bat ihn, später wiederzukommen. Der *pharmacien* hatte sein Ladenschild ein paar Schritte weit von der Kirche Saint-Médard hängen, deren Pforten sich gerade geöffnet hatten. Noch hatte der Tag nicht gegraut. Der Himmel, von einem tiefen Tintenblau, ließ gerade erst die Vorzeichen der Dämmerung ahnen.

Die Gläubigen drängten sich bereits, obwohl es noch sehr früh war, vor den Toren der Kirche und tauchten wie ein einziger Mann in das Gotteshaus ein. Neugierig schob auch der Reisende seinen Gehstock in die Kirche.

Sie war ein Bauwerk von mittlerer Größe, in das man an Tagen großen Zustroms vier- bis fünfhundert Gläubige pferchen konnte. Die Schenkungen von jansenistischen Bürgern und ähnlich Gottesfürchtigen hatten eine beträchtliche Verschönerung der Ausschmückung ermöglicht. Vergoldetes Holz und

Heiligenfiguren prangten an den steinernen Wänden. Die Gemälde, gewaltig im Format und ernst im Ausdruck, waren mit neuem Firnis überzogen. Der Altar funkelte in tausend Strahlen. Gott fühlte sich wohl in diesem Gnadentempel.

Ein ausgehungerter Priester hielt vor dem Altar eine stille Messe, der kniend einige Fromme folgten. Bald sah Qoëlet, wie diese sich wieder erhoben, sich an die Brust schlugen und unvernehmliche Worte murmelten. Er brauchte nur wenige Augenblicke, um zu begreifen, dass er einer Versammlung von Jansenisten der glühendsten Art beiwohnte. Die Mienen waren ernst. Die Blicke betrübt. Die Finger zitterten vor Visionen und Prophezeiungen. Aus dem Blick und der Miene dieser Menschen sprachen weder Freude noch Hoffnung, sondern eine Art Ekel vor sich selbst, der gehätschelt, gehegt und gepflegt – ja so verliebt genährt wurde, dass er ihnen ein trübes Lächeln der Befriedigung entlockte.

Einen Augenblick musste er wieder an die Raufereien im Jesuitenkolleg seiner Knabenjahre, an jene Kämpfe zwischen den der Gnade Teilhaftigen und den Papisten denken. Das also war aus den *grâcieux*, den Begnadeten, geworden, wie ihre Feinde sie spöttisch bezeichneten. Gott habe sie auserwählt, sagten sie, das genüge, um ihnen die Gewissheit zu geben, dass ihnen die Glückseligkeit bestimmt sei. Einer von ihnen kam dicht an ihm vorüber, während er sein Gebet murmelte. Er konnte ein paar Brocken erhaschen:

»O Herr, mach, dass ich sterbe für die Welt alle Tage und für meine Person … dass ich das gegenwärtige Leben betrachte als einen Traum … meinen Leib als ein Gefängnis … die Erde als einen Ort der Verbannung und den Himmel als meine Heimat …«

Ein anderer, der ihn überholte:

»... auf dass ich schmachte bei Tag und bei Nacht nach dem glückseligen Moment, der meine Fesseln sprengt und mich vereinigt mit Euch ... auf dass ich leide für Euch ...«

Qoëlet konnte sich eines Seufzers nicht enthalten, so sehr betrübten ihn diese Selbstverächter. Sie lebten ohne eine andere Hoffnung als die, endlich von dieser Erde zu verschwinden, um im Jenseits eine bessere Welt kennen zu lernen.

Die Gruppe, die nun mehr als hundert Personen, darunter offenbar viele von Stand, umfasste, drängte sich auf der linken Seite der Kirche – vor einer Art Kapelle an einer Wand, die in Kopfhöhe von einer Fensterluke durchbrochen war. Da erinnerte sich der Reisende, dass er von diesen morgendlichen Lesungen, die in Saint-Médard stattfanden, schon gehört hatte. Polemisch, wagemutig verführten sie das Ohr der gehobenen Welt und boten einigen Schöngeistern der Hauptstadt eine Tribüne.

Bald erschien die Brust eines Priesters im Rahmen der berühmten Fensterluke. Er rezitierte mehrere Psalmen, die von der versammelten Gemeinde im Chor nachgesprochen wurden. Dann kündigte er die tägliche Lesung der *Nouvelles ecclésiastiques*, jener Zeitschrift der Gnadenteilhaftigen an, die von der Krone zwar verboten war, in den jansenistischen Kreisen aber intensiv gelesen und noch aufmerksamer gehört wurde.

Dann folgte ihm eine Frau in das schmale Fenster.

Qoëlet schrak zusammen. Diejenige, die er in dem Gemäuer eingerahmt wie das zarteste Porträt erblickte, erschien ihm wie die personifizierte Schönheit. Ein Blick, und er wusste sofort, dass er die Frau vor sich hatte, die er seit Jahren suchte. In einem Augenblick riss ihn diese Überzeugung fort.

Die Erscheinung trug ein nachtblaues Kleid mit geblümten Besätzen. Ihr dunkles Haar war mit einem Spitzenschleier von gleicher Farbe bedeckt, der die Blässe ihrer Haut unterstrich und die anmutigen Formen ihres Gesichts wie ein Kleinod wirken ließ. Dieses war zwischen der Sittsamkeit ihres Blicks und Wangen, die ahnen ließen, dass ihnen das Lachen nicht fremd war, eine vollkommene Mischung aus Zurückhaltung und Feuer.

Qoëlet suchte mit seinen Augen die der Unbekannten. Ihm schien, als fände er sie. Als ließe auch sie ihren Blick auf seinem Gesicht verweilen. Als blicke sie ihn an … Da war er überzeugt, dass er nicht mehr länger zu warten brauchte: Er hatte *sie* gefunden. Wie viel Zeit verrann, während er sah, wie sie sprach, wusste er nicht mehr. Nichts anderes zählte mehr als diese Fremde. Vergessen war die Salbe für Vauvenargues. Verflogen seine Qualen. Verschwunden die bis zu jenem Tag erduldeten Enttäuschungen. So ist es auch nicht falsch zu versichern, dass Qoëlet, als die junge Frau in der Luke durch einen Priester abgelöst wurde, sich selbst bereits nicht mehr gehörte.

»Wer ist diese Dame, die in der Fensterluke der Gnadenkapelle die Lesung hielt?«, fragte er einen Bettler, der auf dem Vorplatz offenbar seinen Stammplatz hatte.

»Das, Monsieur, ist Madame la Comtesse de Lauragais, ein Schatz der Güte und Frömmigkeit«, antwortete der Mann.

»Kommt sie oft hierher?«, forschte Qoëlet ängstlich weiter.

»Ich weiß nicht, ob …«, zögerte der andere. Nachdem er das Louis-Stück eingesackt hatte, das ihm der Reisende vor die Nase gehalten hatte, rückte er jedoch williger mit der Sprache heraus:

»Ja, jeden Morgen oder fast jeden, immer zu dieser Stunde, ganz früh. Sie ist's zumeist, die die Lesung der *Nouvelles ecclésiastiques* hält. Die macht einen fast glauben, man sei von der Gnade berührt, hab ich Recht?«

Da war der Mann mit dem Stock mit dem Löwenkopf schon verschwunden.

Qoëlets Leidenschaft für die Gräfin von Lauragais festigte sich umso mehr, als er sie am folgenden Morgen nicht in Saint-Médard erscheinen sah, wohin er sich bereits vor der Morgendämmerung begeben hatte. Er sah in der berühmten Fensterluke nur zerknirschte Gesichter, die eine so zwanghafte Liebe predigten, wie sie allein den von der Gnade Erwählten eigen war, dass er bis ins Innerste erschüttert wurde. Die Vorstellung, dass eine so schöne Frau von so überspannten Schwärmern umgeben war, schmerzte ihn. Wie hatte sie sich nur entscheiden können, ihre trübseligen Spiele mitzuspielen? Wie ertrug sie diese aufdringliche Tugendhaftigkeit, diese Gesänge des guten Gewissens und der Selbstzufriedenheit ...

Endlich, nach zwei Wochen eines Wartens, das mit jedem Tag grausamer geworden war, sah er sie wieder.

Hinter einer Säule lauernd, beobachtete er die Gräfin von Lauragais mit gebanntem Blick. Auch diesmal glaubte er, sie sähe ihn. Ein Leuchten in ihren Augen, das er allein an sich gerichtet begriff. Diese Aufmerksamkeit, die ihm galt, bestärkte ihn noch mehr in seiner Überzeugung, und er sagte sich, dass es eindeutig keine schönere Frau auf Erden zu lieben gab. Einen Augenblick lang befiel ihn zwar Besorgnis. Was sollte er ihr sagen? Was konnte er ihr anbieten, ihr schenken? Er hatte nichts, er war nichts, während sie zu den angesehensten Frauen von Paris zählte. Aber Qoëlet, der seinem Herzen vor seiner Vernunft folgte, war so selbstbewusst, dass er diese Fragen rasch verscheuchte. Er war sicher, dass sie ihn angeblickt hatte. Und dieser Blick ließ ihn natürlich denken, dass er nichts zu fürchten hatte, wenn er versuchte, an sie heranzutreten. Sie beim Heraustreten aus der Kirche anzusprechen, kam ihm jedoch zudringlich vor. Da wartete immer eine ganze Schar von Bittstellern, die auf professionelle Art oder aus einer Laune heraus die Apostel der Gnade, die in der Fensterluke der Kapelle gesprochen hatten, zu bedrängen pflegten. Darunter fanden sich die berühmtesten Köpfe, die sich nur zu gern für das Ritual der *Sainte Lucarne* anbieten wollten, wie diese Fensterluke von den überspanntesten Schwärmern genannt wurde – und die versicherten, dass dem Diakon François de Paris am Vorabend vor seinem Tod Christus selbst erschienen sei. Unter diese Fauna wünschte Qoëlet sich nicht zu mischen. Da er keine Möglichkeit sah, die Salons zu frequentieren, in denen man die Gräfin antreffen würde, er den Gedanken aber von sich wies, Intrigen zu spinnen, um sich dort Zutritt zu verschaffen, entschied er sich, ihr zu schreiben.

Vauvenargues, dem er sein Glück nicht hatte verschweigen können, ermutigte ihn zu diesem Schritt.

»Man muss mit Aufrichtigkeit und Geradheit vorgehen, selbst beim Verführen. Seid Ihr selbst, dies würde jede vernünftige Frau entzücken, lieber Freund«, riet er ihm voller Vertrauen und Zuneigung. »Aber was mich betrifft, Ihr kennt mich: Ich bin nicht ganz und gar überzeugt, dass eine solche bezaubernde Spezies existiert – und wenn, dann in dieser Stadt gewiss weniger als anderswo …«

Nach diesen Worten war der Marquis in Richtung des Hauses Voltaire aufgebrochen. Kaum war er verschwunden, da griff der Verliebte nach einer Feder, spitzte sie feinsäuberlich und setzte sich nachdenklich an seinen Tisch.

Von den Briefen, die Qoëlet an die Gräfin von Lauragais schrieb, besitzen wir nicht die geringste Spur. Haben sie ihre Adressatin überhaupt je erreicht? Wir können aber zumindest sicher sein, dass er, als er die Gräfin in Saint-Médard wiedersah, die feste Überzeugung gewann, dass sie seine Verse gelesen hatte – und dass es ihr nicht unangenehm war, mit weiteren bedacht zu werden. Woche um Woche kam Qoëlet von da an, um seine Korrespondenz unter die Pforte des Pfarrhauses der jansenistischen Gemeinde zu schieben.

Seine Tage waren geregelt. Jeden Morgen bei Tagesgrauen betrat er die Kirche und presste sich an eine mit Zetteln zugeheftete Säule, an der er, wenn auch zuweilen vergebens, darauf wartete, dass in der Fensterluke das erhoffte Gesicht erschien. Von dort aus beobachtete er das Kommen und Gehen in dem Gotteshaus. Sah die Frommen aus dem Viertel eintreten. Erkannte die gewohnten Gesichter wieder, die Jäger nach Wundern, die Neugierigen, die Eitlen und die Mondänen. Auch er hatte nun seine Gewohnheit. Wenn die Gräfin erschien, beschleunigte sein Herz seinen Schlag. Seine Faust umklammerte den Knauf seines Stocks. Er atmete nur noch mit Mühe. Dann konnte er sich dem Schauspiel ihres Zaubers hingeben, auf ein Lächeln lauern. Auf einen Wimpernschlag. Auf das gelindeste Schwanken in ihrer Stimme. Sie zu sehen und zu hören, wie sie aus der Zeitung vorlas, genügte ihm, um Schätze an Menschlichkeit sowie eine überragende Intelligenz zu ermessen, die er der seinen souverän als ebenbürtig einschätzte.

Wenn die Gräfin nicht erschien, hörte er mit halbem Ohr den Moralpredigten der an ihrer statt Auftretenden zu, während er die Bitten las, die anonyme Hände der göttlichen Gnade anempfohlen hatten:

Beschützt, hochwürdiger Pater Quesnel, einen Mann,
der in Gefahr ewiger Verdammnis schwebt,
da er philosophische Schriften liest.

Dem Heiligen Dorn der Krone Christi sei ein
junger Mann empfohlen, der schlechten Umgang pflegt
und nächtens aushäusig weilt.

Betet, hochheilige und barmherzige Jungfrau,
für eine junge Frau,
die von Verführern umringt ist und zu unterliegen droht.

Nach Beendigung des Rituals begab er sich zugleich enttäuscht und voller Hoffnung auf den Weg zu Meister Lebleus Laden. Er wusste, dass die Gräfin wiederkommen würde. Genauso wie er wusste, dass sie ihn gesehen hatte. Und dass sie seinem Blick gegenüber nicht gleichgültig geblieben war. Das war eine Gewissheit, mit der er seine Flamme und seine Geduld nährte. Und was man ihm auch zu bedenken gegeben hätte, er hatte für jeden eine Antwort, hatte ihnen Fakten entgegenzuhalten: Hoffnungen in Gestalt von Wahrheit.

An den Tagen, an denen er sie sah, war seine Freude so groß, dass er die Kirche mit der Gewissheit verließ, er werde am nächsten Tag einen Brief vorfinden, der ihn einlud, sich im Palais de Lauragais zu präsentieren. So verrannen immerhin drei Monate, in deren Verlauf er keine andere Antwort erhielt als ihre an die Gemeinschaft in der Kirche gerichteten Blicke, die er auf sich allein bezog. In seinem Liebesrausch machte er aus einem bloßen Eindruck ein erwiesenes Faktum.

Erst allmählich begann er zu zweifeln, ob er wirklich gelesen und verstanden wurde. Und ob er selbst klar verstand, wie ihm geschah.

Er hörte auf, Poesie zu verfassen, und teilte in Prosa seine Zweifel mit. Gestand seine Beunruhigung angesichts dieses beharrlichen Schweigens. Bot an, sich ganz gleich welcher Forderung als Beweis seiner vollkommenen Aufrichtigkeit zu unterwerfen. Enthüllte schon bald mit vielleicht zu großer Deutlichkeit, welche Absichten er hegte. Denn auch wenn ihm die Ehrbarkeit, der Glaube und die Stellung der jungen Frau wie unüberwindliche Hindernisse erschienen wie jedem Verehrer, der noch nicht abgewiesen worden war, so bewahrte er doch die heimliche Gewissheit, dass er geliebt werde.

Jeden Moment das Beste hoffend und jeden Augenblick das Schlimmste befürchtend, lebte er in dem höllischen Rhythmus seiner Gefühle. Jedes Wort, jede Geste der Gräfin in der Fensterluke wurde bald dieser, bald jener Laune entsprechend gedeutet. Das ist die gewöhnliche Hölle aller Vernarrten. Er wusste es und fand doch kein Mittel, sich der rasenden Aufwallungen seines Herzens zu erwehren.

VIER

Die Liebe … auch sie träumte von ihr.

Das junge Mädchen, das sie einst gewesen war, hatte kaum den sechzehnten Geburtstag gefeiert, als ihr Vater sie, um sie zu verheiraten, den Mauern des Klosters entriss. Zehn Jahre lang hatten verhärmte Nonnen ihr Gesang, Tapisseriestickerei und Gottesfurcht eingebläut.

So hatte sie ihre Träume von Entführung, einer einsamen Hütte in der Tiefe des Waldes und von einem konspirativen Priester begraben müssen. Stattdessen musste sie mit dem Herzog und der Herzogin von Brancas und deren letztem Spross – dem lebenssprühenden Grafen von Lauragais – Bekanntschaft machen. Dieser Graf sah sich auf Drängen seiner Eltern genötigt, Italien und seinen Mätressen, die er dort besaß, Adieu zu sagen und sich vor den Altar zu schleppen.

Trotz der Hässlichkeit, der Unflätigkeiten und des traurigen Rufs des Grafen war die Jungfrau entschlossen, ihrem Gemahl alle Schätze zu schenken, die sie in ihrem Herzen vergraben bewahrte. Der göttliche Wille hatte ihr nun einmal diesen Mann zugeteilt. Noch in der Hochzeitsnacht hatte sie sich ihm mit Leib und Seele unterworfen.

Lauragais war ein Libertin. Das Spiel diente ihm als Profession, die Ausschweifung als Zeitvertreib. Die Schönheit der Frauen war ihm gleichgültig, sofern sie nicht mit einer guten Dosis Laster gewürzt war. Seine Gemahlin war jedoch in der Wissenschaft der Liebe unbewandert. Die Demonstration, die er ihr am Abend ihrer Vermählung davon zukommen ließ, ermutigte sie kaum, ihre oberflächlichen Kenntnisse weiter zu vertiefen. Was er als Liebkosungen bezeichnete, zeigte bei ihr die Wirkung von Kratzern. Wo sie Zärtlichkeit erwartet hatte, begegnete sie nur viehischer Brunst. Der Bestürzung waren Schmerzen gefolgt. Sie hatte sich hingeben wollen: Stattdessen war sie einfach genommen worden.

Die junge Frau hatte aus jener Nacht die bittere Erkenntnis gewonnen, dass sie sich unwiderruflich einem Toren ausgeliefert hatte, der sich darauf versteifte, ihr mit den vulgärsten Worten vom Glück zu reden, während sie ihren Ekel am liebsten laut hinausgeschrien hätte. Bereits am nächsten Morgen verbot sie ihrem Gemahl, die Schwelle ihres Schlafgemachs zu übertreten. Diese Macht wenigstens blieb ihr, da sie ein Dame von Stand war. Mehr als Hass hatte der Graf eine heimliche Verletzung des Stolzes empfunden: Zum ersten Mal hatte eine Frau in seinen Armen keine Lust erfahren. Dass sie die seine war, trieb die Beleidigung auf die Spitze. Er zog es vor, nicht das Risiko einzugehen, sich bei seinem Schwiegervater zu beschweren, und ging wieder dazu über, seine Talente solchen Geschöpfen zu bescheren, die sie nicht ablehnen konnten, und verlangte lediglich von seiner Frau, dass sie ihn einmal jährlich auf ihrem Lager empfing, damit er eines Tages einen Erben bekam und nicht Gegenstand von Tuscheleien wurde.

Um sich darüber hinwegzutrösten, dass sie die Knechtschaften der Ehe erleiden musste, hatte die junge Frau Zuflucht im Glauben gefunden und stürzte sich jeden Tag ein wenig tiefer in den Abgrund des Gebets. So dass manche versicherten, sie sei jenen schmutzigen Exzessen verfallen, die damals bei den Jansenisten, zu denen auch ihr Beichtvater zählte, in Mode waren.

Unter Gottes Auserwählten galt Abt Néhier als ein heiliger Mann. Seine Askese wie seine Ekstasen machten ihn zu einem

Vorbild. Es hieß, er schlafe auf dem nackten Boden, nehme nur eine Mahlzeit am Tag und im Stehen ein und trage, um Buße zu tun, einen mit Nägeln gespickten Gürtel, dessen Spitzen fleischwärts nach innen gerichtet waren. Dieser Fanatiker versorgte die Gräfin mit seinen Ratschlägen und hatte für ihre Klagen über ihr Eheunglück ein offenes Ohr. Seine Verfügbarkeit, sein aufrichtiges Mitgefühl, seine Gewissheit, dass Gott den Glauben seines Beichtkinds durch wiederholte Prüfungen auf die Probe zu stellen wünschte, waren echt.

Die Gräfin von Lauragais war ihrerseits aufrichtig zu dem Glauben gelangt, dass sie von einer ganz besonderen Gnade unterstützt werde, aus der sie die Kraft schöpfte, den Schicksalsschlag zu ertragen, einen Mann geheiratet zu haben, über den ganz Paris jeden Tag neue Ausschweifungen zu berichten wusste. So war sie dazu übergegangen, den Gedanken an ein mögliches Glück aufzugeben, obwohl sie es sich nicht versagen konnte, inständig den Himmel anzuflehen, er möge ihr gewähren, dass sie eines Tages doch die inbrünstige Liebe eines Mannes erfuhr.

Als die ersten Briefe des Reisenden sie erreichten, hatte die junge Frau geglaubt, ihre Gebete seien erhört worden. Im Ton und in den Worten des Unbekannten lagen eine Aufrichtigkeit und eine Zuversicht, die sie sich auf Erden nicht mehr hatte vorstellen können. Die Verse, die an sie gerichtet waren, besangen ihre Schönheit, flehten inständig zu ihrem Herzen und versprachen eine dauerhafte innige Verehrung. Das Schamgefühl und das Ausmaß der Überraschung über ein solches Liebesfeuer hinderten sie jedoch zu antworten. Es schien ihr unmöglich, dass man allein auf die Verheißung eines Blicks so vieles vorschlagen konnte. Ihr Glaube forderte sie dagegen auf, genau dies für möglich zu halten. Aber dieser plötzliche Schritt vom Gebet zur Realität versetzte die junge Frau in Angst und Schrecken. Da sie es gewohnt war, allen möglichen Überspannten und Schwärmern zu begegnen, war sie zu dem Urteil gelangt, dass es sicherer sei, ihren wunderlichen Verehrer jener Kategorie zuzuordnen, so dass ihre Freude über die Briefe des Besuchers von Saint-Médard vermindert wurde. Dieses Umkippen von der Versuchung in den Überdruss vollzog sich etwas mehr als drei Monate, nachdem sie den ersten Brief von Qoëlet erhalten hatte.

Das war der Zeitpunkt, da er aufgehört hatte, Verse zu schreiben, und ganze Seiten mit einer bald heiteren, bald ernsten Prosa zu bedecken begann. Seine Zweifel und seine Gewissheiten gingen darin Hand in Hand. Seine Ängste und sein Mut lagen darin dicht beieinander.

Diese Geständnisse, die nicht mehr durch die Poesie verschleiert waren, machten Madame de Lauragais verlegen. Die Ansichten des Verliebten hatten an Schamlosigkeit gewonnen, was sie an Reimen verloren hatten. Er schrieb, was eigentlich erst Liebende, die ihrer Sache sicher sind, einander zuflüstern. Setzte Worte aufs Blatt, die man nur leise, in der geschlossenen Intimität eines ausgetauschten Blicks ausspricht. Gestand ihr ganz ungeschminkt seine Liebe. Flehte sie an, sie anzunehmen, seine Leidenschaft zu akzeptieren wie eine Gabe des Himmels, ihn wiederzulieben und schließlich, sich zu entschließen, an seiner Seite weit fort von Paris und seinen Schändlichkeiten zu fliehen. Weit fort vor allem von einem hassenswerten Gemahl.

Dadurch fühlte sich die Gräfin verletzt, so als sei auf einmal ihr eigenes Innerstes durchwühlt. Das war es in der Tat: Die junge Frau sah ihre geheimsten Träume aufgedeckt, auf dem Schreibpapier ausgebreitet von einem Unbekannten. Einige weitere Briefe, noch heftigere – trotz des Versprechens, das sie sich gegeben hatte, sie nicht zu öffnen, hatte sie es sich nicht verkneifen können, sie zu lesen –, machten ihre Verwirrung vollkommen. Die Vorschläge, die sie enthielten, gingen über das Maß des Erträglichen hinaus, stammten sie doch von einem Mann, von dem sie nicht einmal den Ton der Stimme, geschweige denn die Farbe der Augen kannte. Als sie zur Feder griff, um ihm jene Antwort zu geben, die er mit ermüdender Beharrlichkeit forderte, tat sie dies daher so, wie man einen Schlag pariert, der einem versetzt wird: Sie klagte das Wahnsinnige und prangerte das unerhört Brutale seines Ansinnens an. »Dies ist der Grund«, schloss sie, »weshalb mir, selbst wenn mein Herz frei wäre, Eure überspannte Geistesverwirrung alle Lust nähme, Eure Bekanntschaft zu machen.«

Seit Monaten hatte er sie um ein Treffen gebeten. Nun fand er sich knochentrocken aufgefordert, seine Korrespondenzen einzustellen. Er begann zu leiden. Im Übrigen ist es besser, zu verschweigen, wie es während der ersten Tage nach Erhalt der Antwort um ihn stand. Ja, es ist besser, es zu verschweigen, um ihn zu verschonen trotz all der Zeit, die seither vergangen ist. Über das Unglück eines Mannes spricht man nicht: Es muss mit zusammengebissenen Zähnen, verweinten Augen, ausgeblutetem Herzen durchlitten werden.

Mit ausgeblutetem Herzen – ja, Sie haben richtig gelesen. So weit kann es kommen ... in einer Liebesverzweiflung. Man wird nicht von der Welt oder dem Leben verstoßen – nur von einer Person, die für sich genommen zur Welt, zum Leben wurde ... Niemand ist unglücklicher als ein abgewiesener Verliebter – nicht der Verführer angesichts des Scheiterns seines Plans, sondern ein Mann, der ohne Zurückhaltung das Beste von sich angeboten hat und dafür nur Vorwürfe erntet: Er verliert nicht ein Glück, sondern den hundertmal kostbareren Schatz, nämlich die *Hoffnung* auf das Glück. Qoëlet hörte auf, sich jeden Morgen zur Kirche zu begeben. Hörte sogar auf, der Gräfin zu schreiben. Er sei nur ein Verrückter, hatte sie ihm geschrieben. Er begann sich als einen solchen zu betrachten und hatte von da an keine Achtung mehr vor sich.

Als Vauvenargues an seine Tür klopfte, fand er seinen Freund in diesem Zustand. Und doch brachte es Qoëlet in einer Nacht der Vertraulichkeiten über sich, ihm seine Gewissheiten zu gestehen, die noch in ihm wohnten: *Sie* ist es. Das Glück, das er verfolgte, hatte von nun an einen Namen, ein Gesicht, ein Lächeln.

»Und wenn sie ohne mich, der ich doch nur ihr Glück wollte, glücklich ist, müsste dann am Ende nicht auch ich glücklich sein? Ich für meinen Teil weiß, dass sie existiert, und ich würde fast wagen zu sagen: das ist … *gut*«, gestand er in jener Nacht.

»Mein lieber Qoëlet«, antwortete der Schriftsteller, »so viel zarte Gefühle wir auch für einen Menschen hegen, kommt es doch niemals vor, dass dessen Glück genügt, um das unsere zu machen. Aber Eure Tugend ist mir ein Balsam für die Seele. Wenn man das Gefühl hat, nichts zu besitzen, womit man die Wertschätzung eines Menschen erwerben kann, ist man sehr oft versucht, ihn zu hassen. Ihr müsst ein edles Herz besitzen, um dieser Dame nicht böse zu sein.«

Der Schriftsteller hatte den ganzen Edelmut erfasst, den sein Freund in seine Wünsche legte – jenes *Bestmögliche*, das jedes seiner Worte erahnen ließ. Auch er liebte es, immer wieder zu betonen, ein Mensch ohne Leidenschaft sei ein König ohne Untertan. Darum liebte Vauvenargues den Verliebten, seine Träume und seine Gewissheiten umso mehr.

Wer weiß, vielleicht wäre dieser Zustand – will sagen, sein betrübter und süßer Wahnsinn – Qoëlet zum Verhängnis geworden, wenn im Herzen des Winters dem Händler, bei dem er angestellt war, nicht eine siebzehnjährige Nichte ins Haus geschneit wäre.

Verwaist durch die Schuld eines Balkens, der, unbemerkt von einem Dach stürzend, ihren armen Papa zwischen vier Sargbretter gebracht hatte, war Marie mit feuchten Augen und leerem Magen bei ihrem Onkel eingetroffen.

»Mein Bruder war Dichter, Witwer und Vater … Man sieht, wohin ihn das geführt hat!«, hatte Meister Lebleu das junge Mädchen zur Begrüßung angebrummt, bevor er es der Obhut seiner Hausbesorgerin anvertraute.

Und doch hatte es nur weniger Tage bedurft, bis Maries frisches Wesen das ganze Haus des braven Bürgers strahlend erhellte. Ihr Onkel begann sie lieb zu gewinnen und konnte sie als alter Hagestolz, der er war, bald nicht mehr entbehren. Nachdem er ihr den Unterschied zwischen dem Lütticher Tuch und dem aus Reims beigebracht hatte, platzierte er sie hinter den Ladentisch seines Geschäfts. Ihr Lachen und ihre Schönheit sollten in den folgenden Jahren noch mehr als die rarsten Tücher aus Indien, die man bald dort verkaufte, für das Aufblühen des Handels sorgen.

Selbst Qoëlet gewann dem Leben durch den Umgang mit diesem strahlenden Kind wieder einige angenehme Seiten ab. Bald überraschte er sich dabei, dass er den Gedanken, seine Lektüre oder die Unterhaltung mit Vauvenargues zu unterbrechen und sich zu Meister Lebleu zu begeben, angenehm fand, zumal wenn er wusste, dass auch Marie mit an der Abendtafel saß. Die blonden Haare, die schönen Zähne, die hübsche Nase, die blauen Augen ließen ihn nicht unberührt.

Er zeigte sich von freundlicherer Seite. Man sah ihn wieder Spaziergänge unternehmen. Sich das Haar mit azurblauen Bändern zusammenknoten. Sogar lächeln.

Marie wiederum arrangierte die Zerwürfnisse und Versöhnungen mit Qoëlet je nach ihren Launen. Jeder Vorwand war ihr recht, um mit ihm zu reden, ihn aus seiner Arbeit zu reißen, seine Aufmerksamkeit zu erregen: ein zu hoch gelegenes Stück Seide, eine zu schwere Stoffrolle, ein Preis, den sie angeblich nicht wusste. Das Mädchen liebte mit dem ungetrübten Glauben ihrer Jugend einen Mann, der zweimal so alt war wie sie und dazu noch – wenngleich mit unauffälliger Gewandtheit – eine Beinprothese trug. Jeder Strich mit dem Kamm durchs Haar, jedes Lächeln, jeder Traum galt nur noch ihm. Denn sie hatte noch nie einen Mann kennen gelernt, der so viel Weltläufigkeit, Abenteuer und zwanglose Höflichkeit verströmte.

Aber auch wenn er für Maries Reize durchaus empfänglich war, bestand in Qoëlets Kopf doch kein Zweifel, dass er keine anderen Gefühle als brüderliche Zärtlichkeit empfand. Seine Gedanken führten ihn alle Augenblicke wieder zur Gräfin von Lauragais zurück.

Nun hatte er sie bald ein Jahr lang nicht mehr gesehen.

Ein weiterer Winter verging, in dem er ihr weitere Gedichte schrieb, die er aber nicht abschickte. Er fühlte sich an sein Versprechen gebunden, sie nicht mehr zu belästigen – ohne jedoch die Hoffnung aufzugeben, dass er ihr eines Tages begegnen würde. Treu gegenüber seinem Wort – er hatte ihr in einem allerletzten Billett versichert, ihr nicht mehr zu schreiben bis zu dem Tag, an dem sie es befehlen würde –, beschränkte er sich darauf, mit verstörender Inbrunst an diese Frau zu denken, von der er nichts, nicht einmal den Vornamen, wusste. Er hatte seine *Auserwählte*.

Die Zeit vergeht jedoch nicht für jeden mit den gleichen Folgen. Während der Verliebte aus den verflossenen Monaten im Stillen noch mehr Gewissheiten schöpfte, ging es mit Vauvenargues unwiederbringlich bergab.

Der Marquis arbeitete den ganzen Tag an der Korrektur seiner *Introduction à la connaissance de l'esprit humain* oder »Einführung in die Erkenntnis des menschlichen Geistes«, die Voltaire mit Anmerkungen versehen hatte, vermehrte sie um weitere *Reflexions* und wünschte sich leidenschaftlich, sein Buch neu gedruckt zu sehen. Nichts war jedoch weniger gewiss. Seit Kurzem war er außerstande, sein Zimmer zu verlassen, sein Bein war von der Gangrän befallen, er hustete immer mehr, meinte zwar, dies seien lediglich »Bagatellen«, andrerseits spielte er immer häufiger auf den nahenden Tod an. Halb erblindet, diktierte er seine Texte Qoëlet, der wenige Schritte von ihm entfernt über das Blatt gebeugt seine Worte getreulich transkribierte. Ganze Wochen beschäftigten sie sich damit, diese Arbeit zu vollbringen, während ein dichter Schnee auf die Dächer von Paris fiel. So wurden jene Sentenzen voll gesundem Menschenverstand zu Papier gebracht, die Vauvenargues' berühmte *Reflexionen und Maximen* bilden. Einige Monate später sollte Qoëlet das Manuskript, von seiner Hand geschrieben, dem Drucker übergeben.

Während der Frühling der Natur wieder ihre Kräfte verlieh, fühlte Vauvenargues, wie sein Körper immer mehr Kraft verlor. Darüber vermochte ihn nichts hinwegzutäuschen. Bald konnte er nicht einmal mehr sein Krankenlager verlassen. Verlor restlos das Augenlicht. All dies ohne eine Klage. Ohne einen Seufzer. Aber selbst da noch sprach er seinem Freund Mut zu, forderte ihn auf, der Stimme seines Herzens zu folgen, was auch immer geschehe.

Wochenlang leistete Qoëlet ihm Beistand. Jeden Tag gewann der Tod an Terrain. Doch Vauvenargues hielt pausenlos weise und optimistische Reden. Der Gedanke, dass er seinen Ruhm nicht mehr erleben sollte, ließ ihn nicht los. Das Bewusstsein, dass sein Verdienst so jämmerlich verloren ging, war ihm eine Qual.

»Oh, was hätte ich noch alles vollbringen können ohne diese unheilvollen Zufälle ... Diese zu rasch verflossene Zeit, die mich so verletzt ... Wenn Ihr nur wie ich die Regungen meines Herzens vernehmen könntet ... Versteht Ihr, Qoëlet? Nichts wiegt so viel wie der Ruhm ... Er spornt uns zur Arbeit und zur Tugend an. Wer nicht den Preis der Zeit kennt, ist nicht zum Ruhm geboren«, gestand der Schriftsteller eines Nachmittags seinem Freund.

»Oh, ich kenne den Preis der Zeit, glaubt es mir. Mein Ruhm, das ist meine Liebe und ihre ungeahnte Kraft ... Und ich kenne die Zeit, die ich fern von *ihr* zubringe!«, hörte man den Mann mit dem Stock mit dem Löwenkopf düster antworten, während er mit seinem Blick die Sonne suchte.

»Ich habe die Frau gesehen, von der Ihr mir während all dieser Monate nicht mehr zu sprechen wagt, aber die Euch, wie ich sehr wohl sehe, ständig verfolgt. Ich habe es Euch aus Diskretion verschwiegen ... Der Zufall wollte es, dass ich ihr vor der Kirche Saint-Côme-Saint-Damien begegnete, die ich im vergangenen Dezember aufgesucht habe. Man hat in meiner Gegenwart ihren Namen erwähnt. Sie begleitete gerade kleine Waisenkinder. Ich verhehle Euch nicht, dass ich von ihrer Schönheit wie von der Güte ihres Wesens gleichermaßen ergriffen war. Ihr müsst wahrlich sehr verrückt gewesen sein, damit eine solche Seele Euch so bezeichnet. Aber ich verstehe Euch besser seit jenem Tag. Ja, in Wahrheit ist sie nicht nur schön, sie ist auch gut ... Von ihr könnt Ihr alles hoffen. Der Körper hat seine Anmut, der Geist seine Gaben, sollte das Herz vielleicht nur Laster haben, mein Freund? Ich bitte Euch! Erhört es, Qoëlet! Trefft sie, auch gegen ihren Willen, wenn's sein muss!«, rief da der Schriftsteller mit mehr Kraft, als ihm noch geblieben war. »Sie soll Euch ihrerseits sehen, ihren Blick in den Euren versenken, und sie wird verstehen ... Nichts ist so sicher wie das Urteil des Herzens, sein einfacher Schrei ...«

»Ich weiß«, entgegnete der Verliebte so leise wie entschlossen. »Ich weiß nur das ... Aber dieser Ruhm ist noch schwerer zu erlangen als jeder andere: Zwei Seelen müssen in der Liebe sein. Die Leidenschaft und die Sehnsüchte eines Einzigen reichen darin nicht aus ...«

Leben zu wollen allein reicht auch nicht aus. Am 27. Mai 1747 hauchte Vauvenargues unter Qoëlets Blicken das seine aus.

Voltaire hatte dem mit dem Tode ringenden Marquis geschrieben, war aber nicht erschienen. Jean-François Marmontel, ein Schüler Voltaires, ein Poet, Philosoph und Übersetzer, war auch nur ein einziges Mal vorbeigekommen. Von den treuen Freunden, die den Schriftsteller besucht hatten, befand sich aufgrund eines betrüblichen Zufalls am Tag seines Ablebens nicht einer in Paris. Qoëlet begleitete als Einziger seinen Sarg, der im Chor von Saint-Côme-Saint-Damien beigesetzt wurde – wenige Schritte vom Hôtel de Lauragais entfernt.

Der Verliebte war allein zurückgeblieben.

Der Schriftsteller war allein vorausgegangen.

Wieder nach Hause zurückgekehrt, meditierte Qoëlet über Vauvenargues' Worte. Schließlich griff er zu seiner Feder und machte drei Tage und Nächte lang kein Auge zu. Und diesmal gelang es ihm endlich, sich verständlich zu machen, denn bald darauf erhielt der Verliebte eine Karte mit der Einladung, an einem bestimmten Abend der folgenden Woche an der Tür eines bestimmten Hauses an den Quais zu klopfen. Sie war mit einem Vornamen unterzeichnet, den er nie mehr vergessen sollte. So wie er auch nie vergessen sollte, dass er es dem Marquis de Vauvenargues, dem Freund, der ebenso rasch aus seinem Leben verschwand, wie er darin eingetreten war, zu verdanken hatte, dass er doch noch die richtigen Worte gefunden hatte.

Am angegebenen Tag, zur genannten Stunde präsentierte Qoëlet sich in seinen besten Anzug gekleidet, mit glänzenden Stiefeln, poliertem Stock, gezopftem Haar, sauber rasiert und sogar diskret parfümiert an der beschriebenen Adresse. Ein Diener öffnete ihm die Tür, wies ihn zu einer kleinen Treppe, die er hinaufstieg, wie man zu einem Altar schreitet. Ein weiterer Domestik erwartete ihn. Er deutete auf eine Tür und verneigte sich. Qoëlet machte sich Mut, indem er sich daran erinnerte, dass er vor Belgrad oder Orsova oder im Lager in Serbien auch nicht weniger Angst ausgestanden hatte, und ergriff mit fester Hand die Klinke.

Er betrat ein kleines Boudoir mit niedriger Decke, doch prächtig dekoriert mit ländlichen Szenen, die von den fein ziselierten Wandtäfelungen eingerahmt wurden. Das einzige Fenster blickte auf die Seine. Die Gräfin von Lauragais saß an einem üppig gedeckten Tisch.

Sie trug ein Faltenkleid aus blauer Seide, bestickt mit Blumen. Ihr Haar war hochgesteckt, um ihre Stirn freizugeben, und durchflochten von Bändern der gleichen Farbe wie das Kleid. Alles an ihr strahlte Schlichtheit und Sinnenfreude aus. Weder Puder im Haar noch Schönheitspflästerchen im Gesicht, ebenso wenig Rouge auf den Wangen, sondern ein Hauch größter Frische von so natürlicher Art, dass er ganz betörend wirkte.

Sie empfing ihren Verehrer mit einem Lächeln auf den Lippen. Und dieses Lächeln erschien ihm leuchtend, durchdrungen von größter Zärtlichkeit. Die Augen der Gräfin verweilten einen Moment auf dem Löwenkopf des Gehstocks, glitten dann zu seinem rechten Bein. Sie lächelte wieder. Sofort glaubte er sich geliebt, trotz seiner Behinderung. Er taumelte vor Glück. Dann wiederholte er sich im Stillen, dass diese Frau jeden liebte. Dass sie gut war, geistreich, intelligent, gewandt genug, um in der Gesellschaft zu leben, doch auch gleichermaßen feinfühlig, da sie zu ihm gesprochen hatte, ohne dass sie auch nur das geringste Wort aussprechen musste.

Er schien zu zögern, wusste nicht, wie er sich verhalten sollte. Den Schutzwall, den die Gräfin durch ihren Umgang mit Personen von Stand hatte, besaß Qoëlet nicht: Seine Augen konnten nicht von ihr lassen.

»Seid Ihr also tatsächlich nur Papier, das die Winde verwehen, Monsieur Qoëlet?«, fragte sie mit charmanter Ironie.

Dann lud Madame de Lauragais ihn mit einer Geste voller Anmut ein, sich neben sie auf die Bank zu setzen.

»Im Gegenteil, ganz zu Euren Diensten, Madame: mit Fleisch und Blut … und Gefühlen«, antwortete der Verliebte lächelnd.

»Euer letzter Brief hat mir mehr als all die anderen zusammen gefallen, Monsieur. Darin gebt Ihr nicht nur zu verstehen, dass Ihr Herz habt: Ihr zeigt es auch. Noch mehr, Ihr schenkt es! Ihr schreibt, was jede Frau gerne lesen würde, und in der Art, die wir schätzen. Ihr habt mich ergriffen durch Eure Beharrlichkeit, durch Eure Selbstverleugnung und noch mehr durch Eure Sorge, mich glücklich zu wissen. Aber Ihr ahnt gewiss, dass mich Eure Zeilen bis ins Innerste getroffen haben, da Ihr nun hier seid ...«

»Ihr habt mich zu einfachen Worten inspiriert, um Gefühle zu beschreiben, die es gleichfalls sind, Madame. Ihr allein habt mich reich gemacht. Euch verdanke ich alles ...«

Sie begannen zu plaudern, als hätten sie sich erst am Tag zuvor getrennt.

Er brauchte ihr nur zuzuhören, wie sie ihm all das sagte, was er geahnt hatte. Und zuallererst, dass sie seine Verse geliebt, sie immer wieder gelesen habe trotz des »etwas harten« Briefs, den sie ihm geschickt habe. Er protestierte und meinte, sie seien sehr mäßig gewesen, doch sie wusste ihn zum Schweigen zu bringen.

»Eure Verse sind gut. Ich muss das wissen, denn ich lese zu oft schlechte. Ich bitte Euch: Schluss mit dieser Komödie! Wir sind unter uns ...«

Allein für dieses *wir* hätte er sie am liebsten umarmt. Er wagte es nicht. Und doch gab der Blick der Gräfin zu verstehen, dass sie es ihm nicht verboten hätte.

Während dieses denkwürdigen Mahls entdeckten sie aneinander eine Fülle jener Wahlverwandtschaften, die die Träumer zu dem Glauben verleiten, bestimmte Seelen seien früher oder später dazu bestimmt, einander zu begegnen. Qoëlet wollte darin die Frucht eines subtilen Zufalls sehen. Die Gräfin dagegen war geneigt, dies der Gnade zuzuschreiben, die die Menschen vor Gott vereine. Abt Néhier, ihr Beichtvater, erziehe sie dazu, nichts anderes zu glauben.

»Ihr müsst ihn einfach kennen lernen!«, meinte sie, jenen Geistlichen betreffend, den er mehr als einmal in der Fensterluke von Saint-Médard hatte sprechen hören.

Damit gingen sie dazu über, einander Geheimnisse ihres

Lebens preiszugeben, wobei sie sich jeweils entschuldigten, dass sie so schamlos von sich selbst sprachen. Aber jeder antwortete, dass er im Gegenteil sehr neugierig sei, geradezu darauf brenne, noch mehr zu erfahren, sofern er nicht indiskret sei. Ihre Blicke begegneten sich. Beide glaubten in dem des anderen Ermutigungen zu lesen.

Sie speisten und tranken lange. Die Unterhaltung riss sie fort. Sie sprachen über ihre Lektüren. Die Bücher, die die Gräfin erwähnte, stammten zumeist aus der Feder der großen Priester der Gnade, die ihre Gunst genossen, obwohl sie von König Ludwig XV verboten waren, der sie öffentlich verbrennen ließ.

»Eine Schande!«

Die Gräfin erinnerte an die Verfolgungen, denen die Jansenisten ausgesetzt waren, an die Schikanen, die Niederträchtigkeiten. Er wusste Bescheid. Man stelle sich vor: Die Jesuiten waren sogar so weit gegangen, in Paris von den Sterbenden zu verlangen, ein von einem geweihten Priester signiertes Billett bei sich zu tragen, damit sie die letzten Sakramente empfangen konnten! Er hatte davon gehört. Dass sie es auch nur gewagt hatten, dies zu tun! Dies und noch anderes mehr. Und dass Ludwig XV, der schon mit zehn Jahren in seine Aufgaben eingeweiht und mit dreizehn dann in Reims zum König gesalbt worden war, ganz und gar hinters Licht geführt von den Jesuiten, von einer *republikanischen Sekte* sprach … Er antwortete nichts mehr. War ergriffen, blickte sie nur noch an.

Sie verstummte, versenkte ihren Blick in den seinen. Vom Turm einer Kirche erklangen die zwölf Schläge von Mitternacht.

»Schon!«, rief sie aus. »Ich muss gehen!«

Sie verließen den kleinen Salon mit den bemalten Wänden

und stiegen ohne ein Wort die Treppe hinunter. Man hörte ihre Schritte auf dem Pflaster. Sie sahen die Umrisse der Schiffe auf der Seine. Die Gräfin schritt auf eine Kutsche zu, die auf dem Quai wartete. Qoëlet war stehen geblieben. Sie wandte sich um.

Dann rief sie leise: »Kommt.«

Sie hatte dieses Wort mit so viel Verschämtheit ausgesprochen, dass es schamlos wäre, ihnen weiter zu folgen.

FUENF

Es ist schwer, sich vorzustellen, wie groß ihre Glückseligkeit war. Sie gelangten beide, einer durch den andern, an das Ziel ihrer intimsten Hoffnungen. Und gewiss hätten sie, wäre Madame de Lauragais nicht verheiratet gewesen, ein noch reineres Glück, da frei von Verstellung, genossen.

Jeden Tag gegen halb sieben verließ Qoëlet Meister Lebleus Geschäft und begab sich zum Hôtel de Lauragais, das sich nur wenige Schritte von dort befand. Eine Dienerin führte ihn zu den Gemächern der Gräfin, die er an ihrem Schreibtisch sitzend fand, wo sie die Lesung der *Nouvelles ecclésiastiques* des folgenden Tages vorbereitete. Oft begrüßte er sie mit den Worten:

»Ich bringe Euch die Bände zurück, die Ihr die Güte hattet, mir letzte Woche zu borgen.«

Sie pflegte ihm – wohl wissend, dass sie darin zwischen die Seiten gesteckt die Verse finden würde, die sie voller Ungeduld erwartete – im natürlichsten Ton der Welt zu antworten:

»Ich bin sehr erfreut, dass Ihr gekommen seid, ich wollte Euch unbedingt noch dies hier zeigen …«

Und sie deutete auf dieses oder jenes Werk, das ganz demonstrativ auf einer Lackkommode mit Dekorationen aus der Levante lag. Darauf trat er näher an sie heran, um ihr einen Kuss auf die Hand zu drücken, die sie ihm reichte. Dann informierte sie ihn über die Neuigkeiten des Tages. Sie plauderten lange miteinander, einer durch den andern erkühnt. Dann schwieg er. Betrachtete durch das Fenster den Park. Ging einige Schritte auf und ab. Blätterte in dem bezeichneten Buch und in einigen anderen. Streifte über ein Möbelstück. Blickte sie an. Griff nach einem weiteren Werk, während Madame de Lauragais sich wieder ihrer Arbeit zuwandte.

Die Bibliothek der Gräfin war auch die des Grafen. Qoëlet entdeckte neben den erbaulichen Bänden auch Werke ganz anderen Gehalts – politische, wissenschaftliche, philosophische, polemische. Letztere entlieh er sich besonders gern.

»Ihr lest solche Traktate? Das ist aber schlecht, *mon cher* …« Dann fügte sie in einem spöttischen Ton, der zeigte, dass sie sich durch nichts täuschen ließ, hinzu: »Aber auch ich schlage sie auf … Man muss sich schließlich bilden!« Für diesen Ton – und für diese Inkonsequenz – liebte er sie noch mehr.

Sie flüsterten sich Worte zu, die nur sie vernommen haben. Es war eine verhaltene, doch vollkommene Liebe. Eine wohlüberlegte Torheit, die sie vereinte, geprägt von Wertschätzung und Vertrauen, edlen Zielen und starken Gefühlen. Und gleicher Bewunderung des einen für den anderen.

Man vernahm das Rascheln ihres Kleids. Das der umgeschlagenen Seiten. Zuweilen den Wind in den Ästen, wenn er eines der Fenster ihrer Gemächer öffnete. Dann trat er ganz nah an sie heran, versenkte das tiefe Blau seiner Augen in ihren Blick, umfing mit seinen Händen ihr Gesicht, dessen Wangenknochen sich unwiderstehlich hochreckten, um schließlich zart mit seinen Lippen die ihren zu berühren. Oder sie war es, die sich ganz ruhig erhob, um ihn mit tausend Zärtlichkeiten aus seiner Lektüre zu reißen. In diesen Momenten duzten sie sich. Später gingen sie hinunter, promenierten Schulter an Schulter durch den Park, dann unter dem Dach der Bäume im Herzen von Paris …

»Wir werden fortgehen, und wir werden ein Kind miteinander haben«, antwortete sie eines Tages auf einen seiner Küsse.

»Ja, das werden wir.«

Bald darauf war der Plan, gemeinsam zu fliehen, auf ihren Lippen geboren.

Plötzlich hörten sie eine Tür knarren, Schritte über den Teppich schlurfen, dann ein Räuspern, heiser wie ein Säuglingsschrei.

Abt Néhier war eingetreten, die Hände wie eine Ikone gefaltet. Mit einem Lächeln, ganz rissig von zu viel empfangener Gnade, begrüßte er sie beide. Er sprach auch heute wieder von der Gnade. Von den letzten Artikeln der *Nouvelles ecclésiastiques*, die der Beschlagnahme durch die Staatsmacht entgangen waren und die Madame de Lauragais so gut zu lesen verstand. Vom Aufruhr der Parlamente. Von der Erhöhung der Steuern. Von der Armut des Volkes. Von neuen Ausschreitungen der Jesuiten. Vom Heil...

Qoëlet schätzte dieses unverhoffte Eindringen des Priesters wenig. Die Gräfin verabschiedete ihn dagegen jedes Mal, wenn er Abschied nahm, mit der Frage: »Morgen werdet Ihr doch Abt Néhier hören wollen, nicht wahr?«, die ihr Gewissen verlangte. Nachsichtig ließ er die beiden reden, gab sich den Anschein, als sei er durchaus interessiert an den Worten des Priesters, um ihn in dem Glauben zu wiegen, er ließe sich eines Tages bekehren. Nach zwanzig Minuten empfahl er sich mit den freundlichsten Worten und verschwand.

Am Abend kam er wieder, wobei er den Park des Palais' durch eine Pforte in einer Seitengasse betrat, die rechtwinklig von der Rue du Paon abbog. Er huschte durch das Halbdunkel unter den Bäumen, dann zwischen den Hecken und Rabatten entlang bis zum Anrichteraum neben der Küche, dessen Tür ihm die Gräfin ein paar Augenblicke zuvor geöffnet hatte. Sie begaben sich über die steilen und schmalen Stufen der Dienstbotentreppe hinauf in ihre Gemächer. In dem schwankenden Schiff, zu dem Madame de Lauragais' Schlafkammer in jenen Nächten wurde, tranken und speisten sie wie Ausgehungerte. Plauderten. Liebten sich. Den Mund voller erhabener Fragen, gewaltiger Gelübde, verlebten sie mit hingegebenem Herzen diese Stunden wie hinaussteuernd aufs offene Meer – unwiderstehlich getragen von ihrer Liebe und ihrem Fluchtprojekt.

In der Tiefe des Winters hatte ihr Leben die geregelten Bahnen der Lust ihrer Verschwörung gefunden: still, verschwiegen, einzig auf ihre gemeinsame Zukunft gerichtet.

»Ich verbiete Euch, jemals zu sterben!«, hatte er eines Abends, als sie auf ihre gemeinsame Zeit des Alters zu sprechen kamen, plötzlich zu ihr gesagt.

»Ich werde mein Bestes tun«, hatte sie, die Augen niederschlagend, geantwortet.

Man traf sie später auch in jenen Gasthöfen, die es in der Umgebung von Paris gab, auf dem Hügel von Chaillot oder in Charonne, wo sie Seite an Seite spazieren gingen, speisten, sich zu Bett begaben wie rechtmäßige Eheleute in der Sommerfrische. All dies war für sie so natürlich, als wären sie mit zwanzig Jahren vor den Altar getreten.

Ihre Vorbereitungen zur Flucht zogen sich in die Länge. Das Haus, das sie in Holland zu kaufen geplant hatten, war abgebrannt. Man hatte den vor Ort beauftragten Mann erneut auf Suche schicken müssen, und dieser kassierte munter seine Provisionen. Tausend andere Details nahmen sie in Beschlag. Zweifelsohne würde die Flucht der Gräfin in Paris einen Skandal erregen, obwohl jeder wusste, dass ihr Mann ein Wüstling war.

Eine Torheit aus Liebe! Wie lächerlich würde Graf Lauragais als Gehörnter dastehen!

Noch begieriger aufeinander taumelten Qoëlet und seine Geliebte in den Frühling. Ostern ging vorüber, dann Johanni. Der Graf war wieder einmal »auf Besuch« in den Österreichischen Erbfolgekrieg gezogen, denn er hielt ihn für ein »unterhaltsames Schauspiel«. Womit er Recht hatte, denn die französischen Befehlshaber ließen jede klare Linie vermissen und hatten sich nach der Niederlage gegen die österreichischen Truppen bei Pfaffenhofen im Mai 1745 immer weiter zurückgezogen.

Das Palais gehörte ihnen. Qoëlet begab sich zwar Tag für Tag in den Tuchladen, wo die kleine Marie ihn jedes Mal strahlend eintreffen sah. Aber er strahlte, um sich noch strahlender schon Ende Nachmittag von dort wieder zu verabschieden. Dreimal klopfte er mit seinem Gehstock auf den Boden, dann rief er ein fröhliches »Bis morgen!«, worauf Marie vergeblich seinem Blick zu begegnen versuchte.

Das Glück, das er so lange vergeblich gesucht hatte, besaß er nun. Er genoss jeden Augenblick, als müsse es der letzte sein, gab in jedem Moment das Beste von sich jener Frau, die er erwählt hatte. Ihm war, als habe er bis zu jenem Tag nur gelebt, um *ihr* zu begegnen. So schmiedeten sie Zukunftspläne. Vor ihren geistigen Augen sahen sie, wie sie in einem kleinen Haus ihre Kinder großzogen. Wie sie gemeinsam alterten in aller Einfalt.

Dann kam der Herbst.

SECHS

Selbst wenn Graf von Lauragais eine Ahnung gehabt hätte, dass seine Frau ihn betrog, hätte er ihr deshalb keinen Vorwurf gemacht. Das hätte man in der Welt, in der er verkehrte, geradezu lächerlich gefunden. Er wünschte jedoch, dass seine Kinder, sollte sie je welche bekommen, die seinen waren und nicht die eines andern – was noch lächerlicher gewesen wäre. In Anerkennung dieser schweigenden Übereinkünfte lebte jener große Beischläfer vor den Menschen und dem Ewigen kaum in der Furcht, ihm könnten eines Tages Hörner aufgesetzt werden. Dieser Gedanke kam ihm gar nicht erst.

Mit knapp zwanzig Jahren besaß der Graf viel und war damit zufrieden. Als Besitzer mehrerer Domänen auf dem Lande und eines Stadtpalais', erbaut von seinem Schwiegervater im besten Viertel von Paris, genoss er ein Leben, das ihm freizügige Mädchen, erlesene Weine und das angenehme Gefühl bot, in einer der großen Familien geboren zu sein. Seine Zeit teilte sich auf zwischen dem Hof, wo er sich oft zu zeigen beliebte, und der Oper, wo er Tänzerinnen und Schauspielerinnen umwarb. Man begegnete ihm auch in gewissen Häusern an den Quais, wo sich Gesellschaften nach englischer Art trafen, deren Geheimnis nur ihr Name war, und wo man behauptete, einen offeneren Geist als anderswo zu haben. Aber auch in jenen Kabinetten der Physik und Astronomie, die in Mode kamen.

Die Natur, die Tiere, das Menschliche: Alles erregte seine Leidenschaft. Seine Verleumder – gemeint: seine besten

Freunde – behaupteten, sein Geist sei »leicht verdunkelt durch das Licht des Jahrhunderts«. *Le Siècle des Lumières* – er hatte das Wort irgendwo aufgeschnappt, hatte es als vollkommen empfunden und hatte es, hochentzückt, dass man ein weiteres Mal von ihm sprach, unter die Leute gebracht. Unser Mann kannte Frauen aus der feinen wie aus der halbseidenen Welt. Er trieb es mit den einen bei den anderen und vice versa. Kunterbunt die einen über den anderen, die anderen mal von hier und mal von dort. Hauptsache *vice*, denn dieses Wort bedeutete für ihn nur »Laster«.

Seine Feinde unterstellten ihm den Geschmack an der philosophischen Sünde. Die ärgsten wollten ihn öffentlich verbrennen wie Des Chauffours, den man zwanzig Jahre zuvor wegen Sodomie hingerichtet hatte. Über diese Drohung lachte er nur und entgegnete, jene Ehre erweise er nur seinen Mätressen, die sich nicht mehr zählen ließen und sich nicht darüber beklagten.

»Die Natur hat mich mit einem Organ ausgestattet, das sperrig groß, aber so schüchtern ist, dass es sich in jedem Loch zu verstecken sucht, das sich ihm bietet, meinem Engel!«, rief er, wobei er mit den Fingern eine obszöne Geste mimte.

Ein solcher Lebensstil erfordert einen reich gespickten Beutel. So wie man Mist auf seine Äcker breitet – das Wort stammte von seiner Mutter, der Herzogin –, hatte Lauragais sich mit siebzehn Jahren vor den Altar schleppen lassen, um jene zu ehelichen, die später Qoëlet liebte. Da sich die Liebe seiner Frau zu ihm auch nicht durch Gewohnheit eingestellt hatte, begnügte er sich damit, ihr mit einer gerade noch höflichen Verachtung zu begegnen – betrachtete sich mit dieser »Bigotten ohne Wollust« letztlich nur durch seinen Namen, seine Häuser und seine Bankiers verbunden.

Aus all diesen Gründen war es ihm gleichgültig, dass Qoëlet so gut wie jeden Tag in seinem Palais auftauchte. Da er vermutete, dass seine Gemahlin die Spiele des Lasters so sehr liebte, wie er sich in denen der Tugend gefiel, ließ er die beiden sich nach Herzenslust über die Gnade unterhalten und von Wundern träumen. Die Kälte der einen, die ernste Miene des anderen langweilten ihn. Er floh den Ort mit großer Entschlossenheit, um diesen trübseligen Figuren nicht über den Weg laufen zu müssen. Die Vorwände variierten. So versäumte es der Graf an keinem Mittwoch, am Spieltag des Königs, sich von dem höchst pascalgläubigen Abbé Néhier mit der gleichen ironischen Bemerkung zu verabschieden:

»Man erwartet mich bei Hofe. Tut's mir auch weh, Monsieur l'Abbé, so verschenk ich meine Moneten, denn auch sie ist in Nöten, doch lieber an Sa Majesté!«, rief er, entzückt über sein Bonmot.

Dieser frivole Ton und diese spöttische Art, diese demonstrative Vernachlässigung von allem, was seine Ehe und die Religion betraf, vergingen dem Grafen auf einen Schlag an dem Tag, als er erfuhr, dass er krank war.

Die Schauspielerin, die er Richelieu – dem Kumpan seiner Hurentouren – ausgespannt hatte, war nämlich, kaum dass sie ihm in die Arme gesunken war, diesen wieder hundeelend, glühend vor Fieber entglitten.

Ein dicker Nebel bedeckte die Stadt. Die Bestunterrichteten versicherten, er sei von den Winden aus deutschen Fürstentümern voll gefährlicher Bösartigkeit herangeweht worden, denn im ganzen Königreich wurden die Menschen von einem seuchenartigen Katarrh befallen, der manche an den Rand des Grabes brachte.

Da der Aderlass das Blut von exzessiven Beklemmungen

befreit und Purgation oder Abführung große Entleerungen fördert, hatte der Arzt für die Schauspielerin sogleich Lanzette und Klistier verordnet. Diese Heilmittel zeitigten keine Wirkung, und der Graf war tief besorgt, als er selbst Schwächeanfälle bekam. Schriftlich konsultiert, schickte Hecquet, der Arzt der feinen Welt, wie gewöhnlich postwendend sein Rezept. Und man zog im Schlafgemach des Grafen die Vorhänge zu und ließ Lauragais im Schein einer kräftigen Kerze seinerseits zur Ader, wie es in den besten Traktaten empfohlen wurde. Aber in den folgenden Tagen nahm das Fieber zu. Dem Grafen begann die Nase zu jucken. Der Rücken fing an zu schmerzen. Dann der Bauch, *mon Dieu,* der Bauch …

Eines Morgens fand sein Kammerdiener ihn vor Fieber schlotternd und über Übelkeiten, fliegende Hitzen und starke Schmerzen »im Innern« wie im Übrigen auch sonst überall klagend. Der Chirurg ließ ihn erneut zur Ader, doch ohne dass sich die geringste Besserung feststellen ließ. Von dem Casus informiert, teilte Hecquet mit, dass er seinen Patienten persönlich untersuchen wolle. Als er kurz vor Mittag die Kammer des Grafen betrat, fand er ihn in Schweiß gebadet und von Zittern geschüttelt. Und weiter über die Nase, den Rücken, den Bauch klagend. Der Arzt beugte sich mit jener ernsten Miene, welche die medizinische Fakultät empfiehlt, über das Nachtgeschirr, das den Stuhlgang des Patienten enthielt. Da diese Untersuchung ihm keine konkreten Erkenntnisse erbracht hatte, trat er näher und begann eingehend das schweißbeperlte Gesicht des Kranken zu betrachten.

Da entdeckte er um den Mund herum zwischen jener empfindlichen Haut der Lippen und den Borsten eines Drei-Tage-Barts winzige Pickel, die Flohstichen glichen. Jetzt schien es ihm an der Ursache des Leidens keinen Zweifel mehr zu geben.

Sofort befahl er, und dies, obwohl man sich schon fast im Winter befand, die Fenster der Kammer weit zu öffnen und die Bettdecken fortzuziehen. Dann befahl er allen Dienstboten, im Vorzimmer anzutreten. Den Koch bat er, seinem Herrn nur noch Milchprodukte, leichte Fleischbouillons und in Mehl gewälztes Gemüse zu servieren. Ein Kammerdiener wurde beauftragt, einen Badezuber, gefüllt mit Eiswasser, an das Bett schaffen zu lassen. Einen anderen wies er an, vom Apotheker Spinnenöl, Kampfer, Orvietan sowie diverse andere berühmte Elektuaria zu holen.

Allen eröffnete er, dass Louis Léon Félicité de Brancas de Villar, Chevalier, Marquis d'Apilly, Graf von Maubec und Lauragais, ordentlicher königlicher Kammerherr und Ritter des Heiligen Geistes, die Pocken bekommen habe.

Der Inhaber all dieser Titel schlotterte entsetzlich in seinem Bett – ohne dass man recht wusste, ob dies von dem Leiden oder den weit aufgerissenen Fenstern kam.

Als er einige Augenblicke später die Art seiner Krankheit erfuhr, stieß der Graf einen tiefen, schmerzlichen Seufzer aus. Dann schien er in Meditation zu versinken. Es besteht kein Zweifel, dass dieser junge leichtfertige Mann sich plötzlich von dem Gewicht der Nachricht erdrückt fühlte. Bekam man die Pocken, so zwang einen dies, sich auf seine Rechenschaft vor Gott vorzubereiten, nachdem man, falls dies der göttliche Wille war, die grässlichsten Schmerzen erlitten hatte. Nachdem er sämtliche Ressourcen seines Verstandes ausgeschöpft hatte, kehrte er aus diesem Besuch der Mäander seines Gewissens – worin sich die Angst vor dem Tod und die Furcht vor der Hölle mischten – mit einem einzigen und eigenartigen Wunsch zurück – nämlich dem, seine Frau zu sehen.

Es war ein Mittwoch. Der erste im November 1745. Die Gräfin erwartete mit verwirrter Ungeduld Qoëlets Besuch. Sie hatten geplant, noch vor Ablauf einer Woche nach Holland zu fliehen. Ihre Vorbereitungen waren schon weit gediehen. Sie hatten eine Kutsche, fast schon alles Gepäck, einen Punkt auf einer Landkarte, der in ihren Augen die Gestalt einer Insel angenommen hatte, die nur noch auf sie wartete.

Es war jedoch Abt Néhier, ihr Beichtvater, den die Comtesse anstelle des Mannes, den ihr Herz erwählt hatte, in den Salon treten sah.

»Euch hatte ich nicht erwartet ...«, wollte sie gerade sagen.

Der Priester gebot ihr mit einer ernsten Geste zu schweigen.

»Gott hat das Leiden Hiobs in dies Haus gebracht, Madame!«

Die Gräfin begriff nicht, was ihr geistlicher Beistand damit sagen wollte. Aber der Priester fügte kein Wort hinzu. Ohne Umschweife ergriff er die junge Frau am Handgelenk und zog sie zu den Gemächern des Grafen.

Als die Gräfin, mit unsicherem Schritt ihrem Schicksal entgegenschwankend, bei ihrem Gemahl eintrat, war das Zimmer eiskalt und in Finsternis getaucht. Man hatte wieder die Vorhänge zuziehen lassen, um den Kranken zur Ader zu lassen. Nur die flackernde Flamme der einzigen Kerze warf einen bewegten Schein auf das zerwühlte Bett.

Der über den Siechen gebeugte Chirurg, der mit Grabesstimme Verordnungen erließ, der ruckartige Atem des Grafen und sein schweißglänzendes Gesicht: Diese Szene bildete ein so düsteres Tableau, dass die junge Frau, zutiefst erschrocken, nicht umhin kam, sich zu bekreuzigen.

»Ihr habt recht gehandelt, denn ich appelliere an Eure Pflicht als Christin!«, rief der Kranke unter mächtigem Stöhnen mit gepresster Stimme von seinem Lager aus.

Die Gräfin erschauerte, als sie so ungewöhnliche Worte von den Lippen ihres Gemahls vernahm.

»Madame«, fuhr er mit nicht wiederzuerkennender Stimme fort, »wir haben stets in gutem Einvernehmen gelebt in all diesen Jahren. Ich will, dass dies so weitergeht, obgleich ich mich den Wünschen unserer Mutter Kirche annähere zur Stunde, in der ich vielleicht kurz davor stehe, mein Leben wieder in Gottes Hände zu legen. Ich brauche Euch von nun an an meiner Seite … Es ist Eure Pflicht als Gemahlin und Christin … Ihr müsst mir beistehn!«

Der Gräfin entfuhr ein kurzer Schrei der Ergriffenheit.

»Nein … nein!«, stammelte sie jedoch sofort.

Abt Néhier jedoch wiederholte streng: »Es ist Eure Pflicht, Madame!«, was ihre Verzweiflung vollkommen machte.

Es war Nacht geworden. Man hatte die Vorhänge der Kammer geschlossen gehalten, aber die Fenster blieben weit geöffnet.

Nachdem der Aderlass beendet war, hatte man auf die verschiedenen Tischchen, Truhen und Konsolen Kerzenleuchter gestellt, die den pausbäckigen Putten an der Zimmerdecke den besorgten Schein ihrer Flammen entgegenwarfen. Der Graf lag, nur mit seinem Nachthemd bedeckt, von langem Zittern geschüttelt, mit halb geschlossenen Augen in seinem Bett und verströmte einen abscheulichen Gestank.

So absurd es erscheinen mochte, was der Graf von seiner Frau verlangte – nämlich dass sie Tag und Nacht über ihn wachte, dass sie zusah, wie sein von Pusteln übersäter Körper in das Bad mit eisigem Wasser tauchte, dass sie hörte, wie er sich mit langem Gurgeln entleerte, dass sie weiter sein Stöhnen und

Seufzen vernahm, dass sie dem langsamen, doch unerbittlichen Fortschritt der Krankheit beiwohnte, dass sie vor allem Gefahr lief, sich durch den Umgang mit ihm ihrerseits zu infizieren –, all dies war in den Augen ihrer Umgebung nur recht und billig. Selbst die Gräfin bestritt nicht dieses Prinzip. So lautete in der Tat ihre Pflicht als Gemahlin und Christin, sie wusste es, und er hatte es ausgesprochen. Nur der Graf selbst hätte sie davon entbinden können. Aber der Herzog von Burgund hatte die Herzogin nicht fortgeschickt. Auch der Fürst von Ligne die Fürstin nicht … Alle waren getreulich gestorben.

Ein Diener, der wenig Sinn für so hohe Schirmherrschaft besaß, rief seinem Nebenmann ein zynisches: »Aber ich bin nicht mit ihnen verheiratet …« zu, bevor er das Haus seiner Herrschaften verließ.

Das war das Zeichen zur allgemeinen Flucht unter dem Hauspersonal.

Vor den Toren des Palais' begegnete Qoëlet einem Domestiken, der gerade fluchtartig das Weite suchte. Als er aus seinem Mund vernahm, was im Hause vor sich ging, begab er sich, so rasch er konnte, in den Salon. Er fand ihn menschenleer. Stürmte daher mit nervösen Stockstößen die Treppe hinauf.

Auf der obersten Stufe stand mit zerwühltem Haar, mit Augen, versengt von den göttlichen Zeichen, und in das Treppengeländer kratzend, an das er sich mit beiden Händen krallte, Abt Néhier, der Beichtvater der Gräfin. Mit einer Stimme voller Wohlwollen für die »göttliche Fatalität«, die das Haus getroffen habe, beschrieb er dem Besucher in wenigen Worten die Lage. Entsetzt verlangte Qoëlet von ihm, sofort die Gräfin zu holen.

Als wenige Minuten später Madame de Lauragais allein erschien, ergriff Qoëlet sie an den Händen und flehte sie atemlos an, nicht mehr in die Kammer ihres Gemahls zurückzukehren.

»Das kann ich nicht, mein guter Freund! Das kann ich nicht, ich muss!«, antwortete sie ihm unter Tränen.

Ungläubig starrte Qoëlet sie an. Einen Augenblick hörte er die Frau, die er über alles liebte, ihm entgegenstammeln, dass ihr Glaube, dass das Sakrament, das sie mit dem Grafen vereine, dass der Brauch ... Da explodierte er.

»Aber das ist doch blanker Wahnsinn!«

Er versuchte sie mit Gewalt zur Treppe zu ziehen, packte sie mit einer Brutalität, zu der er sich ihr gegenüber niemals fähig geglaubt hätte.

»Nein!«, protestierte sie, immer noch weinend. »Nein ... Wenn ich jetzt fliehen würde, würde ich mich selbst verleugnen. Es ist zu spät ... Wir haben unsre rechte Zeit versäumt, Qoëlet! Gott hat es nicht für gut befunden, uns mehr Zeit zusammen zu gewähren ... Geht! Stürzt nicht auch noch Euch ins Verderben!«

Sie fiel vor ihm auf die Knie, verfocht mit abgehackter Stimme ihren unmöglich zu verteidigenden Fall: in diesem Moment fliehen, das hieße Tribunal, Verurteilung, Gefängnis ... Fliehen? Man würde sie verfolgen! Die Straße, die Leute ... Man würde sie verhaften. Es gebe keine Hoffnung mehr ... Abt Néhier horche hinter der Tür ... Es sei zu spät ... Zu spät!

Qoëlet hob sie auf, streichelte mit zitternder Hand ihr Gesicht. Ihre Lippen fanden sich in einem gemeinsamen Reflex. So verharrten ihre Körper mit geschlossenen Augen, umklammerten Schultern, die Lippen vereint. Kein Zweifel, dass sie durch ihre Reglosigkeit die Zeit aufzuheben versuchten. Da, in diesem Moment, hielt er jenes Glück, das sich jeder von ihnen immer gewünscht hatte, in seinen Armen. Wie sich trennen, wenn man dies weiß? Er beschwor sie noch einmal, ihm zu folgen, gemahnte sie an das Versprechen, am Leben zu bleiben, das sie ihm gegeben hatte.

»Ich kann nicht!«, wiederholte sie schluchzend. »Betet für mich, um der Liebe Gottes willen …«

»Um unsrer Liebe willen …«, entgegnete Qoëlet mit fahler Stimme.

Ganz sanft zog sie sich zurück, jeden Fuß mit unendlicher Vorsicht auf den Boden setzend – als wäre sie über das dünnste Eis geschritten, das sich denken ließ. Ihre Lippen bebten. Sie war nicht mehr nur schön, sie war erhaben, bewunderungswürdig.

»Adieu! Ich werde immer bei Euch sein!«, hauchte sie, während sie sich dem Türspalt zuwandte, in dem gerade Abt Néhiers mitleidiges Gesicht erschienen war.

»Nein! Wartet!«, schrie Qoëlet plötzlich. »Tretet noch nicht ein in dieses Zimmer! Ruft Euren Arzt! Ich bitte Euch, Erbarmen! Ruft ihn her! Es gibt ein Mittel, Euch vor dem Schlimmsten zu bewahren!«

Madame de Lauragais hielt inne, als wäre der Lauf dem Unvermeidlichen entgegen unterbrochen worden. Der Abt zögerte erst, verschwand dann aber in der Kammer des Grafen. Er kehrte zurück, begleitet von einem fetten, großen Mann, auf dessen spitzer Nase Brillengläser thronten, die sein Glubschaugenpaar noch mehr vergrößerten.

»Ich bin Doktor Hecquet. Ihr maßt Euch an, Medizin zu treiben, Monsieur? Meines Wissens seid Ihr nicht von der Fakultät … denn dort kenne ich jeden!«, schnarrte er dem Verliebten entgegen. »Was habt Ihr zu sagen, was ich nicht schon wüsste? Los, los! Macht schnell, auf mich wartet ein Patient, der meiner Hilfe bedarf!«

Der Mann mit dem Stock mit dem Löwenkopf senkte mit einer Geste die Stirn, die der Arzt für Unterwerfung hielt.

»Ich höre, mein Freund!«, wiederholte Doktor Hecquet ungeduldig.

»Monsieur, es gibt ein Mittel, Frau Gräfin zu verschonen!«, erklärte da Qoëlet.

»Ein Mittel …? Ich bitte Euch, darauf bin ich sehr neugierig seit den dreißig Jahren, in denen ich Medizin praktiziere!«, meinte Hecquet hämisch, während er den Verliebten mit allen Zeichen der Verwunderung und des Tadels musterte.

Da versuchte Qoëlet dem Arzt, so klar er konnte, zu erklären, was er von der Aufpfropfung der Pocken, wie sie in Konstantinopel praktiziert wurde, wusste. Er erzählte, wie in jener Stadt jedes Jahr bestimmte Frauen an die Tür klopften, um die Kinder zu behandeln, die sich im nötigen Alter befanden, um sich gutartige Pocken einpflanzen zu lassen, damit sie vor einem schwereren Befall der Krankheit geschützt wurden.

»Es würde genügen, die Gräfin von Lauragais sofort mit einer harmlosen Form von Pocken zu infizieren, die sie dann bestimmt bekommt, anstatt sie noch länger der Gefahr auszusetzen, sich mit denen des Grafen anzustecken, von deren Gefährlichkeit wir nichts wissen! Ich habe bei den Türken gesehn, wie man das macht, ich könnte …«

»Albernes Geschwätz, Monsieur!«, unterbrach ihn Hecquet. »Seit langer Zeit kenne ich diese Geschichte, die Ihr mir da so erzählt, wie man Kindern Märchen auftischt. Ich kenne sie nicht nur, sondern ich bekämpfe sie! Ihr schwärmt mir in hohen Tönen von Euren Reisen und der Inokulation, deren glückliche Wirkung Ihr mir rühmt, und kennt nicht mal ihren wissenschaftlichen Namen. Aber ich pfeif' darauf, Herr Liebhaber exotischer Bräuche, zu erfahren, bis zu welchen Breitengraden

Ihr Eure Knochen und kapriziösen Launen geschleppt habt! Hättet Ihr nicht so häufig Euren häuslichen Herd verlassen, so wüsstet Ihr, dass mein Vater selig, der große Hecquet, schon vor zwanzig Jahren mit Privileg des Königs ein Buch zu diesem Thema verfasst hat! Lasst Euch ferner gesagt sein, dass diese Arbeit überall Autorität genießt. Und die Wahrheit ist die, dass Ihr da von einer wahrhaft höllischen Praxis schwätzt. Und Ihr, von dem ich nichts weiß und der allem Anschein nach nichts ist, was ich wertschätzen könnte, seid gewiss nicht der Mann, der mich dazu bringt, meine Meinung zu ändern. Und nun lasst mich in Frieden!«, schloss er und wandte sich wieder nach Madame de Lauragais um.

»Madame!«, rief er der Gräfin zu, als warte die Krankheit nur noch auf sie beide, um ihren weiteren Verlauf zu nehmen.

Madame de Lauragais warf Qoëlet einen wild verzweifelten Blick zu. Diesmal konnte er sie nicht zurückhalten. Sie war bereits verschwunden. Dort, im Gemach des Grafen: in jener Kloake.

Was wusste man zu jener Zeit von den Pocken? So gut wie nichts. Weder Hippokrates noch Galen hatten sie in ihren Schriften erwähnt. Dieses Leiden, so hieß es in gelehrten Werken, sei zum ersten Mal im siebten Jahrhundert von einem arabischen Arzt namens Harun unter der Bezeichnung *djidri* erwähnt worden. Im Übrigen war man allgemein der Ansicht, die Krankheit sei nach der großen Epidemie von Mekka durch die arabischen Invasionen in Europa eingeführt worden. Anfang des zehnten Jahrhunderts beschrieb ein anderer arabischer Arzt, der große Rhazes, sie zum ersten Mal genau. Seine Worte gelten noch immer: »Dem Ausbruch der Variola gehen ein anhaltendes Fieber, Rückenschmerzen, Jucken in der Nase, nächtliche Ängste voraus.« Ein Alptraum – alles war bereits gesagt.

Man stand der Krankheit machtlos gegenüber. Die Tränke, die man verkaufte, die berühmtesten Heilmittel, Salben, Electuaria oder Leckmittel, Theriake änderten nichts daran. Genauso wenig halfen Prozessionen, Novenen, Fasten, Wallfahrten. Wenn man die Blattern bekommen hatte, blieb einem nichts anderes mehr übrig, als sie zu erdulden. In Frankreich schwankte man zwischen der erhitzenden und der abkühlenden Methode, die beide ebenso unwirksam waren wie die alten arabischen Traktate – die Ambroise Paré, der große französische Wunderarzt und Leibarzt des Königs im 16. Jahrhundert, nur abgeschrieben hatte, ohne ihnen etwas anderes hinzuzufügen als die Warnung, man dürfe diese Krankheit nicht mit den Masern verwechseln. Machtlos sperrte man die Kranken ein. Man isolierte sie. Man mied sie. Da die Geißel vorrückte, durfte man ihr keine Möglichkeit geben, sich auszubreiten. Ihr keinen Körper zum Fraß bieten.

Qoëlet wurde von Dr. Hecquet aus dem Hôtel de Lauragais verjagt mit der Anweisung, sich dort nicht mehr blicken zu lassen, bevor das Übel verschwunden sei. Die schweren Pforten des Hauses wurden geschlossen und mit einem großen aufgemalten Kreuz gekennzeichnet. Die Ärzte blieben an Ort und Stelle. Nur sie bestimmten von nun an über die Geschicke des Hauses und seiner Gäste. Ansonsten appellierte man in den Kreisen jener Herren von der medizinischen Fakultät nur noch aus Gewohnheit an den Himmel. Der moderne Glaube galt der Physiologie und der höchst geordneten Distribution der *humores* oder Körpersäfte. Man stelle sich das vor! Dies, obwohl man bereits seit mehr als fünfzig Jahren den Blutkreislauf kannte …

Die Tage und Nächte, die folgten, waren grässlich für Qoëlet. Bei Nacht schlief er nicht, dachte ständig an alles, was er der Gräfin noch nicht gesagt hatte. Ließ immer wieder jene Sätze an sich vorüberziehen, die sie noch nicht vernommen hatte. Den Tag verbrachte er damit, am Tor des Hôtel de Lauragais zu warten. Jede Person, die heraustrat – es waren wenige, Apothekergehilfen, schmutzige und syphilitische Wäscherinnen –, fragte er nach Neuigkeiten über das Paar. Aber die Antworten blieben immer die gleichen, ausweichend, angeekelt, gleichgültig. Die Krankheit nahm weiter ihren Lauf. Die Gottesliebe besorgte den Rest.

Hecquet empfing täglich mit verächtlicher Kälte die Fragen des Bretonen. Man geht nicht fehl in der Annahme, dass es dem Arzt ein gewisses Vergnügen bereitete, mit der Besorgnis seines Ausfragers zu spielen, ihn im Unklaren zu lassen, ihm zu verstehen zu geben, dass andere Sorgen – erheblichere, versteht sich – seine Aufmerksamkeit erforderten, sobald er die Schwelle des Hôtel de Lauragais überschritt … Qoëlet gab sich ihm gegenüber demütig, wartete nur auf *ihre* Nachrichten, auf eine winzige Hoffnung, vergrub seine Wut im Herzen. Hecquet gab ein paar Brocken einer Antwort von sich, so wie man Brosamen den Spatzen hinwirft, deutete an, dass der Graf entsetzlich leide, die Gräfin sehr erschöpft sei …

»Betet!«, sagte er oft zu ihm. »Betet, und jedem wird es gewiss besser gehn!«

Da stieß der Verliebte verzweifelte Gebete zum Himmel, während in der Tinte der Nacht die Krater des Mondes strahlten.

In einen Sessel hingestreckt, folgte die Gräfin mit leerem Blick dem Flug einer Fliege, die eine Kerze umschwirrte. Ihre Haare waren in Unordnung. Ihre zitternden Hände hingen bläulich angelaufen vor Kälte an den Lehnen herab.

Wie lange hatte sie diesen Sessel nicht verlassen? Drei? Vier? Fünf Tage? Es gelang ihr nicht mehr, sich zu erinnern, so gleichförmig waren ihr diese Stunden erschienen. Elend gleichförmig, lässt man den Körper des Grafen außer Acht, der allmählich von einer Vielzahl von Vesikeln befallen wurde.

Nachdem sie sich aufgebläht hatten, wurden sie nun immer heller, füllten sich mit einer transparenten Flüssigkeit, wurden an ihrem Ansatz von einer dünnen blutroten Aureole umgeben. Diese Pusteln waren es, die dem Kranken die größten Schmerzen bereiteten. Die geringste Bewegung wurde ihm zur Tortur. Und um die Wahrheit zu sagen: Das Gesicht des Grafen von Lauragais war nicht wiederzuerkennen, es war entstellt von der beständigen Entwicklung sich blähender Beulen.

Was blieb seiner Frau anderes übrig, als mit all ihren Kräften für seine Genesung zu beten und sich ihm voll und ganz zu widmen. Denn die Krankheit gewährte keine Atempause. Die Flüssigkeit in den Pusteln, die den Grafen marterten, hatte sich in Eiter verwandelt. Hecquet zählte mehr als tausend, räumte jedoch ein, dass sie nicht konfluent, nicht »zusammenfließend« seien. Die Pocken von Monsieur de Lauragais seien zwar von bösartiger Natur, erklärte er, aber es sei unwahrscheinlich, dass sie ihn dahinrafften.

Der Mann kämpfte mit der Krankheit. Kämpfte gegen sie an ... Des Grafen Gesicht war verwüstet, sein Körper vor Eiter schwärend, nahe dran, zu ersticken, er schien nicht mehr zu hören. Sein Atem war nur mehr ein Röcheln. Die geringste Berührung entriss ihm Schreie wie von einem Tier. Ersparen Sie es sich, sich vorzustellen, wie sein Rücken aussehen mochte, auf dem er ständig lag, und wie das Bettlaken, obwohl es drei oder vier Mal täglich gewechselt wurde.

Während dieser unvorstellbar düsteren Zeit pflegte die Gräfin ihn und wachte sie bei ihm, als hätte sie ihn geliebt. So war die Frau, die Qoëlet erwählt hatte.

Hecquet ersparte jedoch seinem Patienten kein Leiden, um ihn den Klauen der Pocken zu entreißen. Nach den Rezepten des großen Thomas Sydenham – der Rhazes gelesen hatte – behandelte der Arzt die Variola des Grafen nach der abkühlenden Methode. Hatte er auf diese Art nicht mehr Menschen gerettet als der Krankheit überlassen? Die Entronnenen bezeugten Hecquet überdies ein beträchtliches Maß an Dankbarkeit.

Jeden Tag entlastete der Aderlass das Blut vom Stau der Säfte. Die Kaltwasserbäder weichten die Haut auf und förderten die Austreibung des Gifts. Das Spinnenöl sowie der Kampfer kraft seiner eindringenden Wirkung, beides äußerlich auf den Körper aufgetragen, erlaubten es, das Leiden wirksam zu bekämpfen, um den Preis freilich, dass der Patient furchtbare, doch notwendige Schmerzen durchlitt.

»Dies, Madame, ist das einzige Mittel, um den vergorenen *mustum* oder Most auszutreiben, der das Blut infiziert und die Causa der Krankheit ist«, versicherte der Arzt. »Diejenigen, die behaupten, man müsse anders verfahren, sind leichtfertige Narren. Ich arbeite an einer Neuausgabe der berühmten Abhandlung meines Vaters, *Le Brigandage de la médecine* – »Das Banditenunwesen der Medizin« –, die aufzeigt, wie man die Welt durch die Art, die Pocken und die größten Krankheiten durch *emetica* oder Brechmittel, Fußaderlass und Mineralkermes, genannt Karthäuserpulver, zu behandeln, getäuscht hat. Ich ließ dem Grafen den Charas-Theriak, einen neuen bei Geoffroy erhältlichen Trank, und einen anderen, nach meinen Instruktionen hergestellten, den Bolduc-Theriak, verabreichen ... Und was Euch betrifft, Comtesse: Betet und schenkt mir ein wenig Vertrauen, in ein paar Tagen wissen wir ein wenig mehr. Ich bitte Euch, gebt die Hoffnung nicht auf! Danach wird es Zeit, dass ich Euch von einer Salbe meiner Komposition erzähle, die ausgezeichnet zur Tilgung der Pockennarben taugt und die Euren Gemahl wieder so unwiderstehlich machen wird, wie er es war ...«

Da man ihm die aufmerksamste Pflege angedeihen ließ, da man ihn umsorgte und verband, bewahrte der Körper des Grafen von Lauragais, als die zweite Phase der Krankheit eintrat, eine zwar entfernt, doch unbestreitbar menschenähnliche Gestalt.

Eines Morgens hatte sich der Eiter plötzlich im Übermaß aus den Pusteln wie aus einer verfaulten Frucht ergossen. Dieser Erguss war ebenso widerwärtig wie schmerzhaft. Den Gestank, der ihm entströmte, roch der Kranke nicht wirklich, so sehr wurden seine sämtlichen Kräfte von den Schmerzen vereinnahmt.

Nur wenige Schritte entfernt wohnte die Gräfin, mit ihren Nerven am Ende, dem grauenhaften Schauspiel bei. Diese plötzliche Nähe zu ihrem Gemahl, diese erzwungene Intimität war für sie, die den geschlechtlichen Umgang mit ihm nach der Hochzeitsnacht verweigert hatte, eine Tortur. Ihre Gebete reichten nicht dagegen aus, auch nicht die Worte des Trostes, die Abt Néhier mit einer honigsüßen Stimme der Resignation von sich gab. Der Ratschluss Gottes, der Wille des Himmels, die göttliche Liebe und das Lachen der Engel, all dies verquirlte sich in ihrem Geist zu einer Kakophonie, die einen Delirium glich. Da dachte sie an Qoëlet, der sich ein paar Dutzend Schritte entfernt befinden musste. Ihr Herz wurde gerührt von der Erinnerung an ihre gemeinsamen Spaziergänge im Park, ihre Unterhaltungen oder ihre leidenschaftlichen Umarmungen. Sie stellte sich jenes Kind vor, das sie nicht gemeinsam gezeugt hatten. Jenes Haus, in dem sie es nicht aufgezogen hatten. Es nicht heranwachsen sahen. Tränen traten ihr in die Augen. Da hätte sie am liebsten mit ihm überall statt mit ihrem Ehemann und ganz woanders als in dieser Kammer sein wollen.

»Nur Gott entscheidet«, schloss sie. Die Zuflucht zu Gott war für sie die einfachste der Tröstungen.

Dies war der Grund, weshalb die junge Frau, als sie ihrerseits ein Jucken in der Nase spürte, das zwölf Tage zuvor ihr Gemahl gefühlt hatte, nur einen kurzen Seufzer ausstieß und in einem verhaltenen Schluchzer ein resigniertes »Mon Dieu!« murmelte.

Bald zeigte die Gräfin jedes der Symptome, die man bei ihrem Gemahl hatte beobachten können – Rückenschmerzen, Appetitlosigkeit, Übelkeiten, Schweißausbrüche, Durchfall, Hitzewallungen –, Zeichen, die untrüglich waren. Blieb noch die Frage, welche Form von Variola Madame de Lauragais bekommen hatte. Eine gut- oder bösartige, konfluente oder auch gallertige, hämorrhagische, trockene … Die Pocken konnten all diese Formen annehmen, bald unrettbar tödlich, bald ohne Bedeutung. Man brauchte nur die Pusteln zu zählen. Hecquet erfasste also die Pickelzahl der Gräfin, wie er die des Grafen erfasst hatte. Leider musste er bald davon ausgehen, dass diese Variola keine harmlose war: die Pusteln, immer dicker geworden, berührten sich inzwischen. Die Pocken von Madame de Lauragais waren also konfluent.

Der Graf wiederum wand sich, von Maturationsfiebern geschüttelt, die zugleich die letzten und heftigsten Erscheinungen der Krankheit sind, in beängstigender Weise in seinen Laken. Wenige Schritte von dem Bett ihres Gemahls hatte man ein weiteres für die Gräfin aufstellen lassen. Mit abgespannten Zügen, schlecht rasierten Wangen, glasigem Blick trat Abt Néhier vom Lager des einen an das der anderen. Da er diese Krankheit bereits als Kind durchlitten hatte, fürchtete er nicht um seine eigene Person: Man hörte immer, die Pocken kämen kein zweites Mal.

Mehrere unsägliche Tage vergingen. Qoélet lebte in Angst und Bangen, las die Verse des François Villon wie ein trauriges Orakel, schritt beklommenen Herzens mit dem Buch in der Hand die Rue du Paon auf und ab. Hinter dem hohen Tor mit dem aufgemalten Kreuz, so wusste er, kämpfte *sie* verzweifelt um ihr Überleben.

Nie musste die Gräfin von Lauragais über die schmerzlichen Verse der Lady Montaigu, der Frau des britischen Botschafters in Konstantinopel und Brieffreundin des Dichters Alexander Popl, nachsinnen, die in ihrer Jugend die Pocken bekommen hatte und mit entstelltem Gesicht davongekommen war:

Unter meiner Maske, zitternd beim Anblick des Tags,
ist meine Schönheit entflohn und entschwindet mein Leben …

Nein, nie musste Comtesse de Lauragais fürchten, nach dem Verschwinden der Pocken ihr Gesicht zu entblößen. Nie musste sie wie manche mit der Versuchung rechnen, sich nach dem Anblick ihrer selbst in einen Abgrund zu stürzen, so dass man jeden Spiegel aus dem Zimmer der Kranken entfernte, um solche Verzweiflungstaten zu verhindern. Sie musste auch nicht ihr Gesicht mit einer Crème aus zerstampften Schnecken und zerstoßenem Zucker einreiben, die Hecquet hergestellt hatte, um die Narben zu tilgen, die die Pusteln hinterlassen hatten. Denn die Pocken rafften sie am dritten Mittwoch im Dezember 1746 dahin.

»Ihr wolltet es unbedingt wissen, Qoëlet? Nun, sie ist gestorben!«, sagte der Arzt, dessen Gesichtszüge ausgezehrt waren, während er seine Eselin am Zügel hielt. »Und doch habe ich alles versucht«, fügte er wie zu sich selbst hinzu, während er sich entfernte.

Wie es um Qoëlet nach seiner Rückkehr von der Beisetzung der Gräfin von Lauragais stand, wagen wir kaum zu sagen. Er hatte den Grafen, gerade erst von seiner Krankheit genesen, das Gesicht verquollen von Narben, von später Rührung ergriffen, vor dem offenen Boden der Kirche zurückgelassen. Abt Néhier hatte Qoëlet inständig gebeten, ihn zur Erinnerung an ihre »geliebte Dahingegangene« zu besuchen. Doch der spürte kein Bedürfnis, den Arzt oder den Grafen jemals wiederzusehen.

»Sie ist gestorben … Sie ist gestorben …«, sagte er, von diesen drei widersinnigen Worten besiegt, immer wieder vor sich hin.

Doch man wünschte, Qoëlet hätte in diesem Moment neue Hoffnung schöpfen können. Man würde ihm wünschen, es würde sich für ihn ein Ausweg öffnen: ein erreichbarer Horizont. Marie zum Beispiel erwartet ihn in der Tuchboutique von Meister Lebleu, ganz besorgt, da sie ihn seit Tagen nicht gesehen hat. Marie ist voll und ganz bereit, ihn zu trösten, zu herzen, zu lieben, seinen Kummer aus der Welt zu schaffen. Ihm ihre Freuden zu schenken, sie mit ihm zu teilen für immer, für … die Ewigkeit. Aber nein, Qoëlet will nichts wissen von dem schüchternen Lächeln der schönen Marie, von ihrer Frische, ihrem vollkommenen, jungfräulichen, reinen – von ihrem lebenden Körper. Denn *sie* ist gestorben, tot.

Sein Bein nachschleppend, matt und erschlafft seinen Stock auf das Pflaster setzend, geht er mit betrübtem Blick, mit ausgebluteter Seele zögernd, ziellos, mitten in die Pfützen tretend, vor sich hin. Was er braucht, ist Einsamkeit, absolute Einsamkeit. Man wollte, er würde wieder zu Marie oder einer anderen zurückkehren, aber er streunt durch die Gassen ohne noch irgendeine Lust oder die geringste Kraft. Würde ihm der Teufel in diesem Moment den Tod anbieten, er nähme ihn ohne zu zögern an. Alles wäre besser … als das, diese Momente absoluter Verzweiflung. Die Erschöpfung, der Schmerz, der Hunger gewinnen die Oberhand. Wenige Schritte vor der Kirche Saint-Médard, wo er ihr zum ersten Mal begegnet war, bricht er zusammen.

Die Kammer duftete nach Zimt. Dicke Samtvorhänge fielen von der Decke und maskierten die Fenster. Es waren drei. Das eine blickte auf eine Gasse, die er sofort wiedererkannte. Die beiden anderen auf einen bezaubernden Garten. Ganz offensichtlich befand er sich im Haus des Tuchhändlers. Über dessen Laden. In diesem Moment trat Marie in das Zimmer.

»Wie geht's Euch«, fragte sie voller Sorge.

Als Antwort zitierte er ihr einen Vers von Ovid. Sie lachte. Das Lachen von Marie. Zauberhaft. Er dachte an eine andere, aber sie beugte sich über ihn, um den Verband, der seinen Kopf einschnürte, abzubinden. Sie beugte sich ein wenig näher. Die Brust von Marie …

»Woran denkt Ihr?«

Qoëlet sagte, sie sei sehr geschickt. Das Mädchen schmunzelte voller Anmut, dann stammelte es, es sei an der Zeit, dass sie wieder zu ihrer Arbeit in den Laden zurückkehrte. Er fand sich wieder allein, wie er es, das wusste er, bis zu seinem letzten Tag bleiben musste. Er hatte nicht den geringsten Entschluss gefasst. Spürte in sich nicht den geringsten Antrieb, dem er zu folgen hätte. Er hatte begriffen: Die Zeit der Liebe war vorbei. Sie lag nun hinter ihm. Er sinnierte über das entschwundene Glück, und da begann er im Stillen heiße Tränen zu weinen.

Abends, spät. Draußen wahre Wolkenbrüche. Ein höllischer Lärm. Donner grollte. Die Tür ging auf. Es war Marie, die nachsehen kam, ob ihm nichts fehlte.

Sie legte ihre Hand auf seine Stirn.

»Es ist kalt, nicht wahr? Wartet!«

Sie packte eine Bettdecke, deckte ihn auf allen Seiten sorgsam zu …

»Ich werde für Euch sorgen«, flüsterte sie, die Augen niederschlagend.

»Das ist sehr freundlich, Marie, aber ich geh' bald fort …«

Sie sah ihn mit einem Blick, ertrunken in Tränen, an.

»Das ist unmöglich … Das ist … Dann nehmt mich mit!«

»Ich kann nicht …«

»Warum nicht?«

Qoëlet antwortete nicht. Sie blickte ihn an.

»Ihr wisst nicht, was Ihr sagt!«, stammelte sie.

Dann bedeckte sie sein Gesicht mit Küssen. Blies die Kerze aus, schlüpfte zu ihm, flüsterte:

»Ihr redet verrücktes Zeug …«

Schmiegte sich an ihn, legte ihm die Hand auf den Mund, damit er nicht antwortete, sagte noch einmal:

»Ihr seid verrückt … Lasst mich nur machen …«

»Nein, Marie … Nein …«

Bei Tagesanbruch verließ er das Haus des Tuchhändlers. Wenige Schritte entfernt glitten die *gabares* der Seine über das Wasser. Er gelangte zu den Quais und fand sogleich einen solchen Frachtkahn, dessen Kapitän sich gerade anschickte, dem Lauf des Flusses zu folgen. Der Mann, ein einstiger Soldat, akzeptierte ihn, als er sein steifes Bein sah, als Passagier.

Sich wieder auf die Reise begeben, sich auf dem Ozean verirren oder den Flüssen zur Quelle zu folgen, in aller Freiheit. Es gab nichts Besseres zu tun. Seinen Stock, sein Bündel, was brauchte es mehr? Einen Dolch …

So fand er sich wieder allein. Allein? Nein, *sie* war da, mit ihm vereint für immer, wie seit dem ersten Moment, als er sie erblickte. So viel war gewiss. Hätte er sich auch dagegen wehren wollen, er hätte es nicht vermocht: Er liebte mit einer Inbrunst, die keiner anderen gleichkam, eine Erinnerung. Das Boot entfernte sich vom Quai, glitt auf träger Woge in die Kälte des Winters hinein. Mit gespanntem Herzen blickte Qoëlet bereits suchend nach dem Ozean.

Das Einssein

EINS

Endlich! Mit jedem Augenblick, den das Schiff sich von der Küste entfernte, wurde das Meer wilder und schöner. Die Brise riss den Kamm von den Wellen, über denen ein paar Basstölpel schwebten.

Nicht weit von Qoëlet auf dem Oberdeck sandte Amélie Moracin, die ihren Gatten an Bord mit nach Indien begleitete, den Schemen der Küste ein verängstigtes und melancholisches Lächeln nach. Neben ihr debattierten zwei Männer mit dem hitzigen Redeeifer derer, die nichts davon verstanden, eine Frage, die damals in Mode war, nämlich ob die Republik oder die Monarchie im alten Indien zuerst existiert habe. Qoëlet war's egal. Er hörte nicht mal zu. Denn er brach auf, wie man sich ins Unbekannte stürzt. Schon bald würde die Gischt die letzten Spuren Dreck von seinen Stiefeln reißen. Der Wind würde seinem Mantel den fernen Stadtgestank austreiben, der darin noch haftete. Er würde den Sturm kennen lernen und die erschlagende Ermattung der großen Flauten.

So schickte er, als er sich von der Reling losriss, kein einziges letztes Gebet gen Himmel, noch warf er den geringsten Ring ins Meer. Seine Lippen sprachen keinen einzigen Namen aus. Das Vergessen verschlang ihn, und das war sein einziger Wunsch. Von dem Propheten, als den er sich als Jüngling eines Nachts erträumte, hatte er nur den irren Blick und die dürre Gestalt. Der Rest war Sache der Priester an Bord, die Gott um Erbarmen für die Vergangenheit, Geduld für die Gegenwart und Hoffnung für die Zukunft baten.

Die Portugiesen sahen ihn mit klarem Lächeln, lebhaftem Blick, salzverbranntem Gesicht unweit des Äquators die *Mai-Inseln* passieren. Ein paar Monate später berauschte er sich an der Gischt in der Gegend des Kaps der Stürme, während der Holländer auf der *Agulhasbank* vor dem *Nadelkap* beim Passieren des französischen Schiffs mit einer Breitseite reagierte. Von der ursprünglichen Mannschaft war fast ein Viertel gestorben. Abgenagt, verfault, erschlagen vom Fieber, vom Typhus oder vom Skorbut, hatten die Männer ihre Seele im Seegang ausgehaucht, in den man, in grobes Tuch geschnürt, ihre Körper kippte.

Er befand sich immer noch an Bord, als das Schiff die Maskarenen anlief. Ein unheimliches Land. Dort zirkulierten unglaubliche Schätze. Man sprach von monumentalem Reichtum. Allem Anschein nach betrat er gegen Anfang November 1747, an einem Donnerstag, auf eine Art, wie man in ein Geheimnis eindringt, indischen Boden.

Das Schiff ging auf der von *chalingues* überfüllten Reede just in dem Moment vor Anker, als Amélie Moracin das Kind zur Welt brachte, das sie von Breitengrad zu Breitengrad unter dem Herzen getragen hatte. Der kleine Monsun rollte Wolken, randvoll von Finsternis, über den Himmel von Pondichéry. Die Luft war bedrückend. Die Körper schwitzten im Überfluss. Diese Frau, die gerade dabei war, Leben zu schenken, schrie, dass man es auch von der Brücke aus hörte. Über die Schreie hinaus meinte Qoëlet hinter den Mauern der Stadt noch ein anderes menschliches Röcheln heraufschwellen zu hören, das Brüllen von Elefanten und Krächzen unzähliger Krähen. Ja, das waren die Geräusche dieser Ankunft im Mai 1748: die Kommandos der Offiziere, das ferne Raunen der Stadt und das Stöhnen dieser Frau in den Wehen.

Pondichéry lag an der Koromandelküste – und niemand wusste, was Qoëlet hier zu suchen hatte. Dies genügte, um ihn zu befriedigen, besorgt wie er war, niemandes Interesse zu erregen. Es war recht traurig anzusehen, wie er da so ziellos mit leerem Blick und hängenden Armen über das Quai irrte. Er war da, ohne wirklich da zu sein, unterwarf sich dem Zwang der Zeit, ohne ihren Schmerz, ihr Gewicht oder ihr Fieber zu spüren.

Auf der einen Seite die weiße Stadt, wohlgeordnet mit ihren sich rechtwinklig kreuzenden Alleen, ihren quadratischen Gebäuden, ihren schmucken Hauseingängen, ihrem Gouverneurspalast mit unzähligen Säulen, ihrer Jesuitenkirche, ihrem Fort und seinen Bastionen, seinen Mauern, bestückt mit Redouten und Kanonen. Ihrer bekannten Strenge. Auf der anderen Seite, durch die Porte de Gondelour von ihr getrennt, die schwarze Stadt und ihr lebendiges Chaos. Ihr Markt. Ihre Läden. Ihr dichtes Gedränge indischer Bewohner, ihrer Kasten, ihrer Brahmanen, ihrer Schlangen, ihrer Elefanten. Ihrer Geheimnisse und Rätsel.

Er begann, rings um sich und bis in die tiefsten Tiefen seines Bewusstseins hinein die Konturen einer mutmaßlichen Ordnung zu suchen – einer Ordnung, die, so hätte sein eigenes Leben ihm gewiss versichert, mit gespanntem Körper und gespannter Seele auf ein und dieselbe Erfüllung zustrebte. Aber nichts dergleichen. Nur dieses barbarische und beängstigende Nichts. Allein vor seinem Schöpfer, sage ich euch, mit trübem Blick und schweißfeuchter Haut.

Er wollte seine Schritte gerade auf die schwarze Stadt zulenken, als ihn ein Priester an der Schulter packte. Würdevoll, gerade, lächelnd, stand Jean-Baptiste vor ihm. Der einstige Freund aus der Kollegschule hatte sich kaum verändert. Er war glatt rasiert, vielleicht aber einfach nur noch immer bartlos. Denn seine Gesichtszüge waren unverändert die der Jugend geblieben.

»Qoëlet! Du hier in Pondichéry! Sag nichts! Das ist kein Zufall, das ist Vorsehung!«, rief er und schloss ihn in die Arme.

»Guten Tag«, antwortete Qoëlet mit verletzender Gleichgültigkeit.

»Komm mit zur heiligen Messe. Wir werden dieses Kind taufen, das an Bord geboren wurde. Danach werden wir uns unterhalten«, entschied Jean-Baptiste und zog ihn mit zur Kirche.

Alle Passagiere des Schiffs und diejenigen, die sie in Empfang genommen hatten, tauchten in das Halbdunkel der Missionskapelle zwischen jene Mauern, die auf Verlangen der bekehrten Inder bis zur Kopfhöhe hochgezogen waren, um sie von den Parias unreiner Kaste zu trennen.

Jean-Baptiste Lavaur vollzog die rituellen Handlungen mit ernster und peinlich genauer Langsamkeit. Schwerer, parfümierter Weihrauch verzehrte sich in einem großen, ziselierten Kelch. Hinter den Wänden erhoben sich die schrillen Stimmen der Parias.

Auf Seiten der Kolonisten gähnte man zuweilen, ging aber zumeist noch einmal seine Buchhaltung durch. Nichts war für diese Franzosen vom Ende der Welt von größerem Interesse als der Handel, es sei denn der Gewinn, den sie daraus zogen. So auch für Georges Moracin, den der Verkauf von Flach- und Vierkanteisen, Blei, Kupfer, Kristallen oder Spiegeln, womit er in Lorient einen Teil der Laderäume des Schiffs hatte füllen lassen, unbestreitbar mehr beschäftigte als seine kürzliche Beförderung in den Rang eines Vaters. So verabscheuenswert er auch war, lebte Moracin wie alle in Pondichéry jedoch nur nach dem

Vorbild des Gouverneurs Dupleix, nämlich im Rausch der immer größer werdenden Gewinne und immer davon träumend, noch ein wenig zu leben, um sich noch ein wenig mehr zu bereichern. Der Gouverneur saß in der ersten Reihe und fiel durch seine Fettleibigkeit auf.

Das Kind empfing das Weihwasser auf der Stirn. Es begann zu plärren. Qoëlet beobachtete es mit der Gerührtheit eines Mannes, der überzeugt ist, dass er niemals Vater wird.

Jean-Baptiste sprach das *Ite, missa est*, und die Parias, bis dahin aufgrund der Empfindlichkeit der Bekehrten von hoher Kaste in ihrem Gewölbebereich gehalten, schwärmten mit ausgelassenem Geschrei aus der Kapelle. Dieser fröhliche Lärm riss die Franzosen sei es aus ihrer frommen Benommenheit sei es aus ihrer Buchhaltung heraus – und die Kirche entleerte auf einen Schlag ihre Ansammlung von Körpern und Seelen in die Mitte der Taschenspieler, Gaukler und Schlangenbeschwörer.

Qoëlet blickte Amélie Moracin nach, wie sie sich mit ihrem Kind in den Armen entfernte, gänzlich in die Betrachtung der Frucht ihres Leibes versunken. Ihr Gemahl zog sie fort in Richtung der europäischen Stadt, die massig zwischen ihren palmengesäumten Alleen, ihren säulenverzierten Häusern und ihren Klatschgeschichten nistete.

»Der da kann mühelos Anspruch auf den Titel des *Schlimmsten von allen* erheben«, meinte Jean-Baptiste, während er auf vertrauliche Art den Bretonen am Arm ergriff.

Qoëlet, bereits entnervt von der aufdringlichen Zuneigung des Priesters, wandte sich kaum um.

»Im Januar«, fuhr der junge Jesuit fort, ohne daran Anstoß zunehmen, »wird die Kauffahrt der *Bengale* nach Bassora einen Gewinn von hundert Prozent auf das Eisen und von dreihundert Prozent auf den Reis ermöglichen. Im August und im September laufen andere Schiffe, die Ladungsräume gefüllt mit Gewürzen, bemalten Stoffen, Opium, Reis, Lacken, Edelhölzern und dazu Kuriositäten aus China, mit Kurs auf Europa aus. Gouverneur Dupleix, den du eben in der ersten Reihe der Kirche gesehen hast, hat ein wahres Vermögen angehäuft. Die Gerüchteküche von Pondichéry kolportiert die unwahrscheinlichsten Zahlen. Jeanne Dupleix, die man hier die Begum nennt und deren geistlicher Beistand ich bin, besitzt Diamanten, so groß wie …«

»Man behauptet, die Patres stünden alledem in nichts nach«, unterbrach Qoëlet ihn mit einer gewissen Ironie.

»Es ist wahr«, gestand Jean-Baptiste nach kurzem Überlegen, »dass es uns Hochwürden Pater Cœurdoux dank seines Wissens ermöglicht hat, die Stoffproduktion zu einem hohen Grad an Leistungsfähigkeit zu treiben. Er produziert in seiner Manufaktur in Cassimbasar Musseline, Perkale und Salampuris, die in Paris gefallen, hat man mir gesagt. Der Gewinn, den wir daraus schöpfen, hat es uns ermöglicht, unsere Kirche zu verschönern. Wir bereichern aber nicht uns: Wir bereichern die Christenheit! Wir haben nichts gemein mit den Geschäften des Gouverneurs und seines Gefolges … Notorische Mörder, Vorbestrafte, Flüchtige vor der Justiz, das ist das Gesindel, das die Kolonie zu Wohlstand bringt. Wie ich sagte, ist Moracin zweifellos der gewinnsüchtigste, zynischste, gerissenste Händler … die Portugiesen würden ihn mit Freuden hängen.«

»Aber die Malabarküste ist ganz schön weit entfernt«, meinte Qoëlet.

»Das ist allerdings wahr. Goa ist weit entfernt von Pondichéry, aber bis Madras, das sich im Besitz der Engländer befindet, sind's nur drei Tagesreisen zu Fuß. Das ist eine Gefahr für jeden Einzelnen ... Das Reich der Moguln befindet sich im vollen Niedergang. Die Religion dient den Machtkämpfen zwischen Mohammedanern und Hindus zum Vorwand, und die Europäer tragen noch mehr zur Verwirrung bei, indem sie sich, allein auf ihren Profit bedacht, mal mit den einen, mal mit den anderen verbünden. Im Übrigen ist Frankreich so weit entfernt, dass der Begriff *patrie* hier höchst verschwommen ist. In Pondichéry ist man nur aus Eigennutz loyal. Patriotisch nur wegen der ausländischen Konkurrenz. Und wenn überhaupt, ist dies nur ein Vorwand. Moracin wird sich schon morgen zum Briten bekehren, wenn sein persönliches Interesse es erfordert ... Vorläufig befürchten wir einen Feldzug der Engländer. Sieh, dort« – er zeigte auf Arbeiter, die damit beschäftigt waren, eine Redoute zu befestigen –, »der Gouverneur rechnet täglich mit einem Angriff ...«

Einen Augenblick widmete Qoëlet seine Aufmerksamkeit dem Treiben der dunkelhäutigen Männer, die unter dem Befehl eines europäischen Ingenieurs die Festungswerke verstärkten und Gräben aushoben. Ein Stück weiter exerzierten französische Soldaten und *cipayes* mit Gewehr und Säbel unweit einer Batterie, bestückt mit schwedischen Kanonen. Man brauchte kein erfahrener Stratege zu sein, um zu ahnen, dass sich alle auf den Kampf vorbereiteten.

»Komm mit mir«, meinte Jean-Baptiste und packte ihn fester am Arm. »Du scheinst ziemlich allein zu sein, und Indien betritt man nicht ohne Führer. Wenn du willst, werde ich der deine sein.«

Und ohne länger als gewöhnlich auf eine Antwort zu warten, zog der junge Priester ihn zur schwarzen Stadt, so als sei seit jeher abgemacht gewesen, dass sie diese gemeinsam betreten sollten.

»Bist du etwa verwundet?«, fragte er ihn, auf den Gehstock mit dem Löwenkopf deutend. »Doch wohl nichts Ernstes, hoffe ich?«

»Nein, nichts. Danke«, antwortete Qoëlet, der sich immer noch nicht von seinem Misstrauen trennen konnte.

Er ließ sich jedoch führen und hörte zu, wie Jean-Baptiste ihm jede Eigentümlichkeit erklärte, der sie unterwegs begegneten. So liefen sie im emsigen Gewühl der Marktgassen einem Mann über den Weg, der ohne mit der Wimper zu zucken einen Säbel bis zum Stichblatt hinunterschluckte. Neben ihm brachte ein anderer eine Brillenschlange im Rhythmus schriller Noten zum Tänzeln, die aus seiner Flöte perlten. Weiter entfernt umfächelte ein Jüngling mit einem Tuch den Schößling eines Mangobaums, der wie verzaubert unter dem Applaus der Zuschauer allmählich seine ausgewachsene Größe annahm.

»Das Geheimnis Indiens ist ein Fass ohne Boden«, erklärte Lavaur, als sie nach einer Weile das Generalmagazin der »Compagnie«, gemeint: der französisch ostindischen Handelsgesellschaft, betraten.

»Muss man darauf nicht antworten: das des Menschen nicht minder?«, fragte Qoëlet, während er die riesigen Regale, garniert mit Waren europäischer Herkunft, bestaunte.

»Was hast du in all diesen Jahren gemacht?«, fragte Jean-Baptiste.

»Reisen.«

»Was treibt dich in dieses Land?«

»Das Gleiche wie alle.«

»Das Gleiche wie ... Machst du Scherze?«

»Ich wurde schließlich von den Patres erzogen«, entfuhr es Qoëlet, der selbst nicht recht wusste, warum er so gereizt war.

»Schwing nicht so leichtfertige Reden«, protestierte Jean-Baptiste. »Sie zahlen sich nicht aus ... Der Mensch birgt Schätze in sich ... Er ist rein bei der Geburt ... Sieh hier! Wie die Seiten dieses Rechnungsbuchs«, fügte er hinzu und griff sich ein in Pergament gebundenes Heft aus einem Regal. »Siehst du, alle, eins wie das andere, sind jungfräulich, unbeschrieben! Willst du, dass ich noch ein anderes aufschlage?«, fragte er und griff nach einem anderen Heft. »Schau her! Glatt, rein, alle gleich vor ihrem Schöpfer! Danach schreibt jeder auf seine Weise darin das Buch seines Lebens ... aber Gott hat jeden Menschen seinem Nächsten gleich erschaffen ...«

Qoëlet nahm das voluminöse Heft, das Jean-Baptiste ihm reichte, und blätterte darin. Tatsächlich waren die Seiten einander ganz ähnlich. Und doch entdeckte er auf dem Einband ein Mal wie eine Narbe und wies den Priester darauf hin.

»Dann nimm das andere, und ich behalte diesen mit einem Mal gezeichneten Band zur Erinnerung an unsere Gespräche und die einstigen Bande, die uns vereinen«, entgegnete Jean-Baptiste elegant, während er ihm ein anderes Heft dieser Art reichte. »Warum hast du eigentlich das Kolleg von Vannes Hals über Kopf wie ein Flüchtiger verlassen vor, warte ... fünfzehn Jahren?«

»Das dürfte man dir schon erzählt haben«, antwortete Qoëlet trocken.

»Das stimmt ...«, musste der Priester zugeben, ohne dass er aufhörte zu schmunzeln. »Man hat mir erzählt, du hättest eine Auseinandersetzung mit deinem Zimmerwirt gehabt. War das denn ein ausreichender Grund? Aber diese Zeiten sind vorbei ... Was gedenkst du in Pondichéry zu tun?«, bohrte er weiter.

»Es wieder verlassen«, entgegnete Qoëlet.

»Du willst mich also noch einmal verlassen, jetzt, wo der Himmel dich wieder auf meinen Weg geführt hat?«

Diesmal antwortete Qoëlet nicht. Weniger denn je verspürte er den Wunsch, Jean-Baptiste anzuvertrauen, wie es um seine Seele stand. Er ahnte bereits dessen Worte des Mitgefühls, seine Ermahnungen zum Glauben als einzigem Mittel, wieder Hoffnung zu finden, seine Appelle an eine gemeinsame Vergangenheit, mit der er für seinen Teil keinerlei angenehme Erinnerung verband. Er fand bei dem Jesuiten all das wieder, was ihn damals bewogen hatte, dem Kollegiaten aus dem Weg zu gehen. Sein einstiger Freund würde ihm nicht mehr von Nutzen sein, das wusste er, und er gab es ihm schon bald zu verstehen.

Als der Bretone am nächsten Tag die Stadt und ihre Redouten verließ, sah Jean-Baptiste zu, wie sich die Karawane mit diesem morgenländischen Weisen, wenn auch ohne Stern, entfernte, und sagte sich, dass er ihn wohl nie mehr wieder sehen würde. Mit aufrichtigem Mitgefühl empfahl er seine Seele dem heiligen Franz-Xaver – konnte es sich aber nicht verkneifen, auch seinerseits einen leisen enervierten Pfiff auszustoßen. Erst da hielt der Jesuit diesen Moment in dem Heft mit der Narbe fest, das er soeben in den Rang eines Tage- oder Rechenschaftsbuch erhoben hatte.

Der Reisende marschierte nach Norden. Dies schien die Landstraße nach Masulipatnam zu sein. Er sah nichts – außer der gewundenen Weite des Wegs. Er hörte nichts – bis auf das Rauschen des Winds in den Ästen der hohen Bäume und das ferne Gebrüll wilder Tiere. Der Krieg, den er hinter sich ließ, ging ihn nichts an.

Wenige Schritte von ihm entfernt spazierte Daubachi, der Dolmetscher, fröhlich trällernd vor sich hin. Die beiden Träger, die sie begleiteten, gingen fast nackt, kannten keine Erschöpfung. Sie hatten eine fast schwarze Haut und erstaunlich strahlende Zähne, die sie, den ganzen Tag lang lächelnd, zeigten.

Die Landschaften waren von ergreifender Lieblichkeit. Der Himmel war klar und transparent. Qoëlet gefiel sich in diesen Gefilden. Er entfernte sich. Vergaß und schritt auf der endlosen Straße durch die Felder und über die Hügel voran – gen Norden, unbestreitbar. Abends bei der Rast kritzelte er ein paar Zeilen in das Heft, das ihm Jean-Baptiste geschenkt hatte: vage Impressionen, ebenso viele unwahrscheinliche Fragen.

Eines Morgens – vielleicht ein Dutzend Tage waren seit seinem Aufbruch verflossen – fand er das Lager verlassen, seine Bündel geplündert, sein Geld in Luft aufgelöst. Die drei Männer waren verschwunden. Er war ohne Zorn, denn er sagte sich, dass er sich hätte vorsehen müssen. Dann raffte er das Wenige zusammen, das ihm geblieben war, und machte sich wieder auf seinen Weg. Er hatte seine Holzprothese, seinen Gehstock. Einen guten Dolch. Das Wesentliche war da. Ihm war unbekannt, wo er sich befand. Bald wusste er nicht mal mehr, wohin er sich wandte. Er schritt auf jene langsame Art voran, an der man die Verrückten und die Verirrten erkennt.

Er betrat Orissa wie eintausendachthundert Jahre vor ihm Ashoka. Entsetzt von den Grauen des Krieges hatte sich jener Kaiser zum Buddhismus bekehrt. Qoëlet dagegen ging an den zahllosen Sandsteintempeln nur vorüber. Die einen waren verwahrlost. Die anderen verdauten Saaten fiebernder Seelen. Dann verschlang ihn der Wald.

Während der düstersten Tage des Monsuns fand er Zuflucht in einem Dorf. Eine Pockenepidemie jagte ihn daraus fort. Einige Zeit später wurde er selbst von bösartigen Fiebern gepackt. Bauern lasen ihn auf, als er auf der Landstraße in der glühenden

Bedrückung der Landwinde wirr vor sich hin phantasierte. Sie pflegten ihn, indem sie ihm Likör von wildem Indigo oder *casse-puante*, so wirksam gegen das Fieber wie abscheulich im Geschmack, einflößten.

Weitere Wochen. Andere Dörfer. Hier empfing man ihn mit Freudenschreien, dort mit Zorngebrüll – je nachdem, ob die Brahmanen in der Ankunft dieses großen mageren Fremden mit bartstruppigem Gesicht und einem Hut aus geflochtenen Palmwedeln auf dem Haupt ein gutes oder schlechtes Omen sahen. Meistens aber bezeugte man ihm Gleichgültigkeit. Häufig begegnete er tagelang keiner Menschenseele. Da überfiel ihn das Gefühl tiefer Einsamkeit, das er zu zähmen bemühte. Seine Vergangenheit verdampfte darin zu nichts. Und wenn er sich überhaupt noch die Mühe machte, ein paar Worte in sein Tagebuch zu kritzeln, so machte er sich schon nicht mehr die, sie noch einmal durchzulesen. Seine einzigen Weggefährten waren Elefanten, Muntjaks mit oberen Eckzähnen, so stark wie Wildsauhauer, Bären, Schlangen. Aus den Wipfeln der Bäume folgten Raben der wirren Langsamkeit seines Schritts.

So ging er, verstört und ohne jedes Ziel, vielleicht einen Monat lang dahin, als er eines Abends einem Schotten begegnete, der ins Land gekommen war, um Pfeffer und andere seltene Waren zu erhandeln.

Der Trupp der Europäer war auf dem kleinen Dorfplatz versammelt. Männer, bekleidet mit Turban, einem Überwurf um die Schultern oder nur einem Lendenschurz, lauschten dem Dolmetscher, der ihre Worte übersetzte. Qoëlet trat auf sie zu. Der Anblick dieses Reisenden in Fetzen, der ihnen da über den Weg gelaufen kam, machte die Kaufleute neugierig. Sofort bildeten sie einen Kreis um den Mann mit dem Stock mit dem Löwenkopf. Qoëlet stellte sich vor, erklärte, dass er vor sechs Monaten Pondichéry verlassen hatte.

»Pondichéry!«, rief der Mann, der der Anführer der Truppe zu sein schien. »Also habt Ihr das Kontor am Tag vor dem englischen Angriff verlassen! Die Soldaten Seiner Majestät kam's teuer zu stehn, als sie dem Gouverneur Dupleix zu Leibe rückten. Er hat sie in Stücke gehauen. Wisst Ihr, Sir, dass er nach diesem Sieg den Titel Vizekönig von Indien angenommen hat? Ich bin ihm in Chandernagor begegnet, als er diese Kolonie geleitet hat. Voller Hochmut, doch effizient, der Mann! Und ein guter Handelspartner!«

Neugierig geworden auf diesen Franzosen, der sich so weit von aller christlichen Einrichtung verirrt hatte, lud der Händler ihn ein, sich zum Abendessen zu seinen Männern zu gesellen. Fürs Erste bot er ihm ein Glas von einem Whisky an, den er aus einem Fässchen schöpfte, das er auf jeder seiner Expeditionen mit sich führte, und begann ihm von seinen eigenen Reisen zu erzählen.

Samuel Blackhill war ein unternehmungslustiger Seemann,

den jahrelanger Handel zwischen Europa und Indien dazu verleitet hatte, jedes Mal noch ein Stück tiefer in das Land vorzudringen. Sein Schiff lag einige Dutzend Wegstunden entfernt in der Flussmündung vor Anker. Gewürze aus Indien seien in Europa sehr begehrt, erklärte er Qoëlet. Für Kurkuma, Koriander, Kümmel, Kardamom, Chili, Zimt, Muskat und andere Pfeffer zahle man in London oder Edinburgh hohe Preise. Da sei guter Gewinn zu erzielen.

»Wenn man die Raffgier der Franzosen, die Profitgier der Engländer, die Habgier der Nabobs, den Hass der Brahmanen und die Schlangenbisse vergisst, ist das ein recht einfaches Geschäft«, erklärte Samuel Blackhill nach dem dritten Glas Whisky.

Sie waren beim vierten, als Qoëlet auf seine eigenen Reisen im Mittelmeer und auf dem Balkan zu sprechen kam.

»Also seid Ihr einer von uns, Sir!«, schrie der Schotte, als er ihn von seinen Geschäften mit den Sizilianern, Griechen und Türken erzählen hörte. »Und Ihr wollt mir sagen, Ihr wüsstet nicht, was Euch auf diesen Kontinent verschlagen hat? Aber ich will's Euch sagen: Ihr seid gekommen, damit Ihr Euch mir anschließen könnt!«

Qoëlet überdachte die Vorschläge, die der Mann ihm an dem Abend ihrer Begegnung unterbreitet hatte. Der Schotte bot ihm kurz gesagt an, den Gang seiner Geschäfte dort wieder aufzunehmen, wo er sie acht Jahre zuvor verlassen hatte.

»Ihr habt Talent, das spüre ich. Man braucht Euch nur reden zu hören«, hatte der Kaufmann zu ihm gemeint. »Helft mir, in Bengalen gute Geschäfte abzuschließen, dann kehren wir nach Schottland zurück. Dort werde ich Euch Euren Anteil geben. Er wird auf der Höhe Eurer Verdienste liegen. Danach entscheiden wir weiter. Was haltet Ihr davon?«

Qoëlet betrachtete den Schotten und dessen Leute. Es waren Abenteurer, wie er ihnen früher in Venedig, Palermo oder Konstantinopel begegnet war, bereit, im nächsten Moment von der Tafel zum Kampf überzugehen. Spiel und Handel als ein und dasselbe betrachtend. Das eine so sehr wie das andere liebend. Kühne Seefahrer, unermüdliche Marschierer, gerissene Kaufleute und draufgängerische Spieler. Erinnerten ihn an den Mann, der er früher gewesen war, an den, der nicht gezögert hatte, im Gefolge der türkischen Armeen ganz Ungarn und Serbien zu durchqueren, um sich ins Abenteuer zu stürzen und Belgrad zu belagern. Blackhill hatte Recht, er war durchaus einer von ihnen. War es zumindest gewesen.

Nachdem er einige Augenblicke nachgedacht hatte, reichte Qoëlet dem Schotten die Hand.

»Abgemacht, *my friend*!«, schrie Samuel Blackhill vor Freude. »Wir werden große Taten vollbringen, Ihr und ich!«

Vollbrachten sie große Taten? Auf alle Fälle machten sie gute Geschäfte. Nach zwei Monaten Fahrt flussabwärts auf dem Ganges stießen sie wieder auf das Schiff des Schotten und beluden es bis zum Rand mit Gewürzen, die sie in Bengalen gekauft hatten. Der Verkauf dieser seltenen Waren brachte mehr ein als erhofft. Blackhill zahlte Qoëlet eine hübsche Summe aus, und dieser investierte sie sofort in eine nächste Expedition. Die beiden Männer stachen in See. Und da gelang ihnen ein hübsches Geschäft mit Pfeffer aus Malabar.

Nach der Rückkehr von dieser Reise ergriff der Schotte nach dem Supper im Salon seines ganz neuen Hauses in Edinburgh, dessen Stil sich bald als Geschmacksvorbild für Europa erweisen sollte, das Wort. Nachdem er Qoëlet in ein geräumiges und reich ausgestattetes Zimmer geführt hatte, über das sein Porträt in kostbarem schwarzen Hofanzug wachte, servierte Samuel Blackhill seinem Gast zunächst ein Glas Whisky. Dann eröffnete er ihm, nachdem er sich mehrmals geräuspert hatte, wie er es zu tun pflegte, wenn er sich anschickte, einige lang überlegte Worte zu sprechen, seinen Plan.

»Ihr und ich, *my dear*, wir passen gut zusammen. Seht Euch dieses Anwesen an, das so viele neidisch macht... Gelüstet es nicht auch Euch danach, ein Haus, einen Besitz zu haben? Ich biete Euch an, mit mir ein Vermögen zu machen. Wir brauchen hier vor Ort eine Basis, um unsre Produkte bestmöglich abzusetzen. Die Zwischenhändler knöpfen uns zu viel ab. Und außerdem bin ich schon ein wenig zu alt, um noch auf Abenteuer auszuziehen«, fügte der Schotte hinzu, während er sich seinen schmerzenden Nacken massierte. »Ich wäre nützlicher, wenn ich hierbliebe... Braucht Ihr mich denn überhaupt noch, um den Ganges raufzufahren und den Dschungel zu durchstreifen?«

Qoëlet sah seinem Gesprächspartner fest ins Auge. Seine Antwort lag ganz in diesem Blick. Blackhill konnte darin eine erschreckende Entschlossenheit lesen. Und eine unglaubliche Selbstsicherheit. Der Mann, der sie ausstrahlte, zweifelte keinen Augenblick an sich.

»Nein«, antwortete der Schotte sich selbst. »Ihr beherrscht das Geschäft genauso gut wie ich, wenn nicht gar besser... In meinem Vorzimmer steht mein Notar und wartet nur auf Eure Anweisung, um Euch das Projekt einer Handelsgesellschaft nach allen Regeln der Kunst vorzulegen. Aber das Geschäft ist bereits besiegelt, wenn Ihr mit mir drauf anstoßen wollt«, schloss Blackhill. Wenige Augenblicke später setzte Qoëlet seine Unterschrift unter einen Vertrag, den sein Partner aufgesetzt hatte. Von da an stach er als Herr über das Schiff des Kaufmanns allein nach Indien in See.

Die *Divine*, Kapitän: Horn, war ein Tausendtonnenschiff, dessen Bug, von einem Engel geschmückt, bereits seit zehn Jahren im Auftrag von Samuel Blackhill den Wogen trotzte.

An Bord fand Qoëlet den Rausch jener Freiheit wieder, die er auf seinen ersten Seefahrten entdeckt hatte. In Indien war er nun ein Mann in der vollen Kraft seiner Jahre, der sich im Laufe seiner Handelsabschlüsse Radschas und Nabobs gegenübersah. Das Palaver mit den indischen Herrschern hatte etwas von einem Spiel, das das Spiel mit Karten an Nervenkitzel weit übertraf. Die Einsätze waren größer, die Risiken ebenfalls. Er hatte gegen die Hinterhältigkeiten der zahlreichen Berater der Fürsten zu kämpfen, die in der Ankunft jenes Fremdlings, der einen Gehstock mit Löwenhaupt hielt, nicht selten einen Spion sahen. Und gegen den Einfluss der Brahmanen, die nach dem Horoskop beurteilten, ob der Moment für eine Transaktion günstig war oder nicht. Hatte aber auch die Franzosen, die Engländer zu fürchten, desgleichen zehn Fürsten, die Rivalen desjenigen waren, mit dem es ihm schließlich gelang, handelseinig zu werden.

Zwei Jahre nach der Unterzeichnung ihres Handelsvertrags kehrte Qoëlet nach Edinburgh zurück. Die Laderäume der *Divine* waren randvoll gefüllt mit Pfeffer, Bockshorn und Chili. Samuel Blackhill vertrieb die Ware zu ihrem größten Gewinn.

Zwei weitere Jahre später lief Qoëlet im Besitz von Nelken, Zimt, aber auch Muskat, Kümmel und einer hübschen Menge schwarzem Pfeffer in den Hafen ein. Daneben fand man im Bauch der *Divine* auch noch mehrere märchenhaft schöne Marmortische, geschnitzte Möbel aus Ebenholz, ein handgemaltes Porzellanservice aus China, Perlmuttschmuck, exotische leuchtende Tücher und Stoffe mit unbekannten Namen wie *paliacates*, *saillasses* oder *combayes*, wovon die Hälfte bald die Räume des Schlosses schmückte, das der Kaufmann sich in der Nähe von Edinburgh soeben geleistet hatte.

Samuel Blackhill frohlockte. Diese neue Reise würde ihn um eine Million, vielleicht eineinhalb Millionen Pfund reicher machen. Er empfing Qoëlet auf dem Quai und öffnete die Arme wie einem Sohn.

»Endlich, mein lieber Freund! Ich habe geglaubt, Ihr würdet nie ankommen. Ich erwarte Euch schon seit dem ersten Juni, und nun haben wir bereits Ende August!«, schrie er.

»Die Franzosen von Bourbon haben ein wenig Jagd auf uns gemacht. Wäre nicht eine Fregatte aus England zu Hilfe gekommen … Dann mussten wir, kaum hatten wir das Kap der Stürme im Rücken, einen Wirbelsturm abwettern. Der Großmast hat so schwer gelitten, dass Kapitän Horn schon befürchtet hat, ihn zu verlieren, da er zu viele Segel gesetzt hatte. Aber die *Divine* ist ein braves Mädchen, und so liegt sie heil wieder hier mit ihren drei Masten«, erklärte Qoëlet, während er schmunzelnd auf das schwer beladene Schiff deutete.

Nachdem sie ihre Befehle zum Ausschiffen der Ladung gegeben hatten, schleppte Blackhill den Bretonen zu seinem Stadthaus mit. Nach Beendigung des Nachtmahls bat er seinen Kompagnon, ihm in den Salon zu folgen.

»Kostet das mal, das ist ein Whisky von der Insel Islay. Es hat mich verdammte Mühe gekostet, ihn mir zu beschaffen, aber das ist ein Hochgenuss, *a pure pleasure*!«, meinte er zu dem Reisenden, während er ihm ein Glas, gefüllt mit einer Flüssigkeit mit kräftigen Aromen, reichte.

Blackhill hatte sich eine Tonpfeife angezündet und paffte genüsslich vor sich hin.

»Mit dem, was wir bei diesem Geschäft an Gewinn machen, werde ich den Titel eines Lords bekommen«, murmelte er und betrachtete verträumt sein Porträt. »Den will ich nicht für mich – sondern für meinen Sohn …«

Blackhill trank einen langen Schluck, dann betrachtete er seinen Gast.

»Und Ihr, Qoëlet, warum zögert Ihr noch, Euch in unsrem heiteren Schottland eine gute Partie zu suchen? Der Frieden mit den Engländern ist – trotz all dem Übel, das dies bedeutet – vertraglich garantiert. Dafür gibt's aber jede Menge Land und herrliche Landsitze zu erwerben. Jetzt seid Ihr reich …«

»Ihr schlagt mir den Pissregen in Edinburgh an Stelle der Sonne am Äquator vor?«, fragte Qoëlet amüsiert. »Darüber, mein lieber Blackhill, werden wir uns nach der Rückkehr von meiner nächsten Reise nochmals unterhalten. Bis jetzt haben wir nur mit kleinen Karten gespielt, lasst's Euch gesagt sein.«

»Mit kleinen Karten!«, prustete der Schotte.

»Jawohl, mit kleinen Karten«, bekräftigte Qoëlet und erhob sich. »Der Pfeffer ist ja ganz gut, aber das ist kalter Kaffee. Das Gleiche gilt für die Gewürze ganz allgemein. Die Franzosen stellen eine zu große Gefahr dar. Ihre Besitzungen nehmen ständig zu. Sie sind einfach überall. Der Kampf mit den Engländern kennt kein Ende. Die Dänen wie die Portugiesen sind auch mit von der Partie. Nein, ich sage Euch, es gibt was Besseres als diesen Handel, auf den jeder sich stürzt!«

»Und das wäre?«, fragte Blackhill neugierig.

Qoëlet griff nach einem Beutel, den er mitgebracht hatte. Er nahm eine vier Zoll lange Stahlnadel, eine lange Pfeife mit bronzenem Fuß und eine kleine Lampe, ebenfalls aus Bronze, heraus und zündete sie an. Dann zog er ein sorgsam gefaltetes Papier aus seiner Rocktasche, in dem sich ein Kügelchen aus einer schwarzen, glänzenden Materie befand. Er spießte es auf die Spitze der Nadel und drehte es über der Flamme. Und schließlich stopfte er das rauchende Kügelchen in die Pfeife und reichte sie Samuel Blackhill.

»Das Opium des Nordens!«, meinte er mit einem geheimnisvollen Unterton, während der Schotte die Lippen um das Mundstück der Pfeife schloss. »Auf meiner letzten Reise nach Bengalen«, fuhr er nach einem Moment des Schweigens fort, »bin ich einem Franzosen der wunderlichsten Spezies begegnet. Und zwar in einem Dorf in den Bergen. Er lebte allein in einer Höhle, in der er einer einzigen Leidenschaft frönte: dem Opium. Ihr kennt dieses Produkt über unsre Ärzte, die sich daraus von den Apothekern Präparate herstellen lassen, um unsre Schmerzen zu lindern. Dieser Mann rauchte es jedoch in einer Pfeife wie Ihr Euren Tabak. Er wusste über diese Substanz weit mehr als jeder andere. Das Produkt, das er verwendete, sei, so hat er mir anvertraut, das beste von allen. Weit besser, hat er mir versichert, als dasjenige, das nach Europa gelangt. Er hat mir etwas davon abgegeben. Es ist das, was Ihr soeben gekostet habt. Das Opium von Bengalen ist von weit besserer Qualität, und man zahlt dafür mindestens den doppelten Preis. Diesen Markt gilt es noch zu eröffnen. Wir wären die Ersten. Wir würden die Spitäler, die Apotheker, die *laudanum* oder Opiumtinktur herstellen, und noch andere beliefern. Außerdem muss man sich, um es zu finden, weit in den Norden Indiens vorwagen, wohin noch wenige Europäer gelangt sind …«

»… und auf diese Art hätten wir die verfluchten Franzosen vom Hals wie auch diese Engländer, deren Farben wir von nun an tragen«, vollendete der Schotte den Satz, während er Qoëlet die Pfeife reichte.

Der Bretone nickte bestätigend.

»Wisst Ihr eigentlich«, begann Blackhill lebhaft von Neuem, »dass dieser Gouverneur Dupleix seine Tochter Chonchon am

Ende Bussy gegeben hat? Oh, dieser Dupleix! Vor drei Jahren, als Musaffar-Jang um ihre Hand angehalten hat, hat er es abgelehnt, sie zu einer Kaiserin von Indien zu machen, mit dem Argument, die Verschiedenheit der Religion mache diese Vereinigung unmöglich. Und siehe da: nun gibt er sie diesem Teufel Bussy! Die Nachricht ist hier seit einem Monat bekannt, wusstet Ihr das nicht?«

»Sie war es nicht, als ich vor sieben Monaten Hindustan verließ«, antwortete Qoëlet.

»Dieser Bussy, was für ein Kerl!«, wiederholte Blackhill und ließ einen leisen bewundernden Pfiff vernehmen. »Dem würd' ich gern mal über den Weg laufen. Auch wenn's mich große Überwindung kosten würde … Der Reichtum der einen hängt oft vom Ruin der anderen ab. Man sagt, er sei vermögend … Wann ist er gleich wieder in Pondichéry eingetroffen? Helft ein wenig meinem Gedächtnis nach! In dem Jahr unsrer Begegnung, so heißt es. Ja, so war's, anno 1748. Nach der Belagerung von Pondichéry … In sechs Jahren hat er Ambur eingenommen und den Anaverdi Khan besiegt, die dreifache Festung von Gengi gegen eine Übermacht von hundert gegen einen genommen und Karnatik, Dekkan und die Sarkars für Dupleix in Besitz genommen. Der hätte, so gerissen er auch ist, ohne ihn nicht so viel erreicht!«

Qoëlet antwortete nicht. Er wusste, dass Jean-Baptiste, inzwischen der Superior der Jesuitenmission von Pondichéry und Beichtvater von Jeanne Dupleix, es war, der diese überredet hatte, ihre Tochter nicht einem Ungläubigen zu geben. Desgleichen war ihm nicht unbekannt, welche Rolle Bussy spielte, seit er in die Dienste des Gouverneurs Dupleix getreten war. Wie hätte es auch anders sein können? Vom Süden bis zum Norden des Subkontinents gab es kaum einen, der Bussys

Namen und seine Heldentaten nicht kannte. Als er auch noch die Tochter von Dupleix heiratete, nachdem dieser sie dem Subab verweigert hatte, erreichte er den Gipfel seiner Ambitionen.

Der Mann mit dem Stock mit dem Löwenkopf war sich bewusst, dass die mit Blackhills Hilfe angehäuften Summen im Vergleich zu dem Vermögen, das man Bussy nachsagte, lächerlich waren. Doch was kümmerte ihn dies im Grunde? Nie hatte er versucht, Bussy ebenbürtig zu werden, ihn auch nur wiederzusehen. Genau wie er Jean-Baptiste und seinem Priestergewand bei seiner Ankunft in Pondichéry aus dem Weg gegangen war, hatte Qoëlet keinerlei Wunsch verspürt, dem Mann über den Weg zu laufen, mit dem er in Serbien den Krieg kennen gelernt hatte. Ja noch mehr: Bei jeder neuen Reise erkundigte er sich besonders aufmerksam über die Entwicklung der französischen Besitzungen, um seine Männer und seine Waren nicht in Gefahr zu bringen.

»Fahrt bis nach Bengalen hinauf, Qoëlet, und seht zu, dass Ihr an den Franzosen von Chandernagor vorbeikommt, ohne dass sie Euch erkennen«, meinte Blackhill, als wäre er dem Gedankengang seines Kompagnons gefolgt. »Errichtet dort, wo es Euch richtig erscheint, eine kleine Handelsniederlassung, dann brecht von dort zur Suche nach dem Opium des Nordens auf. Wenn Ihr genügend Ware habt, um die Rückreise antreten zu können, dann kommt nach Schottland zurück, und wir werden fifty-fifty teilen, denn das ist eine verdammt gute Idee, die Ihr da habt!«

Qoëlet verneigte sich ohne ein Wort.

»Eine verdammt gute Idee!«, wiederholte Samuel Blackhill fröhlich, von den Opiumdämpfen berauscht und bereits entzückt vom Anblick der Farben und Figuren des Wappens, das er sich noch am gleichen Tag, an dem er den Lordtitel erhielt, auf sein Porträt malen lassen würde.

Bald entwickelten sie Strategien, stellten Listen zusammen, hielten Abrechnung. Samuel Blackhill häufte fünfhunderttausend Pfund auf den Tisch. Qoëlet zweihunderttausend. Das Geld, alles in solidem Gold, wurde auf zehn gepanzerte Geldtruhen verteilt, von denen sich jeder von ihnen einen Bund Schlüssel behielt. Damit war ihr Plan beschlossen.

Anfang Februar des Jahres 1755 kehrte Qoëlet endlich wieder zurück zur *Divine*, ihren mächtigen Masten, ihrer ironischen Galionsfigur – ihrem Kapitän Horn.

Die meiste Zeit der Überfahrt verbrachte er damit, Karten zu studieren und Pläne der Niederlassung zu zeichnen, die er nach den wenigen Stichpunkten errichten würde, die er sich flüchtig in das von Jean-Baptiste geschenkte Heft notiert hatte. Die Laderäume des Schiffs waren gefüllt mit Gerät und Waren, die dazu bestimmt waren, ein Lager aufzurichten. Hinzu kamen die zehn Truhen, gefüllt mit Geld, geprägt mit dem Antlitz des Königs von England.

Als sie nach sechs Monaten Fahrt die Mündung des Ganges erreicht hatten, übernahm Qoëlet das Kommando über eine Truppe von vierzig Männern und überließ Mr. Horn die Sorge, das Schiff in Madras in Schutz zu bringen. Es wurde vereinbart, dass vier Monate später alle wieder hier in der Ganges-Mündung zusammentreffen sollten.

Die Zeit drängte. Das Entscheidende war für Qoëlet und seine Leute, dass sie nicht auf die Engländer von Kalkutta und noch weniger auf die Franzosen von Chandernagor stießen. Die Ersteren würden allzu große Neugier für eine Truppe zeigen, die sich in ihr Territorium vorwagte und dazu kein Mandat von der »John Company« besaß, wie man die *East India Company* scherzhaft nannte. Die Letzteren konnten sie schlicht und einfach im Namen der Interessen der *Compagnie des Indes* bis aufs letzte Hemd ausrauben. Der Bretone beschloss, sich vom Hugli, dem einen der beiden Hauptarme des Ganges, an dessen Ufer die englischen und französischen Kontore errichtet waren, zu entfernen und dem Lauf eines kleinen Nebenflüsschens zu folgen, das sich durch den Dschungel schlängelte.

Nach zwölf Tagen Marsch unter schwierigsten Bedingungen näherte Qoëlet sich wieder den Ufern des größeren Flusses. Von da an kam seine Truppe leichter voran. Zwei Wochen später fand der Reisende, er sei weit genug ins Landesinnere vorgerückt, um sein Basislager errichten zu können. In der Ferne zeichneten sich, an den Horizont geschweißt, die Ausläufer des Gebirges ab.

Cetimbasar war damals nur ein Dorf – landesüblich *aldée* genannt –, das aus verkommenen Strohhütten bestand und von Urwald umgeben war. Ein paar wenige Familien von Unberührbaren fristeten dort seit Jahrhunderten ihr Leben. Im Übrigen war das Land von der Natur verschlungen. Zerfressen von Vegetation.

Qoëlet steckte mit der Schnur den Platz für das erste Gebäude ab. Jeder Seemann, jeder Soldat wurde zum Erdarbeiter, Maurer, Zimmermann. Nachdem sie Axt und Hacke erzittern ließen, waren nun nur noch Hammerschläge und das monotone Geräusch des Sägens zu vernehmen. Bald ragte eine erste Bastion von Rundstämmen auf. Dann befahl der Bretone, einen Palisadenzaun zu errichten, darauf hob man ringsherum einen Graben aus. Nach drei Monaten unablässiger Arbeit war die Niederlassung von Cetimbasar endlich bereit, die Waren aufzunehmen, die sie nun finden mussten.

Qoëlet nahm nur eine kleine Kassette, gefüllt mit Goldmünzen, mit, überließ die Bewachung des Orts und restlichen Gelds der Hälfte seiner Männer unter Befehl eines Leutnants von Kapitän Horn und marschierte mit den übrigen in nordwestlicher Richtung auf der Suche nach dem Opium von Bengalen.

Sie marschierten durch endlosen, gestrüppreichen und feindseligen Wald, schritten unwiderruflich der Besteigung der Gebirge entgegen, die vor ihnen aufragten. Dort waren die Tiger zu Hause, die stets von hinten angriffen, so dass die Wachhabenden, um sie zu täuschen, eine Maske mit menschlichem Gesicht auf dem Hinterkopf trugen. Sie begegneten Hirschen mit mächtigen Geweihen, riesenhaften Wildsäuen, kreischenden Affen, Schlangen, die einen Mann mit einem einzigen Biss tot zu Boden strecken. In jedem Hüttendorf, auf das sie stießen, lautete die gleiche Frage: Opium? Immer deutete man ihnen auf einen noch ferneren Hang des Gebirges. Auf den Karten hießen die Gefilde, die sie nun betraten: *terres inconnues* – »unbekanntes Land«. Qoëlet lachte nur darüber und befahl: weitermarschieren! Drei Männer waren, von tödlichen Fiebern niedergestreckt oder von Schlangen gebissen, bereits umgekommen. Den übrigen zerrte Hunger am Magen. Die Angst, sie könnten von einem unbekannten Feind angegriffen werden, verfolgte sie bei jedem Schritt. Der Dolmetscher wusste nichts anderes zu tun, als die Ration von zwei Männern aufzubrauchen. Qoëlet wollte ihn bereits zum Teufel schicken, als Bauern, denen sie unterwegs begegneten, ihnen ein höchst kurioses Faktum anvertrauten. Der Radscha, der auf dem nächstfolgenden Hang des Gebirges herrschte, sagten sie, habe den Titel »Herr der Träume« angenommen. Da bestand kein Zweifel mehr: Sie standen dicht vor dem Ziel.

Am folgenden Morgen, kurz nach Tagesanbruch, entdeckten sie an der Bergflanke hängend die Stadt. Zuerst ein geblendetes Staunen: Die Sonne, die sich auf den goldbedeckten Kuppeln eines gigantischen Palastes spiegelte. Dann die Bestürzung: Hunderte von Elefanten, Tausende von Männern bewegten sich auf sie zu. Eine wahre Armee, bestehend aus blitzenden Säbeln, bunt verzierten Gewändern, lärmend wie keine andere auf Erden, rückte brüllend gegen sie vor. Die Europäer spannten, von Panik ergriffen, ihre Gewehre und scharten sich um ihren Anführer. Mit einem unerbittlichen Wink, der keine Widerrede duldete, befahl ihnen Qoëlet, ihre Waffen zu senken. Was hätten sie sonst tun können? Sie waren nicht mal mehr vierzig gegenüber Tausenden.

Bald waren sie eingekreist. Ein Spalier von Reitern formierte sich. Ein Elefant, noch höher als alle anderen und einen Reitkorb aus Edelholz tragend, teilte die Masse der Soldaten. Ein Mann mit Turban und sauber gestutztem Bart, gekleidet in einen Waffenrock aus goldbestickter Seide, nahm sie aus der Höhe des Dickhäuterrückens in Augenschein. Jeder ahnte, dass es sich um den Radscha handelte. Der Herr der Träume musterte sie mit einer Miene zwischen Verachtung und Neugier. Ihre Gewehre erregten eindeutig seine größte Neugier. Das Schweigen war erdrückend. Die Nerven der Europäer gespannt. Der Blick des indischen Fürsten voller Drohungen. Plötzlich gab der Radscha mit einem kurzen Nicken einem Offizier seines Gefolges ein Zeichen. Sofort entriss dieser dem Mann, der neben Qoëlet stand, sein Gewehr.

»Lass ihn!«, befahl dieser dem Soldaten, der mit der Hand an seinen Säbel fuhr. Nachdem der Offizier ihm die Waffe hochgereicht hatte, untersuchte der Radscha sie aufmerksam. Es war ein Charleville-Gewehr, Modell 1746, eine Waffe von fünf

Fuß Länge, die einem französischen Marineinfanteristen gehört haben musste, bevor sie einem von Kapitän Horns Männern in die Hände gefallen war. Ein unbestreitbar moderneres Stück als alle, die der indische Fürst je zu Gesicht bekommen hatte. Dieser drehte und wendete die Waffe in seinen Händen, als hätte er gerade den schönsten Fund gemacht, der sich denken ließ. Er brachte sie mehrere Male in Anschlag, nahm der Reihe nach Qoëlet und seine Kameraden ins Visier, dann seine eigenen Offiziere, den Elefantenführer, die tief hängenden, schweren Wolken, die bald die Bergflanke, bald die Sonne, die sich glutvoll in den Himmel hob, in Stücke rissen.

Kein einziges Geräusch war mehr zu vernehmen, nur zuweilen das Wiehern eines Pferds. Weder das Trompeten eines Elefanten, noch der Laut einer Menschenstimme. Tausende Soldaten und drei Dutzend Europäer hingen am dünnen Faden der Entscheidung, die der Radscha fällen würde. Würde er das Massakrieren der kleinen fremden Truppe befehlen, die in sein Hoheitsgebiet eingedrungen war? Würde er sie kehrtmachen lassen, nachdem er sie bis aufs letzte Hemd ausgeplündert hatte? Würde er sich gnädig herablassen, die Worte des Mannes anzuhören, der sie vor seine Stadt geführt hatte? Ein jeder, ob Europäer oder Inder, hatte das Gefühl, dass allein das Charleville-Gewehr, das der Radscha in den Händen hielt, über die kommenden Minuten entscheiden würde.

Zehn lange Minuten überprüfte der Radscha die Waffe von Qoëlets Kameraden. Unendliche Minuten, in deren Verlauf der Mann mit dem Stock mit dem Löwenkopf und seine Leute sich von den Tausenden Soldaten, die sie umringten, hundertmal in Stücke gehauen sahen. Wahnwitzige Minuten, die sie aber auch von dem unendlichen Reichtum dieses indischen Landesherrn überzeugt hatten. Die Diamanten, die seinen Turban zierten, die Uniformen seiner Soldaten, die Harnische der Pferde und der Elefanten, die Golddächer der Stadt, die hinter ihnen funkelten, verrieten unermessliche Schätze. Die Europäer wirkten jede Sekunde, die verrann, immer nervöser. Selbst Qoëlet befiel allmählich Furcht vor einem plötzlichen Angriff. Das grausame und zugleich kindliche Grinsen des Radschas, als er die Waffe auf ihn gerichtet hatte, ließ das Schlimmste befürchten. Plötzlich zerriss eine Detonation die Stille. Der Radscha hatte gefeuert.

Ein Soldat brach zusammen, ängstliches Geschrei erhob sich in der Truppe. Entsetzt starrten die Europäer den grinsenden Radscha an, der gerade allein aus Vergnügen von dieser modernen Waffe Gebrauch gemacht und eiskalt einen ihrer Männer getötet hatte. Der indische Offizier, der dem Radscha das Gewehr gereicht hatte, trat an Qoëlet heran. Mit einer knappen Handbewegung befahl er ihm, ihm zu folgen.

Der Elefant des Fürsten hatte gewendet. Die Europäer setzten sich in seinem Gefolge, zwischen den Spalieren regloser Reiter marschierend, in Wahrheit kaum beruhigt, in Bewegung.

Qoëlet rief den Dolmetscher zu sich und fragte ihn, was er von alledem hielt. Der Mann zitterte an sämtlichen Gliedern. Er erklärte ihm, er habe nicht die leiseste Ahnung von den Absichten des Radscha, befürchte aber das Schlimmste. Erklärte weiter, er hätte am liebsten seinen Sohn und seine Tochter hergegeben, um dafür hundert Meilen von dort entfernt sein zu dürfen. Gestand schließlich, er habe einen Soldaten sagen hören, dass der Fürst ein grausamer Mann sei und noch kein einziger Fremder seinen Palast lebend wieder verlassen habe. Qoëlet verbarg seine Besorgnis und stieß den Feigling fort.

»Kein Einziger, sagst du? Dann werden wir die Ersten sein!«

Die Ankunft ihrer kleinen Schar sorgte in der Stadt für großes Aufsehen. Aber noch mehr beeindruckte die Stadt mit ihren kunstvoll gearbeiteten Turmspitzen, Kuppeln, Befestigungswerken und Zinnen ihre Besucher. Dies also war der verborgene Reichtum Hindustans …

Der Offizier, der sie geleitete, führte sie durch die labyrinthischen Gassen der Zitadelle zu einem von Bewaffneten bewachten Gebäude.

»Hier werdet ihr so lange logieren, bis der Fürst geruht, euch Audienz zu gewähren«, sagte er zu Qoëlet in einem Ton, der keine Widerrede duldete.

»Sind wir Gefangene?«, fragte dieser, auf die Soldaten deutend, die nicht von ihren Fersen wichen.

»Ihr seid die Gäste von Muzabin, dem ewigen Radscha von Gavalur und Herrn der Träume. Euer Leben ist heilig und unantastbar, weshalb Seine Exzellenz für eure Sicherheit garantiert …«, antwortete der Mann mit einem sonderbaren Schmunzeln.

Am nächsten Morgen ließ ein Ratgeber des Diwans des Radscha Qoëlet die Stadt besichtigen, wobei er besonderen Wert darauf legte, auf den Reichtum und die Macht seines Herrn hinzuweisen. Seit der Schlacht von Karnal und dem Sturz des Pfauenthrons, der darauf gefolgt sei, habe der Radscha von Gavalur keinen anderen Lehnsherr als sich selbst, erklärte er mit Stolz. Das Massaker an dreißigtausend Einwohnern von Delhi sei die Ursache für diese plötzliche Freiheit der lokalen Landesherrn. Jeder halte sich aus Furcht vor der persischen Invasion und den Gräueln, die sie begleiteten, in seinem eigenen Herrschaftsgebiet verschanzt. Diese plötzliche Autarkie nach jahrhundertelanger Tributpflicht gegenüber dem Großmogul habe den Stolz des Radscha noch mehr gesteigert, so dass er an niemanden mehr Steuern entrichte und von nun an auch dem Subab der Provinz, dessen Macht rein fiktiv geworden sei, keine Huldigung mehr erweise.

Qoëlet begriff rasch, welche Vorteile sich aus einer solchen Situation ziehen ließen. Den Marathen kein Begriff, unbekannt bei den Engländern wie den Franzosen, war der Radscha von Gavalur ein Mann, den man verführen konnte. So beschloss er, alles daran zu setzen, die Gelüste des Fürsten zu schüren. Sein Interesse an den Waffen im Kopf behaltend, befahl er Leutnant Taylor, der die Soldaten der Truppe befehligte, seine Männer vor dem Palast vorüberdefilieren zu lassen.

Davon in Kenntnis gesetzt, hatte der Fürst, umfächelt von zwei *pankas*, Fächern, so breit und schwer, dass jeder von zwei Männern geschwungen werden musste, auf einem Berg von Kissen Platz genommen. Taylors Soldaten defilierten in perfektem Gleichschritt mit ihren Waffen vorüber, die wie die Knöpfe ihrer Uniform funkelten. Der Radscha ließ diese Demonstration mit einem Aufmarsch seiner eigenen Truppen, gemischt aus Infanterie, Kavallerie und Kampfelefanten, beantworten. Insgesamt zehntausend Mann, die zur größten Befriedigung ihres Herrn stolz vorüberzogen. Die Europäer mussten sich zu Bewunderung nicht zwingen. Das Schauspiel war eines der beeindruckendsten, das sie je erlebt hatten. Ihre Demonstrationen sprachloser Verblüffung, angefacht von Qoëlet, der an der Eitelkeit des Radscha nicht mehr zweifelte, öffneten ihnen die Tore seines Palasts.

Noch am gleichen Abend führten Soldaten in Gewändern, gewirkt aus Gold- und Silberfäden, Qoëlet, seine drei Leutnants und den Dolmetscher vor den Herrn der Träume. Dieser erwartete sie auf einem Thron aus Ebenholz sitzend, ernst wie ein Mensch gewordener Gott, mit dem Charleville-Gewehr in den Händen. Er war ein Mann gesetzten Alters, beinah so breit wie hoch, Bart und Turban tragend, gewandet in dunkle Seide. Er schmunzelte, als er die Europäer erscheinen sah, dann fasste er sich wieder, und nachdem ein Brahmane ihm ein paar Worte ins Ohr gemurmelt hatte, versteinerte sein Gesicht zu einer Miene würdevoller Majestät.

Mit einem Wink hieß der Radscha die Besucher näher treten. Die Europäer traten vor, verbeugten sich mit allen Zeichen größten Respekts. Der Priester, der mit dem Fürsten getuschelt hatte, fixierte sie herausfordernd.

»Was habt ihr im Hoheitsgebiet des ewigen Radscha von Gavalur zu suchen, Fremde?«

Qoëlet schmunzelte und beschränkte sich darauf, zu Füßen des Throns drei Gewehre, einen Kompass, eine Karte sowie die Schatulle, gefüllt mit Goldmünzen, geprägt mit dem Antlitz des Königs von England, zu deponieren. Der Fürst betrachtete ihn mit einer gewissen Verachtung, konnte sich aber ein begehrliches Grinsen nicht verkneifen. Qoëlet begriff, dass er sich auf dem richtigen Weg befand, schob die Schatulle bis an den Fuß des Throns, lud dann ein Gewehr und reichte es dem Radscha. Dieser ergriff es, zielte mit der Waffe auf mehrere Bedienstete, die sofort Reißaus nahmen, legte sie dann ab, nachdem ihm der Brahmane, der ihn beriet, erneut einige Worte ins Ohr gemurmelt hatte. Nun ergriff dieser das Wort, ohne sich auch nur die Mühe zu machen, seine Verachtung zu verbergen:

»Hast du nicht den Reichtum unsres Fürsten und die Macht seiner Armee gesehen? Was soll er anfangen mit ein wenig Gold und drei miserablen Gewehren? Besitzt dein König, den man auf diesen Münzen sieht, eine ebenso tapfere und ebenso reiche Armee wie die unsere?«

»Der König von England ist nicht der meine, aber er ist reich und mächtig genug, um genauso gut auch Truppen nach Ost-

Indien zu entsenden, wo sich das Hoheitsgebiet des Fürsten von Gavalur befindet, wie nach West-Indien, das man zuweilen Amerika nennt«, antwortete Qoëlet.

Dies war eine unglückliche Antwort. Denn niemand unter den Brahmanen, die den Radscha berieten, kannte Amerika. Darüber beleidigt, dass sie von einem Fremden bloßgestellt wurden, schienen sie entschlossen, das Treffen zum Scheitern zu bringen. Qoëlet wusste, dass die Macht dieser Priester in Indien unendlich war. Sie wurden aufgrund ihres Wissens, das auf dem Gebiet der Mathematik, aber vor allem auf dem der Astrologie groß war, sowie wegen ihrer angeblichen Weisheit gleichermaßen geachtet. Sie sich zum Feind zu machen bedeutete sämtlichen Kredit zu verlieren.

Der Radscha hingegen schien sich mehr für das Gold und die Gewehre der Europäer als für jenes westliche Indien zu interessieren, und dass er von ihm nichts wusste, schien ihn kaum zu berühren. Trotz der Warnungen seiner Räte, die der Dolmetscher fortlaufend übersetzte, ergriff er schließlich selbst das Wort:

»Was sollte mich dran hindern, mir dein Gold und deine Gewehre zu nehmen und euch alle hinrichten zu lassen?«, fragte er, ohne die Geldtruhe und die Gewehre zu seinen Füßen aus den Augen zu lassen.

Qoëlet antwortete, er würde dadurch zehn Mal so viel verlieren, und diese Dummheit wäre eines großen Fürsten nicht würdig. Dann lachte er ungeniert und forderte seine Männer auf, es ihm gleichzutun.

»Was erwartest du von mir für das, das du behauptest, mir bieten zu können?«, forschte der Radscha, der plötzlich angebissen hatte.

»Eure Hoheit mögen geruhen, das beste Opium aus seinen Bergen zusammentragen zu lassen, und ich komme mit hundertmal so viel Gold wieder«, schloss Qoëlet und verneigte sich.

Das Zusammentragen der Opiummengen, die Qoëlet mitnehmen würde, begann, während Leutnant Taylor mit dem Großteil seiner Männer in Richtung Cetimbasar aufbrach, um von dort die Goldschatullen zu holen. Als er einen Monat später zurückkehrte, waren die Opiummengen noch immer nicht beisammen. Der Entscheidung des Radscha zum Trotz zeigte die Partei der Brahmanen, die sich gedemütigt dünkte, den Europäern gegenüber Feindseligkeit und tat alles, um den Handel zum Scheitern zu bringen.

So wollte man ihnen zuerst eine Ware ohne Frische und von mäßiger Qualität geben. Dann gab es, nachdem sie zufrieden gestellt worden waren, Schikanen jeglicher Art. Die Gestirne nahmen in diesen Verhandlungen einen alles andere als geringen Raum ein. Mit dem Argument, die Konjunktion der Gestirne sei nicht günstig, verzögerten die Priester, so sehr sie vermochten, die Lieferung des Opiums. Der Radscha drängte seine Ratgeber mit einer Trägheit, an die sich Qoëlet bereits gewöhnt hatte, eine Lösung zu finden. Er war zwar voller Ungeduld, sein Gold und die paar Gewehre zu erhalten, die man ihm versprochen hatte, aber noch größer als diese Ungeduld war sein Entsetzen über jedes schlechte Horoskop. So sehr er auch über die Planeten seufzte, hörte er mehr auf die Brahmanen als auf seine Wünsche.

Jeden Tag begab sich Qoëlet zu ihm und fragte ihn, wie der Bescheid der Priester lautete. Der Fürst ließ seine Ratgeber rufen, doch diese antworteten ihm mit Himmelskarten in der Hand unabänderlich, dass die Gestirne dem Aufbruch des Opiums aus seiner Stadt widerrieten und er, ohne eine grausame

Bestrafung zu riskieren, den Zeichen nicht zuwiderhandeln dürfe. Da pflegte der Herr der Träume dem Reisenden vorzuschlagen, ihm an seiner Tafel oder auf einer Tigerjagd Gesellschaft zu leisten. Dies waren seine beiden Passionen. Die Präzision des Charleville-Gewehrs hatte ihm eine gewisse Vorliebe für die zweite gegeben, so sehr war seine Jagdausbeute angewachsen, seit er diese Waffe benutzte. Abends begab sich Qoëlet wieder zu seinen Gefährten, um ihnen zu verkünden, dass man noch zu warten habe. So verrannen zwei Monate, in deren Verlauf die Europäer die Hoffnung verloren, jemals noch Gavalur verlassen zu können.

Schließlich wurden nach zwei Wochen, erfüllt von Palavern, kleinlichem Gestreit und Horoskopen, zweihundert Maultiere mit Ballen beladen, die das beste Opium enthielten, das es hier gab. Das Gold und die Gewehre, die Leutnant Taylor herangeschafft hatte, wurden dem Radscha übergeben, Qoëlet und seine Männer verließen Gavalur voller Erleichterung und in dem Wissen, dass sie in der Person des Fürsten nur einen höchst wankelmütigen Partner hatten, den sie bei jedem Besuch noch ein wenig mehr verführen müssten. Sie verließen die Stadt des Herrschers über die Träume in den ersten Tagen des Februar 1756, bis auf wenige Tage genau ein Jahr nach ihrer Abfahrt von Edinburgh.

Als sie wenige Meilen von Gavalur entfernt angegriffen wurden, war Qoëlet klar, weshalb die Brahmanen so viel Energie darauf verwandt hatten, ihren Aufbruch zu verzögern.

Der Transportzug bewegte sich gerade durch eine beiderseits von hohen Steilhängen überragte Schlucht. Leutnant Taylor, der bereits drei Mal diesen Weg genommen hatte, zeigte sich schon seit dem Morgen nervös. Er war mit einem Spähtrupp, gebildet aus einigen Männern, vorausgegangen, hatte aber nichts Ungewöhnliches beobachtet. Sein Argwohn wurde jedoch bestätigt, als mitten auf dem Weg eine unglaubliche Schießerei, durchbrochen von abgeschossenen Pfeilen, ausbrach. Im Nu brachen vier Soldaten und ein Dutzend Maultiere zusammen. Die Männer gingen, so gut sie konnten, hinter Felsen in Deckung und begannen das Feuer zu erwidern. Vergeblich. Ihre Angreifer waren unsichtbar, verborgen im Dschungel, der ihre Häupter um dreißig Meter überragte.

Zwanzig Minuten verstrichen, in deren Verlauf drei weitere Soldaten getroffen wurden, einer von ihnen von einem Pfeil, der ihm ein Auge durchbohrte. Die Angst, den Angriffen eines unsichtbaren Feinds zu erliegen, machte sich in den Reihen breit. Qoëlet wurde klar, dass es nicht genügte, wenn sie sich verteidigten, sondern dass sie gleichfalls angreifen mussten, um sich von dem Hinterhalt zu befreien. Er winkte Leutnant Taylor zu sich heran.

»Nehmt ein paar Männer und versucht sie dort hinaufzuführen, sonst sind wir verloren! Ich habe eine Viertelmeile hinter uns, am Anfang der Kolonne, einen Durchgang gesehn!«, erklärte er ihm.

»Diese Stelle habe ich auch bemerkt«, antwortete Taylor, während er erneut seine Pistolen lud.

Qoëlet gab den Soldaten und Seeleuten, die ihm am nächsten standen, mit einem Zeichen den Befehl, Leutnant Taylor zu folgen. Mit einem Satz sprangen die zehn Männer auf, während die anderen aus all ihren Waffen feuerten und so die Angreifer zwangen, ihrerseits Deckung zu suchen. Abgesehen von einem Mann, der von einem Pfeil in den Rücken getroffen wurde, war Taylors Truppe bald außer Reichweite.

Die nun folgende Stunde war so beängstigend wie grausam. Die Angreifer, überzeugt, dass ein Teil der Truppe geflohen war, schienen entschlossen, die Überlebenden restlos zu vernichten. Bald waren von denen, die in Qoëlets Nähe verblieben waren, viele tot oder verwundet. Die getroffenen Tiere stießen ein herzzerreißendes Gebrüll aus. Die Männer verzweifeltes Gestöhn. Selbst Qoëlet glaubte allmählich, sie seien verloren, als plötzlich auf der Höhe über ihnen eine Schießerei ausbrach. Sie vernahmen Schreie des Entsetzens, dann der Panik, während die Rufe von Taylor und seinen Männern zu ihnen herunterdrangen.

Nach ein paar Minuten kehrte wieder Ruhe ein. Heiß und freudig erscholl die Stimme des Leutnants von der Höhe der Felswand. Bald darauf erschien er an der Spitze seiner kleinen Truppe. Nur zwei Soldaten waren während des Angriffs verwundet worden. Zwölf weitere lagen dagegen tot in der Kolonne neben etwa zwanzig Maultieren. Ebenso viele waren verwundet.

Obwohl es keinerlei Beweis für die Beteiligung der Brahmanen an diesem mörderischen Hinterhalt gab, zweifelten Qoëlet und seine Offiziere nicht an ihrer Verwicklung darin. Nun galt es schnellstens wieder aufzubrechen. Die getroffenen Tiere wurden geschlachtet, ihre Opiumlasten auf die überlebenden verteilt, desgleichen die Verwundeten. Gegen Anfang Nachmittag setzte sich der Zug wieder in Marsch, wobei man aufmerksam nach dem geringsten Geräusch lauschte und jeder Mann die Hände krampfhaft um den Kolben seines Gewehrs geklammert hielt. Ein weiterer Angriff hätte ihren Untergang bedeutet. Doch es gab keine Zwischenfälle. Nach drei Wochen weiteren Marsches durch den Urwald kam ihr Handelsstützpunkt Cetimbasar in Sicht. Sie wähnten sich gerettet.

Kapitän Horn hatte mit wachsender Ungeduld ihre Rückkehr erwartet. Nachdem er die *Divine* auf der Reede von Madras in Sicherheit gebracht hatte, hatte er an Bord einer Schaluppe, kaum groß genug, um die von Qoëlet herangeschaffte Ladung Opium aufzunehmen, die Bucht von Bengalen angesteuert. Nun galt es für Qoëlet, zu ihm zu stoßen, ohne sich von den Franzosen von Chandernagor oder den Engländern von Kalkutta überraschen zu lassen.

»In den Kolonien von Amerika ist zwischen Franzosen und Engländern Krieg ausgebrochen«, erklärte Kapitän Horn. »Es besteht kein Zweifel, dass sich die Nachricht bald auch in Indien verbreitet. Man muss verdammt Glück haben, um weder den einen noch den anderen zu begegnen ...«

Einige Tage später verließen sie den Handelsstützpunkt von Cetimbasar, ließen ihn leer zurück in der Hoffnung, ihn bei ihrer Rückkehr unversehrt wiederzufinden. Gerade hatte die heiße Jahreszeit begonnen. Die Hitze war so unerträglich geworden, dass man zu ersticken glaubte. Die Männer wie die Tiere waren mit ihren Kräften am Ende. Schwer beladen mit Opium, ihre Verwundeten mit sich schleppend, folgten sie, um unliebsame Begegnungen zu vermeiden, dem Lauf eines Flusses, der sich endlos durch den Dschungel schlängelte, und brauchten eine volle Woche, bis sie die Bucht erreichten.

Vierzehn Tage später kam das Fort Saint-George von Madras in Sicht. Auch dort nutzten sie den Schutz der Nacht, um das Umladen ihres kostbaren Opiums an Bord der *Divine* vorzunehmen. Diese Ladung füllte kaum die Frachträume des Schiffs. Sie mussten unbedingt noch diverse Waren auftreiben, um den verfügbaren Raum zu nutzen. Qoëlet frequentierte das englische Kontor und machte schließlich Bekanntschaft mit Händlern, die seit zwei Monaten auf ein Schiff warteten, das nicht eintraf. Einer von ihnen hatte früher mit Samuel Blackhill in Geschäftsverbindung gestanden. Nachdem sich Vertrauen eingestellt hatte, wurde der Handel geschlossen und die Gewürze mit Bestimmungsort England an Bord der *Divine* gebracht. Von diesem Mann erfuhr der Bretone, dass Gouverneur Dupleix, der Vize-König von Französisch-Indien, seit fast zwei Jahren zurückbeordert worden war. Von Bussy hieß es, er sei mächtiger denn je.

Obwohl die Jahreszeit für einen Aufbruch nach Europa nicht günstig war, beschloss Kapitän Horn dennoch, auszulaufen. Die Reise wurde beschwerlich. Da sie nicht die Winde des Nordmonsuns abgewartet hatten, gerieten sie in große Flauten, dann in der Höhe der Ile de Bourbon in einen Orkan, der den Fockmast fällte. Da sie zur Behebung der Havarie unmöglich einen französischen Hafen anlaufen konnten – wo sie eine Beschlagnahmung ihrer Fracht riskiert hätten –, setzten sie ihre Fahrt auf einem angeschlagenen Schiff fort. Die Galionsfigur lächelte nicht mehr in die Fluten. Jede Welle war eine Bedrohung. Der Rumpf leckte an mehreren Stellen. Der Mast ächzte entsetzlich.

Qoëlet schritt mit nervösen Stockschlägen auf der Brücke auf und ab. Er grübelte über die bösen Schicksalsschläge, die seine Reise getroffen hatten. Ohne Bedeutung waren die Leiden, die Ungewissheiten, die Ängste … Die hatte er erwartet. Aber so viele Männer waren gestorben. Wie viele hatten ihr Leben gelassen seit ihrem Aufbruch von Edinburgh vor achtzehn Monaten? Dreißig? Vierzig? Er wagte es nicht, sich dieser betrüblichen Rechnung zu widmen. Zuweilen überraschte er sich dabei, dass er an den Segnungen einer solchen Expedition zweifelte. Sei's drum! Wenn sie wohlbehalten den Hafen erreichten, würde er reich sein, wie nur wenige hoffen konnten, es einmal zu werden. Aber danach? Wieder aufbrechen? Zu welchem Preis?

Und doch bewog ihn etwas, noch mehr zu erhoffen. Die Sehnsucht nach verdienter Ruhe quälte ihn nicht. Genauso wenig der Gedanke, seinen Reichtum zu genießen. Im Gegenteil. Er träumte bereits davon, wieder aufzubrechen trotz der Zweifel und, weiß Gott, nicht wenigen Schuldgefühlen. Wieder aufbrechen, wieder hinaus auf die Reise, wie man ein Paar Würfel wirft. Um zu sehen, was kommt.

»So ist nun mal das Spiel!«, sagte er sich wie zur Rechtfertigung, während er an alle jene dachte, die, einst mit ihm aufgebrochen, die Türme von Edinburgh nie mehr wiedersehen würden.

DREI

Samuel Blackhill empfing ihn wie einen Sohn.

»Ich habe schon befürchtet, ich verberge es Euch nicht, Ihr wärt von einem französischen Schiff gekapert oder versenkt worden. Schon wieder ist nämlich Krieg… Im Mai hat dieser Dämon, Marschall de Richelieu, Menorca eingenommen. Die Meere sind nicht mehr sicher. Doch Schwamm drüber, denn Ihr seid zu uns zurückgekehrt! Ich habe bereits Käufer für unser Opium. Und zum besten Preis! Nun seid Ihr reich, *my dear* Qoëlet!«, sagte er freudestrahlend.

Die folgenden Tage bescherten dem Reisenden eine Ruhe, nach der er sich nicht sehnte. Sehr daran interessiert, dass die *Divine* möglichst rasch wieder seeklar war, begab er sich täglich zum Hafen, um die Arbeiten an Rumpf und Takelage voranzutreiben. Zimmerleute und Kalfaterer lachten ihm ins Gesicht.

»Wird noch Monate dauern, Sir, bis dieses Wrack wieder in See stechen kann!«

Samuel Blackhill schlug ihm vor, sich einen Landsitz und eine Frau zu suchen, ging, um seine Ungeduld zu bändigen, sogar so weit, ihm ein paar hübsche Partien vorzustellen. Aber Qoëlet war so wenig daran interessiert, Gutsbesitzer zu werden, wie im Hafen der Ehe zu landen.

»Ihr habt Vermögen, was wollt Ihr mehr?«, verwunderte sich der Schotte.

»Wieder aufbrechen«, antwortete der Reisende unabänderlich.

Tatsächlich waren seine Gedanken allein auf eine neue Reise gerichtet. Dieses Fernweh war stärker als er. Wieder in See stechen, den endlosen Dschungel von Bengalen durchqueren, die Pässe seiner hohen Gebirge überwinden, die Mauern von Gavalur wiedersehen: An nichts anderes dachte er. An nichts anderes ... außer zuweilen an die Gräfin von Lauragais.

In den Tavernen von Edinburgh, wo er gern Karten spielte, ahnte man, dass er nach Männern suchte, die bereit waren, auf Abenteuer auszuziehen. Sie waren dünn gesät. Der Krieg gegen die Allianz der Franzosen, Österreicher und Russen sog viele Kämpfernaturen auf. Besonders die Navy schnappte sich die Matrosen. Egal, der Bretone schilderte Hindustan als ein Territorium, das es zu erobern galt, unermesslich, magisch, faszinierend. Zwischen zwei Partien hörte man ihm zu, wie er die Pracht von Gavalur, seine goldbedeckten Kuppeln und seinen Fürsten beschrieb, dessen Armee tausend Kampfelefanten zählte. Jeder wusste, wenn er seine Worte vernahm, dass er die Wahrheit sagte. Außerdem dürfte ein Mann mit einem amputierten Bein die wunderlichsten Dinge der Welt gesehen haben. Keinem war entgangen, dass er reich wie kein Zweiter war, und auch wenn seinem schwarzen Habit alle Erlesenheit fehlte, sah man ihn in Gold-Écus zahlen, ohne je sein Wechselgeld zu reklamieren.

Mit Hilfe von Whistpartien und Whiskyrunden gelang es ihm schließlich, eine Gesellschaft von Abenteurern um sich zu versammeln, die seine Erzählungen von Indien faszinierten. Zumeist waren es junge Männer ohne Geld, bereit, das Glück zu zwingen, sei's auch bei Gefahr ihres Lebens. Außerdem boten die Dienste des Königs in jener besessenen Kriegszeit mehr Risiken zu sterben als Chancen auf Gewinn. So zählte Qoëlet schließlich so gut wie jeden Abend in seiner Runde mehrere

Dutzend Burschen, die fest entschlossen waren, beim nächsten Auslaufen der *Divine* mit ihm an Bord zu gehen. Als im Herbst 1757 das Schiff des Kapitän Horn als seetüchtig erklärt wurde, kamen sie zu vierzig den mächtigen Rumpf des Schiffs im Trockendock bestaunen.

Als Auslauftag wurde der 2. Dezember festgesetzt. Neben Kapitän Horn und Qoëlet gingen Leutnant Taylor, jener tatkräftige junge Mann, mit dem der Reisende sich verbunden hatte, fünf weitere Offiziere, alles einstige Mitglieder der East India Company, sowie 68 Mann Besatzung an Bord. Elf von all diesen waren bereits auf der ersten Bengalen-Reise mit dabei gewesen. Die anderen hatte Qoëlet hauptsächlich in den Kaschemmen von Edinburgh rekrutiert. Nicht einer war darunter, der nicht davon träumte, reich an Millionen zurückzukommen.

Die Frachträume der *Divine* waren außer zwanzig Truhen Gold mit Waren angefüllt, die für die Magazine von Madras bestimmt waren und mit deren Verkaufsertrag sich die Summe, die man dem Radscha offerieren würde, vervierfachen ließ. Zu dieser Ladung hinzu kamen fünfhundert Brown-Bess-Gewehre, länger und schwerer als das Charleville-Modell der Franzosen, doch mit gleicher Treffgenauigkeit, die Qoëlet dem Herrscher über die Träume versprochen hatte, sowie Material zur Befestigung der Niederlassung von Cetimbasar. Nun brauchte man nur noch die Vorberge von Bengalen zu erreichen und dort vom Herrn der Träume das Opium abzuholen.

Als sie ein halbes Jahr später Madras, das britische Hauptkontor in Indien, erreichten, eröffnete man ihnen, dass sich die Lage von Grund auf geändert habe. Ein Jahr zuvor habe Oberst Clive in der Schlacht von Plassey die Armee von Surâdj-ud-Daulâ, dem von den Franzosen unterstützten Diwan von Bengalen, besiegt. Die Franzosen hätten Chandernagor, Dekkan und Cassimbasar geräumt und die Provinz den Engländern überlassen. Auf dem restlichen Subkontinent werde erbittert gekämpft. Die Franzosen hätten einen General, Graf von Lully, entsandt, der einen gnadenlosen Krieg führe. Von Bussy gab es nicht die geringste Nachricht.

Qoëlet ermaß sofort die Tragweite einer so grundlegenden Veränderung der Lage. Wenn Bengalen von der Präsenz der Franzosen befreit war, dann bedeutete die Inbesitznahme der Provinz durch die East India Company eine Gefahr für die Unabhängigkeit des Radscha von Gavalur. Desgleichen hatten sie allen Grund zu befürchten, ihre Niederlassung in Cetimbasar könnte besetzt werden.

Als die *Divine* den Golf von Bengalen erreichte, verdüsterte der kleine Monsun die Himmel von Hindustan. Sobald ihr Material ausgeladen war, wurde das Schiff in einer Bucht unweit des Gangesdeltas in Sicherheit gebracht, und die von Qoëlet und Leutnant Taylor geführte Mannschaft brach, darauf achtend, dass sie Kalkutta mied, in Richtung Cetimbasar auf. Sie erreichten den aus Rundhölzern errichteten Handelsposten, ohne auch nur einem Mitglied der so genannten John Company zu begegnen.

Da er an der Aufrichtigkeit des Radscha von Gavalur und seiner Ratgeber zweifelte, beschloss Qoëlet, zwei Drittel seines Goldes und der Gewehre in Cetimbasar zurückzulassen und das gekaufte Opium in drei Transportreisen zurückzuschaffen. Die Hälfte seiner Männer blieb unter Taylors Kommando in der Niederlassung mit der Anweisung zurück, ihre Befestigung zu verstärken. Qoëlet selbst tauchte an der Spitze der restlichen Mannschaft in den Urwald ein. Der Weg war ihnen nun bekannt. Sie legten ihn rasch zurück und gewahrten nach einem Fußmarsch von vierzehn Tagen die Mauern von Gavalur.

Als sie die Stadt betraten, wurde ihnen klar, dass sich etwas verändert hatte. Sehr bald erfuhren sie, was: Ein englischer Soldat hielt vor dem Palast des Radscha Wache.

»Wer seid ihr?«, fragte der Mann, während er sein Gewehr in Anschlag brachte.

»Wir werden vom Fürsten von Gavalur erwartet«, entgegnete Qoëlet bestimmt.

Der Soldat antwortete mit unverblümt schallendem Lachen. Den Grund für seinen Spott erfuhren sie, als sie ein wenig später auf dem Thron des Radscha einen jungen Mann, umgeben von Brahmanen und Offizieren der East India Company, fanden.

»Wer seid ihr, und was wollt ihr?«, fragte einer von ihnen in feindseligem Ton.

»Wir haben mit dem Fürsten geschäftlich zu tun«, antwortete Qoëlet unbeirrt. »Wo befindet er sich?«

»Vor euch!«

»Das ist nicht der Mann, den ich kenne und der Muzabin mit Namen heißt.«

»Dies ist sein Neffe. Muzabin ist vor fast einem Jahr gestorben. Ein Jagdunfall ... Ihr habt meine Frage nicht beantwortet: Wer seid ihr, und welche Geschäfte führen euch nach Gavalur?«

»Ein Geschäft, das Euch nichts angeht. Was unsere Namen betrifft: wozu würden die Euch dienen?«

»Alle Geschäfte des Radscha von Gavalur interessieren von nun an die East India Company. Ihr befindet euch auf ihrem Gebiet! Nichts kann in dieses Territorium hinein oder aus ihm herausgelangen ohne meinen Befehl. Ich, Hauptmann Sanders, habe dieses Mandat von Oberst Clive persönlich empfangen.«

»Ich nicht!«, entgegnete Qoëlet, den das überhebliche Gehabe des Offiziers erzürnte.

»Daher konfisziere ich eure Waren und verhafte euch hiermit«, schloss der Mann.

Er gab einem Untergebenen ein Zeichen, und im Nu war Qoëlets kleine Gruppe umringt. Kaum war er mit Gewehrkolbenstößen in die Nieren aus dem Palast getrieben, da fand er seine Mannschaft unter solider Bewachung, die Geldtruhen und Gewehrkisten erbrochen.

»Sir, Ihr überschreitet Eure Rechte!«, protestierte Qoëlet.

»Ich habe alle Rechte. Ihr seid nichts hier, und ich bin alles. Im Namen der East India Company konfisziere ich Eure Ware und verhafte Euch wegen Konterbande!«, entgegnete Sanders und entfernte sich.

Qoëlet und die zweiunddreißig Männer, die ihn begleiteten, wurden in die Festung abgeführt und in einen Raum gesperrt, der früher einmal die Wachstube gewesen sein musste. Am folgenden Morgen wurde er Hauptmann Sanders vorgeführt.

»Ihr seid kein Engländer, nicht mal ein Schotte«, begann dieser.

»Nein, ich bin Bretone«, antwortete der Mann mit dem Stock mit dem Löwenkopf mit einem gewissen Stolz.

»Also seid Ihr Franzose! Allein schon aus diesem Grund kann ich Euch erschießen lassen.«

»Ich bin weder Soldat noch Mitglied der Compagnie des Indes. Das wäre Mord …«

»Ihr seid ein Spion.«

»Ich bin der Kompagnon von Samuel Blackhill, als Kaufmann wohlbekannt von Edinburgh bis London. Das können

Euch alle meine Männer bestätigen. Ich spioniere nichts und niemanden aus; ich treibe Handel.«

»Dazu habt Ihr kein Recht. Die East India Company besitzt das Monopol darauf.«

»Während meiner ersten Reise unterstand Bengalen nicht ihrer Autorität …«

»Aber jetzt! Was habt Ihr in Gavalur zu schaffen?«

»Ich sagte es bereits: Handel treiben.«

»Mit welcher Art Waren?«

»Gewürzen, Edelhölzern …«

»Ihr lügt. Uns ist bekannt, dass Ihr vor zwei Jahren in großen Mengen Opium ausgeführt habt …«

»Auch ein wenig Opium, das ist wahr«, gab Qoëlet zu.

»Habt Ihr außer den Männern, die Euch begleiten, noch weitere Komplizen? Eine Niederlassung? Ein Schiff?«

»Wir besitzen ein Schiff. Das ist für niemanden ein Geheimnis, denn vor zwei Monaten sind wir in Madras vor Anker gegangen.«

»Ihr habt meine Frage nicht beantwortet.«

Qoëlet musterte sein Gegenüber. Hauptmann Sanders war ein Mann von etwa vierzig Jahren mit pockennarbigem Gesicht, trug Perücke und Dreispitz, war in eine schwarze Uniform geschnürt, die ihn noch strenger machte, als er ohnehin zu sein schien. Ein Kerl, dachte er bei sich, durchaus imstande, mich hinrichten zu lassen, nur um seine Autorität unter Beweis zu stellen. Trotz dieser Gefahr konnte er unmöglich die Existenz der Niederlassung zugeben, die er in Cetimbasar besaß. Dadurch verlöre er das Gold und die Gewehre, die sich dort befanden.

»Unser Schiff, die *Divine*, befindet sich in einer Bucht in der Nähe des Gangesdeltas, beladen mit Gold und Gewehren. Es ist Samuel Blackhills Eigentum, ist jedoch von höchstem Interesse für den Prince of Wales, zugleich auch Duke of Edinburgh, wie Ihr wisst, und er rechnet es sich so sehr zur Ehre an, die Freundschaft meines Kompagnons zu genießen, dass er für ihn den Titel eines Lords erwirkt hat. Seine Hoheit haben höchstpersönlich Anteile an dieser Kauffahrt erworben und wünschen weder sein Geld noch das Opium, auf das Seine Hoheit warten, zu verlieren …«

Nicht ein Viertel Wahrheit lag in diesen Worten, doch sie zeitigten bei Hauptmann Sanders die erhoffte Wirkung. Der Offizier riskierte, sich die Sympathien seines künftigen Souveräns zu verscherzen. Die Sache gab ihm zu denken.

»Ich werde überprüfen, was Ihr mir da erzählt habt«, antwortete Sanders vorsichtig. »Wenn Ihr mich belogen habt, seht Ihr mich wieder, und ich lasse Euch kaltmachen!«

»Ich bin also frei?«

»Das seid Ihr.«

»Und meine Männer?«

»Ich werde entsprechende Befehle erteilen.«

»Und meine Waren?«

»Die behalte ich. Ich werde mich darum kümmern, dass man dem Radscha für die Waren, die er Euch liefern wird, ausbezahlt, was ihm zukommt. Er unternimmt nichts ohne meinen Befehl. Außerdem ist von nun an die East India Company der Partner, mit dem Ihr Geschäfte macht. Und lasst es Euch gesagt sein: Dieses Unternehmen täuscht man nicht.«

»Ich werde es mir merken«, schloss Qoëlet und verließ den Saal.

Die folgenden Wochen wurden damit ausgefüllt, das Opium zusammenzutragen. Hauptmann Sanders' Leute wichen Qoëlet und seinen Männern keine Sekunde von den Fersen, waren voller Argwohn, verzögerten durch tausend Hindernisse ihre Arbeit. Mehrmals kam es zu heftigen Auseinandersetzungen. Hätte der Bretone den Seinen nicht immer wieder ihre gefährliche Lage vor Augen gehalten, so wären die Inder auf dem Hauptplatz von Gavalur Zeugen einer offenen Schlacht zwischen Engländern und Schotten geworden. Über die schlichte Konkurrenz zwischen den beiden Gruppen hinaus herrschte ein wahrer Hass der einen auf die anderen. Die Unterwerfung Schottlands unter die britische Krone war noch eine zu frische Wunde, als dass sich Qoëlets Männer mit ihr abgefunden hätten. Die Engländer wurden gehasst für das, was sie waren: unbarmherzige Eroberer. Gestern in Schottland, heute in Bengalen – die britischen Soldaten verhielten sich wie Sieger, hochmütig und unerbittlich.

Jeder Tag, der verging, beunruhigte Qoëlet ein wenig mehr. Wenn er fürchtete, es könnte zu einem ernsthaften Zwischenfall zwischen Schotten und Engländern kommen, so fürchtete er nicht minder, Leutnant Taylor könnte über ihre ausbleibende Rückkehr verzweifeln.

Was tatsächlich passierte, übertraf alles, was er sich hatte vorstellen können. Sechs Wochen nach ihrer Ankunft in Gavalur sahen sie eines Morgens, von Soldaten der East India Company eskortiert, die in Cetimbasar zurückgebliebene Mannschaft in die Stadt einziehen. Auf Maultiere geladen, folgten das Gold und die Gewehre. Taylor schritt, von zwei Matrosen gestützt, voraus. Seine Uniform war befleckt mit Blut. Um die Brust trug er einen nässenden Verband. Alle hatten grün und blau verquollene Gesichter. Unverkennbar hatte man sie geschlagen und gequält.

»Vor zwei Wochen haben sie die Niederlassung angegriffen. Die andern sind tot«, hatte Leutnant Taylor gerade noch Zeit,

Qoëlet zuzuflüstern, bevor ein Soldat ihn mit Gewalt zurückstieß.

Dann tauchte Hauptmann Sanders auf, schlug sich mit der Reitpeitsche, die nie seine Hand verließ, auf den Schenkel. Voller Verachtung betrachtete er die Neuankömmlinge, dann wandte er sich an Qoëlet:

»Eure Männer befanden sich also an Bord Eures Schiffs, und Ihr hattet keine Niederlassung an Land? Ihr habt mich belogen. Durch Ihre Schuld hat die Company zehn tüchtige Diener verloren, ermordet von diesem Gezücht von … Verrätern. Sie werden an die Wand gestellt und Ihr dazu!«

Als die Schotten diese Drohung vernahmen, scharten sie sich mit finsterer Miene um Qoëlet. Sanders riss seine Pistole aus dem Gürtel und spannte den Hahn.

»Wie? Ihr wollt, dass er der Erste ist?«, brüllte er und zielte mit seiner Waffe auf Qoëlet.

Die Schotten traten einen Schritt vor, ballten die Fäuste. Sanders schrie: »An die Waffen!«

Dann feuerte er. Qoëlet brach mit durchschossener Brust zusammen.

VIER

Das Erste, was er sah, als er die Augen aufschlug, war ein über ihn gebeugtes schwarzes Gesicht. Ein Frauengesicht, lächelnd und aufmerksam, das ihn an ein anderes, ein helleres, weit entferntes erinnerte. Sofort darauf hatte er das Gefühl, seine Brust sei in einen mörderischen Schraubstock gezwängt. Die Frau sprach einige Worte, die er nicht verstand. Doch der Ton ihrer Stimme war sanft. Sie lächelte unablässig. Dann schwanden ihm die Sinne.

Lange Wochen verrannen zwischen Leben und Tod. Jeder Atemzug war eine Marter für ihn. Ständig verfolgte ihn die Erinnerung an Hauptmann Sanders' Pistole. Die Detonation …

Eines Tages erschien ein alter Mann. Er sprach ein paar Brocken Französisch, die er in Chandernagor gelernt hatte, wo er früher bei Gouverneur Dupleix gedient hatte, bevor er nach Pondichéry aufbrach. Er erklärte ihm, dass er ihn im Dschungel, der an Gavalur grenzte, mitten unter vielleicht vierzig Leichen von Europäern gefunden habe. Seine Hand hatte sich um den Löwenkopf seines Gehstocks gekrallt.

»Alle tot, außer du«, wiederholte er mehrere Male.

Qoëlet begriff, dass die Engländer seine Kameraden niedergemetzelt und die Kadaver den wilden Tieren überlassen hatten, ohne auch nur eine Grube für sie auszuheben. Durch ein Wunder hatte er den Schuss überlebt, der ihm durch die Brust gedrungen war. Durch ein noch größeres Wunder hatte ihn dieser Mann entdeckt, bei sich aufgenommen, gepflegt. Wer wachte auf diese Art über ihn? Er konnte sich des Gedankens nicht erwehren, dass die Gräfin von Lauragais ihm vom Himmel aus ihre Liebe und ihren Schutz gewährte. Im Laufe der Wochen wurde der Schmerz erträglicher, gelindert durch das Opium, das der Alte ihm zubereitete.

Die erste Pfeife hatte ihm einen blendenden Genuss verschafft. Seither versuchte er jeden Winkel seines Bewusstseins mit einer Beharrlichkeit zu erforschen, der bald nur noch die ständig zunehmende Menge an Opium gleichkam, die er täglich rauchte. Verschönt durch die Entfernung und die Dämpfe, kamen ihm wieder die Gesichter aus der Vergangenheit in den Sinn. Sein Vater, der »Einarmige«, hatte jetzt einen gütigen Blick. Seine Mutter, Madeleine, war nichts als reine Liebe. Jean-Baptiste hatte dieses ironische Grinsen verloren, das man ständig um seine Mundwinkel sah und das ihn immer so sehr gestört hatte. Voller Feinsinn und Anmut zerfloss Bussys Lachen in der brütenden Hitze. Madame de Lauragais strahlte zu jedem Moment in übernatürlicher Schönheit. Diese Distanz kam jedem zugute. Sein Rausch schmeichelte diesen unterwegs zurückgelassenen Leben und gab ihm nur wieder, was er an ihnen als das Beste empfunden hatte.

Die Niedergeschlagenheit beim Erwachen, die Kälte, die anfänglichen Übelkeiten, all jene Momente, in denen das ganze Wesen sich zu entzweien scheint – unumgängliche Tribute, die die Raucher der Droge zollen, billigte er, vorausgesetzt, er konnte erneut in diese gesteigerte Bewusstheit seiner selbst eintreten, die die Opiumsüchtigen so selig und gelassen macht. Das Fieber, das an ihm fraß, wie sein Körper, der vor Wasser verfaulte, interessierten ihn immer weniger, bis er sich kaum noch von anderem als gedörrtem Obst und wilden Beeren ernährte. Denn das Opium befreit den Raucher von seiner fleischlichen Hülle. Der Geist erhebt sich. Die Materie ist abgeschafft, so blendete er sich jeden Tag ein wenig mehr in diesen starken Dämpfen, glaubte in den plötzlich klar gewordenen Wassern seines Bewusstseins zu schwimmen – während er letztlich nur blind durch die Finsternis seines Gedächtnisses irrte.

Die Wirkungen des Opiums ließen nach. Die Niedergeschlagenheit gewann die Oberhand. Er spürte, wie sich in seinen Adern das Blut verlangsamte. Die Kälte ließ seine Glieder gefühllos werden. Seine Gelenke begannen zu schmerzen. Sein Beinstumpf machte ihm zu schaffen. Sein Herz begann unregelmäßig zu schlagen. Er krümmte sich unter Magenkrämpfen. Kalte Schweißausbrüche ließen ihn zu Eis erstarren. Ein entsetzlicher Überdruss machte sich in ihm breit.

Die eine Frau, die er wirklich geliebt hatte, gab ihm, obgleich tot, den Mut, unter den Lebenden zu bleiben. Und doch wusste er, dass ein Kapitel seines Lebens nun abgeschlossen war. Er würde nicht mehr zum Golf von Bengalen aufbrechen. Würde weder zur *Divine* noch zu den Schotten zurückzukehren versuchen. Zu viele Tote säumten den Weg zum Reichtum.

Er besaß zwar, bei Juden in Edinburgh deponiert, einiges Geld, das ihm ein bequemes Leben sichern könnte. Aber nicht einmal der Gedanke, nach Europa zurückzukehren, keimte in ihm auf. Wozu? Was würde er dort finden, das er nicht schon kannte? Genauso wenig wünschte er, sich nach Süden zu begeben, um dort seine Landsleute wiederzufinden. Was hätte er in Pondichéry angefangen? Dort gab es zwar Bussy und Jean-Baptiste, zwei Wesen, denen er sich zu einem bestimmten Zeitpunkt sehr nah gefühlt hatte, doch diese Zeit war vorbei. Jeder von ihnen war einem Weg gefolgt, der nicht jener war, für den er sich entschieden hatte.

Eines Morgens, als er aus dem von jähem Aufschrecken und verqueren Träumen geschüttelten Schlaf erwachte, wusste er, dass er das Blei seines Körpers der Sinnlosigkeit dieser verflossenen Monate entreißen musste: Von Würmern und Feuchtigkeit befallen, begann sich das Holzbein zu zersetzen. Besiegt von seiner Tatenlosigkeit. Er entfernte von seiner unverzichtbaren Krücke die morschen Stellen. Füllte die Lücken mit einer zähen Masse, gemischt aus Opium und Harz, die hart wurde.

Was nun also tun? Die Frage durchgeisterte seine Tage und seine Nächte. Ohne dass er eine Antwort gefunden hatte, bedankte er sich eines Tages jedoch bei denen, die ihn gepflegt hatten, und nahm Abschied. Er verirrte sich auf der Suche nach Gott allein weiß was. Das bewaldete Gebirge verschlang ihn.

Er schlief auf den Bäumen, aß nur Früchte, begegnete keinem einzigen Menschen mehr. Glück der Einsamkeit, sagte er sich. Ohne das Menschliche keine Verbrechen mehr, keinen Verrat, keine Lügen, keine enttäuschten Hoffnungen mehr... weil überhaupt keine Hoffnung mehr. Und das war ihm noch lieber: die Einsamkeit, die Rufe der wilden Tiere, das Kreischen der Affen, das Tschilpen buntschillernder Vögel. Schreckensvisionen drängten sich ihm auf. Er hörte die Gräfin sprechen, ihm jene Worte zuflüstern, die keiner von ihnen Zeit gehabt hatte, auszusprechen. In manchen Nächten erwachte er, laute Schreie ausstoßend, vor denen die wilden Tiere die Flucht ergriffen. Man hatte Gründe, zu glauben, dass er eines von ihnen geworden war. Nur der Gehstock schien ihn noch von diesen zu unterscheiden.

Er phantasierte von langwierigen Drangsalen, war überzeugt – in jenem fast ununterbrochenen Delirium, das an die Stelle seines Verstandes trat –, dass er seinem Ende zuging, als er die Ufer des Ganges erreichte. Ohne wirklich zu überlegen, beschloss er, ihm flussaufwärts zu folgen.

Ganze Wochen wanderte er ohne ein anderes Ziel dahin, als seinen Stock Schritt für Schritt am Ufer voranzustoßen, dem Lauf des Flusses flussaufwärts zu folgen, wie man einer einzigen Landstraße folgt, nicht in der Hoffnung, dorthin zu gelangen, wohin sie führt, sondern nur, weil sie da ist: die einzige Spur in der Finsternis, der einzige rote Faden in der absoluten Verlassenheit. Sein linkes Bein, die Hüfte vor allem, schmerzte von der ständigen Belastung.

Eines Abends gelangte er an eine Stelle, an der in den breiten Strom ein reißender Nebenfluss mündete. Dieser kam von Süden. Ohne wirklich zu wissen, warum, entschied er sich, den Ganges zu verlassen und auch ihm flussaufwärts zu folgen.

Wie viele Monate ging er so dahin, berauscht von Einsamkeit? Keiner weiß es. Sein Bart und Haar hatten viel von ihrer Schwärze verloren. Seine Kleider hatten sich zerschlissen. Sein Blick hatte sich gemildert. Dieser Mann lebte nur noch, um zu gehen und weiterzugehen, dem Lauf der Wasser folgend, ohne sich auch nur einen Augenblick zu fragen, wohin dieser ihn führen würde. So gelangte er zum Rand des Dschungels. Dort entdeckte er ein Tal, übersät mit Reis- und Zuckerrohrfeldern.

Wenn er über diese Zeit seines Lebens berichten müsste, würde er dieses Land mit dem Namen Gondwâna bezeichnen.

In der Umgebung dieses Tals gab es eine ganz eigenartige Vegetation. Bäume, wie er sie noch nie gesehen hatte. Pflanzen mit fremdartigen Formen und Farben. So als hätte sich in dieser Gegend – zu dieser Gewissheit gelangte er – eine Vision der Welt erhalten, wie sie am Anfang war. Überdies erklärten ihm die Gond, dass sie *Adivasi*, Ureinwohner, »Bewohner des Anbeginns« waren. Sie nahmen ihn auf, ohne ihm die geringste Frage zu stellen. Sie waren ein ruhiges und sanftmütiges Volk, das weder den Schrecken des Krieges noch das Chaos der Epidemie kennen gelernt hatte.

Man wies ihm eine Hütte zu, in der er schlafen konnte. Ein kleiner Fluss durchzog das Tal. Er wurde zum Fischer. Jeden Morgen ging er seine Reusen inspizieren – Bambuskörbe, gebunden aus kräftigen Gräsern. Und sie waren jeden Tag so voll, dass er mit einem göttlichen Vergnügen die kleinsten Krebse wieder in den Fluss warf. Anschließend ging er seine Reusen wieder einholen, bis zum Mittag – das heißt, bis zu jener Stunde, die anderswo Mittag genannt wird, hier aber einfach *die Stunde, in der er aufhört, sich mit seinen Reusen zu beschäftigen* genannt wurde. Danach zog er mit einem Dreizack bewaffnet los, Aale aufzustöbern, die, wie er wusste, seine Gastgeber für ihr Leben gern aßen.

Den Rest des Tages verbrachte er damit, den Kindern beim Spielen zuzusehen oder auch mit ihnen zu spielen. Oder mit geruhsam ziellosem Streunen. Er durchstreifte das Tal, in dem endlose Kuhherden, gehütet von zauberhaften Mädchen, weideten. Drang manchmal in den Dschungel ein, aus dem er vor ... vor wie langer Zeit? ... angekommen war.

Während des Monsuns, wenn das Wasser des Flusses unter der Gewalt des Regens wie beim Kochen blubberte und prasselte, besserte er in seiner Hütte die Reusen und Netze aus und knüpfte sich neue. Schnitzte sich aus einem schwarzen, harten Holz, das ihm der Häuptling gezeigt hatte, ein neues Holzbein. Ein andermal schnitzte er eine Homunculus-Figur, die sechzig Jahre später von Pastor Carey wiedergefunden wurde. Es wird behauptet, das Stück sei im Fundus des British Museum aufgeführt.

Die Jahreszeiten zogen über Gondwâna dahin, brachten sintflutartige Regenfälle oder glühend heiße Winde. Und das alles ließ Qoëlet sich unter dem Blick der Götter einfach ereignen. Wie die Bretonen aus der Heide glaubten die Gond an die Reise der Seele. Noch andere Details machten sie mit dem Volk verwandt, aus dem der Reisende stammte. Jedes Jahr feierte man die Toten, die man zu verbrennen pflegte. Er ertappte sich dabei, dass er an jenen Ast dachte, den die Menschen seiner Heimat ihrem Brauch gemäß in die Grabgruben warfen. Hieß es in den Sagen der Bretagne nicht, die Toten würden sich in Form von Flämmchen in die Lüfte schwingen?

Seine Gastgeber hatten ihn gleichsam adoptiert. Er wohnte allen Dorffesten bei. Machte bei Hochzeiten Geschenke. Weinte an den Tagen der Trauer. Die jungen Mädchen des Dorfs umtänzelten ihn mit Neugier, angezogen von seinem Gesicht mit den wunderlichen Konturen und dem Ton seiner Stimme. Sein Stock mit dem Löwenkopf faszinierte sie. Besonders eines von ihnen versuchte beharrlich, ihm ihre Sprache beizubringen. Sie hieß Kala und erinnerte ihn an Marie, die junge Nichte von Meister Lebleu, die er in Tränen zurückgelassen hatte, als er Paris verlassen hatte. Der Häuptling bot ihm an, sie zu heiraten und ihr die Kinder zu machen, die sie von ihm ersehnte, denn der Brauch der Gond wollte es, dass man sich Mann oder Frau außerhalb des Stammes nahm. Doch stets lehnte Qoëlet sein Angebot ab. Er war innerlich gebunden und wünschte nicht, dass es anders wäre. Konnte nicht anders handeln. Diese lange Periode seines Lebens blieb keusch. Irgendetwas sollte noch geschehen, aber das war es nicht. Er wusste nur, dass er eines Tages auch hier wieder Abschied nehmen würde.

Wieder aufbrechen, fortgehen? Aber warum? Der Reisende hatte im Herzen dieser friedlichen Gesellschaft seine Sehnsüchte entdeckt. Sie waren bescheiden, fast frugal. Ein Blätterdach, eine Schale Reis, ein paar Früchte, ein wenig Fisch. Mehr erwartete er nicht vom Himmel. Seine Tage flossen völlig gleich dahin. Und diese Gleichförmigkeit der Stunden war ein Balsam für ihn. Nichts war gerade oder krumm: alles *war*. Qoëlet sah um sich her nur noch eine vollkommene, einheitliche und einfache Harmonie. Der geruhsame organische Rhythmus dieser im Unbekannten des Subkontinents verlorenen menschlichen Kolonie war der seine geworden. Obwohl er wusste... Noch etwas anderes sollte sich ereignen.

Vielleicht zwei Jahre waren so verflossen, als Baul, der Wanderer, wieder in das Dorf zurückkehrte.

Da klärte sich alles. Qoëlets Leben erhielt einen anderen Sinn, eine besondere Konsistenz. Mit unvorstellbarer Entschlossenheit gedachte er nun, eine Ordnung in all diesen Zufällen zu finden, die ihm auf den Weg gestreut wurden. Er war fünfundvierzig Jahre alt, und sein Leben gehörte nun nicht mehr ihm selbst.

Das Freudengeschrei, mit dem die Rückkehr des Wanderers gefeiert wurde, weckte Qoëlets Neugierde. Die Frauen des Dorfs waren sofort herbeigeströmt, um ihm ihre jüngst geborenen Kinder zu zeigen.

»Was machen sie?«, wollte der Mann mit dem Stock mit dem Löwenkopf von Kala wissen.

»Baul kennt ein großes Geheimnis, das ihm Mata eingegeben hat«, antwortete das Mädchen geheimnisvoll.

So hörte Qoëlet zum ersten Mal von der Existenz Matas, der Muttergöttin und Beschützerin vor den Pocken unter der Vielzahl von Göttern, die die Gond verehrten. Baul, der Wanderbrahmane, der seit jeher von Ort zu Ort zog und seine Gesänge mit seiner einsaitigen Geige begleitete, betete zu ihr und brachte allen die Segnungen der Offenbarung, die die Göttin ihm zuteil werden ließ.

»Komm«, rief Kala und ergriff seine Hand, »komm, sieh dir Matas Zauber an.«

Qoëlet ließ sich zu dem Baum führen, unter dem der Brahmane stand. Gerade hatte er mit knappen Handbewegungen, dabei ständig singend und ein Lächeln auf den Lippen, mit einem Stilett die Schulter eines Kleinkinds angeritzt. Dann entnahm der Priester der Mulde eines Palmenblatts etwas von einer bestimmten Substanz und übertrug es in die Wunde, die er geritzt hatte. Sofort kam Qoëlet wieder der Alte aus dem Lager in Serbien in den Sinn.

»Was ist das?«, fragte er Kala, die Antwort bereits ahnend.

»Das ist Matas Geheimnis«, antwortete das Mädchen aufgeregt.

»Aber das, was er da in den Körper der Kinder überträgt«, bohrte Qoëlet weiter, »sind das nicht Pockenerreger?«

»Das ist das Geheimnis der Göttin«, wiederholte Kala.

»Dann ist ihr Geheimnis auch anderen Völkern bekannt. Ich habe diese Zeremonie schon mal gesehen.«

Das Mädchen wirkte entsetzt.

»Unmöglich! Mata vertraut ihr Geheimnis nur den Brahmanen der Râj Gond an. Nur Baul allein kennt ihre Magie, und vor ihm kannten sie nur sein Vater und der Vater seines Vaters.«

»Und doch ist diese Heilkunst auch woanders bekannt…«, murmelte Qoëlet nachdenklich vor sich hin.

»Was du hier siehst, ist keine Heilkunst«, empörte sich Kala, »das ist das Geheimnis der Göttin und keiner Menschenseele außer Baul bekannt.«

»Unglaublich…«, murmelte Qoëlet weiter und konnte seinen Blick nicht von dem Tun des Brahmanen lassen.

Am Abend dieses sonderbaren Tags suchte er Baul auf und erklärte ihm, was er wusste. Der Brahmane schien nicht sonderlich überrascht zu sein.

»Du sprichst mir von Menschenwerk, Fremder. Meine Hände werden dagegen von der Göttin geführt«, meinte er, ohne sein Lächeln einzustellen.

»Aber worin liegt der Unterschied zu dem, was ich gesehen habe?«

»Nicht alles, was sich gleicht, ist auch dasselbe«, antwortete Baul in einem höchst geheimnisvollen Ton.

»Ist das, was ich sah, nicht dasselbe?«, beharrte der Reisende, der nicht glaubte, dass seine Augen ihn trogen.

»Kennt man die Göttin Mata in dem fernen Land, von dem du mir sprichst?«, fragte nun Baul, und sein Lächeln färbte sich diesmal mit Ironie.

»Nein, aber …«

»Also kannst du das Geheimnis der Göttin nicht kennen.«

»Verrat es mir! Ich will begreifen …«

»Nur die Göttin wählt jene aus, denen sie ihre Magie anzuvertrauen bereit ist. Ich werde sie heute Nacht für dich befragen«, schloss Baul und entfernte sich.

Am Tag darauf erklärte der Brahmane Qoëlet, dass die Göttin stumm geblieben sei. So blieb es auch am übernächsten Tag und an den Tagen danach. Eine Woche lang gab Baul dem Mann mit dem Stock mit dem Löwenkopf beharrlich die immer gleiche Antwort: Die Göttin habe ihr Einverständnis nicht gegeben.

Eines Morgens bat der Brahmane Qoëlet jedoch, ihm zu folgen.

»Heute Nacht hat Mata zu mir gesprochen«, meinte er ernst. »Sie ist einverstanden, dass du eingeweiht wirst in ihre Magie – eine große Gunst! Nun folge mir«, fügte er hinzu und entfernte sich von dem Dorf.

So enthüllte denn Baul, der Narr, Baul, der Wind, Baul, der Heilige – so die Bedeutung seines Namens in der Gondi-Sprache –, dem Bretonen das Geheimnis der Mata.

Der alte Mann führte den Novizen an eine Stelle abseits des Dorfs, dorthin, wo ein junges Mädchen gerade langhornige Kühe hütete. Er trat zu einem Tier mit schwarz umringten Augen, deutete auf sein mit Pickeln übersätes Euter, kehrte dann zu der Hirtin zurück, die sich mit einer respektvollen Geste verneigte. Er nahm ihre Hand und zeigte sie Qoëlet. Sie war von kleinen Narben gezeichnet, aber auch von Pickeln, die durchaus an die Pusteln jener Krankheit erinnerten, die die Gräfin dahingerafft hatte. Der Schüler warf seinem Meister einen fragenden Blick zu.

»Die Krankheit hat sie von der Kuh«, erklärte Baul.

»Die Pocken von einem Tier?«, fragte Qoëlet, der dies nicht begreifen wollte.

»Von hier nehme ich die Krankheit, aus den Händen dieser Leute. Das ist Matas Magie …«

»Warum die Pocken der Kuh und nicht die des Menschen?«

»Die Götter haben die Kuh für den Menschen und den Menschen für die Kuh erschaffen«, entgegnete der heilige Mann ergrimmt, »das ist ihr Wille, und es gebührt dir nicht, daran zu rütteln!«

»Ist das der Grund, warum die Kuh überall in Indien heilig ist?«, fragte Qoëlet weiter.

»Du stellst zu viele Fragen. Unterwirf dich den Göttern, nichts weiter hast du zu wissen«, entgegnete Baul und entfernte sich.

»Einen Menschen mit der Krankheit eines Tiers infizieren …«, murmelte Qoëlet vor sich hin, während ihm klar wurde, dass das, was in Europa unweigerlich als Sakrileg betrachtet würde, für die Gond den Charakter des Heiligen besaß. Bald darauf zeigte ihm Baul, wie man die gutartigen Pusteln erkennt, sie den Händen und Handgelenken der Kuhhirtin entnimmt und wie man sie von anderen Unreinheiten trennt. Schließlich demonstrierte ihm der Brahmane, wie man die gesunden Menschen mithilfe eines Stiletts inzisiert und inokuliert.

Im Laufe der Wochen beobachtete er den Brahmanen dabei, wie er im Tal operierte. Es waren unzählige Kühe und noch mehr Kinder. Baul und Qoëlet gingen zu den Frauen, die die Herden hüteten. Und immer fanden sich welche darunter, die

die frischen Male aufwiesen, die die Erregerherde der Kuhpocken enthielten. Baul sammelte die Substanz aus den Wunden und schnitt den Kindern an der Schulter in die Haut. Nach sieben bis acht Tagen zeigten sich, begleitet von leichtem Fieber, Pusteln im Gesicht, diese bildeten eine Kruste, die nach einer Woche abfiel: Damit waren die Pocken dann für all diese Menschen ungefährlich.

»Außer für jene unter ihnen, die die Götter erwählt haben …«, präzisierte der Brahmane und blickte gen Himmel.

Seit er operierte, hatte Baul nur zehn solcher Fälle erlebt. Die Götter waren nicht bösartig. Daher dachte Qoëlet angesichts dieses Wunders der Natur bei sich, dass es sehr wohl eine Ordnung in dieser Welt geben musste, ein Gleichgewicht, vielleicht gar einen Willen.

Um die Probe aufs Exempel zu machen, hielt der Bretone seinerseits Baul seine Schulter hin. Aber der Brahmane lächelte und schüttelte sanft den Kopf.

»Du kennst die Magie der Kuh bereits.«

»Woher weißt du das?«

Baul zeigte ihm eine weiße Stelle auf seiner Haut, eine mandelförmige Narbe am Oberarm.

»Das ist nicht die Stelle, an der mir der türkische Greis seine Pocken verabreicht hat«, entgegnete Qoëlet, von Mal zu Mal verblüffter. »Diese Narbe habe ich seit meiner Geburt.«

»Das sind die Male der Kuhmagie«, wiederholte Baul in einem Ton, der keine Widerrede zuließ.

Der Mann aus der bretonischen Heide wusste nicht, was er antworten sollte.

Er verließ Gondwâna mit einem Gefühl, als würde er von der Erde getrennt, die Zeugin seiner Neugeburt gewesen war.

Baul, der Heilerbrahmane, ging voran, begleitete seine Schritte mit den erstaunlich melodischen Tönen seiner Geige mit einer einzigen Saite. Seine Stimme schwebte in die Hitze des Tages auf. Mit einem geheimnisvollen Lächeln auf den Lippen rief er die Gottheiten der großen Wege an. Die Leute, die ihm begegneten, sagten von ihm, er sei ein Heiliger. Doch Baul, mit einem Nichts bekleidet, knochendürr, ständig singend, beschränkte sich stets darauf, zu antworten, er ginge nur seinem Tod entgegen: auf der großen Straße auf sein Ende zu.

In den Dörfern, die sie betraten, versammelte er unter dem größten Baum Bewohner um sich, die neugierig auf Erzählungen von abenteuerlichen Reisen und begierig nach Prophezeiungen waren. Aber als Weiser unter den Menschen kündete der Brahmane nur von der Bewegung der Sterne am Himmel und den Taten der Götter. Und erzählte, wie die gütige Mata vor zehntausend Monden Dhanwantari, dem indischen Äskulap, im Traum das Mittel gegeben hatte, wie man die Pocken verbannte. Dann nahm er aus den Falten seines Lendenschurzes die tintenfederförmige Klinge und schritt, nachdem er jene aufgesucht hatte, die die Kühe versorgten, zu der Zeremonie. Er entnahm ihnen die von den heiligen Tieren übertragene Infektion und inokulierte sie den Kindern.

Jedes Mal blieben Qoëlet und er genügend lange in den Dörfern, um zu beobachten, wie diese einfache Magie des Verfahrens, das ihm die Göttin Mata eingegeben hatte, wirkte. Während seiner zwei Jahre der Wanderung von Ort zu Ort erlebte es Qoëlet niemals, dass die Krankheit durch Bauls Eingriff zum Ausbruch kam.

Bald inzisierte er selbst Männer und Frauen, die von den Gesängen des Heiligen so wundersam beruhigt wurden. Diese Lieder, im Geheimnis einer ungebräuchlichen Sprache verborgen, waren unverfälschter Ausdruck reiner Freude. Nach einer gewissen Zeit begann Qoëlet sie voller Zuversicht mitzusummen. Er, der Fremde, war nun Verwahrer des Geheimnisses einer Gottheit, Erbe einer jahrtausendealten Tradition. Diese Segnung erfüllte seine Seele mit Freude. Denn für jeden Mann, jede Frau, jedes Kind, das er behandelte, schenkte der Reisende dieses gerettete Leben derjenigen, die in seiner Seele wohnte: jene, die er nicht zu retten vermochte.

Bauls Ruhe, seine sanfte und zuversichtliche Fügung in den Lauf der Dinge, seine Achtung selbst für das geringste Lebewesen wie für das unbelebteste Ding, färbte auf den Bretonen ab. In seinen Gesängen bat der Asket die Straße um Verzeihung, dass er die Anordnung ihrer Kiesel störte. Den Baum um Verzeihung, dass er an seine Zweige streifte, das Insekt, dass er es von seinem Flug ablenkte. Wenn sie am Wegrand innehielten, um zu rasten oder ein paar Beeren zu verzehren, segnete Baul den Stein, der die Güte hatte, ihm zu gestatten, sich auf ihn zu setzen, und den Busch, der ihm seine Früchte bot. Dies war seine Art, das Universum und seine Ordnung zu begreifen: eine Welt wohltätiger Gottheiten und dunkler Dämonen. Sündenböcke, verfolgt in Vers und Prosa. Wohlwollende Götter. Menschen voller Torheit … Die Dörfer folgten eins dem andern. Und die Ebenen, die Wälder, die Berge – die Flüsse. Baul sang unablässig auf dem großen Weg.

Und doch wurden die Echos eines furchtbaren Krieges immer vernehmlicher, je länger sie durch Orissa zogen. Schon bald erzählte man ihnen von spektakulären Schlachten. Plassey, Madras, Karikal oder Vandavachy schmerzten ihnen in den Ohren wie Stigmata der französischen Flucht vor den Briten.

»Dort, wohin deine Schritte dich führen, sind die Menschen

im Krieg. Leb wohl!«, sagte Baul zehn Tagesmärsche vor Madras zu ihm.

Das war in den ersten Septembertagen des Jahres 1760. Die beiden Männer umarmten sich, und Qoëlet sah dem Bramahnen nach, wie er ohne Eile, mit einem Lied von der Geschichte eines Gottes und eines jungen Mädchens und des Baums, der ihre Liebe verbarg, auf den Lippen, verschwand. Da lenkte der Reisende seine Schritte nach Süden, seinem Tod entgegen. Seinem Tod entgegen zur Anhöhe Périmé, die sich über Pondichéry erhebt.

SECHS

Erinnerte er sich noch an jenen Tag, zwölf Jahre zuvor, als er die Stadt hinter sich gelassen hatte, die jetzt bereit war, der Belagerung der Engländer standzuhalten?

Man hätte meinen können, jene Jahre habe es nie gegeben. Die Anhöhe, die Festungsanlagen, das Fort, die schwarze Stadt … Nichts hatte sich verändert. Aber er stellte mit Besorgnis fest, dass auf der Reede außer einigen klapprigen *chalingues* kein einziges Schiff vor Anker lag.

Dennoch stieg er, mit dem Holzbein voran, hinunter.

Schon bei den ersten Schritten spürte er die Not in Pondichéry. Das Kontor glich jenen von einem Wirbelsturm bedrohten Häusern, in denen im Fieber der nahenden Sintflut die einen die Wäsche einholen, die anderen die Fensterläden verrammeln: Die Hälfte der Einwohner war geflohen, die andere verbarrikadierte sich.

Die Straßen waren übersät von Trümmern jeglicher Art – zerrissenen Stofffetzen, zertrümmerten Möbeln, Kleidungsstücken, besudelt von zweifelhaften Flecken, wenn nicht gar Blut: ein hastig leergeräumter Speicher. Jeder schien bei seinem Aufbruch mitgenommen zu haben, so viel er konnte, wie aus dem Haus eines Sterbenden, das man ausraubt.

Die Sterbenden? Sie ergriffen die Flucht. Ganze Familien, auf Fuhrwerke geklettert, die Kinder auf Küchenbüfetts thronend oder das Geschirr zertrampelnd, die Alten dazwischengepfercht, wo es irgendwie ging, rumpelten durch die palmengesäumten Alleen, während der Pöbel die verlassenen Häuser plünderte. Man hörte die Väter lamentieren, die Mütter seufzen, die Kinder weinen. Allein die Ältesten schienen in diesem Desaster eine Art resignierter Ruhe zu bewahren, die, weit entfernt, den Schmerz ihrer Lieben zu lindern, nur das Ausmaß der Katastrophe bezeugte. Überdies war das Ende ganz nah.

Dass die Franzosen ihre Besitzungen in Indien verloren, war Qoëlet egal. Aber als er erfuhr, dass das letzte Schiff eine Woche zuvor den Hafen verlassen hatte, konnte er sich eines Wutschreis nicht erwehren,.

»Und Bussy?«, fragte er einen Soldaten, als ihm wieder einfiel, welche Erfolge Samuel Blackhill dem Soldaten nachgesagt hatte.

»Bussy? Einen Bussy gibt's nicht mehr! Ausgeflogen, der fesche Bussy! Wurde im Januar von den Engländern geschnappt!«, antwortete ihm der Wachposten und spuckte ihm vor die Füße.

Mehr versuchte Qoëlet nicht in Erfahrung zu bringen. Was bedeutete es schließlich, ob dieser oder jener über das Wrack, zu dem die Kolonie geworden war, das Kommando führte? Die Vorhut der englischen Armee war gesichtet worden. Diese Feststellung wog mehr als jede andere.

Noch am gleichen Tag wurden auf Befehl des Generals die Tore der Stadt geschlossen. Man sagte, er hieße Lally – ein Name, den er bereits gehört hatte –, und dass er ein Monster sei. Qoëlet saß in einer Mausefalle fest. So musste er sich damit abfinden, in dem einsetzenden Irrsinn einer Stadt im Belagerungszustand eine Bleibe zu suchen.

Der Gedanke, nur ein göttlicher Fluch habe ihn an diesen Ort verschlagen können, streifte, so muss man zugeben, sein Gehirn. Aber das hieße sich eher fatalistisch als vernünftig zu erweisen. Im Übrigen dämpfte er seinen Missmut, indem er daran dachte, dass er diese Stadt nie anders als bereit, dem Schlimmsten zu begegnen, gekannt hatte. Ob vor zwölf Jahren oder an diesem Tag, machte keinen Unterschied. Gestärkt durch diese Gewissheit, ging er, ohne Halt zu machen, an der Jesuitenmission vorüber und wandte sich jenem Stadtviertel zu, von dem er als erfahrener Mann glaubte, dass es noch am ehesten vor Kanonen sicher sei.

Er richtete sich in einem der zahlreichen verlassenen Häuser ein. Dort offenbarte ihm ein Spiegel seine äußere Erscheinung, die eines Bettlers: Christus, nur magerer. Sein zerschlissener Lendenschurz, sein wirres Haar und vor allem dieser Patriarchenbart. Trotz der tiefen Falten, die seine Stirn und seine Wangen furchten, schmunzelte er über sein Ebenbild. Am Tag darauf schnitt er sich seinen Bart ab und band seine Haare mit einem schwarzen Seidenband zusammen, das er neben europäischen Kleidern in einer Schlafkammer entdeckte.

Jetzt hieß es warten. Also wartete er geduldig, wie man in der Nacht nach dem Tagesanbruch späht: ohne zu zweifeln, dass er kommen wird.

Die Wahl seiner Bleibe erwies sich als wohlüberlegt, denn selbst während des heftigsten Bombardements schlug nicht eine Kugel in der Nähe dieses Gemäuers ein. Die Nahrung blieb seine einzige wirkliche Sorge, ein Problem, das er löste, indem er in den Stadtgräben fischte, wie er es in Gondwâna gelernt hatte. Dank dieser Fertigkeit musste er sich nie wie so viele andere prügeln, um ein wenig Grütze, dann Katze, Hund und schließlich gekochtes Leder oder eine Ratte zu ergattern, die man an den letzten Tagen der Belagerung für bis zu zwei Rupien pro Hälfte verkaufte.

Die Echos der Kämpfe drangen zu ihm, herangeweht von einem hundstagheißen, auflandigen Wind, der von morgens bis abends die Stadt durchfegte und den Staub aufwirbelte, der in alle Ritzen drang. So vernahm er das Gebrüll der ersten englischen Angriffe, die jedoch scheiterten, die Gewehrschusswechsel, die Kanonaden, den Gegenangriff, der sich endlos hinzog. Dann die stupide Routine der Belagerung.

Die Engländer beschossen jeden Tag eine Stunde lang die Stadt. Die Kanonen des Forts antworteten ihnen spärlich, zweifellos um die Pulvervorräte zu schonen. Er vernahm auch jede Nacht Explosionen, die von Granaten stammten, die von britischen Kommandos geworfen wurden. Später erfuhr er, dass die Kaffern der Stadt regelmäßig Ausfälle unternahmen und von diesen nächtlichen Streifzügen die abgeschlagenen Köpfe der *sepoys* in englischen Diensten mitbrachten, die ihnen in die Hände gefallen waren – Trophäen, die sie demonstrativ zwischen den Zinnen der Befestigungsmauern ausstellten, um den Belagerer zu verspotten, die General Lally jedoch mit gleicher Hartnäckigkeit wieder entfernen ließ, denn solche Manieren seien zivilisierter Menschen nicht würdig.

Er wäre zweifellos recht ungestört geblieben und hätte von den Intrigen, die in der Stadt gesponnen wurden, so gut wie nichts erfahren, wäre da nicht ein Jesuit gewesen: Sein Eifer, sich zu vergewissern, dass nirgends in der Stadt eine Seele ohne Beistand gelassen wurde, führte Jean-Baptiste Lavaur im September 1760 in die Nähe des Einsiedlers.

Der Jesuit schien hocherfreut zu sein, ihn wiederzusehen. Er schloss den Bretonen in seine Arme und nannte ihn seinen »lieben alten Freund«. Dann erklärte er ihm in allen Einzelheiten die Lage der Kolonie.

»Alle verlieren den Verstand. In den zwei Jahren, die er in Indien weilt, hat es Lally, der neue Vizekönig, obwohl von Versailles an der Spitze einer Armee entsandt, zu der die feinsten Blüten des französischen Adels zählen, tatsächlich fertig gebracht, alles zu verspielen. Brahmanen an Kanonen zu fesseln und Hindutempel abzureißen hat seiner Popularität nur wenig gedient. Orte, die vor Kurzem eingenommen worden waren, gingen rasch wieder verloren. Die Belagerung von Madras ist gescheitert. Cassimbasar, Masulipatnam, Karikal sind gefallen. Die wahre Gesellschaft, die noch größer ist als die Handelsgesellschaft, die unsres Herrn Jesus Christus, verliert durch die Schuld des Generals die Früchte nicht weniger Bemühungen. Der Himmel ist nicht milde mit seinen besten Dienern«, gestand Jean-Baptiste mit müder Stimme.

Er war stark gealtert. Seine Gesichtszüge waren betrübt in die Länge gezogen. Seine Haare völlig ergraut. Er war ein Mann von fünfundvierzig Jahren, wirkte aber wie über sechzig. Ein seltsames Feuer leuchtete jedoch in seinen Augen. Eine Leidenschaft, noch immer die gleiche, für den Ruhm seines Ordens. Ganz offensichtlich hasste er General Lally, traute sich jedoch nicht, es offen zuzugeben. Aber die Verachtung schimmerte durch jedes seiner Worte hindurch.

»Überall musste sich die Armee zurückziehen«, fuhr er fort. »Sogar auf dem Meer ist das von Bourbon zu Hilfe geeilte Geschwader mit der englischen Flotte aneinandergeraten und hat dabei vier Schiffe verloren. Admiral d'Arché, bei der Kanonade verwundet, ist trotz inständiger Bitten Lallys zu seinem Stützpunkt zurückgekehrt! Inständige Bitten! Wenn du den Mann kennen würdest …«

»Du bist nicht der Erste, der mir schlecht von ihm spricht«, warf Qoëlet ein. »Ich habe mehrere seiner Soldaten getroffen, die es ihm gegenüber selbst am einfachsten Respekt fehlen ließen …«

»Der General ist nicht mehr bei Verstand!«, entgegnete Jean-Baptiste heftig. »Außerdem bekam er nach dem Abzug des Admirals einen Nervenanfall, der noch verstärkt wurde durch das Klima, das er nicht verträgt. Einen Anfall, den andere nicht ohne gewisse Gründe dem *delirium tremens* zugeschrieben haben. Thomas Arthur de Lally, übrigens geborener Ire, liebt den Arrak und spricht ihm sogar ganz kräftig zu«, fügte er an, als sei er bei jeder Geste des Generals persönlich zugegen gewesen. »Unter dem Druck von Seiten des Hohen Rates hier wie von Paris, wo seine Rückkehr nach Frankreich abgelehnt wurde, hat Lally es schließlich akzeptiert, Monsieur Charles Joseph de Bussy zum Brigadegeneral der Infanterie und zu seinem Stellvertreter in sämtlichen Funktionen zu ernennen …«

Die Stimme des Jesuiten hatte sich zum Freundlichen gewandelt. Er verfiel sogar in eine jähe Begeisterung, sein Gesicht erstrahlte von einer Sympathie für den erwähnten Mann, die er nicht einmal zu verbergen suchte.

»Bussy, sagst du?«

»So lautet sein Name. Man kann die französischen Erfolge in Hindustan ohne ihn nicht erklären. Ein Mann, den man ein Jahr nach deiner Ankunft in Pondichéry als Hauptmann der Compagnie des Indes eintreffen sah. Man kann ihm durchaus Vorwürfe machen, denn bei der heiligen Messe sitzt er nicht immer in der ersten Reihe, aber was für ein Soldat! Die Einnahme der Festung Gengi, die von Pune, einer gegen hundert, die Erhebung jener Marionette Salabat Jang auf den Thron, die Eroberung von Dekkan – einer Provinz, so groß wie Frankreich! –, der Sarkars – vierhundertfünfzig Landmeilen an der Koromandelküste! –, die Vermählung mit der Schwiegertochter des Gouverneurs: Das alles ist Bussy. General Dupleix wäre nichts gewesen ohne ihn, seinen bewaffneten Arm, seinen Säbel! Sein Reichtum wird auf dreißig Millionen Pagoden geschätzt. Und bei alledem ist Monsieur de Bussy nicht geizig. Er hat für die Verschönerung unsrer Kirche gezahlt als Ersatz dafür, dass er sie nicht häufig besuchte. Ein Mann mit Herz…«

»Ich habe von ihm gehört«, gab Qoëlet schließlich zu, hielt es aber für überflüssig, Jean-Baptiste anzuvertrauen, dass er ihn besser als jeden anderen kannte.

»Das erstaunt mich nicht. Jeder, der einmal den Fuß auf den Boden Hindustans gesetzt hat, hat von Bussy gehört! Und wie bravourös er ist! Er flößt zugleich Furcht und Hochachtung, Schrecken und Bewunderung ein! Lally hat ihn zu lange missachtet. Als er ihn rief, tat er es nur unter Druck und Zwang und auch noch, um ihn seine eigenen Fehler wiedergutmachen zu lassen… Letzten Januar hat er ihn nach Norden geschickt, um dort gegen die Engländer zu kämpfen. Aber die Kavallerie hat sich, so scheint es, gesträubt, vorzurücken, ein Munitionswagen der Artillerie ist in die Luft geflogen… Die Armee ist Hals über Kopf geflohen, und Vandavachy, von der Gegenseite Wandiwash genannt, wurde zu dem Namen der Schlacht, in der der Held von Hindustan in Gefangenschaft geriet. Ein gewaltiges Unglück…«

»Wirklich?«, fragte Qoëlet sarkastisch, während in der Ferne der Donner einer Kanonade ausbrach.

»Conflans wurde in den Sarkars geschlagen, wohin man ihn mit dem Befehl geschickt hatte, die Stellung zu halten«, fuhr der Jesuit fort, ohne dass er Qoëlets Bemerkung größere Beachtung geschenkt hatte. »Das gleiche Schicksal ereilte Law de Lauriston, der aus Chandernagor floh. Anfang des Jahres ist Karikal gefallen… Dies alles ist abscheulich, wie in den tiefsten Tiefen des Fegefeuers an den Pforten der Hölle!«

Jean-Baptiste wirkte niedergeschlagen. Die Lage, die er beschrieb, ließ ihn das Schlimmste befürchten. Er versagte es sich nicht, seine Ängste Qoëlet anzuvertrauen.

»Der Conseil Supérieur de Pondichéry, unser erlauchter ›Hoher Rat‹, verzeiht, weil zusammengesetzt aus den reichsten um den Gouverneur versammelten Besitzern der Kolonie, dem General seine Niederlagen nicht. Dieser verteidigt sich, indem er dessen Mitglieder allesamt des Verrats beschuldigt.«

»Kein ungewöhnliches Verhalten, wenn die Niederlage an die Tür klopft. Das dürfte dich nicht wundern.«

»Es wundert mich auch nicht: Es macht mich tief betrübt. Ich vernehme aus dem Munde des einen und wiederhole für die Ohren der anderen: Sie werden sich bald nicht mehr sehen wollen! Man spricht kaum noch miteinander, aber man schreibt einander viel. In der Stadt zirkulieren eine Menge Schmähschriften und Flugblätter, die einen noch anonymer als die andern, die gemäßigtsten davon schimpfen Lally einen Pflichtvergessenen und die heftigsten rufen zum Mord an ihm auf. Hier, lies das«, sagte er und schob Qoëlet ein Schriftstück zwischen die Finger.

Daraus erfuhr der Bretone, dass der General als »Schlächter der Seinen und Verräter der Schotten«, als »Verschwender der öffentlichen Mittel« und als »Gebührentreiber« angeprangert wurde.

»Hast du nicht gesagt, Lally sei irischer Herkunft?«

»Das muss Moracin aufgebracht haben, der nicht der Mann ist, der sich mit derlei Details aufhält. Er ist der Fanatischste von allen. Er sitzt heute im Rat von Pondichéry und ist dem General bitterböse, dass er eine Steuer erhoben hat, von der seinesgleichen und er selbst sich ausgenommen erklärt hatten. Seither redet er nur noch von der großen Räuberei des Bluthunds Lally, und ich glaube behaupten zu können, dass er die Hälfte der Schmähschriften verfasst hat, die in der Stadt gegen den General kursieren. Und gewiss auch die, welche du in den

Händen hältst.« Er schwieg einen Moment, dann fuhr er flüsternd fort: »Aber du, Qoëlet, was hat dich plötzlich wieder in dieses Chaos zurückgetrieben? Komm, folg mir in die Mission, da wirst du mir alles erzählen …«

So berichtete Qoëlet seinem einstigen Freund aus der Kollegschule von der verblüffenden Entdeckung, die er bei einem indischen Priester über das Mittel, wie man gegen den Befall der Pocken kämpfen kann, gemacht hatte. Jean-Baptiste, den das Amt als Haupt der Jesuitenmission von Pondichéry vollkommen in Beschlag nahm, hörte dem Reisenden, der voller Begeisterung seine Entdeckung erläuterte, nur oberflächlich zu.

»Noch so eine von deinen Verrücktheiten … Wann wirst du endlich klug, Qoëlet? Was du mir erzählst, beleidigt den Himmel und verletzt die Ordnung der Schöpfung, das kann dir doch nicht entgangen sein. Die Krankheit eines Tieres auf den Menschen zu übertragen! Hätte ich nicht tausend andere Sorgen im Kopf, so würde ich dich lehren, Vernunft anzunehmen. Vergiss das Ganze und schließ dich mir an; Pondichéry braucht uns.«

Qoëlets Rückkehr in die Welt der Franzosen ging brutal vonstatten. Der Hunger war zur größten aller Schwierigkeiten geworden. Jean-Baptiste verausgabte sich unendlich, um den Nöten der Einwohner von Pondichéry wie der Soldaten abzuhelfen. Aber er war überfordert. Die Magazine der Mission enthielten zwar einige Nahrungsvorräte. Doch sie mussten unbedingt den Schwächsten zugutekommen. Und das war beileibe nicht der Fall. Man munkelte von Entwendung von Reissäcken, von zum Bersten angefüllten Scheunen, die niemand öffnete. Von Preisen, die alle Vorstellung überstiegen. Kurzum: Immer haarsträubendere Gerüchte machten die Runde. Der Ton wurde härter. Niemand war mit niemandem einverstanden. Jeder beschuldigte den anderen. Der Intendant des Forts, der alte Dubois, musste einer brüllenden Meute die Stirn bieten. Ein absurdes Schauspiel …

Qoëlet, der weiter in den Stadtgräben fischte, lieferte dem Pater mehr als einmal Fisch, nahm an seiner Seite an den Verteilungen von Lebensmitteln teil, die ihnen die Bevölkerung fast aus den Händen riss. Er war auch bei den Treffen zwischen Zivilisten und Soldaten dabei, die dazu bestimmt waren, eine Lösung für die drohende Hungersnot zu finden. Dies bot ihm die Gelegenheit, einigen jener Personen zu begegnen, von denen Jean-Baptiste mehr als einmal gesprochen hatte. Aber auch die Möglichkeit, festzustellen, wie sehr die Zwietracht unter den Belagerten zunahm.

Die Versammlungen des Komitees konnten ihren Auftrag, die Hungersnot zu überwinden, nicht erfüllen. Auf einen diskreten Vorschlag von Jean-Baptistes Seite, der im Übrigen von Qoëlet abgelehnt wurde, ließ Lally nun in den Häusern von Privatpersonen Lebensmittel requirieren. Dieser Punkt, der noch dazu mit dem Anrücken der Engländer zusammentraf, bewog einen Händler der Stadt, der um sein Haus fürchtete, dazu, einen Brief an den britischen Kommandanten zu schicken, um ihn seiner Freundschaft, »was immer geschehe«, zu versichern. Dieses Schreiben fiel dem General in die Hände, worauf dieser mehrere Kaufleute zur Strafe mit einer Sonderabgabe belegte. Darin sahen diese Herren eine persönliche Beleidigung.

Einige Tage später ließ Lally, der gerade den Vorsitz über das Tribunal der Schwarzen führte, einem europäischen Perückenmacher, der die gleiche Brutalität an einer Inderin begangen hatte, mit glühendem Eisen das Gesicht brandmarken. Diese Maßnahme war in den Augen des Hohen Rates von Pondichéry eine Beleidigung, die das Fass zum Überlaufen brachte. Über den General Lally wurde mit Mehrheitsbeschluss Inhaftierung verhängt. Duval de Leyrit, der Gouverneur, widersetzte sich dem in einem Anflug von Gesetzesachtung. Aber Moracin ließ ihm noch am selben Abend einen anonymen Brief, verfasst von seiner schärfsten Feder, zustellen: »Lally, ergreif die Flucht, du bist verraten, ich bin entschlossen, dich umzubringen, um mein Vaterland von einem Tyrannen deines Schlages zu befreien. Ich gewähre dir 24 Stunden Zeit: mehr als 60 Männer denken so wie ich.«

Der General, so berichtete der Jesuit Qoëlet, habe über jene sechzig und ein paar Tapfere mehr, deren Namen allen bekannt waren, lediglich gelacht. Dann habe er seine Nase wieder in die Grütze getaucht, die er mit den Soldaten teilte.

Am Tag nach dieser Episode führte der Priester Qoëlet zum Fort.

»Du wirst mir helfen, ihm klarzumachen, dass wir die Stadt übergeben müssen. Die Lage ist hoffnungslos! Ohne Übergabe ist die Bevölkerung verloren! Verstehst du mich?«, fragte Jean-Baptiste ihn wiederholt auf dem Weg dorthin.

Nachdem sie das Tor des Forts passiert hatten, folgte der Jesuit einem Labyrinth von Gängen, bis sie in einen kleinen, notdürftig möblierten Raum mit niedriger Decke gelangten. Darin stand ein knappes Dutzend Offiziere über eine Karte gebeugt, die ausgebreitet auf dem Tisch in seiner Mitte lag.

»Wir befinden uns in Lallys Kommandantur und Gefechtsstand«, flüsterte Jean-Baptiste dem Bretonen ins Ohr. »Zugleich ist es auch seine Schlafkammer«, meinte er, auf ein Feldbett deutend, das in einer Ecke aufgestellt war. »Lally ist der mit dem kahlrasierten Schädel … Die andern sind seine treuesten Offiziere: Chaponay, Poully, Gadeville … Die betagte Gestalt dort links, das ist Chevalier Dubois, der Intendant der Armee.«

»Wer ist der Mann, Lavaur?«, fragte der General Jean-Baptiste, als er Qoëlet bemerkte.

»Ein Mann, den Gott zu uns geführt hat, und ein alter Freund«, antwortete der Priester. »Er bietet mir seine Hilfe an, um die Bevölkerung zu ernähren, die großen Hunger leidet ...«

»Da hat er's ja glücklich getroffen! Und was versteht er zu tun, das mir ausnahmsweise mal nicht zum Schaden gereicht? Ein Gewehr halten oder nur einen Gehstock? Diesen ›Hohen Rat‹ samt seinen hochnäsigen Räten zum Schweigen bringen? Vielleicht gar mit seiner hübschen Rute?«

»Zu Eurem Heil weiß ich keinen Rat, doch ich versteh mich aufs Fischen«, antwortete Qoëlet.

Die Bemerkung gefiel dem General, der mehr Esprit besaß, als seine Feinde ihm zubilligten.

»Aufs Fischen? Dann fischt mir diese Raubfische von Räten aus meinen Gewässern! Diese Lumpen drehen mir jedes Wort im Mund um, drehen mir aus allem einen Strick, selbst aus meinem Akzent«, knurrte er mit seiner rauen Irenstimme. »Ich weiß nicht, was Euch in diese Kloake geführt hat, Monsieur, aber wenn ich an Eurer Stelle wäre, dann würde ich nicht hierbleiben. Wir sind umringt von Negern, die noch barbarischer sind als die von Afrika. Die Kolonisten, die wir zu verteidigen haben, sind bestenfalls eine Bande räudiger Geschäftemacher, die auch noch eskortiert werden von Komödiensoldaten wie diesem Bussy, der von allen der falscheste und verlogenste Hund, der größte Geizhals und größte Plünderer ist. Der schlimmste Verräter, der mir je begegnet ist! Das Beste, was mir passieren konnte, ist seine Gefangennahme durch die Engländer! Was diesen Gouverneur Duval de Leyrit betrifft, von dem kenn' ich nur ein einziges Interesse: die Eitelkeit. Und der Rest, das ist ein Gezücht aus Habgier, Geilheit und Korruption … Lasst's Euch gesagt sein, ich hatte ein Programm, als ich in dieses Land kam: keine Briten mehr in Indien! Aber durch die Schuld dieser Leute und sogar so mancher meiner Offiziere bin ich nun dazu verdammt, eine belagerte Stadt zu kommandieren … Ich bitte Euch! Sagt mir, was ich tun soll, da der Himmel oder eher die Hölle sich allem widersetzt, was ich unternehme!«

»Es gebührt mir nicht, Euch Euer Verhalten vorzuschreiben«, antwortete Qoëlet, der an der Rede des Generals einen Mann von Charakter und Entschlossenheit erkannt hatte. »Aber Ihr könnt auf meine Treue zählen, denn wenn ich das Zimmer sehe, in dem Ihr lebt, weiß ich ohne den Hauch eines Zweifels, dass die, die Euch beschuldigen, Ihr würdet Euch hinter ihrem Rücken bereichern, schamlose Lügner sind.«

Jean-Baptiste schrak zusammen, als er diese Worte vernahm, und schleuderte Qoëlet einen finsteren Blick zu.

»Danke, Monsieur, ich werde mich daran zu erinnern wissen«, antwortete Lally mit einer Höflichkeit, die die Worte, die ihm gerade über die Lippen gekommen waren, kaum erahnen ließen. Dann fragte er, an Jean-Baptiste gewandt: »Nun, Lavaur, welche schlechte Neuigkeit habt Ihr mir zu verkünden? Nein, sagt nichts, lasst mich raten … Ihr werdet mir eine Übergabe vorschlagen. Denn mir scheint, Ihr versteht Euch jeden Tag ein wenig besser auf militärische Taktik. Die Wege des Herrn sind zwar undurchschaubar, aber …«

»Gott wird Euch richten, General. Und er richtet Euch bereits!«, schrie der Priester voller Zorn, »Euer Hochmut bleibt IHM nicht verborgen, und Eure sarkastischen Bemerkungen gegen mich sind Beleidigungen, die Ihr gegen IHN aussprecht.«

»Nur mit der Ruhe, mein Freund!«, entgegnete Lally beinahe fröhlich. »Lasst Gott im Himmel doch ohne Eure Hilfe richten. Ich vergebe Euch Eure Anmaßung, denn Ihr habt mir wenigstens einmal mehr Gutes als Böses getan, indem Ihr mir diesen Edelmann vorgestellt habt, der mir, was ihn betrifft, äußerst vernünftig zu sein scheint. Das Einzige, was ich ihm vorwerfen kann, ist, dass er Euch kennt, aber ich verzeih ihm, denn keiner kann sich die Menschen aussuchen, die ihm der Allerhöchste auf den Weg führt ...«

Tatsächlich gestalteten sich die Beziehungen zwischen Lally und dem Reisenden in den folgenden Wochen, gemessen an den Möglichkeiten des Generals, ausgesprochen höflich. Als er Qoëlets Gebrechen entdeckte, schien er von jener besonderen Rührung ergriffen, die Soldaten angesichts einer Verwundung aus dem Krieg empfinden: fast so etwas wie Zärtlichkeit. Auch andere Wesenszüge des Bretonen ließen ihn nicht ungerührt, so seine Zurückhaltung, sein kühler Kopf, seine Ironie, aber auch seine Fähigkeit, beim Reden, wenn das Thema ihm dessen würdig schien, genau den treffenden Ton anzuschlagen.

Man hat häufig behauptet und behauptet immer noch häufig, dass allein Pater Jean-Baptiste Lavaur die Verbindung zwischen Lally und dem Hohen Rat aufrechterhielt. Das hieße jedoch, Qoëlet und jene streng vertraulichen Gespräche am Abend zu vergessen, in denen man versuchte, bald Befürchtungen zu dämpfen, bald mit dem einen oder anderen jener Herrschaften von Pondichéry unmöglich auszuhandelnde Dinge doch noch auszuhandeln.

Leute vom Schlage eines Carvalho oder Moracin, die den Reizen Indiens ganz besonders verfallen waren, solche vom Schlage eines Guillard, Beausset, Mariol, Le Noir, Trinquière,

Lagrenée oder Barthélémy, einstmals Matrose, Bankrotteur, Kalfaterer, Schneidermeister, Türsteher, Perückenmacher, Feldwebel oder Diener, sahen sich von großen Verlusten bedroht. Für sie ging es nur noch darum, dem General ein paar ordentliche Pinten Blut abzuzapfen, sich zu den besten Bedingungen den Engländern zu ergeben und die Geschäfte dort wieder aufzunehmen, wo überraschende Schicksalsschläge sie unterbrochen hatten.

So erklärte Moracin während eines Treffens mit Qoëlet, Jean-Baptiste und einigen Ratsmitgliedern, dass er bereit sei, demjenigen hundert Pistolen zu schenken, der Lally ein Messer ins Herz stoßen würde.

»Wenn Euer Mut so kühn wie Eure Ansichten wäre, Monsieur«, entgegnete Qoëlet, der die Aufforderungen des Kaufmanns zum Verbrechen abscheulich fand, »dann würdet Ihr persönlich meinen Dolch nehmen und den Mann ermorden, der fast allein Eure Stadt, Eure Familie und Euer Vermögen verteidigt. Da dies der teuerste Eurer Wünsche zu sein scheint, kann ich ihn Euch borgen ...«

»Eines Tages werdet Ihr mir für Eure Provokationen bezahlen!«, rief Moracin, doch er wagte es nicht, die Klinge zu ergreifen, die Qoëlet ihm reichte.

Die Bevölkerung von Pondichéry betrachtete den Bretonen, den sie fortan überall an der Seite von Pater Lavaur erblickte, im Laufe der folgenden Wochen mit höchst gegensätzlichen Gefühlen. Die Menge, denen der Bauch den Verstand ersetzte, betrachtete ihn mit einem vage dankbaren Blick, nachdem sie ihn mehr als einmal an der Pforte der Jesuitenmission Fisch oder Reis hatte verteilen sehen.

Die Mitglieder des Hohen Rates wiederum beobachteten seine Person mit weniger Wohlwollen. Auf die geheimen Treffen von Ende September folgten lange Wochen des Schweigens. Moracin, der ihm nicht verzieh, dass er ihn provoziert hatte, begegnete ihm seither mit wildem Hass.

»Dieser Kerl ist mir nicht geheuer«, hatte an jenem Abend Rat Le Noir in sich hineingebrummt. Diese Ansicht hatte man sich gemerkt; aber einige Räte hörten doch noch auf diesen schweigsamen Hinkenden, sprachen ihm gesunden Menschenverstand und Vernunft zu.

Qoëlet fand auch unter den Offizieren der Armee nicht wenige, und darunter die besten, die auf ihren General buchstäblich spuckten. Diese Herren, die sich drei Jahre zuvor in Versailles darum geschlagen hatten, um an dem Expeditionskorps teilzunehmen, sträubten sich nun, zu gehorchen, und schoben das militärische Debakel allein Lally in die Schuhe.

Der Aufgeregteste unter ihnen, Graf von Landivisiau, ein schwerfälliger Feldwebeltyp, weigerte sich fortan, von seinem Vorgesetzten Befehle zu empfangen. Qoëlet redete ein paar ernste, angespannte Worte mit dem Mann, dann stritten sie sich wegen einer Lappalie: Landivisiau forderte das Recht, vor ihm eine Tür zu durchschreiten ...

»Lasst mir gefälligst den Vortritt! Ich bin ein Edelmann von altem bretonischen Stamm, Monsieur!«, hatte der junge Graf voller Standesdünkel gepoltert.

»Wärt Ihr das wirklich, dann wüsstet Ihr, dass ein Qoëlet bereits Hauptmann von Alain Barbetorte, König der Bretagne, gewesen war, was, so scheint mir, in Eurem Hause nicht der Fall ist«, hatte der Mann mit dem Stock mit dem Löwenkopf ruhig entgegnet und sich dabei an die langen Winterabende erinnert, die er damit verbrachte, dem Einarmigen zu lauschen, wie er vom Ruhm und Alter seines Namens erzählte.

Zutiefst in seiner Ehre verletzt, zückte Landivisiau seinen Degen und stürzte sich auf Qoëlet. Dieser musste parieren, und es gelang ihm, seinen Angreifer zu besiegen. Aber die Bewunderung, die er mit seiner Parade erregte, und der Spott, der sich darauf über seinen Gegner ergoss, zogen ihm von Seiten des Offiziers einen Hass zu, der dem von Moracin durchaus ebenbürtig war.

Eines Morgens entdeckten die Belagerten auf der Reede ein englisches Geschwader vor Anker. Von Land wie von See her angegriffen, fand sich die Stadt also in die Zange genommen, so dass die Fassade des Forts schon bald so verhagelt wie das Gesicht eines Blatternnarbigen aussah. Dann explodierte, von einer Kugel getroffen, eine der Pulverkammern. Einen Teil der Bevölkerung ergriff Panik, und alle begannen zu fordern, dass man eine Entscheidung treffe. Das war gegen Anfang Oktober 1760 – zu einer Zeit, als man, nachdem der Morgenorkan vorüber war, an der Koromandelküste das herrlichste Wetter der Welt genoss. Qoëlet liebte dieses Klima gewaltig.

Als Unglück für die einen, als Zeichen der Vorsehung für die andern kam der am 4. Oktober, dem Franziskustag, gewohnte Windstoß in diesem Jahr schon vorzeitig auf, überraschte die Briten, schlug mehrere ihrer Schiffe an die Küste und zerstreute den Rest. Die Stadtbevölkerung, die sich bereits der Hölle ausgesetzt wähnte, stürzte sich auf die Befestigungsmauern, um dem Desaster beizuwohnen, und applaudierte bei jeder Leiche, die das Meer ans Ufer spülte.

»Das ist ein Gottesurteil!«, meinte Jean-Baptiste dem Bretonen erklären zu müssen.

Eine armselige Gnadenfrist. Diese Hurras, die angesichts der vom Meer angeschwemmten Leichen der Engländer ausgestoßen wurden, änderten nichts an der Aussichtslosigkeit der Situation. Für die Franzosen war alles verloren, und bald zweifelte auch niemand mehr daran; nur General Lally leistete noch Widerstand.

Die Soldaten murrten, redeten gar unverhohlen von Meuterei. Täglich gab es Zwischenfälle. Das Gerücht beschuldigte Lally, er würde der Compagnie zu hohen Zinsen Kredite geben, obwohl diese, so versicherten die Räte, bereits schwer genug zu bluten hätte. Aufruhr lag in der Luft. Gruppen bildeten sich, die bedrohlich wurden. Versammlungen fanden statt, in denen man inzwischen ohne die geringste Diskretion im Namen des öffentlichen Wohls zum Mord an Lally aufrief. Selbst die Truppe schwankte zwischen ihren Leiden und ihrer Pflicht. Ein Nichts genügte, und es würde zur Explosion kommen.

Das Wetter war nun beständig düster, fast dunkel. Die Wolken berührten die Dächer der Häuser. Fast täglich brach ein Sturm aus. Eine Atmosphäre des Irrsinns herrschte in der Stadt. Anfang Dezember ließ man bereits kaum mehr anderes außer Palmenherzen und Hundefleisch verteilen. Der Hunger ist der größte Feind der Belagerten, und er wird begleitet von Gejammer, knurrenden Mägen, flehenden Blicken. Der Hunger, seine Delirien, seine wahnhaften Halluzinationen, seine Zusammenrottungen, sein Protestgeschrei, schließlich seine Morde wegen eines Nichts, eines Brotkanten, eines ... Krümels.

Am 1. Januar 1764 verwüstete ein Wirbelsturm das britische Geschwader Seiner Huldreichen Majestät. Die Untertanen des französischen Königs waren, weil zu geschwächt, jedoch außerstande, aus dem unverhofften Glücksfall Kapital zu schlagen. Am 8. zogen sich die Engländer auf den Anhöhen zusammen. Qoëlet empfahl dem General, die Stadtgräben zu leeren, um die Fische abzuseihen. Was Lally auch prompt befahl, so dass die Bevölkerung sich noch ein paar Tage lang ernähren konnte.

Es war die Zeit des kleinen Monsuns. Der General hoffte auf das Eintreffen eines Hilfsgeschwaders. Eine eitle Hoffnung. Am 14. Januar wurden den Engländern zwei Kapitulationsschreiben überreicht; das erste vom Conseil Supérieur verfasst, das zweite von Lally. Beide wurden vom britischen Kommandanten abgelehnt, der eine bedingungslose Übergabe forderte.

Am 16. Januar waren die Engländer in der Stadt; am 17. in der Festung.

Am nächsten Morgen tauchten mehrere Ratsmitglieder, rund zwei Dutzend Besessene anführend, bei Lally auf, um ihn zu ermorden. Qoëlet, Chaponay, Gadeville, der Intendant Dubois, einige andere, mehrere englische Soldaten und natürlich der General selbst waren zugegen und stellten sich ihnen entgegen. Die Angreifer forderten den Kopf des Besiegten. Die Engländer ließen Lally gerade in einen Tragsessel klettern, als Moracin mit einer Eisenstange in der Faust an der Spitze einer brüllenden Meute heranrückte. Achtzig Mann außer Rand und Band.

»Rache! Nieder mit dem Tyrannen! Kopf ab! Auf die Pike mit ihm! Das Eisen zwischen die Zähne! Auf die antike Art! Um ihn von seinem Akzent zu kurieren!«, brüllte die Menge.

Lally zückte seine Pistolen. Chaponay, der ihn eskortierte, zog seinen Degen. Qoëlet hatte seinen Stock in der Hand. An seinem Gürtel einen Streithammer. Die Engländer brachten ihre Gewehre in Anschlag, um der Flucht des Generals zum Hafen Feuerschutz zu bieten. Die Meute schrie, brüllte, umringte die, die auf den Stufen zum Haus des Generals zurückgeblieben waren: Lavaur, Qoëlet, Gadeville, Dubois.

Der Letztere geriet, vom Alter und den Entbehrungen einer Belagerung, die einhundertsiebenundzwanzig Tage gedauert hatte, mit den Kräften am Ende, ins Straucheln. Deferre, eine stadtbekannte Kanaille, war zur Stelle, verpasste ihm einen Degenstoß in die Brust. Der Greis brach zusammen, tödlich getroffen. Qoëlet wollte den Mörder ergreifen, doch sofort baute sich die Menge bedrohlich vor ihm auf. Der Bretone musste den Rückzug antreten, um sein eigenes Leben zu retten.

Sich selbst überlassen, rissen die Aufrührer die Leiche an sich, begingen an ihr mit schamlosem Freudengeschrei alle Schändlichkeiten, die man sich denken kann. Als Intendant der Armee hatte Dubois Kenntnis von nicht wenigen Veruntreuungen, Hamsterungen von Lebensmitteln sowie von Sabotagen, die er in seinen Papieren schriftlich festgehalten hatte. Diese Dokumente tauchten in jenem Hindustan, das so unendlich viele Reichtümer verschlang, nie wieder auf.

Der General wurde von denen, die ihn militärisch besiegt hatten, einige Tage später nach England eingeschifft. Die Kolonie lag in Trümmern. Die Hälfte der Überlebenden hatte sich entschieden, nach Frankreich zurückzukehren. Qoëlet, der nie mit einem anderen Ziel als diesem seinen Fuß in die Stadt Pondichéry gesetzt hatte, befand sich natürlich unter ihnen. Denn nun tauchte endlich ein von der Insel Bourbon entsandtes Schiff der Compagnie am Horizont auf. Die Flüchtlinge schwangen sich unter den gleichgültigen Blicken der englischen Soldaten an Bord der Schaluppen. Elefanten brüllten in der Ferne. Pechschwarze Raben kreisten über den Bäumen. Qoëlet schleppte seinen ausgemergelten Körper der Einschiffung entgegen. Jean-Baptiste brach mit ihm auf.

Das Holz seines Beins karessierte das der Brücke. Sein Blick schweifte zum Ufer, während die Familie Moracin mit großem Aufsehen hinter ihm folgte. Natürlich erkannte er den Mann wieder, aber auch seine Frau, und entdeckte nun ihre Kinder. Moracin fixierte ihn drohend.

»Eure Verräterei verzeih ich Euch nie!«, zischte er ihm in seiner Verbitterung über den Aufbruch ins Gesicht.

Qoëlet zuckte melancholisch die Schultern, während die Mitglieder des Conseil supérieur de Pondichéry, eines hasserfüllter als das andere, vor ihm vorüberdefilierten. Die Ankerkette rasselte polternd, während sie eingeholt wurde. Die Marsgäste jagten die Wanten hinauf zu den Rahen. Die Klotenracks quietschten.

»Besan hissen! Hiss aaaauuuf!«

Das Wasser funkelte. Der Horizont war düster, ohne erkennbare Kimm. Den Reisenden beunruhigte dies kaum. Qoëlets Blick reichte unter dem wohlwollenden Auge der Götter nun weiter.

Die Erkenntnis

EINS

Auf den Quais der bretonischen Hafenfestung Port-Louis waren zahlreiche Menschen zusammengeströmt, ausgestreckte Arme zeigten nach einem Schiff, das eine verdächtige Quarantäneflagge führte. Ein Offizier erschien. Musterte streng die Menge, räusperte sich lange und erklärte mit gebieterischem Ton, über das Schiff sei ein einmonatiges Landeverbot verhängt, »im Namen des Königs«. Dann schlug er die Order öffentlich an und erstattete Meldung – vor Bussy. Die Menge protestierte. Einige schrien. Manche munkelten, die Männer und Frauen an Bord hätten die Pocken.

Das war Ende August. Am helllichten Nachmittag. Viel Sonne. Die Körper schwitzten. Die Unruhe wuchs. Plötzlich erhob sich Geschrei auf dem Quai. Gerade hatte ein Boot das Schiff verlassen. An Bord bereitete sich Duval de Leyrit, der ehemalige Gouverneur der Compagnie über die Küsten von Malabar, Koromandel und Orissa, darauf vor, seinen Vorgesetzten zu melden, dass alle französischen Einrichtungen verloren waren. Bussy, der ihn von der Zitadelle von Port-Louis mit dem Fernrohr beobachtete, grinste, als er ihn grün vor Angst werden sah. Der Mann war keine Entschädigung für die Nachricht, die er brachte.

»Pondichéry ist gefallen!«

Sofort ging der Satz von Mund zu Mund, stürzte sich in die Gassen, belagerte die Wirtsstuben und Schenken von Lorient und Port-Louis. Durchzog die Läden, die Geschäfte. Hallte unheilvoll wie eine Totenglocke in den Büros der Schiffsausrüster wider. Besudelte die Seiden ihrer kostbaren Stoffe. Befiel bereits ihre schönen Häuser. War auf dem Weg nach Paris. Ein Wind der Panik. Bald bildete sich ein Aufruhr vor den Büros der Compagnie des Indes; am Abend jenes Tags registrierte man fünfundzwanzig Verletzte.

»Da hätten wir bereits einen, der die Botschaft, die er bringt, nicht überleben wird«, meinte Qoëlet zu Jean-Baptiste, mit dem Kinn nach dem Boot deutend, in das gerade der einstige Gouverneur von Pondichéry gestiegen war.

»Und du? Glaubst du, du wirst die überleben, die du zu erlösen gedenkst?«, fragte der Jesuitenpater mit bebender Stimme. »Menschen mit einer Viehkrankheit infizieren … Du willst uns Ideen aufzwingen, die wider die Gesetze des Himmels sind! Niemand wird dir das verzeihen. Und ich werde der Erste sein, der sich dem Verbrechen, das du planst, widersetzt.«

»Du urteilst, ohne zu wissen, wie immer. Wenn du doch nur …«

»Nein, ich will nicht! Schon damals im Kolleg hast du dir angemaßt, im Besitz von Wahrheiten aus philosophischen Büchern zu sein! Ich kenne deine Vorliebe für Kabalen und das, was die öffentliche Ordnung stört. Sieh doch, wie die Mitglieder des Hohen Rats von Pondichéry dich hassen wegen deiner sträflichen Sympathie für Lally!«

»Was ich in Pondichéry getan habe, ist dir bestens bekannt. Mein einziges Vergehen in deinen Augen ist, dass ich nicht versucht habe zu schaden. Was den Hass des Hohen Rates betrifft, mir scheint, den müsste ich mir eher als Ehre anrechnen, wenn man weiß, aus welchen Herrschaften er bestand …«

Jean-Baptiste schlug einen Moment verlegen die Augen nieder, dann entgegnete er:

»Den öffentlichen Frieden zu stören, ist niemals ehrenhaft!«

»Die Wahrheit ist immer ehrenhaft«, entgegnete Qoëlet ruhig.

»Was du Wahrheit nennst, ist Lüge. Halte dich da raus, sonst bist du verloren.«

»Besser eine Wahrheit, die stört, als ein sträfliches Schweigen, um dem Aberglauben nach dem Maul zu reden. Lies wieder einmal die Evangelien ...«

»Schweig! Du begehst Gotteslästerung aus Neigung wie aus Gewohnheit. Einst hast du wie ein Flüchtiger das Kollegium verlassen zugunsten einer angeblichen Suche nach dem Glück, die nichts Besseres war als der Weg eines Lüstlings. Als du mir wieder unter die Augen kamst, warst du erfüllt von kriminellen Ideen und Hass auf all jene, die nicht auf deiner Seite sind ... Wir werden dir aber nicht tatenlos zusehn!«

»Du machst mir keine Angst, Jean-Baptiste.«

»Nicht mich musst du fürchten, sondern das Auge Gottes und das Urteil der Menschen.«

Auf jene letzten Worte zuckte Qoëlet nur mit den Schultern. Jean-Baptiste war in Lorient, wie er in Pondichéry gewesen war: in seine Gewissheiten verschlossen.

Im Laufe der sechs Monate, welche die Seefahrt von Pondichéry nach Lorient gewährt hatte, war es immer wieder zu solchen Wortwechseln zwischen ihnen gekommen. Hundert Gelegenheiten, zu begreifen, dass der Kampf, der den Reisenden erwartete, noch erbitterter sein würde als der, in welchem er während der Belagerung die Räte von Pondichéry zum Gegner gehabt hatte.

Qoëlet ahnte, dass er es bald nur noch mit Leuten wie Jean-Baptiste und Moracin zu tun haben würde. Der Fall von Pondichéry, in den er gegen seinen Willen hineingerissen worden war, machte seine Rückkehr noch schwieriger. Die Feinde des Generals Lally waren die seinen geworden. Um sich dessen gewiss zu sein, genügte es, einen Blick zu erhaschen, den ein Moracin oder Landivisiau ihm heimlich zuwarf. Diese Leute trachteten danach, jene, die dem General gegenüber loyal geblieben waren, mit allen Mitteln zu vernichten. Qoëlet stieß einen Seufzer aus, während Jean-Baptiste sich mit gebeugtem Rücken und unsicherem Schritt entfernte.

An Bord des Schiffs, das bereits seit zehn Tagen friedlich auf der Reede von Port-Louis vor sich hin dümpelte, warteten die dem Desaster Entronnenen eng zusammengepfercht darauf, dass man die Güte hätte, sie aus ihrem Ungemach zu befreien. In den Gängen des Schiffs roch man den scharfen Gestank der gekrümmt gedrängten Leiber. Ein Gemisch aus Scham und Ekel, vermischt mit der Ungeduld, endlich dieser ungesunden Tuchfühlung zu entrinnen, von der niemand verstand, weshalb sie noch weiter währte: Schließlich hatte ein an Bord gekommener Arzt festgestellt, dass nicht die geringste Seuche – weder unter den Passagieren, noch unter der Mannschaft – grassierte.

In der Offiziersmesse verbarg Jean-Baptiste ein müdes Lächeln in seinem Bartgewirr – während die Mitglieder des Hohen Rates von Pondichéry, geführt von einem Moracin, der wieder mehr denn je bei Kräften war, von einem Hafenoffizier das Recht einforderten, an Land zu gehen, das dieser ihnen verweigerte. Zu Moracins Geschrei kam noch das seiner Kinder hinzu, die in einer benachbarten Kabine in den Rockschößen ihrer Mutter herumtollten. »Ruhe, ihr Bälger!«

Auch Qoëlet war zugegen, stand schweigend mit seinem geschnitzten Gehstock an seiner Seite an die Wandtäfelung gelehnt in einem Winkel des Raumes.

Seit seiner Rückkehr nach Frankreich ein Jahr zuvor warnte Bussy unablässig all jene vor Lally, die in Indien Interessen besaßen, denn er war überzeugt, dass der General einer Katastrophe entgegenging. Daher betrachtete der Eroberer der Sarkars an jenem Septembernachmittag das Schiff, das die Flagge der Compagnie führte, als den Beweis dafür, dass seine Warnungen berechtigt gewesen waren.

Der Befehl, den er kurz zuvor dem Hafenoffizier gegeben hatte, erlaubte es den Passagieren nach zehn Tage langem Warten, an Land zu gehen. Er hatte ihn vom Staatssekretär der Marine und des Krieges, dem Herzog von Choiseul, erhalten. Nun glitt eine ganze Flottille von Booten und Barkassen auf das Handelsschiff zu. Bald erreichte die erste, von Passagieren schwer, den Quai. Moracin und seine ganze Familie befanden sich darunter. Als er Bussy erblickte, grüßte er ihn mit knirschenden Zähnen, bevor er seine Familie durch die in Scharen herbeigeströmte Menge zog. Man würde sich noch wiedersehen.

Jetzt stiegen einer nach dem andern die Ratsmitglieder an Land. Bussy salutierte jedem, schüttelte, schön und ruhig inmitten der Unordnung, jedem die Hand. Dutzende von Kolonisten schlurften schweigend die Steintreppe zum Quai herauf. Schuldig der Schmach, besiegt worden zu sein, und dies in ihren eigenen Augen. Und sie waren alles, was von einer Stadt von hunderttausend Einwohnern noch übrig geblieben war.

Einige aus der Menge der Schaulustigen streckten ihnen Brot- oder Speckstücke entgegen, die die Ärmsten begierig ergriffen. Andere betäubten sie mit Fragen, die niemand beantwortete, so tief war ihre Niedergeschlagenheit. Bussy sah wortlos zu, wie sie vorüberzogen. Alle erkannten in diesem stolzen Edelmann den Bezwinger von Ambur, dessen Sieg bei einer Unterzahl von eins zu hundert sie einst besungen hatten. Kindergeschrei. Schluchzen von Müttern. Alles an diesen Menschen, zurückgekehrt von nirgendwo, verriet eine tiefe Verwirrung: die Unordnung der Röcke, der Schmutz der Blusen, die verdreckten Busentücher. Die Verbitterung, mehr noch als die Flöhe und Fieberanfälle – ganz zu schweigen vom Gestank dieser Masse von Exilierten –, die Verbitterung war das Gift, das sich, von ihnen ausgehend, still und heimlich in der Menge verbreitete, die gekommen war, sie zu begrüßen. Wer war schuld an solchem Unglück?

Plötzlich pflanzte sich ein Mann vor Bussy auf. Dieser zögerte einen Moment vor jenem Gesicht mit den scharf geschnittenen Zügen, bevor er ausrief:

»Qoëlet!«

Er umarmte den Reisenden und rief noch einmal:

»Qoëlet! Du warst da drüben, und ich wusste es nicht! Ah! Du wirst's nicht glauben, aber ich freue mich, dich wiederzusehn.«

Bussy zog den Reisenden von der Menge fort, die, darauf brennend, mitzuerleben, wie sich eine solche Persönlichkeit solchen Demonstrationen von Zuneigung hingab, nur noch ergriffener wurde. Die beiden Männer machten an einer Bäckerei Halt, die den Duft des letzten Ofenschubs verströmte. Die Moracins verschwanden in derselben Gasse. Qoëlet betrachtete noch eine Weile diese lärmende Familie: den Vater, einen brutalen, raffgierigen und bösartigen Rohling. Die Mutter, jene beklagenswerte Amélie, deren Haut in der Sonne Hindustans ganz zerknittert worden war. Ihre Kinder, eine plärrende, schlecht erzogene Bande.

»Qoëlet!«, rief Bussy ein weiteres Mal voller Ergriffenheit. »Du musst mir erzählen ... Du warst in Pondichéry? Mit all diesem Gesindel? In diesem Morast?«

»Dort und anderswo«, antwortete der Mann mit dem Stock mit dem Löwenkopf.

»Erzähl mir das alles!«, befahl Bussy.

Qoëlet begann, von einem jähen Feuer belebt, zu erzählen.

»Die Pocken der Kuh als Heilmittel gegen die der Menschen?«, staunte der Soldat, als sein Freund seine Rede beendet hatte. »Das Klima von Hindustan ist dir wohl aufs Gemüt geschlagen. Du bist reif fürs Asyl!«

»Das ist nichts weiter als die Natur, wie sie sich den Menschen schenkt.«

»Oh, du hast dich nicht verändert. Immer noch diese Träume in deinem Kopf. Die große, hochheilige Natur... Die große, hochheilige Liebe... Dein Krückstock, dein Holzbein... Und was gedenkst du nun zu tun, mein guter Junge?«, fragte Bussy, während er nachlässig mit dem riesigen Smaragd spielte, den er am Finger trug.

»Darüber sprechen. Was glaubst du denn?«

»Ich prophezei' dir vollen Erfolg mit dieser Geschichte... bei den Irren von Charenton«, meinte Bussy ausgelassen.

»Du begreifst nichts von dem, was ich dir erzählt habe«, entgegnete Qoëlet. »Es handelt sich um ein Verfahren, das....«

»Das genügt! Vergiss deine Phantastereien, sag' ich dir. Furchtbares braut sich zusammen... Bald wird's einen Prozess geben, und es werden Köpfe rollen, kannst mir glauben. Du kehrst von Pondichéry zurück mitsamt einer ganzen Kolonie von Franzosen, die vom Ende der Welt vertrieben wurden. Gewaltige Vermögen stehen auf dem Spiel, ganze Familien, und du erzählst mir von Wundermitteln alter Weiber und Fakire... Ich bitte dich: Find endlich zurück auf den Boden!«

Bussy musterte den Mann mit dem Gehstock. Dann fragte er unvermittelt:

»Was sind deine Pläne?«

»Paris«, antwortete Qoëlet, während er seinen Blick zum Ozean wandte.

»Hast du vielleicht Geld? Beziehungen? Einen Ort, wo du unterkommst, armer Irrer?«

»Also gut … dann nehme ich vielleicht für einige Zeit die Gastfreundschaft in Anspruch, die du dich gerade anschickst, mir anzubieten …«

»Kluge Entscheidung!«, rief Bussy mit einem breiten Grinsen.

ZWEI

Zwei Jahre davor war Bussy während des unwahrscheinlichen Desasters von Vandavachy zweihundert Wegstunden von Pondichéry entfernt von den Engländern gefangen genommen worden. Nachdem er unter den nachsichtigen Blicken seiner Bezwinger seine Schulden beglichen hatte, war er an Bord eines britischen Schiffs gebracht worden, das das Pech hatte, den Franzosen von der Insel Bourbon in die Hände zu fallen. Weshalb er im darauffolgenden Herbst – die Belagerung von Pondichéry hatte gerade begonnen – in Paris herumstolzierte, wo niemand mehr auf seine Gegenwart verzichten konnte.

Als Witwer einer Chonchon, die er kaum gekannt hatte (sie war, kaum in Paris angekommen, gestorben), hatte er nun eine Choiseul, die Cousine des allmächtigen Staatssekretärs des Äußeren, geheiratet und sein Vermögen zur Schau gestellt – das man auf dreißig Millionen Livres schätzte. Der schöne Bussy war in Mode. Man begehrte ihn überall und zuallererst bei Hofe. So erblickte man ihn jeden Mittwoch am Spieltisch des Königs, wo er dank eines Spielsystems, das er einst einem der geschicktesten Ganoven von Konstantinopel abgerungen hatte, viel gewann. Freitags befand er sich auf dem Ball der Königin. Sonntags sah man ihn noch frommer als das königliche Weihwasserbecken. Auch hatte der König erklärt, er schätze ihn sehr, und ihn zum Marquis gemacht.

Die Salons rissen sich um ihn. Madame du Deffand, die schon als junges Mädchen durch Witz und Dreistigkeit ein ganzes Kloster ratlos gemacht und dann am Hofe des Herzogs von Orleans ein munteres Liebesleben geführt hatte, öffnete, inzwischen erblindet, Bussy die Pforten ihres Salons in der Rue de Beaune. Madame de Tencin verschloss ihm nicht die ihren. Auch dort bezauberte der Blondschopf. Man fand ihn anmutig und gewandt, labte sich an seiner Schlagfertigkeit und fand, dass er bescheidener sei als man vermutet hatte. Charles-Jean-François Hénault – Richter, Präsident des königlichen Gerichtshofs und Aristokrat, der zwölf Kutschen in seinem Domizil in der Rue Saint-Honoré und die beste Küche der Stadt hatte – erklärte, Bussy habe Esprit, Duclos, er verstehe sich auf Reime, Marivaux, er habe Humor. Von da an war sein Ruf eines ehrenwerten Mannes gesichert.

Charles Joseph de Bussy hatte sich ein luxuriöses Palais in der Nähe von dem des Grafen von Lauragais erworben, wo er alle Arten von Bittstellern empfing. Im Vorzimmer seines Salons liefen Marquisen und Habenichtse einander über den Weg, und er bemühte sich um Letztere oft mehr als um die Ersteren. Überzeugt, dass die Liebe des Volks einen Eckpfeiler allen wahren Erfolgs bildet, unterstützte er in der Umgebung seines Hauses eine ganze Schar von Bettlern und Krüppeln, die sich wiederum der Aufgabe widmeten, die Größe seiner Freigebigkeit in der Hauptstadt bekannt werden zu lassen. Einige wohlüberlegt gespendete Summen hatten ihn ferner in den Augen des jansenistischen Pfarrers der Gemeinde zu einem heiligen Mann gemacht. Die Straßen von Paris ergingen sich unerschöpflich in Elogen über die Güte von Monsieur le Marquis de Bussy-Castelnau. Wenn er abends zu einem Souper oder Schauspiel in die Oper ausging, lief ein Stück des Weges eine Meute kleiner Jungen hinter seinem Wagen her und schrie:

»Das ist der schöne Bussy!«

Die Gassenjungen, die am Morgen ein Geldstück empfangen hatten, jubelten ihm zu, ohne etwas von ihm zu verlangen. Die Hausmegären wie die Familienväter sagten sich gerührt, dass die Kinder ihn aus ganz natürlichen Gründen liebten. So hatte man ihn mehr als einmal um die Gunst gebeten, der Pate eines kleinen Charles oder einer kleinen Joséphine zu werden. Nie hatte er nein gesagt. Viele Geschäftsleute fühlten sich viel zu geschmeichelt von seinem Besuch, als dass sie zugelassen hätten, dass er irgendetwas bezahlte.

Für die bedeutendsten Ausgaben hatte man ihn Smaragde, so groß wie Aprikosen, hervorholen sehen. Die Steine stammten aus der Krone des letzten Großmoguls Bahadur Shah. Bankiers schlugen sich darum, ihm zu einem lächerlichen Zins Geld zu leihen, und wohlhabende Bürger taten dies überhaupt ohne Zins. Dieses Leben gefiel ihn. Es glich dem, das er sich immer vorgestellt hatte.

»Ich folge meiner Bestimmung!«, erklärte er Qoëlet, recht zufrieden mit sich, in dem Wagen, der sie durch die ausgehungerten Provinzen führte.

Lassen wir nun die unterschiedlichen Gefühle beiseite, die sich in dem Reisenden regten, je mehr er sich Paris näherte. In dieser Stadt hatte er zu viele Erinnerungen, um nicht gerührt und aufgewühlt zu sein, als er die Kathedrale auf der Ile de la Cité emporragen sah. Aber er hatte auch genügend viele wohlbegründete Gewissheiten, um entschlossen voranzustreben.

Kaum bei Bussy einquartiert, machte sich Qoëlet auf den Weg, um nachzuforschen, ob die Kühe des französischen Königreichs denen von Gondwâna glichen. Er machte mehrere Ausflüge aufs Land, beispielsweise nach Passy und Auteuil, doch alle waren erfolglos. Eines Novembermorgens begegnete er schließlich einer etwa vierzigjährigen Bäuerin, die ihm jene Auskunft erteilte, auf die er gewartet hatte.

»Nichts ist wahrer als das, bester Monsieur! Und ich weiß, worum's da geht! Zwei Brüder und vier Neffen hab ich wegen der Blattern verlorn. Aber ich selbst bin immer drüber weggekommen … Ein Geschenk des Himmels!«

»Was macht Ihr?«

»Wie ? Was?«

»Was ist Euer Metier?«

»Also ein Metier nennt man das nicht …« Sie zeigte auf den Hof des Gehöfts, den Qoëlet betreten hatte. »Ich mein', ich kümmer' mich ums Geflügel, um die Kühe und ums Haus …«

»Um die Kühe?«

»Diese Viecher gehn schließlich noch nicht allein auf die Wiese, und die Milch fällt nicht von allein in den Eimer!«

Qoëlet ergriff die Hände der Bäuerin. Diese waren übersät mit kleinen Narben und wiesen auf der Höhe der Handgelenke ein Dutzend noch frischer Pickel auf.

»Und das, was ist das?«, fragte er, auf die Pickel deutend.

»Och, das! Das is' eine Sauerei, die werd' ich nicht los. Seit ich ganz klein war, kommt das ständig wieder. Schuld dran sind die Kühe: sind denen ihre Blattern – die *picote*. Wo wir jetzt schon das dritte Jahr diese große Hitze haben, hab ich mehr davon denn je.«

»*Picote*? Kuhpocken also?«

»Ganz recht, so heißt man bei uns draußen die Pocken der Kuh. Ich hab sie bekommen, als ich noch ein ganz kleines Mädel war. Seht«, erklärte sie weiter, während sie ihn mit auf die Weide zog, »seht Ihr da an den Zitzen diese Pickel? Ich komme nicht drum herum, sie zu berühren. Also bekomm ich sie natürlich auch ...«

Qoëlet betrachtete aufmerksam die Zitzen des Tiers, dann die Hände der Bäuerin. Ohne Mühe erkannte er genau jene Pickel wieder, denen auch der Brahmane Baul die Substanz entnommen hatte, die er in die mit seinem Stilett geritzten Wunden übertrug.

»Erlaubt Ihr mir, dass ich Euch etwas von diesen Pickeln entnehme?«, fragte Qoëlet die Bäuerin.

»Großer Gott! Was habt Ihr vor mit dem Nassen da drin? Meiner Seel', seid Ihr ein Doktor?«

»Ja«, log der Mann mit dem Stock mit dem Löwenkopf und zog ein kleines Messer aus seiner Tasche.

»Herr im Himmel«, schrie die Frau, von der Klinge erschreckt, auf.

»Habt keine Angst, Ihr werdet fast nichts spüren«, beruhigte sie Qoëlet, während er den frischen Pickeln den Eiter entnahm, der sie aufblähte. »Da ... tut das weh?«

»Das juckt wie der Leibhaftige – *ça picote*, wie wir drum sagen. Doch wen wundert's, nicht wahr?«, kicherte die Bäuerin.

Qoëlet verschloss seine Ausbeute in einer Walnussschale, dann bedankte er sich bei der Frau für diese freundliche Unterstützung seiner Forschungen.

Wieder zurück bei Bussy, verbrachte er den Abend in seinem Zimmer damit, die Nussschalenhälfte zu betrachten. Die natürliche Magie, die er bei dem Brahmanen beobachtet hatte – das Geheimnis der Göttin Mata –, befand sich in dieser zähflüssigen, grünlich schimmernden Substanz. Blieb nur noch die Öffentlichkeit zu überzeugen, dass dies ein unfehlbares Mittel war, um sich gegen die Pocken zu schützen.

In der Königlichen Akademie der Medizin, in die er sich bereits am nächsten Morgen mit seiner Nussschale in der Hand begab, brachen die beiden Professoren, die ihn empfingen, bei seinen Worten in schallendes Gelächter aus. Man bat ihn, die Kunst des Heilens gefälligst jenen zu überlassen, die etwas davon verstanden, und sein Wundermittel im Kreise der Quacksalber auf dem Pont-Neuf anzupreisen.

»Dort könnt Ihr den Kastrierern und Verkäufern von Seinewasser Konkurrenz machen!«, rief der eine, bevor sie ihm den Rücken kehrten.

Enttäuscht ging er in die Bibliothek der Fakultät und begann medizinische Werke und Zeitschriften durchzublättern. Er brauchte nur wenig Zeit, um zu entdecken, dass die Debatte über die Inokulation praktisch an der Stelle stehen geblieben war, wo er sie vor fünfzehn Jahren vor dem Hôtel de Lauragais verlassen hatte.

Er erinnerte sich wieder an Timonis Worte über bestimmte Schriften von Voltaire, und so gelang es ihm immerhin, eine Ausgabe der *Lettres philosophiques* ausfindig zu machen, ein Werk, das zwar verboten, aber leicht in Paris zu finden war, gab es doch zwischen den Holzstapeln an der Seine etliche geheime Werkstätten mit tragbaren Druckerpressen. Im elften von Voltaires philosophischen Briefen las Qoëlet:

Bei den Frauen Tscherkessiens ist es seit Menschengedenken Usus, ihren Kindern sogar schon im Alter von sechs Monaten die Pocken zu übertragen, indem sie eine Inzision in deren Arm vornehmen und in diesen Einschnitt eine Pustel stecken, die sie vorsichtig vom Körper eines anderen Kindes abgelöst haben. Diese Pustel zeitigt in dem Arm, in den sie eingefügt wird, die Wirkung der Hefe in einem Stück Teig; sie fermentiert oder gärt darin und verbreitet die Eigen-

schaften, von denen sie geprägt ist, in der gesamten Masse des Blutes. Die Pickel des Kindes, dem man diese künstlichen Pocken eingegeben hat, dienen dem Zweck, die nämliche Krankheit auf andere zu übertragen. [...]

Was diesen Brauch, welcher anderen Völkern so befremdlich erscheint, in Tscherkessien eingeführt hat, ist jedoch etwas, was allen Völkern der Erde gemein ist: Es ist mütterliche Zärtlichkeit und eigenes Interesse. Es geschah nämlich, dass sich ein Vater und eine Mutter, nachdem sie sich große Mühe gegeben hatten, um ihren Kindern eine gute Erziehung zu geben, mit einem Mal um ihre Hoffnung betrogen sahen. Die Pocken suchten die Familie heim, eine Tochter starb daran, eine andre verlor ein Auge, eine dritte genas mit einer aufgequollenen Nase; und die armen Leute waren unrettbar ruiniert. [...]

Die Tscherkessen entdeckten, dass sich unter tausend Personen kaum eine einzige befand, welche zweimal in voller Form von den Pocken getroffen wurde; dass man in Wahrheit zuweilen drei oder vier Mal leichte Pocken bekommt, aber nie zwei Mal solche, die entschieden ausgeprägt und gefährlich sind; dass man, in einem Wort, diese Krankheit nie wahrhaftig zwei Mal in seinem Leben bekommt. Ferner stellten sie fest, dass die Pocken, wenn sie sehr gutartig sind und ihr Ausbrechen nur eine zarte und dünne Haut zu durchdringen findet, keinerlei Abdruck im Gesicht hinterlassen. Aus diesen natürlichen Beobachtungen zogen sie den Schluss, dass ein Kind, wenn es mit sechs Monaten oder einem Jahr eine gutartige Form von Pocken bekäme, daran nicht sterben, davon nicht gezeichnet und für den Rest seiner Tage von dieser Krankheit erlöst sein würde. Folglich genügte es, um das Leben und die Schönheit ihrer Kinder zu bewahren, ihnen frühzeitig die Pocken zu übertragen: und dies tat man, indem man in den Körper eines Kindes einen Pickel einpfropfte, welchen man den am vollständigsten ausgeprägten und zur gleichen

Zeit günstigsten Pocken entnahm, die man finden konnte. Das Experiment musste unweigerlich gelingen. Die Türken, welche Menschen von Verstand sind, machten sich diesen Brauch bald darauf zu eigen, und es gibt heute keinen Pascha in Konstantinopel, der seinen Sohn oder seine Tochter nicht um die Zeit, in der man sie von der Mutterbrust entwöhnt, mit den Pocken infiziert.

Manche Leute behaupten, die Tscherkessen hätten diesen Brauch einst von den Arabern übernommen; aber diesen Punkt der Geschichte lassen wir getrost irgendeinen Benediktiner erhellen, der es nicht versäumen wird, darüber mehrere in-folio-Bände mit den Beweisen zu verfassen. Alles, was ich zu diesem Thema zu sagen habe, ist, dass zu Beginn der Herrschaft Georgs I. Mme. de Wortley-Montague, eine jener Frauen Englands, welche den meisten Geist und in ihrem Geist die meiste Schärfe besitzen, als sie mit ihrem Gemahl auf Gesandtschaft in Konstantinopel weilte, sich ohne Skrupel unterstand, einem Kind, das sie in jenem Land zur Welt gebracht hatte, die Pocken zu verabreichen. So sehr ihr Geistlicher ihr auch versicherte, dass dieses Experiment nicht christlich sei und nur bei Ungläubigen gelingen könne, fühlte sich der Sohn von Mme. de Wortley darauf dennoch bestens. Wieder zurück in London, berichtete jene Dame der Prinzessin von Wales, die heute Königin ist, von ihrer Erfahrung. […]

Sobald sie von der Inokulation oder Insertion der Pocken erfahren hatte, ließ sie sie an vier zum Tode verurteilten Verbrechern erproben, denen sie dadurch auf zweifache Weise das Leben rettete: Sie entriss sie nicht nur dem Galgen, sondern sie beugte dank dieser künstlichen Pocken den natürlichen vor, die sie vermutlich bekommen hätten und an denen sie vielleicht in einem fortgeschritteneren Alter gestorben wären. Von der Nützlichkeit dieser Prüfung überzeugt, ließ die Prinzessin auch ihre eigenen Kinder inokulieren: England folgte ihrem Beispiel, und seit jener Zeit verdanken wenigs-

tens zehntausend Familienkinder somit der Königin und Mme. de Wortley-Montague das Leben und ebenso viele Mädchen den Erhalt ihrer Schönheit.

Auf der ganzen Welt haben von hundert Personen wenigstens sechzig die Pocken; von diesen sechzig sterben zehn in den günstigsten Jahren und zehn bleiben davon für immer durch hässliche Rückstände gezeichnet. Somit wird ein Fünftel der Menschheit durch diese Krankheit mit Sicherheit getötet oder entstellt. Von all jenen, die in der Türkei oder in England inokuliert werden, stirbt kein Einziger, wenn er nicht gebrechlich und ohnehin zum Sterben verurteilt ist; kein Einziger bekommt die Pocken ein zweites Mal, vorausgesetzt, die Inokulation ist perfekt ausgeführt worden. Somit ist gewiss, dass eine französische Gesandte, wenn sie dieses Geheimnis nach Paris mitgebracht hätte, der Nation einen ewigen Dienst erwiesen hätte; der Herzog von Villequier, Vater des gegenwärtigen Herzogs von Aumont, der Mann, welcher von ganz Frankreich die beste Konstitution und Gesundheit besessen hatte, wäre nicht in der Blüte seiner Jahre gestorben; der Fürst von Soubise, der sich der glänzendsten Gesundheit erfreute, wäre nicht im Alter von fünfundzwanzig Jahren dahingerafft worden; Monseigneur, der Großvater Ludwigs XV., wäre nicht mit fünfzig Jahren zu Grabe getragen worden; zwanzigtausend Personen, die im Jahre 1723 in Paris an den Pocken gestorben sind, wären noch am Leben. Sollten die Franzosen etwa das Leben nicht lieben? Sollten ihre Frauen etwa nicht um ihre Schönheit besorgt sein? Wir sind wahrhaftig ein seltsames Volk! Vielleicht wird man in zehn Jahren diese englische Methode übernehmen, sofern es die Pfarrer und Ärzte gestatten; oder die Franzosen werden sich in drei Monaten der Inokulation aus reiner Laune bedienen, wenn die Engländer aus Unbeständigkeit ihrer überdrüssig werden.

Man berichtet mir, dass die Chinesen diesen Brauch seit hundert Jahren pflegen; das Beispiel einer Nation, welche als die weiseste und zivilisierteste des Universums gilt, ist ein deutliches Zeichen. Freilich verfahren die Chinesen dabei auf eine andere Weise: Sie nehmen keinen Einschnitt vor, sondern sie lassen die Pocken wie Schnupftabak durch die Nase einnehmen: Diese Art ist angenehmer, aber sie läuft aufs Nämliche hinaus und dient gleichfalls zur Bestätigung, dass wir, wenn wir die Inokulation in Frankreich praktiziert hätten, Tausenden von Menschen das Leben gerettet hätten …

Qoëlet fühlte sein Herz bis zum Zerspringen schlagen. Diese Zeilen waren fünfundzwanzig Jahre alt! Vor fünfundzwanzig Jahren hatte Voltaire den Franzosen ein Mittel an die Hand gegeben, um die Variola zu bekämpfen, aber niemand war darauf eingegangen!

Qoëlet traf den Verfasser dieser Kommentare voller Ironie jedoch nicht persönlich. Von Gnade in Ungnade gefallen, hatte sich Voltaire auf dem Lande im Kanton Gex niedergelassen, wo sein Geist, da es ihm nicht gelungen war, die Franzosen zum Verzicht auf allen Aberglauben zu überreden, sich damit entspannte, Perspektiven zu entwerfen, in denen kein Kirchturm den Blick versperrte.

Während der Bretone sich in die Schriften der Akademie der Wissenschaften vertiefte, wurde ihm jedoch klar, dass es in Paris einen Mann gab, bei dem sein Projekt unbedingt auf Interesse stoßen musste. Er schrieb ihm daher sogleich mit der Bitte, er möge die Güte haben, ihm zu gestatten, sich mit ihm über die Entdeckungen unterhalten zu dürfen, die er über die Variola gemacht habe, sowie über ein unfehlbares Mittel, sich gegen ihre Angriffe zu schützen.

DREI

Qoëlet betrat das Café Procope, das älteste von Paris, wie er erfuhr, von einem Sizilianer eröffnet, und setzte sich inmitten einer Schar von Edelleuten, Bürgern und Komödianten der nur einen Steinwurf entfernten Comédie française an einen kleinen Tisch. Charles Marie de La Condamine hatte das Treffen mit ihm an diesem Ort vereinbart, den er zu frequentieren beliebte, ebenso wie vor ihm Rousseau oder Diderot. Die Gäste trugen Seidenstrümpfe und gepuderte Perücken, seltener das Haar im Nacken gebunden. Man ahnte, dass es ein Ort *à la mode* war, den man aufsuchte, um gute Gesellschaft zu sehen oder mit ihr gesehen zu werden. Die Unterhaltungen waren lebhaft, die Blicke voller Spottlust, die Gesten elegant, die Kleider erlesen. Der Mann mit dem Stock mit dem Löwenkopf bestellte eine Flasche Jurançon und begann die letzte Nummer des *Mercure de France* zu lesen, in der wieder einmal ein Arzt die Methode der Inokulation der Menschenpocken attackierte.

Rings um ihn lasen andere Männer Bücher und Zeitschriften, die das Haus der Klientel zur Verfügung stellte. Manche taten dies mit lauter Stimme, schmückten ihre Lektüre mit Kommentaren, die zuweilen von solchen ihrer Nachbarn, sei es freundlicher oder spöttischer Art, unterbrochen wurden.

Qoëlet war voll und ganz in seine Zeitschrift vertieft, als er hörte, wie ein Bürger, der an einem Nachbartisch saß, den Namen des Mannes aussprach, den er erwartete. Qoëlet spitzte die Ohren.

»Wie, Ihr kennt ihn nicht?«, verwunderte sich der Mann. »Er wurde Anfang des Jahres von Graf von Buffon in die Académie française aufgenommen!«

»Wirklich? Und für welche Verdienste?«, fragte sein Gegenüber, ein Stutzer mit gepuderter Perücke, dessen Gesicht mehrere modische *mouches* verzierten.

»Ich könnte Euch antworten, dass Monsieur de La Condamine alle Verdienste besitzt! Er hat sich in seiner Jugend im Felde ausgezeichnet, doch die Kasernen waren nicht nach seinem Geschmack. Stattdessen kam er auf den des Reisens und hat Algier, Alexandria, Konstantinopel besucht. Er ist davon mit einer solchen Leidenschaft für Forschungen und Berechnungen zurückgekehrt, dass er in die Königliche Akademie der Wissenschaften aufgenommen wurde, ohne auch nur sein dreißigstes Lebensjahr erreicht zu haben!«

»Ganz hübsch, in der Tat ...«

»Es kommt noch besser! Im Jahr 1733 haben seine Majestät, der König, seinen Geographen, Monsieur Cassini, beauftragt, das Königreich auf Karten zu erfassen. Der Meridian von Paris und die Waagrechte dazu wurden als Bezugsachsen gewählt. Stellt Euch vor: dies hat einen alten Streit zwischen den Anhängern von Descartes, der die These vertrat, die Gestalt der Erde sei am Äquator leicht abgeflacht, und jenen von Newton neu entfacht, der im Gegenteil behauptete, dies sei an den beiden Polen der Fall ...«

»Ein kurioser Streit, gelinde gesagt! Gleicht die Erde einer Granate oder einem Gartenkürbis?«, spottete sein Gesprächspartner. »Ich für meinen Teil nahm an, sie sei rund seit Galilei, dem die Kirche deswegen einen üblen Prozess gemacht hat.«

»Eine weitere irrige Ansicht, die, so glaube ich, noch herrliche Tage vor sich hat. Lasst Euch gesagt sein, dass Eratosthenes dies bereits vor zwanzig Jahrhunderten bewiesen hatte. Nein, Galilei wurde von der Inquisition deshalb verfolgt, weil er nach Kopernikus behauptete, dass sich die Erde um die Sonne dreht und nicht umgekehrt. Heliozentrismus und nicht Geozentrismus …«

In Verlegenheit gebracht, da man ihn bei einem Irrtum ertappt hatte, zog der Herr mit den Schönheitspflästerchen eine kleine Tabaksdose aus Perlmutt aus der Tasche und führte mit umständlichen Gesten eine Prise zu seiner Nase. Er nieste, schmunzelte behaglich und erklärte dann in einem scherzhaften Ton:

»Ich will's Euch gern glauben, *mon cher*. Und doch scheint mir, Ihr wolltet mir gerade erklären, was nun zutrifft, das mit der Granate oder das mit dem Kürbis …«

»Die Antwort auf diese Frage ist nur möglich, wenn man die Bogenkrümmung des Meridians misst. Hierzu hat die Akademie der Wissenschaften die Aussendung zweier Expeditionen befohlen: die eine zum Nordpol, geleitet von Monsieur de Maupertuis, und die andere zum Äquator, nach Peru, geleitet von … Monsieur de La Condamine. Er ist im Jahre 1735 mit den Messieurs de Jussieu, Bourguer, Godin und Vergui nach Peru aufgebrochen …«

»Paris verlassen, um auszumessen, ob die Erde eine schlanke Taille hat. Ein sonderbares Abenteuer! Und hat er aus seinem Peru wenigstens ein wenig Gold mitgebracht?«

»Ja, in gewisser Weise. Zehn Jahre später ist er mit einer Karte des Amazonas und der Provinz Quito, mit dem Curare, jenem berühmten Gift, dem wundervollen Kautschuk, dessen Namen er erfunden hat, sowie mit einer kuriosen Passion für die Pockeninokulation zurückgekehrt, von der er behauptet, wir alle müssten sie anwenden.«

»Also keine Schätze, sondern verrückte Marotten, wenn ich Euch recht verstehe …«

»Euer Spott geht fehl. Monsieur de La Condamine hat nichts von einem Verrückten. Ihn zu lesen, ist ein Vergnügen, ihn reden zu hören, ein noch viel größeres! Egal, was das brave Volk von Paris dazu auch sagt …«

»Amüsiert mich weiter, ich bitte Euch.«

»Es sagt nichts, um genau zu sein, es singt. Insbesondere dies, ersonnen anlässlich des Eintritts des Gelehrten in die Akademie: *Heut betrat La Condamine / die unsterbliche Akademie / stocketaub, wie gut für ihn / doch nicht stumm, wie schlimm für sie!*«

»Ist ja bitterböse!«, säuselte der Mann und verzog den Mund, was zeigte, dass die Boshaftigkeit ein Hochgenuss für ihn war.

»Ihr werdet gleich selbst urteilen, ob das Lied die Wahrheit sagt … da, seht diesen Mann, der gerade eingetreten ist und Monsieur d'Alembert begrüßt!«

Qoëlet wandte den Kopf zum Eingang des Cafés und gewahrte einen Mann von anmutiger Gestalt, mit vornehmen Zügen – gerader Nase, markantem Kinn, feinen Lippen, lebhaften Augen –, obgleich verunziert durch die Narben der Pocken, in einem Alter von etwa sechzig Jahren und mit mehreren Büchern unter dem Arm. Obwohl er ihn nicht kannte, schritt La Condamine geradewegs auf ihn zu:

»Monsieur de Qoëlet?«

»Ja.«

»La Condamine. Es ist mir eine Ehre …«

»Die Ehre liegt ganz auf meiner Seite, Monsieur.«

Er nahm sich kaum die Zeit, Qoëlet gegenüber Platz zu nehmen, als er bereits mit der Lebhaftigkeit eines von der Zeit gedrängten Mannes fortfuhr:

»Ich habe Eure Post wieder und wieder gelesen. Ich habe Euch nur eines zu sagen: bravo! Werdet Ihr mir glauben, wenn ich Euch sage, dass ich schon acht Jahre auf Euch warte?«

»Acht Jahre?«, fragte Qoëlet neugierig.

»Acht Jahre, jawohl!«, rief der alte Mann, als wahrhaft Schwerhöriger, der er war, lauter werdend. »Denn vor acht Jahren habe ich zum ersten Mal von dem gesprochen, was uns heute beschäftigt. Vor acht Jahren habe ich beschlossen, meine Landsleute von den unermesslichen Vorteilen der Inokulation gegen die menschliche Variola zu überzeugen!« La Condamine machte eine Pause, dann fügte er mit einer plötzlich überdrüssigen Stimme hinzu: »Doch vergeblich ... heute inokuliert man in Frankreich so wenig wie gestern ...«

»Und doch scheint man viel über dieses Thema zu publizieren«, bemerkte Qoëlet, auf den *Mercure de France*, der auf dem Tisch lag, deutend.

»Oh, was das betrifft! Man publiziert, gewiss«, seufzte der Gelehrte. »Man streitet sich auch ... Wenn's nur darum ginge, gegen unsre Gegner zu kämpfen, dann ginge es noch an, aber seht Ihr, als ich eintrat, habe ich Monsieur d'Alembert getroffen, der unsre Sache unterstützt. Doch er findet nichts Besseres zu tun, als mit Bernoulli Streit zu suchen ...«

»Bernoulli? Verzeiht mir, aber ich bin so lange nicht in Frankreich gewesen ...«

»Bernoulli ist ein exzellenter Bürger der Schweiz, Arzt, Physiker und Mathematiker von Beruf. Er hat eine Abhandlung über die von den Pocken verursachte Sterblichkeit publiziert, in der er darlegt, wie die Lebenserwartung im Fall der Einführung der Variola-Inokulation aus dem Orient nach Frankreich aussähe. Wisst Ihr, dass wir alle dann drei Jahre gewinnen würden? Eine Zunahme der Lebenserwartung von dreißig auf dreiunddreißig Jahre, könnt Ihr Euch das vorstellen? Seht«, sagte er und reichte ihm einen kleinen Band, »hier ist das Buch. Aber d'Alembert bildet sich ein, er müsse ihn darauf hinweisen, dass für eine Mutter das Risiko, dass ihr Kind an den Folgen der Inokulation stirbt, diese Rechnung zunichte macht. Und doch weiß ich, dass er überzeugt ist; er argumentiert aus reiner Lust zu debattieren. Das Resultat davon ist für uns kein gutes. Er erzeugt Entzweiung, wo wir alle vereint sein sollten ...«

Qoëlet ergriff das Werk und blätterte eine Weile darin. Der Gelehrte stieß einen eher spöttischen als überdrüssigen Seufzer aus, dann stopfte er sich seine Pfeife mit einem Tabak von einem sanft grünlichen Schimmer, der Qoëlet an das frische Opium von einst erinnerte. Es war Nacht geworden. Ein Orchester hatte auf der Galerie Platz genommen. Bedienstete reichten eifrig und gezielt Platten mit Obst, Pasteten, Alkoholika und Kaffee von Tisch zu Tisch. Die beiden Männer orderten ein Souper und setzten ihre Konversation bei einer Flasche Beaune-Wein fort.

La Condamine schilderte dem aufmerksamen Qoëlet, wie er über das Verfahren der Inokulation zahlreiche Mitteilungen, aber auch Zahlen, Beweise über den Erfolg der Operation und ihrer Wirksamkeit gesammelt hatte. Man schreibe ihm aus England, Amerika, Afrika und sogar China.

»Bringen wir diese Debatte noch einmal an die Öffentlichkeit«, fuhr La Condamine fort, »und wir werden es mit gewalttätigen, beschränkten Leuten zu tun bekommen ... Man wird versuchen, uns Verbrechen zu unterstellen, die wir nicht begangen haben. Man wird uns beschuldigen, sie zu planen ... Oh, welch fortschrittsfeindliches Land! Auf der einen Seite aufgebläht vor Ruhm, auf der andern erbärmliche Versager ... Ein Toter unter Tausenden und Panik bricht aus, man zieht es vor, dass jeder Zehnte stirbt, um nur ja nicht die guten kleinen Gewohnheiten umzustürzen. Ist dies etwa die unsterblich französische Art, keine Veränderung tolerieren zu können? Wir befinden uns in einem Jahrhundert der Revolutionen, und das gesamte Land ignoriert es. Wen wird dieser Fortschritt ruinieren? Die Ärzte? Die Leiter von Lazaretten? Die Schreiner, die die Särge zimmern?«

»Geht die Debatte denn nicht weiter?«, fragte Qoëlet besorgt.

»Oh, durchaus, nach der Flut von Pamphleten und Artikeln zu urteilen, die zu dem Thema erscheinen. Aber es fehlt nicht an Federn, die gegen uns gerichtet sind. Sinnlos, deren Werke zu lesen ... Nein, wenn man es sich zur Pflicht machen sollte, eines davon zu kennen, dann dieses«, erklärte La Condamine und legte ein weiteres Buch auf den Tisch.

Qoëlet nahm das Buch, schlug es auf und entdeckte den Titel: *Observations sur la saignée du pied, et sur la purgation au commencement de la petite vérole, des fièvres malignes & des grandes maladies. Preuves de décadence dans la pratique de médecine, confirmées par de justes raisons de doute contre l'inoculation, à Paris, chez Cavelier, M.DCC.XXIV.*

»Beobachtungen über den Fuß-Aderlass und über die Purgation zu Beginn der Pocken, der malignen Fieber und der schweren Krankheiten. Beweise des Niedergangs in der medizinischen Praxis, bekräftigt durch berechtigte Gründe des Zweifels gegen die Inokulation ...«, las er noch einmal, seinen Augen nicht trauend ... Dann meinte er:

»Das scheint mir schon ein ziemlich altes Buch zu sein, und ich sehe keinen Autorennamen.«

»Dieses ist tatsächlich ein Exemplar der ersten Ausgabe ... Und was den Autor anbelangt«, antwortete La Condamine,

»das Werk erschien tatsächlich anonym, aber ich kann Euch versichern, dass es von einem der größten Ärzte dieser Zeit stammt. Er weilt heute nicht mehr unter den Lebenden, doch der Sohn wacht darüber, dass die Ideen seines Vaters Verbreitung finden …«

»Sein Name?«

»Doktor Hecquet. Eigentlich müsste ich sagen: es sind *die* Doktoren Hecquet!«

Sogleich sah Qoëlet vor sich die Schwelle zu der Kammer auftauchen, in der die Gräfin von Lauragais ihr Leben ausgehaucht hatte. Dennoch gelang es ihm, mit unveränderter Stimme zu bemerken:

»Den zweiten meine ich zu kennen …«

»Mein armer Freund, dann kennt Ihr also den, der uns liebend gern bei lebendigem Leibe auf der Place de Grève vor dem Rathaus brennen sähe! Er ist der würdige Sprössling seines Vaters, dieses berühmten Kretins«, entgegnete La Condamine, während er an der Kerze einen Fidibus entfachte, um sich seine Pfeife neu anzuzünden. »Wenn Ihr wüsstet, was bereits der Vater war: der Medicus der höchst lieb- und gnadenreichen Nonnen von Port-Royal und der feinen Welt, der leidenschaftliche Wasserschlürfer, der finstre Feind der Köche, des Tabaks, der Fastendispense und im allgemeineren Sinn von allem, was er nicht geschrieben oder gepredigt hat. Ein großes Herz für die Armen, denn er war so sehr Jansenist, wie ich Mathematiker bin, aber ein Geist, der sich gegen jede Neuerung verschloss! Seine ›Gründe des Zweifels gegen die Inokulation‹ und seine Reden haben das Ohr der Franzosen erreicht … Heute geht der Sohn mit den Ideen seines Vaters hausieren, die er als Erbe übernommen hat, ohne ein Jota daran zu ändern!«

»Der Handel floriert, nach dem zu urteilen, was ich gesehen habe«, warf Qoëlet ein, während ihn wieder die Erinnerungen an seine tragische Liebe bestürmte. »Als ich ihn kannte, da verkehrte der Mann in den höchsten Kreisen …«

»Da verkehrt er noch immer und fährt in edler Karosse. Er spielt den Agenten des Gedankenguts seines Erzeugers. Wegen dieser verdammten Feiglinge haben wir während der letzten zehn Jahre im ganzen Reich gewiss nicht mehr als hundert solcher Operationen vornehmen können, während Benjamin Franklin bereits einen Bericht über ihre glücklichen Wirkungen in den amerikanischen Kolonien publiziert! Also sagt mir, lieber Freund, ob Ihr nach alledem, was ich Euch gerade erzählt habe, noch glaubt, es sei vernünftig, noch zu glauben, wie man's in Paris und überall im Reich zu tun pflegt, dass der Franzose unwiderruflich das beste Exemplar des Menschen sei«, fragte der Gelehrte verbittert, während er seiner Pfeife dicke Rauchwolken entlockte.

Qoëlet lauschte seinem Gegenüber mit eisigem Entsetzen. Er konnte das Gesicht der Gräfin von Lauragais nicht mehr aus seinem Geist verscheuchen. Ihre Züge wohnten bis in die kleinsten Details in ihm. Als eine Frau nicht weit von ihnen die Stimme erhob, war ihm sogar, als würde sie gleich erscheinen, ihn anlächeln, ihn umarmen. Er machte sich nicht einmal die Mühe, auf die höchst ironische Frage des Gelehrten zu antworten. Dieser wies ihn darauf hin.

»Ihr antwortet nicht? Ich kann Euch verstehn … Diese Debatte, die uns abhält, ist zum Verzweifeln … Aber ich rede und rede … Und ich habe Euch keine Gelegenheit gelassen, mir den Grund Eures Anliegens zu nennen! Ihr habt mir geschrieben, Ihr hättet eine neue Methode entdeckt, um die Pocken zu bekämpfen. Wahrhaftig, Ihr seid ja bis nach Konstantinopel und

Indien gekommen, und ich kann mir vorstellen, dass Ihr darüber mehr als jeder andre wisst… Die Inokulation ist uralt in diesen beiden Teilen der Welt!«

»Es geht um etwas anderes«, entgegnete Qoëlet.

»Um etwas anderes? Ich versteh' Euch nicht…«

»Es gibt ein noch sichereres Mittel als die Inokulation der Menschenpocken…«

»Wirklich? Aber welches wäre das? Sagt es mir, ich brenne darauf, es kennen zu lernen!«

»Es besteht darin, die Variola der Kuh oder Kuhpocken auf den Menschen zu übertragen«, erklärte Qoëlet mit ungewohnter Leidenschaft. »Ich habe mich überzeugen können, dass dies das wirksamste Verfahren zur Bekämpfung der Pocken ist. Es besteht kaum ein Zweifel, dass die tierische *picote* eine ›kleine Schwester‹ der menschlichen *variola* ist. Da ich die Wirkungen in Hindustan wie auf dem Land in der Umgebung von Paris beobachten konnte, neige ich zu der Annahme, dass ihre Macht auf dieser Verwandtschaft beruht, und zwar auf die gleiche Weise, wie die Inokulation der Menschenpocken darin besteht, dass man sich mit Pocken harmloser Art infiziert, um zu vermeiden, dass man eines Tages von malignen Pocken, etwa der *variola confluens*, angesteckt wird…«

»Was sagt Ihr da?«

»Die Kuhpocken«, wiederholte der Mann mit dem Gehstock entschieden, während er eine Nussschale mit Erregern der *picote* auf den Tisch legte. »Hier ist die Lösung.«

La Condamine verharrte eine geraume Weile in Gedanken, bevor er die Schale nahm und ihren Inhalt untersuchte.

»Ich bin überrascht«, meinte er schließlich. »Höchst überrascht… Ich… Aber wie dem auch sei, ich kann diese These nicht unterstützen.«

»Warum nicht?«

»Ich habe gesehen, wie ein Karmeliterpater, von Seiten eines Geistlichen ein seltener Fall, den Indios von Amazonien die Pocken inokuliert hat. Er war dazu nur bereit, weil das Produkt vom Menschen kam und zum Menschen ging. Dieser Punkt war in seinen Augen wesentlich aus Gründen, die Euch sein Stand als Priester begreiflich macht.«

»Aber ich nehme sie ja vom Menschen!«, rief Qoëlet auffahrend.

»Gewiss, aber Ihr nennt die Kuh als Eure erste Quelle. Und überhaupt: Ist Eure *variola* … wie soll ich sie nennen … *vaccina* wirklich so geeignet, dass Ihr sie mir als der Inokulation der Menschenpocken überlegen rühmen könnt?«

»Ich habe es Hunderte Male geprüft und konstatiert«, antwortete Qoëlet, während er an all die Inokulationen dachte, die er im Laufe seiner langen Reise nach Pondichéry an Bauls Seite vorgenommen hatte.

»Hunderte Male? Ohne dass dann die konfluenten Pocken ausbrachen?«

»Nicht ein einziges Mal. Nach zwölf Tagen treten keine Symptome mehr auf, und das Übel ist für immer abgewendet«, stellte der Mann mit dem Gehstock unwiderruflich fest.

»Die Sache ist kurios, ich geb' es zu … Aber dazu müssten erst einmal unsere einfachsten Vorstellungen auf Zustimmung stoßen, in die Hirne der Leute eindringen … Und danach, warum nicht … Dann die Sache durch Experimente beweisen …«

Der Gelehrte überlegte eine geraume Weile verwirrt, dann fügte er hinzu:

»Die Inokulation der Menschenpocken ist als wirksam erwiesen, und doch sind unsere Feinde unerbittlich. Euer Verfahren würde von unseren Gegnern nicht nur abgelehnt, sondern sie würden uns alle unwiderruflich verdammen. Ein Wort davon in der Öffentlichkeit, und wir sind verloren ... Seid Euch dessen sicher!«

Während er dem Gelehrten die Nussschale wieder aus der Hand nahm, versprach der Bretone La Condamine, dass er in der Öffentlichkeit kein Sterbenswort von den Kuhpocken sagen werde, und versprach im gleichen Atemzug sich selbst, dass er sich bereits am nächsten Tag erneut auf die Suche nach Bäuerinnen machen werde, die von dem heilsamen Übel infiziert waren.

VIER

In den darauffolgenden Monaten führte La Condamine den Bretonen in die Salons ein, in denen die brillantesten Geister von Paris verkehrten. So auch in den schon erwähnten Salon der erblindeten Madame du Deffand, einen der größten Salons von Paris.

»Tretet doch ein, Monsieur de Qoëlet, nur der erste Schritt kostet Überwindung... Ihr kennt, glaube ich, diesen lieben Marquis de Bussy. Ein bezaubernder Mann, nicht wahr?«

Hier, in der Rue de Beausse, führten sie mit Jean d'Alembert, dem Herausgeber der großen Encyclopedie, geistvolle Gespräche. Diese sollten später zur Veröffentlichung seiner berühmten Schrift *Réflexions philosophiques et mathematiques sur l'application du calcul des probabilités à l'inoculation* – oder »Philosophische und mathematische Überlegungen über die Anwendung der Wahrscheinlichkeitsrechnung bei der Inokulation« – führen. Mochten sie auch nicht viele Leben retten, so infizierten die Inokulation und ihre Wirkungen, auf diese Art unter Anregung von La Condamine und Qoëlet wieder ins Gespräch gebracht, doch zumindest die regsten Geister und verhalfen der Wissenschaft zu kühnen Fortschritten. All jene interessanten Persönlichkeiten namentlich zu nennen, denen unsere beiden Forscher dabei begegneten, wäre ermüdend. Es genügt, wenn wir Jean-François Girod erwähnen, einen jungen aus der Franche-Comté gebürtigen Arzt, den die Worte der beiden Männer erheblich beeindruckten und der sich mit ihnen freundschaftlich verband, – aber vor allem eine der wenigen Personen, die

Qoëlet selbständig in Paris kennen gelernt hatte ... schon bei seinem ersten Aufenthalt.

Ein Abenteurer aus gutem Hause, der zwölf oder dreizehn Jahre nach diesen Ereignissen dessen Wege kreuzen sollte, hat in seinem Tagebuch ein treffendes Porträt des Grafen von Lauragais hinterlassen: »Von sonderbarem, aufsässigem und höchst geistvollem Wesen, doch von wenig vorteilhaftem Äußerem.«

Der Mann hatte sich seit jeher bedingungslos den Leidenschaften unterworfen, die ihm sein Herz, die Mode oder die Umstände diktierten. Er war äußerst hässlich, lachte lauthals, speiste reichlich, verspielte große Summen und war ein noch größerer Beischläfer. Im Laufe der Jahre hatte er sein blatternnarbiges Gesicht bald als Soldat, bald als aufgeklärter Tourist durch ganz Europa promeniert – und den Kontinent mit seinen Wortspielen, guten und schlechten, übersät.

Aus Hannover, einem stark militärisch besetzten Land, hatte er mit seinem Freund Darcet, einem Chemiker und einstigen Sekretär von Montesquieu, die geheime Kunst der Porzellanherstellung mit nach Hause gebracht. Die Limousins verdanken ihm auf indirektem Weg den Reichtum ihrer Industrie.

England hatte in ihm eine Erinnerung mit gemischteren Gefühlen hinterlassen.

»Die englische Küche: wenn's kalte ist, ist's Suppe, wenn's warme ist, ist's Bier! In England findet man an wirklich reifem Obst nur Bratäpfel und an wirklich Glänzendem nur Stahl. Man könnte umkommen vor Hunger und Langeweile ... oder im Duell. Aber zum Teufel! Was für herrliche Pferde sie haben! Das tröstet ein wenig ...«

Der Graf tröstete sich so glänzend, dass er mit einem Faible für Vollblutpferde nach Frankreich zurückkehrte. Seine Ställe produzierten Rennpferde, die zum Teil von den legendären

Pferden Godolphin, Matchem und Herod abstammten, die er als unschlagbar deklarierte. Wenig nachtragend, hatte er einige Wochen vor diesen Ereignissen im Londoner Jockey-Club einen Skandal ausgelöst, indem er versicherte, die drei als Erste ins Ziel gehenden Pferde würden von seinen Zuchtstuten abstammen. Nirgendwo anders als hierin hat der berühmte *tiercé*, die Dreierwette, in Frankreich ihren Ursprung.

Mehr denn je ein Freund der schönen Dinge, war der Graf überdies der offizielle Liebhaber der berühmten Sophie d'Arnould, einer jungen Frau voller Esprit und Sünde, für die der deutsche Opernerneuerer Christoph W. Gluck in Bälde komponieren sollte und die ihn pro Woche Summen kostete, mit denen man ein Jahr lang zehn Familien ernähren konnte.

»Die Liebe ist der einzige Ort, an dem man es sich schuldig ist, den Verstand zu verlieren«, gestand Lauragais in seinen seltenen Momenten der Schwermut. »Im Übrigen verliert man sich darin so sehr, dass man stets dabei verliert ... Haare, Gewicht ... und Geld!«

Um charmante Unterredungen in Paris zu begünstigen, hatte Graf von Lauragais außerdem vor einiger Zeit von einem Limonadelieferanten bei Hofe jenes Haus gemietet, in dem die Gräfin Qoëlet bei ihrer ersten Begegnung zum Souper geladen hatte. Die kleinen Kabinette, geschmackvoll mit Wandmalereien geschmückt, erzielten einen Erfolg, auf den er nicht wenig stolz war. Diesen sollten sie im Übrigen die beiden folgenden Jahrhunderte hindurch unter dem Namen *Restaurant Lapérouse* noch weiter steigern.

Ein Hauch universaler Vernunft schwebte in der Luft jener Zeiten. Der Graf von Lauragais befasste sich mit allem. In seinen großen Momenten der Weisheit machte er es sich zur Aufgabe, das Sein vom Schein, das Rechte vom Unrechten, ja sogar das Wahre vom Falschen zu trennen. War *philosophe*, mit anderen Worten Poet, Schriftsteller, Forscher, Entdecker, Reisender, Unternehmer, Freidenker, all dies mit dröhnender Wonne, nicht eine Woche verging, ohne dass man in Paris – und zwar zumeist schlecht – von ihm sprach.

So begeistert er auch nach Wissen gierte, so wenig hatte Lauragais noch von der Inokulation der Pocken gehört. Ein Freund, Mitglied der Akademie der Wissenschaften, resümierte ihm jedoch in wenigen Worten, welche Schritte von La Condamine und einem gewissen Qoëlet – einem schweigsamen Hinkefuß, von dem niemand wusste, woher er kam, der aber bei dem Marquis de Bussy-Castelnau logierte –auf diesem Gebiet bereits unternommen worden waren.

Jeder dieser Namen klang vertraut im Kopf des Grafen. Er kannte La Condamine, da er ihm in dem einen oder anderen Salon begegnet war. Marquis Bussy, der auf dem Gebiet von Pferden recht bewandert war, war für ihn seit dessen Ankunft in Paris kein Unbekannter mehr. Was Qoëlet anbetraf, so erinnerte er sich ohne Mühe noch an dessen Holzbein und daran, dass er seiner Frau, kurz bevor sie von der Krankheit ins Grab gerissen wurde, den Hof gemacht hatte. Sofort erbot Graf de Lauragais sich, Freunde und Neugierige bei sich zu empfangen, damit sie die beiden Männer reden hörten.

Obwohl er sich auf diesen schmerzlichen Moment vorbereitet hatte, konnte Qoëlet, als er die Schwelle jenes Palais' in der Rue du Paon überschritt, nicht verhindern, dass ihn ein Schauder überfiel. Sein Unbehagen muss sichtbar gewesen sein, denn La Condamine sorgte sich um seinen Zustand. Aber nein, ihm fehle nichts … Alles bestens, danke.

Der Graf begrüßte ihn herzlich wie einen wiedergefundenen Vertrauten.

»Also diesmal ist's nicht mehr *la grâce*, die himmlische Gnade oder weibliche Anmut, sondern im Gegenteil die menschliche Variola, die Euch herführt?«, fragte er, während er ihm ausgiebig die Hand schüttelte.

Dieses Wortspiel ließ den Reisenden vor Entsetzen erstarren. Dieser Mann war die Ursache des … Der Graf schien sich dessen nicht bewusst zu sein, schien vergessen zu haben, schien sich nicht mehr zu erinnern, dass … Qoëlet dagegen konnte an nichts anderes denken. Mit jedem Zimmer des Palais' verband er eine intime Erinnerung. Sie war da, in diesen Räumen, ihr Geist bewohnte sie, ihr Geist, danach bebend, ihn wiederzusehen. Ihr Phantom …

Der Graf traf seine zweite Frau kaum häufiger als er seine erste getroffen hatte, nur seiner Bibliothek bewies er Liebe und Treue. Der Zufall wollte aber, dass er bis zu jenem Tag jenen Band der *Encyclopédie* missachtet hatte, der den Artikel über die Inokulation enthielt. Seine Gäste stießen ihn mit der Nase auf diese Zeilen, und Lauragais wurde plötzlich klar, dass er es hätte vermeiden können, die Pocken zu bekommen und auch noch seine Gemahlin zu verlieren. Als er vernahm, dass Hecquet, sein Arzt in jenen Jahren, nach wie vor ein verbissener Feind des neuen Verfahrens war, standen ihm die Haare zu Berge. Fast auf der Stelle ergriff er mit Feuer und Flamme Partei für die Inokulation.

In den drei Monaten, die sie bereits kreuz und quer durch Paris zogen, hatten Qoëlet und La Condamine alles für sich gewonnen, was an ehrenwerten Intelligenzen in der Stadt und sogar außerhalb von ihr zu finden war. Wie hätten diese auch gleichgültig bleiben können? Wie viele blatternvernarbte Gesichter waren in diesen Kreisen! Wie viele Mütter, die den Verlust mindestens eines Kindes beweint hatten!

Indem sie sich die Dienste eines Lauragais nutzbar machten, schenkten die beiden Männer ihrer Sache einen Tribun von ganz anderem Kaliber. Das Moderne des Prinzips war ganz nach des Grafen Geschmack. Die Qualität der Geister, die die Inokulation unterstützten, schmeichelte seinem Stolz. Auch der Duft des Skandals, der der Sache anhaftete, zog ihn an. So dass der Graf schon bald kaum ein anderes Wort mehr außer *inoculation* oder Einpfropfung im Munde führte. Was die Feinde dieses großen Hurenbocks zu bemerken bewog, ein so anrüchiges Silbengebilde könne angesichts der unaussprechlichen Analogien, die es suggerierte, nur seinem Hirn entsprungen sein.

Aber der Graf scherte sich einen Dreck um die meisten dieser *maroufles mal inoculés* oder »Grobiane, die keinen reingepfropft bekamen«, wie er sie lauthals apostrophierte. Nicht damit zufrieden, sich an den Orten *à la mode* in der Hauptstadt zu produzieren, überschwemmte er bald ganz Paris mit Billetts, die die Vorzüge des Verfahrens rühmten. Diese Blätter ließ er von François Girod abfassen, dann drucken und von jungen Mädchen, die er nach ihrem prallen Busen auswählte und zärtlich seine *petites pustuleuses d'amour* nannte, in den Stadtgärten, Schauspielen und Cafés ins Publikum werfen.

Das Publikum, besorgt um seine Gesundheit und wie immer eifrig bereit zu glauben, dass man es täuschte, spitzte die Ohren. Da wurde sich der Mann von Welt bewusst, dass er seinem Unternehmen nicht Körper und Stimme verschaffen konnte, ohne es *in Mode* zu bringen.

Der Mann verschloss Sophie d'Arnould seine Tür, ließ sich ein paar Flaschen Montrachet heraufbringen und begann zu überlegen. La Condamine, ohne Frage, der beeindruckte die gesamte wissenschaftliche Welt. Qoëlet wiederum war in seiner

Rede so geradeheraus wie krumm und schief in seinem Gang. Der Graf schätzte ihn seit dessen Rückkehr sehr.

»Qoëlet ... Ihr hattet nicht Komödie spielen dürfen, mein Freund, vor fünfzehn Jahren. Meine Frau gefiel Euch ... Sah darin nichts Schlimmes ... Sie ist gestorben, so ist das nun mal ... Friede ihrer Seele, ihrer Asche und dem Rest ... Wenn ich damals gewusst hätte ... Jammerschade ... Habe wieder geheiratet ... Eine deutsche Prinzessin ... Weniger hübsch, ebenso fromm, aber robuster ... Solide Sache, das Deutsche ... Und diese Kruppe, wenn Ihr wüsstet ... Fromm, aber voller Feuer, die Teutonin! Ach, was soll's! Die Zeit vergeht ... Vergessen wir die Schmerzen, und bewahren wir das Gute. Die Einsicht wächst wie das Haar! Jeden Morgen fühl' ich mich ein wenig behaarter, und Ihr seid nicht unschuldig daran!«

Er mochte ihn gern. Grüßte ihn übrigens so gut wie jeden Tag mit einem fröhlichen »Na, wie läuft sich's so?«, worauf Qoëlet trocken, ein dünnes Lächeln auf den Lippen, mit seinem Stock auf das Straßenpflaster stieß. Dieser Bretone sprach zwar recht gut, wenn er sich die Mühe machte, aber er war und blieb ein Unbekannter. La Condamine wiederum war zu gelehrt, um die Massen zu erreichen. Menschenskind, für die Pocken, für die Medizin ... Dafür brauchte man ... einen Mediziner. Plötzlich erhellte sich alles im Geist des Grafen: Er brauchte Tronchin. Diesen Schweizer Arzt, der den Artikel INOCULATION der *Encyclopédie* signiert und ein paar Jahre davor den Herzog von Orléans operiert hatte. Den Mann, den Voltaire seinen »lieben Äskulap« nannte. Ihm war zu verdanken, dass man in der Schweiz und in Italien das aus der Türkei importierte Verfahren kannte. Der Mann versicherte, mehr als zehntausend Inokulationen zu seinen Activa zu zählen. Bald war der Graf überzeugt, dass Théodore Tronchin in Frankreich unerlässlich sei.

Er wollte ihn haben. Forderte ihn. Das war das Geniale des Grafen von Lauragais.

Angesichts des Zögerns des Arztes, Genf zu verlassen, fuhr der Graf, versehen mit Briefen von La Condamine und Qoëlet, höchstpersönlich zu ihm, fest entschlossen, den Mann aus den freien Kantonen nach Paris zu locken. Schließlich gab Tronchin Lauragais Argumenten nach.

»Ein Name in der Geschichte, Monsieur!«

Was Rousseau später bewog, kühl zu schreiben, jener Dr. Tronchin »kam einige Zeit später nach Paris, den Hampelmann zu spielen«.

Lauragais führte ihn tatsächlich an der Hand zum Faubourg Saint-Germain und logierte ihn, ohne mit Ausgaben zu geizen. Organisierte für ihn ein Feuerwerk und verfasste zu diesem Anlass ein Stück in drei Akten, *Les Ardeurs d'un remède*, – »Die Feuer eines Heilmittels« –, worin er den guten Arzt aus Genf seine eigene Rolle zu spielen bat.

Und Tronchins Auftreten war für die Sache der Inokulation entscheidend.

Die Artikel von d'Alembert, die Werke von Bernoulli, die Reden von La Condamine und Qoëlet, all dies war gewiss recht gut und recht schön. Man erklärte, man demonstrierte mit der Logik, der Wahrscheinlichkeit, der Mathematik und der Medizin. Aber nie wäre dies der Überzeugungskraft eines Mediziners *à la mode*, eines reinrassigen Sohns des Hippokrates', gleichgekommen, der von den Massen wie von den Größten der Großen umschmeichelt wurde.

Obwohl er ein biederer und beleibter Calvinist war, schrieben die Pariser Jansenisten ihm wie einer Reliquie heilende Kräfte zu. Und Tronchin wiederum schrieb ebensolche der Inokulation zu. Und die Pariser, die nur selten die Moden auslösen, ihnen aber allzu gern folgen, wurden sofort von Liebe zur Inokulation und zu Monsieur Tronchin ergriffen – den ihnen Graf von Lauragais, der moderne Geist und Fortschrittsfreund, auf einem garnierten Tablett servierte.

Die Mode, in der Tat: binnen weniger Wochen war alles in Paris *à l'inoculation*. Die Kuchen, die Perücken, die Salate. Ein paar Punkte, ein paar Flecken genügten, um an Pusteln zu erinnern, und das Thema lag in der Luft. Die Häubchen »à l'inoculation« oder »Tronchinades« waren der Renner. Jene Damen schwärmten ferner von den »Tronchines«, kleinen Morgenkleidern, übersät mit Punkten. Auch Marienkäfer oder Dalmatiner wünschte man sich in seinem Garten oder in seinem Salon. Selbst der Kanon der Schönheit wurde eine Zeit lang in Frage gestellt: Die Jünglinge voller Akne galten jetzt als schön. Die Taftpflästerchen, die die Gesichter übersäten, dienten keinem anderen Zweck mehr als dem, an Pusteln zu erinnern. Die Provokateure, eitle Exzentriker, trugen »Gangrängrün«.

Nicht wenige von ihnen begegneten sich im Hôtel de Lauragais, das zur Hochburg der inokulativen Verschwörung geworden war. Fast jeden Nachmittag versammelten sich dort Gelehrte, Ärzte, Leute von Geist, andere, die weniger davon besaßen, sich aber einigen zuschrieben, Neugierige, solche, die die Freigebigkeit des Grafen sicherer anlockte als der Honig die Fliegen und die bereits beim Eintreten ihre nackte Schulter zückten.

»Inokuliert mich! Inokuliert mich!«

Drinnen behandelten La Condamine, Qoëlet, Girod und andere die vielen Menschen. Im Laufe der Wochen verlängerten sich die Warteschlangen bis auf die Straße. Die einen, wie Girod oder Qoëlet, ritzten die Schulter ihres Patienten ein. Einige andere skarifizierten am Schenkel, da sie Infektionen in der Achselhöhle vermeiden wollten. Wieder andere zogen die Arm-zu-Arm-Methode vor. Sie arbeiteten mit einem von einer gutartigen Variola infizierten Jugendlichen, dessen Wunden Fleisch an Fleisch auf einen leichten Einschnitt im Arm ihres Patienten appliziert wurden. Tronchin wiederum nahm keinen Einschnitt vor. Er applizierte ein Zugpflaster auf den Arm seiner Patienten, das er am folgenden Tag durch eine mit Pockeneiter getränkte Stoffbinde ersetzte.

Keinerlei schädliche Nebeneffekte wurden beobachtet. Nach sechs oder sieben Tagen bekamen die Patienten ein paar Pusteln, die nach vierzehn Tagen zusammen mit dem Fieber wieder verschwanden. Man begann von einer medizinischen Revolution zu sprechen.

Die größere Revolution blieb jedoch unbemerkt. Ohne ein Wort darüber zu verlieren, inokulierte Qoëlet nämlich denen, die bei ihm vorstellig wurden, nicht die Menschenpocken, sondern die der Kuh, die er in aller Morgenfrühe auf dem Land holen ging. Nicht einer von ihnen, die er sorgfältig identifizierte, trug von seinem Eingriff einen Schaden davon.

Während all jener Zeit lagen in der Nähe von Notre-Dame, im Hôtel-Dieu, dem ältesten, schon 651 gegründeten Spital von Paris, in der so genannten »Konfluentenkammer« hinter Stoffbehängen verborgen, röchelnd und schreiend die schwerer Getroffenen. Dort waren die entsetzlichen Folgen dieser Krankheit und die Machtlosigkeit der alten Behandlungsmethoden offensichtlich. Denn es waren Dutzende, die tausend Qualen litten, während die Variola diese Elenden, die sich zu dritt oder zu viert eine Bettstatt teilen mussten, unerbittlich verschlang.

FUENF

La Condamine stand mitten im Salon, hielt die Post in der Hand und triumphierte. »In England, Messieurs, hat Robert Sutton eine Inokulations-Manufaktur eröffnet, zu der bereits mehrere Filialen zählen. Er macht mit seiner ganzen Familie ein Vermögen. Er verkündet die absolute Unfehlbarkeit einer neuen Methode, die nie jemandem das Leben gekostet hat und die nur zwei Tage Bettlägrigkeit verursacht. In Schottland, wo man bereits beobachtet hatte, dass bestimmte Bauern am Handgelenk ein mit Variola-Eiter getränktes Stück Baumwollstoff trugen, um die Krankheit abzuwenden, bekommt man die Pocken nicht mehr, sondern kann sie sich kaufen! In Boston, in Amerika, bezeugt Dr. Kirkpatrick Resultate nie dagewesener Art... Nach vierzig Jahre langem Erproben liefert er den Beweis, dass die Inokulation unter tausend Behandelten nur noch einen Todesfall zur Folge hat! In China, von wo die Jesuitenmissionare vom Hofe des Kaisers schreiben, sagt man von einem großen Arzt, ›er behandelt nicht, was bereits krank ist, er behandelt, was noch nicht krank ist‹. Aus Karnatik an der Malabarküste berichten andere Priester, dass die Chirurgen dieses Landes, deren Erfahrung mehrere tausend Jahre alt ist, die Pocken mit Hilfe eines mit Variola-Eiter getränkten Baumwollfadens übertragen, den sie mittels einer Nadel durch den Schenkel des Patienten stoßen.«

Die um den Redner versammelten Personen ertränkten den Namen Hecquet mit Buh-Geschrei. Überschütteten den von Tronchin mit Applaus.

»Aber in Frankreich, Messieurs«, schloss La Condamine, »in Frankreich, wo angeblich ein offenerer Geist als anderswo herrscht... In Frankreich, sage ich, wo jedes Jahr fünfzig- bis achtzigtausend Personen an den Pocken sterben, besteht der Ruhm der Medizin nur darin, das Leiden zu lindern, beruht ihr Ruf nur in der Kunst des Arztes, seine Verheerungen auf gut Glück zu vermindern! Seht Euch Hecquet junior an! Hecquet den Kleinen und die bigotten Seelen, die ihm folgen! Sie sperren sich gegen allen Fortschritt! Noch schlimmer, sie bekämpfen ihn!«

Darauf ergriff Qoëlet das Wort. Er verlieh seiner Sorge Ausdruck, dass man sich einer großen Neuerung und den klaren Beweisen ihrer Erfolge gegenüber so ablehnend zeigte. Man stimmte ihm zu. Er stellte die Frage, warum Ludwig XV noch kein amtliches Organ mit dem Fall betraut habe, wenn sich bereits so viele aufgeklärte Geister wegen der verheerenden Schäden beunruhigten, welche eine Krankheit verursache, die man ganz offensichtlich seit fast vierzig Jahren bekämpfen könne. Man wunderte sich mit ihm. Man applaudierte ihm.

Es war eine Zeit voller Begeisterung, die der Reisende erlebte. Auf einmal rückte er ins Zentrum der Bühne, elegant gekleidet in einen schmucken grünen, mit Seide gefütterten Anzug, mit Spitze an den Handgelenken, mit Jabotkragen und gepuderter Perücke. Qoëlets äußere Erscheinung erregte Aufsehen, noch bevor er den Mund auftat. Sowie er zu reden begann, verfiel man in Schweigen. Die Frauen erregte der Akzent seiner Stimme, das Mienenspiel seines Gesichts. Die Männer stimmten seinen Argumenten mit einem Nicken des Hauptes zu. Er hatte jene Verve wiedergefunden, die er im Kolleg in seinen Diskussionen mit Jean-Baptiste gezeigt hatte. Nach dreißig Jahren des Schweigens drangen ihm die Worte wie zu lang zurückgehalten mit einer Kraft über die Lippen, die ihn überraschte.

Mehrere Damen von Stand verfolgten ihn zu dieser Zeit mit ihren Zudringlichkeiten. Es ist nicht ausgeschlossen, dass der fünfzigjährige Qoëlet damals aus Galanterie den Bitten der liebenswürdigsten nachgegeben hatte. Diese wurden von Personen des Hofs an ihn herangetragen, die ihm von Lauragais vorgestellt worden waren. Er hatte Bussys Haus verlassen und sich ein Appartement in der Rue Hautefeuille, Saint-Germain-des-Prés, genommen. Es war nicht luxuriös, doch komfortabel genug, um dort Besuche zu empfangen, ohne dass er erröten musste. Von Zeit zu Zeit sah der Portier eine Maske von eleganter Erscheinung passieren, selten dieselbe, die um Mitternacht aus einem Wagen stieg und bei Morgengrauen wieder abfuhr.

Um jene Zeit erhielt er Blumenbouquets, die von anonymer Hand für ihn abgegeben wurden. Sie erreichten ihn im Hôtel de Lauragais, begleitet von einem Billett, worin von einer weiblichen, immer der gleichen Hand geschrieben nur die Worte standen: *Für M. Qoëlet.* Zu viele Dinge beschäftigten ihn damals, als dass er dieser Unbekannten Aufmerksamkeit schenkte, die ihn nie zu treffen versuchte. Vielleicht hätte er dennoch … Aber er hatte wieder jenen früheren Appetit auf die Körper und den Seufzer bekommen, den die Frauen in dem Augenblick ausstoßen, wo sie sich hingeben, obgleich er sich nie ohne schlechtes Gewissen ins Vergnügen stürzte. Er fand jenen Prunk wieder, den er in Konstantinopel kennen gelernt hatte, und etwas von jener seligen Zufriedenheit, mit der er die Zukunft verschleiert. Lauragais' aufwendiger Lebensstil wie der von Bussy rissen ihn mit in diese Trugbilder hinein. In einem solchen Luxus konnte alles Mögliche geschehen. Und alles Mögliche geschah …

Nach zwei Monaten trat überraschend der erste Todesfall ein. Eines Morgens präsentierte sich eine Frau mit einem Kind von zwei, drei Jahren im Arm im Hôtel de Lauragais. Der Kleine war übersät von Pusteln, ohne Zeichen von Leben. Seine grünliche Hautfarbe kündigte bereits Verwesung an. Der Gestank war eine Qual für die Nase. Die Mutter drang bis zu Tronchin vor, der das Kind behandelt hatte, baute sich breit vor ihm auf, begann zu klagen:

»Ihr habt ihn mir umgebracht! Ihr habt meinen kleinen Jungen getötet!«

Die Hundert oder Hundertfünfzig, die sich in jenem Moment im Entrée des Hauses befanden, wo man die Patienten empfing, erstarrten. Alle blickten zu dieser Frau hinüber, die ihre Schmerzen hinausschrie, die, mit ihrem kleinen Leichnam im Arm, heulte. Der Genfer Arzt, außer Fassung geraten, vermauerte sich in Schweigen. Dieses Geschrei missfiel ihm. Dieser Lärm war nicht gut für seinen Ruf.

Da trat Qoëlet vor, legte der Frau seinen Arm um die Schultern und führte sie in ein Vorzimmer. Nach ein paar Minuten trat sie mit getrockneten Augen, ganz ruhig und wie von neuer Hoffnung erfüllt trotz des kleinen Leichnams, der in ihren Armen ruhte, wieder heraus. Kurz darauf erschien er wieder, ungerührt. Oder fast ungerührt: Denn während er mit Baul die Behandlung vorgenommen hatte, hatte er nie erlebt, dass dies geschah.

»Was habt Ihr denn zu ihr gesagt?«, fragte ihn Dr. Tronchin neugierig.

»Ich habe ihr versprochen, dass ihr nächstes Kind nie die Pocken bekommen wird«, antwortete der Reisende mit dumpfer Stimme.

Mehr konnte Tronchin nicht mehr verstehen: Die Menge

strömte plötzlich der armen Mutter nach zur Eingangstür und schrie:

»Ein Kind ist an der Inokulation gestorben! Bei Graf von Lauragais ist ein Kind gestorben!«

Ohnmächtig sahen die Inokulatoren zu, wie sie das Haus verließen. Denn nach drei Minuten war nicht einer mehr übrig.

Damals schätzte man die Zahl der Personen, welche sich die »diskreten« – also nicht »konfluenten« – Pocken hatten einpfropfen lassen, seit diese Mode von Qoëlet und La Condamine in Paris lanciert worden war, auf ungefähr Tausend. Vom statistischen Standpunkt aus betrachtet, war und blieb das Experiment also nach wie vor so überzeugend wie vernünftig. Aber die Vernunft ist nicht der einzige Richter auf dem Gebiet der öffentlichen Gesundheit. Und all jene, die es noch einen Augenblick zuvor eilig gehabt hatten, sich inokulieren zu lassen, zeigten durch ihre Flucht, dass ihnen mit einem Mal alle Lust auf Fortschritt vergangen war.

Die Nachricht von diesem Todesfall verbreitete sich sofort in Paris. Hecquet und die Seinen, überglücklich, beweisen zu können, dass die Inokulation eine Häresie war, drangen beherzt durch die von der Natur geschlagene Bresche. Die Polemik schwoll gewaltig an. Es kam zu Handgreiflichkeiten. Die Warteschlangen vor dem Hôtel de Lauragais versiegten.

Der Saal der Varioliker des Hôtel-Dieu lieferte die Pustelkrusten, die von Erkrankten entnommen wurden. Die Feinde des Verfahrens vergifteten die Polemik, indem sie Anzeige wegen illegalen Handels erstatteten. Dabei hatten nämlich einige Münzen den Besitzer gewechselt. Das *Journal de médecine et de chirurgie* und der *Mercure de France* brüsteten sich mit Artikeln, welche die »Inokulisten« und ihre Operation wider die Natur, die seit einigen Monaten in Paris praktiziert werde, an den Pranger stellten. Hecquet gab sämtliche Texte seines Vaters gegen das aus Konstantinopel eingeführte Verfahren neu in Druck. Einer seiner Komplizen, der weit gereist war, verbreitete das Gerücht, Timonis eigene Tochter sei trotz oder gerade wegen der Inokulation an den Pocken gestorben. Ein anderer berichtete, er habe eine inokulierte Frau kleine Kaninchen zur Welt bringen sehen. Zum Beweis seiner Worte präsentierte er ein von drei Ärzten der Fakultät untergezeichnetes Dokument, das in Paris gewaltiges Aufsehen erregte.

Die jansenistischen Priester brandmarkten in den Kirchen die teuflische Natur des Verfahrens. Im Faubourg Saint-Germain erinnerte Abt Néhier über dem Grab der Gräfin von Lauragais daran, dass der Teufel Hiob von den Füßen bis zum Scheitel mit einem bösartigen Geschwür geschlagen habe.

»Der Sachverhalt ist wahr!«, versicherte er wetternd von der Kanzel herab. »Der Teufel hat einst Hiob die konfluenten Pocken eingepfropft. Es ist ein Fluch, dieses barbarische Verfahren, das von den Ungläubigen gekommen ist und das die heiligen Gesetze des Schöpfers überschreitet. Daher sage ich euch, es sind der Gottlose und der Profane, der Heide und der Zweifler, die inokulieren und sich inokulieren lassen! Am Tage des Gerichts werden sie sich für diese Verbrechen verantworten müssen, und sie werden die Erwählten der göttlichen Bestrafung sein!«

Ganz Paris wurde von dieser Debatte erschüttert. Das Fieber hatte auch Versailles ergriffen. Die königlichen Vorzimmer waren gesättigt vom Raunen der Konversationen, die die Tollheiten des Grafen von Lauragais sezierten und kommentierten.

La Condamine und Qoëlet wussten, dass sie nun versuchen mussten, die Unterstützung des Königs zu erlangen. Dank der

Vermittlung Diderots erreichten sie, dass sie von der Marquise de Pompadour empfangen wurden. Die Begegnung fand am 16. Mai 1763 in ihren Appartements des Schlosses von Versailles statt.

Trotz der milden Jahreszeit und des strahlenden Sonnenscheins an jenem Tag empfing Madame de Pompadour die beiden Herrn in einem Zimmer, dessen Kamin kräftig bullerte. Die Marquise hüllte sich in einen langen Schal von grüner Seide, den der Reisende als eine Betille aus Indien wiedererkannte. Ihr Teint war blass, ihre Stimme heiser, ihre Gesten fahrig. Sie hustete häufig und wirkte wie sechzig, während die Besucher wussten, dass sie kaum vierzig war. Die Erschöpfungen eines Körpers, den sie seit Langem nicht mehr ihrem Liebhaber darbot, hatten der Lebendigkeit des Geistes der königlichen Favoritin jedoch keinen Abbruch getan. Mit den Fingern krampfhaft Diderots Brief umklammernd, der für die beiden Gelehrten eine Audienz erbat, hörte sie ihnen mit aufrichtigem Interesse zu.

In dem Blick, den sie Qoëlet zuwarf, lag ein Funke friedlichen, vielleicht auch heimlichen Einverständnisses. Sofort dachte er an die Gräfin von Lauragais. Seine Augen konnten sich, während er sprach, nicht von denen der Madame de Pompadour lösen, die ihn eindringlich ansah. Eine einfache Magie tat ihre Wirkung zwischen den beiden Wesen, ähnlich jener, die einst zwischen Qoëlet und der Gräfin gewirkt hatte. Eine Magie des Geistes, aber auch des Instinkts, die zwei Menschen, die sich zum ersten Mal begegnen, das Gefühl verleiht, als gäbe es keine Verstellung mehr, als würden sie sich schon immer kennen und schätzen.

Jede einzelne Geste der Marquise war für den Bretonen von Bedeutung. Und jede ging ihm nah. Wenn er von ihren Augen abließ, so nur, um sich an die Bewegungen ihres Körpers zu heften, an jenes leichte Schaudern, das sie durchfuhr und sie für seinen Blick noch empfindsamer machte. Er beobachtete fast verliebt ihr Gesicht, gleichgültig gegenüber den Spuren der Zeit, einzig interessiert an dem Verstand, den es ausstrahlte.

Madame de Pompadour schien ihrerseits wie verhext von dem Mann mit dem Stock mit dem Löwenkopf. Sie stimmte seinen Argumenten mit einem Kopfnicken zu. Lächelte ihn mit einer Zurückhaltung an, die seinen Redeeifer nur noch mehr entfachte.

Die Worte strömten Qoëlet wie durch Verzauberung über die Lippen. Er fühlte sich voller Leben, wie er es einer Frau gegenüber seit fünfzehn Jahren nicht mehr gewesen war. Daher ersann er Sätze, die sie berührten. Der Reisende las in diesem Blick, dass sie ihn gleichfalls hätte lieben können – sie, der einst als Neunjähriger von einer Zigeunerin prophezeit worden war, dass sie eines Tages von einem König geliebt würde: Dieser Blick war aufrichtig und voller Verstand.

»Wir werden uns wiedersehen, Monsieur de Qoëlet, wenn Ihr es wünscht«, meinte die Marquise, während sie von ihm Abschied nahm. »Schreibt mir bis dahin von Eurem Abenteuer. Es wird mir ein Glück bedeuten, Euch zu lesen …«

Gerührt verneigte er sich, ohne jedoch zu antworten.

Die Unterredung mit Madame Pompadour trug Früchte. Das Problem der Inokulation war bis zu den Ohren Ludwigs XV gedrungen. So dass dieser Souverän, dessen Eltern selbst den Pocken erlegen waren, darüber erzürnt war, dass man außerstande war, ihm zu sagen, wie er darüber zu denken habe. So befahl er dem Parlement de Paris, dem höchsten königlichen Gerichtshof, in der Debatte eine definitive Antwort zu erbringen.

Kraft dieser Order führte Joseph Omer Joly de Fleury, seines Zeichens Procureur du Roi oder königlicher Generalanwalt, seine Untersuchung über das umstrittene Verfahren durch. Am 8. Juni 1763 fasste das besagte Parlamentsgericht schließlich einen Beschluss mit der Anordnung, die Fakultäten der Medizin und der Theologie hätten »zusammenzutreten und ihr ausführliches Urteil über den Casus der Inokulation abzugeben, ob sie zu gestatten, zu verbieten oder zu tolerieren sei.«

Aber zur gleichen Zeit, wie er die Eröffnung einer offiziellen Untersuchung bekannt gab, ließ der Beschluss bis zu dem Zeitpunkt, wo eine Entscheidung getroffen sei, die besagte Operation in der Stadt und den Faubourgs verbieten, um jedweder Seuchengefahr vorzubeugen. Hecquet und die Bigotten reagierten mit Beifall auf diese schöne Geste.

»Bei Zweifel ist Enthaltung Vernunft!«

Qoëlet, La Condamine und Lauragais, die bereits gefühlt hatten, wie ihnen der Wind des Fortschritts das Gesicht umschmeichelte, empfingen die Nachricht wie eine Ohrfeige. Voltaire, Baron Grimm und einige andere unter La Condamines gewohnten Korrespondenten empörten sich mit ihnen, so sehr sie sich darüber amüsierten, dass man sich an die Theologen der Sorbonne wandte, um über eine medizinische Angelegenheit zu richten. Noch mehr als die anderen sorgte sich Qoëlet, wenn er bedachte, dass er noch so vieles beizutragen, so vieles zu tun hatte. Er ahnte die Ängste, die Bedenken, und wusste um ihre Kraft.

Lauragais polterte, grün vor Zorn:

»Die werden von mir hören! Ein Lauragais lässt sich kein Verbot inokulieren! Ich habe die längere Lanzette!«

Und tatsächlich drehte sich fortan alles in jenem Hôtel de Lauragais, das von den gewöhnlichen Obszönitäten des Grafen widerhallte, nur noch um die Frage, wie das Verfahren vor der Akademie der Wissenschaften, die der Generalanwalt des Königs als Tagungsort der Verhandlung erwählt hatte, zu verteidigen sei.

SECHS

Der Tag der Verhandlung vor der Akademie kam. Das Ganze glich bis zum Verwechseln den Redeturnieren im Priesterkollegg von Vannes. Die beiden Legionen, auf der einen Seite die Römer, die auf der andern die Karthager … Wer bekäme den Schlag mit der Zuchtrute auf die Finger?

»Die werden wir ganz schön ficken!«, tönte Lauragais zur Ermutigung der kleinen Gruppe, während er sie, am ausgestreckten Arm seine Denkschrift schwingend, die er zu diesem Anlass verfasst hatte, zur Akademie der Wissenschaften führte.

Hecquet war eloquent und berief sich wie immer auf den guten Namen seines Vaters. Das Spektrum seines Pessimismus' auf die weitesten Gebiete ausdehnend, die sein Geist zu erfassen vermochte, erinnerte er an die zweifache Art von Verurteilung, welche die Inokulation träfe: nämlich in den Augen der Wissenschaft und denen von Gott. Da sie wider die Gesetze, den gesunden Verstand, die Religion verstoße – mit einem Wort, da mehr Magie als Medizin –, sei die Inokulation der Variola eine Idee des Teufels. Ihre bekanntesten Nebenwirkungen seien – dabei hatte er sich Lauragais zugewandt – Geistesschwachsinn und sexuelle Immoralität.

Jene, die nach ihm sprachen, waren, wenn nicht ebenso eloquent, so doch zumindest ähnlich entschlossen. Diese Reden missfielen Lauragais, der darauf brannte, das Wort zu ergreifen.

»Alte Puffmutterpisse, das alles!«, grollte er von Zeit zu Zeit.

Aber Generalanwalt Joly de Fleury, der Schiedsrichter der Verhandlungen, scherte sich um das Geschimpf des Grafen so wenig wie um den Namen seiner momentanen Mätresse. Zuallererst erteilte er Charles-Marie de La Condamine das Wort, der überzeugender als je zuvor war. Der Gelehrte erinnerte daran, wie viele gesicherte Fakten die Partei der Inokulation nun bereits vorweisen könne, und schloss mit dem seither berühmt gebliebenen Satz:

»Die Pocken vernichten, verstümmeln und entstellen mehr als ein Viertel des Menschengeschlechts: Durch die Natur wurden wir *dezimiert*, dank der Kunst werden wir nur noch *millesimiert*!«

Dieser Formulierung, die klarstellte, dass von tausend Inokulierten nur einer starb, während die Gefahr, dass ein Pockenerkrankter nicht überlebte, hundertmal größer war, wurde mehrere Minuten lang applaudiert.

Dann war die Reihe an Qoëlet, das Wort zu ergreifen. Drückendes Schweigen lastete auf den Anwesenden, während sein schwankender Schritt unter der gelehrten Kuppel widerhallte. Man hörte einige Männer tuscheln – Frauen, die ihnen sofort zu schweigen geboten und sich vorbeugten, um ihn besser zu sehen. Er trat vor bis zum Katheder, umschritt es, lehnte seinen Stock daran, postierte sich schließlich dahinter und blickte zu den Anwesenden auf.

Unter der Kuppel der Akademie war mehr als die Hälfte der Ärzte der Hauptstadt versammelt, somit fast achtzig Barette, in deren Mitte sich Hecquets Anhänger regten. Ebenso viele Vertreter der höchsten Kreise, allesamt nach der letzten Mode in gepunktetes Tuch gekleidet, voller Pflästerchen und Puder, lauthals kreischend, schallend lachend, doch in diesem Moment verstummend. Zahlreiche Gelehrte und Universalgenies von unterschiedlichstem Niveau. Schriftsteller, Gazettenschreiberlinge, Berichterstatter. Dort der Enzyklopädist und Romancier Denis Diderot, hier Nicholas-Joseph Cugnot, ein Artillerieoffizier und Erfinder, der fünf Jahre später einen Dampfwagen, Vorläufer von Automobil und Eisenbahn, vorstellen sollte. Feine und Halbseidene, Schaulustige, die nach Spektakel, nach Handgreiflichkeiten oder warum nicht gleich Duellen gierten. Gottesfürchtige, sehr düsteren Blicks und sehr gegen jede Neuerung voreingenommen. Die Saaldiener, der Concierge, sein Sohn, künftiges Mitglied des Revolutionskonvents …

»Hohes Gericht!«, begann also Qoëlet. »Wer beschränkt und erweitert unsre Ansichten, wenn nicht die Natur? Ist es nicht gleichfalls die Natur, die uns dazu drängt, sogar die Natur zu verlassen, wie das Denken uns zuweilen von der Vernunft entfernt oder wie das Ungestüm eines Flusses dessen Dämme bricht und ihn über seine Ufer treten lässt?

Sich mit der Krankheit infizieren, um sich vor ihr zu schützen … Diese Vorstellung schockiert. Und doch stoppt man die alkoholische Gärung mit Schnaps. Und Mithridates ist in den Gedächtnissen geblieben als jemand, der sich Tag für Tag Gift durch die Kehle rinnen ließ. Und daraus folgt? Das Menschengeschlecht beobachtet sich selbst nicht mehr, als es die Natur beobachtet …

Ich kenne Menschen, welche die Wahrheit in gleicher Weise abstößt, wie manche empfindliche Personen daran Anstoß nähmen, eine Frau ganz nackt zu sehen. Sie wünschen, dass der Geist bedeckt bleibe wie der Körper.

Ebenso verhält es sich mit der Pockeninokulation: Die Natur spricht, und doch weigern sich manche, auf sie zu hören!« Qoëlet wandte sich an einen Doktor der Sorbonne, dessen Gesicht grauenhaft blatternnarbig war. »Ihr, Monsieur«, rief er ihn an. »Hättet Ihr nicht lieber leben wollen, ohne auf Eurem Gesicht die schrecklichen Zeichen dieser Krankheit zu tragen? Und Ihr?«, fuhr er, an einen Parlamentsabgeordneten mit ebenso stark verunstaltetem Gesicht gewandt, fort, »habt Ihr nicht einen Bruder oder eine Schwester, ein Kind, eine Gemahlin aufgrund dieser Geißel verloren? Und Ihr, Monsieur le Président?«, fügte er, Joly de Fleury ansprechend, hinzu. »Erscheint es Euch vernünftig, dass man jedes zweite Kind diesem Übel überlässt, ohne einen Versuch zu unternehmen, es zu bekämpfen? Warum den Parisern die Möglichkeit vorenthalten, ihre Kinder zu verschonen?

Eines Tages, Messieurs, wird die Geschichte über uns richten. Sie wird streng sein ...«

Was Qoëlet in dieser halben Stunde sagte, hinterließ tiefen Eindruck in den Köpfen. In den Salons sprach man von seiner Rede in der Akademie wie von einem Muster an Scharfsinn und Pragmatismus, von Analyse und gesundem Menschenverstand. Es wird sogar bedauert, dass die Mitschriften der Sitzungen dreißig Jahre später bei der Plünderung eines Teils der Gebäude verschwunden sind ... Revolutionen haben eben ihren Preis.

Als er geendet hatte, bestand für niemanden im Saal ein Zweifel, dass seine Argumente bei weitem über die der Skeptiker gesiegt hatten. Die Richter konnten nur beeindruckt sein. Joly de Fleury, der eines Tages Verse zum Ruhme der Inokulation verfassen sollte, gab es zu und bat den Redner mit tausend freundlichen Gesten und ebenso vielfältigem Lächeln, sich wieder zurück auf seine Bank zu begeben.

Da erhob sich Hecquet und schrie:

»Dieser Mann ist ein Betrüger, er will uns die *variola vaccina*, die Kuhpocken, inokulieren!«

Ein ängstliches Gemurmel entstand unter den Anwesenden, denen der Verhandlungsführer nun einen Lauragais lieferte, der es kaum erwarten konnte, sich in den Kampf zu stürzen.

»Monsieur le Comte de Lauragais!«, verkündete Joly de Fleury, um die Versammlung zum Schweigen zu bringen.

Der Graf trat vor, doch Hecquet schrie erneut:

»Er inokuliert Erreger von der Kuh! Das ist ein Vergifter! Ein Kind ist schon daran gestorben!«

Durch das Publikum ging ein besorgtes Raunen. Unter den Anwesenden erhob sich bedrohliches Grollen. Die achtundsiebzig Richter, alles Doktoren der Medizin oder der Theologie, blickten einander zweifelnd an. Einige schienen mehr zu wissen als andere, die die Anspielung nicht begriffen. Man hörte sie berichten, was in den Kreisen der Gegner der Inokulation gemunkelt wurde: Dieser Monsieur Qoëlet, von dem keiner wusste, woher er kam, dieser Mann, der am Stock ging, das »hübsche grüne Kostüm«, wie jene Damen sagten, dieser Qoëlet behauptete, dass die Kuhpocken, wenn man sie dem Menschen inokuliert … Jawohl, kein Zweifel war erlaubt: Selbst Marquis Charles Joseph de Bussy, der ihn gut kannte, da er ihn in seinem Haus logiert hatte, versicherte, es gehört zu haben.

»Muuh! Muuh!«, brüllte Graf von Lauragais, um die Versammlung zum Schweigen zu bringen.

Dann schwang er sich zu einer flammenden Rede auf, in der die Angriffe auf seine Gegner bald über die Verteidigung des Verfahrens obsiegten. Man vergaß die vernommenen Worte, damit einem nur ja nicht seine Beleidigungen entgingen. Am Ende einer halben Stunde dieses Gebarens befahl der Generalanwalt dem Grafen, zum Schluss zu kommen. Aber einem neuen Cato gleich ließ dieser seiner Inspiration trotz der Buh-Rufe weiter freien Lauf. Joly de Fleury erteilte ihm den Befehl, zu schweigen. Da wandte sich der Graf heftig um, sah ihn mit spöttischen Augen an und rief aus:

»Omer de Fleury will mich zum Schweigen bringen! Omer Joly de Fleury, der, wie Monsieur de Voltaire sagt, weder Homer, noch *joli*, noch *fleuri* ist! Aber wenn ich deinen weder hübschen, noch geblümten Namen *Omer de Fleury* vernehme, dann versteh' ich besser, warum du diese Feiglinge wie Schmeißfliegen brummen lässt! Drum schweig, du geschwätziger Haufen Kot, Lauragais offeriert dir sein schmuckstes Sträußchen!«, sprach's, streifte sich die Beinkleider herab und präsentierte dem Generalanwalt des Königs seinen nackten Hintern.

Auf diese Geste erhob sich der gesamte Saal, erstickte diesmal endgültig die Stimme des spöttisch grinsenden Lauragais. Das Wort und die Geste machten zur großen Befriedigung ihres Urhebers die Runde durch ganz Paris. Wenige Tage später wurden ein Offizier der Garde und seine Eskorte im Hôtel de Lauragais vorstellig, um dem Grafen Mitteilung zu machen, dass ihn in der Festung von Metz sein Kerker erwarte – wo er es sich, so der Wunsch des Königs, bequem machen möge.

»Er soll an den Pocken krepieren, sofern's auf dieser Welt noch eine Ordnung gibt!«, zischte der Graf, als er diesen Haftbefehl vernahm.

Worauf er, nicht ahnend, dass die Ordnung der Welt eines Tages seinen Wünschen entsprechen würde, zugab, dass er fortan alle Zeit haben würde, um sich dem Schreiben zu widmen. Tatsächlich begann er *Clytemnèstre*, ein Stück in drei Akten, zu verfassen, das im folgenden Jahr zu Paris in seinem Théatre des Petits-Champs aufgeführt werden sollte.

La Condamine und Qoëlet hingegen waren äußerst beunruhigt. Beide schwiegen. Das Hôtel de Lauragais war, seit ein königlicher *Lettre de cachet* den Grafen nach Metz geführt hatte, verwaist. Seine Frau, die Prinzessin, hatte die Pforten geschlossen, war mit ihrer Tochter in einen Landstrich weitab von Paris abgereist.

Die Anhänger der Inokulation trafen sich bei La Condamine. Im Haus des Gelehrten herrschte eine drückende Atmosphäre zwischen Hoffnung und Furcht. Seit zwei Tagen saßen die Richter hinter verschlossener Tür in der Akademie und berieten sich. Selbst im Salon des Forschungsreisenden kursierten pessimistische Gerüchte. Man munkelte, Ärzte und Theologen stünden unter dem Einfluss der gegnerischen Parteien. Es wurde behauptet, mehrere von ihnen hätten erklärt, sie zögen selbst die Hölle einem Votum zugunsten des neuen Verfahrens vor.

Schließlich äußerten sich die Herren Parlamentsjuristen und Theologen. Ihr Beschluss wurde um acht Uhr abends bekannt gegeben. Eine treue Anhängerin der Sache, die vor Ort gewartet hatte, überbrachte die Nachricht.

»Das Parlamentsgericht und die Sorbonne enthalten sich der Urteilsfindung und delegieren sie! Ein besonderes Kollegialgericht, bestehend aus zwölf Kommissären der medizinischen Fakultät, wird durch ihren Doyen bestimmt, um ein Urteil abzugeben. Einstweilen ändert sich nichts! Das Verbot der Inokulation innerhalb der Stadt bleibt bestehen!«

Alles würde im Geheimen in diesem Sondergericht noch einmal von vorn beginnen. Das würde einen Prozess nach dem Prozess, eine typische Pariser Sonderregelung bedeuten …

Eine unbeschreibliche Hitze hatte sich auf die Stadt gesenkt. Frauen und Greise brachen vom Hitzschlag getroffen auf der Gasse zusammen. Die widersprüchlichsten Gerüchte kursierten über die Ursachen dieser verwunderlichen klimatischen Episode.

Das Kollegialgericht tagte eine ganze Woche hinter verschlossener Tür. Aber als seine Mitglieder auseinandergingen, erklärten sie lediglich, dass sie zu keiner Mehrheit für die eine oder die andere Position gelangen konnten. Auch mehrere Stimmgänge hätten daran nichts geändert.

»Sechs haben pro gestimmt ... und sechs haben contra gestimmt!«, berichtete La Condamine, als Qoëlet bei ihm eintrat. »Ah! Diese verdammten Feiglinge! Oh, diese gemeinen Halunken!«

Der Gelehrte verstummte. Er weinte fast vor Zorn, so absurd war dieses Endergebnis. Mangels Mehrheit blieb die Inokulation in Paris verboten. An das Pflegepersonal des Hôtel-Dieu erging der Befehl, es habe sich zu weigern, jene, die danach verlangten, mit variolischen Pustelkrusten zu versorgen. Empört über dieses Geziere und Gezerre, packte Tronchin seine Koffer.

»Das ist ein Land von Verrückten, die man gegen etwas ganz anderes als die Pocken behandeln müsste!«, meinte der Arzt bitter, als er von La Condamine Abschied nahm.

Im Laufe des September und Oktober 1763 reiste Qoëlet mit einer aus Trotz gespeisten Energie die ländlichen Gegenden ab. Jeden Morgen durchschritt er die Tore der Stadt, um sich zu einem jener Bauerhöfe zu begeben, auf denen er Spuren der *picote* gefunden hatte. Sie hießen Fanette, Hélène, Louison, Françoise ... Einerlei. Ohne Gefahr, sich zu täuschen, darf man annehmen, dass er die von diesen Frauen, ob jungen oder alten, entnommenen Kuhpocken mehr als dreihundert Personen inokulierte.

In abgelegenen Dörfern oder Weilern ließ er sich die Häuser zeigen, in denen die Krankheit grassierte. Er stellte sich verweinten Eltern, resignierten alten Leuten, völlig aufgelösten Priestern vor. Man sollte freilich nicht verschweigen, dass er zuweilen auch fortgejagt wurde. Oft war der Pfarrer des Dorfs der Ursprung dieser Ablehnung. Anderswo empfing man ihn dagegen mit all der Hoffnung, die die Ohnmacht gebiert. Die Polemik über die Inokulation der künstlichen Pocken war bisher kaum aus den Städten hinausgedrungen. Die dörflichen Weiler lebten, selbst wenn in der Nähe von Paris gelegen, in Unkenntnis der Debatten, die die Hauptstadt so leidenschaftlich in Aufruhr versetzt hatten. Man hörte den Bretonen an, und seine Worte rührten durch ihre Schlichtheit die Herzen von Eltern, die schon allzu oft von den Verheerungen, die diese Krankheit verursachte, geprüft worden waren.

»Wie sagt Ihr? Ein Mittel gegen die Blattern! Ist das die Möglichkeit?«, fragten der Mann oder die Frau, auch wenn sie noch nicht daran glauben wollten.

»Die Sache ist ganz einfach«, antwortete Qoëlet in einem sanften Ton.

»Geht's dabei auch mit rechten Dingen zu?«

»Zweifelt Ihr etwa an den Segnungen der Natur?«

»Ich leb' von der Arbeit mit der Erde …«

»Mein Heilmittel kommt von nirgendwo anders her. Es ist ohne Gefahr …«

»Und was wird mich das kosten, Monsieur?«

»Ein paar Augenblicke, kaum mehr.«

Dann führte man ihm die Kinder des Hausstands vor. Qoëlet lächelte sie an, fuhr dem einen mit der Hand durch das verstrubbelte Haar, streichelte dem andern die Wange, setzte sich an den Tisch in der Stube. Dann bat er die Kinder, heranzutreten, und streifte voller Umsicht bei jedem die Ärmel hoch.

»Hab keine Angst, ich tu dir nicht weh«, flüsterte er.

SIEBEN

Voll und ganz in seine Sache, sein mondänes Leben, seinen Kampf vertieft, hatte Qoëlet seit seiner Ankunft in Paris vor fünfzehn Monaten alles vernachlässigt, was nicht mit den Pocken zusammenhing. Er hatte sich auch nicht für die Vertreibung der Jesuiten aus Frankreich interessiert, eine Affäre, die eine Zeit lang die Gespräche und die Gendarmerie beschäftigt hatte. Kaum einmal hatte er an Jean-Baptiste gedacht. All dies lag außerhalb seines Interesses.

Desgleichen hatte er sich von Charles-Joseph de Bussy entfernt, der ihn in seine Komplotte hineinzuziehen versuchte. Während für Qoëlet nur der Kampf für den medizinischen Fortschritt zählte, war der Marquis gänzlich von dem Prozess um den Verlust von Indien absorbiert.

Bussy lebte nur mit dem Ziel, General Lally zum Tode verurteilt zu sehen. Thomas Arthur de Lally hatte es der eifrigen Sorge dieses Todfeinds zu verdanken, dass er in Paris von kleinen Gassenjungen empfangen wurde, die ihn, wo immer er vorüberkam, mit ihren schrillen Stimmchen als »Monster!« und »Mörder!« begrüßt hatten.

»Wahrheit kommt aus Kindermund!«, pflegte Bussy jedem zuzusäuseln, der es hören mochte.

Kaum hatte er sich in Paris niedergelassen, hatte Lally, der sich für unschuldig erklärte und sogar gewillt war, zum Angriff überzugehen, einen Prozess gefordert. Zum Beweis seiner Rechtschaffenheit hatte er vorgeschlagen, freiwillig in die Bastille zu gehen und dort auf die Eröffnung des Prozesses zu warten. Man war überglücklich gewesen, ihn beim Wort nehmen zu dürfen. Der General war also an einem kalten Dezembernachmittag in die Gefängnisbastion mit den acht Zimmern im Osten der Stadt eingezogen, und der Skandal hatte weitere Nahrung erhalten.

Bussy wiederum, Charmeur wie nie zuvor, empfing in seinem Pariser Stadtpalais Freunde und Verwandte der Minister und die Minister selbst. Manche sprachen von zwanzigtausend Livres teuren Dîners. Dieser ausschweifende Luxus machte Eindruck. Der Marquis wurde umschwärmt und umschmeichelt. Nur vorübergehend durch Lallys Verfluchungen in seinem Triumph beeinträchtigt, hatte er den Lebensstil seines Ruhms sofort nach dem Einzug seines Feindes in die Bastille unbeschwert, spöttisch, brillant und selbstsicher – mit einem Wort: auf die ihm eigene Art – wieder aufgenommen.

Eines Abends klopfte einer jener Diener – mit Turbanen aus Karnatik –, die Bussy aus Indien mitgebracht hatte, an die Tür des Appartements, in dem Qoëlet seit seinem Auszug aus dem Haus des Edelmanns ein paar Monate zuvor Logis genommen hatte.

»Monsieur le Marquis de Bussy-Castelnau bittet Euch, mir zu folgen«, sagte der Mann ohne Umschweife zu ihm.

Bussy erwartete den Bretonen in seinem Salon. Er saß, die Beine auf einen niedrigen, mit Jade eingelegten Marmortisch gestreckt, bequem in einem ausladenden Fauteuil und trank ein Glas alten rotviolett schimmernden Bordeaux. Sie begrüßten sich mit einem Kopfnicken, das weder freundschaftlich noch feindselig war.

»Schenk dir ein Glas ein und hör mir zu, du holder Träumer!«, rief Bussy schließlich in einem Tonfall guter Laune. »Es gilt wichtigere Entscheidungen zu treffen als das, was du da mit dem Erfolg, der bekannt ist, in aller Öffentlichkeit anbietest. Lass die Leute doch sterben, wie sie wollen, verdammter Esel! Es gibt Schlimmeres …« Er schwieg einen Augenblick, dann fuhr er fort: »Pater Lavaur ist tot. Ein bösartiges Fieber, das er aus Pondichéry mitgebracht hatte …«

Qoëlet schrak zusammen. Jean-Baptiste also nicht mehr unter den Lebenden …

»Um mir das mitzuteilen, hast du mich herzitiert?«, fragte er nach einer Weile.

»Lavaur hinterlässt ein Tagebuch über seine Jahre in Indien«, antwortete Bussy. »Man findet darin mehrmals deinen Namen erwähnt, zusammen mit denen von Lally, Moracin, Landivisiau … Nichts, was für sie schmeichelhaft wäre, übrigens. Unglaublich, mit wie viel Feuer er Verleumdung betrieben hat, unser guter Pater! Und was man über dich darin liest … Man könnte meinen, du besäßest eine echte Gabe, dich immer in der Partei der Besiegten wiederzufinden, mein Lieber!«

Qoëlet dachte an das Pergamentheft, das er vor fast fünfzehn Jahren bei seiner Ankunft in Pondichéry mit dem Priester gegen ein anderes getauscht hatte. Das Exemplar, das Jean-Baptiste ihm gegeben hatte, hatte Qoëlet verloren, nachdem er in Gavalur durch jenen Pistolenschuss in die Brust beinahe getötet worden wäre, aber der Jesuit hatte das seine offenbar bis zum Schluss aufgehoben.

»Und weiter?«

»Begreifst du nicht, du armer Tor, dass dieses Gekritzel des Jesuiten ein Pulverfass ist? Lallys Prozess wird ganz beherrscht sein vom Gespenst dieses Teufels von einem Priester! Lavaur geht alles andere als schonend mit ihm um … Weder mit ihm noch mit dir! Du wirst vor Gericht erscheinen müssen, Qoëlet.

Du wirst dich vor den Richtern verantworten müssen. Pasquier weiß, wer du bist…«

»Pasquier?«

»Er ist Rat in der Großen Strafkammer und Rapporteur, also Untersuchungsrichter im Prozess über den Verlust von Indien. Er kennt dich!«

»Worauf willst du hinaus?«, fragte Qoëlet trocken.

»Das sollst du erfahren«, antwortete Bussy und richtete sich auf. »Dieser fette Kretin Pasquier tut, was ich ihm sage, und zwar mit Kusshand. Ich will unbedingt, dass du ihm, wenn er dich verhört, erklärst, dass der Jesuit auch dir ein Heft von seiner Art überreicht hat. Ich weiß, dass das stimmt, er schreibt es und erwähnt dich dabei namentlich. Und du wirst ihm sagen, dass du ein paar Zeilen gelesen hast, die er dort reingeschrieben hat… nichts von Bedeutung… unwichtige Details im Grunde…«

»In diesem Heft stand aber nichts«, unterbrach ihn Qoëlet.

»Du wirst sagen, dass Lavaur darin geschrieben hatte, Lally habe den Engländern etwas von meiner baldigen Abreise aus Pondichéry erzählt und dass ich aufgrund dieses Verrats in Vandavachy geschnappt worden bin…«

»Das ist nicht nur unwahr, sondern auch absurd. Ich habe dieses Heft im Jahr 1748 erhalten, bei meiner Ankunft in Indien! Und schon lange vor der Belagerung hat es nicht mehr existiert…«

»Unwichtige Details, das alles! Das Einzige, was zählt, ist dein Gedächtnis…«

»Mein Gedächtnis ist ziemlich gut, und ich kann dir sogar versichern, dass Pater Lavaur nie etwas von solchen Verdächtigungen erzählt hat. Im Gegenteil: Er hat eine Kapitulation vorgeschlagen, die Lally abgelehnt hatte.«

»Vergiss das und merk' dir lieber, was ich dir sage! Als Gegenleistung für diese … Erinnerungen könnten wir den braven Pasquier dazu bringen, dass er vergisst, dass du jemals existiert hast. Dabei würdest du viel gewinnen …«

»Rechne nicht damit!«, rief der Reisende und leerte sein Glas in einem Zug. »Indien, Pondichéry … Ich habe genug von dieser Geschichte. Geht zum Teufel mit euren tropischen Schandtaten. Mit euren *Écus*, euren *Louis*, euren *Pagoden*, euren *Lacks*, euren *Crores*! Tausend Namen habt ihr für die Bezeichnung von Geld. Bei eurer Buchhaltungsküche gerät man in eine ermüdende Poesie. Du langweilst mich, Bussy … Ich bin nicht bei dir ausgezogen, um dann wieder zurückzukommen und dir eine Falschaussage zu versprechen. Du schwimmst, ohne dir dessen bewusst zu sein, in einem Magma von Kleingeist. In ganz Paris erzählt man sich, dass du irrwitzige Summen von der Compagnie einforderst. Wenn's um das Eintreiben von Schulden geht, rechnet er wie ein Krämer, der glanzvolle Held! Du widerst mich an … Du willst diesen unglücklichen Lally unbedingt ans Messer liefern? Eher machst du nicht Halt?«

»Ich verteidige mich, das ist alles!«, entgegnete Bussy trocken. »In was mischst du dich ein, du Amateurheilkünstler? Soll ich dir was sagen? Du bist ein naiver Bastard, gezeugt von einem Narren. Typen von deiner Sorte taugen zum Martyrium im Irokesenland, noch mehr als der gute Pater Lavaur, aber nicht für die Raffinessen von Paris. Großer Tollpatsch, du! Du findest, ich sei zynisch? Die Wahrheit, Qoëlet, ist ein Fantasiegebilde, tu nicht so, als wüsstest du das nicht. Wie alt bist du eigentlich?«

»Du bist ein verdammtes Aas ….«

»Angenehm, ganz zu deinen Diensten! Lass mich dir noch das eine sagen, da dies der Moment für Komplimente ist: Pasquier wird dich bald ins Verhör nehmen, und du wärst besser beraten, wenn du spürst, woher der Wind weht in diesem Prozess …«, entgegnete Bussy mit einem raubtierhaften Grinsen, das der Reisende nur zu gut kannte.

Als er, in Gedanken mit dieser Drohung beschäftigt, Bussys Salon verlassen hatte, war Qoëlet Nase an Nase mit einem Gast zusammengestoßen, der geduldig im Vorzimmer wartete: Moracin. Dieser hatte ihm einen hasserfüllten Blick zugeworfen, auf den er, wie zuletzt auch auf dem Schiff, nur mit einem Schulterzucken reagierte. Zwei Jahre lang kämpfen, um den Menschen anzubieten, sich freiwillig mit der Variola zu infizieren, bevor sie einen ungewollt befiel. Zwei Jahre Kampf, Zweifel, Anstrengungen, jähe Anfälle von Entschlossenheit und dann so etwas: ausgerechnet diesem miesen Halunken Moracin über den Weg laufen, der eigens von Lorient angereist war, um sich von Pasquier einvernehmen zu lassen, und der nun Bussy seinen Bericht erstattete.

Die Schlacht war in vollem Gange. Sie griff die guten alten, in Pondichéry erprobten Methoden wieder auf: Schmähschriften, Veröffentlichung von Korrespondenzen, Zeugenaussagen, Gegendarstellung, Widerlegung … Die Verleumdung feierte fröhliche Urständ'. Die Lüge war gut zu Fuß.

Qoëlet verbrachte den Weihnachtsabend des Jahres 1763 in seinem Appartement bei einem Souper, das aus einem Brathuhn und einer Flasche Burgunder bestand. Seine Einsamkeit war vollkommen und ihm im Übrigen gleichgültig. In seinen Augen zählten einzig die Wohltaten, die er mit seinem Wissen erbringen konnte.

Am nächsten Morgen ging er auf dem Pont-Neuf spazieren. Dort florierte der Handel mit Quacksalberei und Wundermitteln. In der Nachbarschaft von Hodenschneidern und Zahnausreißern machte ein Monsieur Le Lièvre ein Vermögen mit seinem »Lebensbalsam«, der auf sanfte Art die unterschiedlichsten Körpersäfte abführte. Den Magen restaurierte und kräftigte. Die Natur wiederherstellte, ohne die geringste Alteration oder Erhitzung zu verursachen. Die radikale Feuchtigkeit konservierte. Die Blutzirkulation förderte, indem er die Säuren absorbierte, sie balsamisch machte. Und die ermatteten Kräfte wieder wachrief. Seit einigen Monaten bot dieser selbstgebraute Theriak, »gut für Mensch und Tier«, überdies auch noch dem, der ihn einnahm, die wohltuenden Wirkungen der Inokulation, ohne ihm ihre Unannehmlichkeiten zuzufügen. Monsieur Le Lièvre verkaufte seinen Lebensbalsam in aller Legalität an eine Menge Leute, die daran starben. Darüber erregte sich Paris auch nicht mehr als gewöhnlich.

All dies war Qoëlet, dessen Blick sich an den schlammigen Ufern der Seine in den grünlichen Wassern des Flusses verlor, besser als jedem anderen bekannt. Besser als jeder andere kannte er die allgemeine Blindheit, die Macht der Beziehungen, der einzelnen Interessen. Er war nicht von jener Welt, und das Wasser des Flusses, immer zu seinen Füßen, floss dahin, ohne den Ozean zu füllen.

Die Armut

EINS

Mitte Februar 1764 traf Qoëlet auf einen Brief hin, den sie ihm hatte zusenden lassen, Madame de Pompadour wieder.

»Ich weiß, ich sehe furchtbar aus!«, entschuldigte sie sich und verbarg mit den Händen das Gesicht, als er vor ihr stand.

»Nein«, stammelte er, von dieser koketten Geste ergriffen. »Wie ist Euer Befinden?«

»Wie ... mein Aussehen.«

Er wurde von der einstigen Favoritin des Königs nicht in ihrem inneren Kabinett, wo sie ihn einst in Begleitung von La Condamine begrüßt hatte, sondern in ihrem Schlafgemach empfangen. Es war ein Zimmer mit cremefarbenen Wänden, wie das Bett und die Fauteuils zum Teil bedeckt mit Bezügen von grüner Seide mit Blumenornamenten.

Beim Betreten des Zimmers hatte er zuerst niemanden bemerkt. Er war an eine Lackkommode herangetreten, auf der die Terrakottafigur einer Frau thronte, die ein kleines Engelchen umarmte.

»*Die Liebe, die Freundschaft umarmend*«, hatte hinter ihm plötzlich eine stark geschwächte Stimme gehaucht. »Ein schönes Werk, findet Ihr nicht? Eine verkleinerte Kopie der Marmorfigur von Pigalle.«

Madame de Pompadour hatte gerade die Vorhänge ihres Betts fortgezogen, in dem sie ausgestreckt lag. Da hatte er gesehen, wie sie sich das Gesicht mit ihren abgemagerten Händen bedeckte.

»Die Szene berührt einem das Herz, Madame«, hob er wieder an, noch ergriffener, als er gewollt hatte, während er sich nach der Statuette umwandte.

»Sie berührt es noch mehr, wenn man sein Kind beweint.«

»Madame, es gibt kaum Worte …«, begann Qoëlet, denn er wusste, dass die Marquise ihre Tochter durch eine bösartige Blinddarmentzündung verloren hatte.

»Nein, Monsieur. Die großen Schmerzen sind stumm. Sie machen einen auch klarsichtiger … Ihr habt mir nie etwas davon gesagt, aber ich ahne, dass Ihr mich versteht …«

»Auch ich habe ein geliebtes Wesen beweint«, antwortete Qoëlet verschämt.

»Es gibt Verluste, bei denen man weiß, dass man von ihren Wunden niemals geheilt wird …«

Qoëlet senkte die Augen, außerstande zu antworten.

»Hören wir auf, uns zu quälen«, fuhr die Marquise fort. »Und Ihr? Wie geht es Euch?«

»Oh … mir … Ich vernehme den Schritt der Menge, die zurückweicht …«

»Die Mengen kommen und gehen im Rhythmus der Moden, wie die Höflinge und die Farbenhändlerinnen … Paris wird von den Frauen regiert und die Frauen von den Modisten. Daran ist nichts Neues. Die Mode der Pünktchenstoffe ist *passé* und mit ihr Eure Methode. Man verurteilt ein Detail und vernichtet damit das Ganze. Das ist betrüblich, und doch ist es so, das kann ich besser beurteilen als viele andere … Aber sagt mir und kommt doch näher«, fuhr sie fort und zeigte auf einen brokatbezogenen Hocker direkt an ihrem Bett, »wie geht es Euch?«

»Eure neuerliche Nachfrage berührt mich tief, Madame«, antwortete Qoëlet, während sein Blick sich in den Bäumen mit ihren dürren Ästen des Parks von Versailles verlor.

»Aber ich bitte Euch, Monsieur de Qoëlet, ich möchte alles von Euch hören …«, insistierte die Marquise noch einmal mit einem zarten intelligenten Lächeln.

Er zögerte noch, doch dann redete er in einem Zug. Von seiner Vergangenheit, von seinen Reisen, von Serbien und vor allem von Madame de Lauragais. Er redete, wie man beichtet, wie man sich der Last eines Geheimnisses entledigt, das man zu lange allein getragen hat. Als er geendet hatte, verharrte die Marquise einen Moment lang in Schweigen, während ihre Augen auf denen ihres Besuchers ruhten, dann flüsterte sie in einem Atemzug, mit einer ganz sanften Stimme:

»Ich lese Eure Briefe, Monsieur, und ich lese sie sogar mehrmals. Es ist mir immer eine Lust, Euch zu lesen … Vorgestern hörte ich Monsieur Diderot zu, wie er von Eurem Kampf sprach. Er schätzt Euch sehr … Aber was Ihr mir von Euch erzählt, von jener Dame von einst, von Eurer Reise nach Indien, berührt mich tiefer, als Ihr Euch vorstellen könnt. Ich danke Euch. Ihr müsst ein sehr großes Vertrauen haben, um mir solche Geständnisse zu machen. Seid gewiss, dass es nicht unberechtigt ist …«

Sie hustete qualvoll, dann fuhr sie, dem Reisenden weiter in die Augen blickend, fort:

»Wir kennen uns kaum, Monsieur, aber wir verstehen uns, ich weiß es …« Sie beugte sich kaum merklich näher zu ihm und fügte hinzu: »Es wird gemunkelt, Ihr versucht Experimente mit … Kühen?«

Qoëlet musste lächeln. Keinerlei Argwohn lag in der Stimme dieser bemerkenswerten Frau, sondern ein ganz einfaches Erstaunen. Er redete noch lange weiter, von Gondwâna und von Baul, von der Göttin Mata und geheimnisvollen Ritualen einer fernen Religion. Er ließ sich treiben von der Lust, im Blick der Marquise zu lesen, dass man ihm ohne Zurückhaltung zuhörte.

Sie wiederum ließ sich, ganz und gar ihrer Neugier und ihrer Vorliebe für fremdländische Dinge ergeben, auf die Reise, ihre letzte, entführen. Noch einmal beschwor er das Bild der Gräfin von Lauragais; auch sie hätte ihm zugehört, dachte er bei sich.

In diesem Moment ergriff Madame de Pompadour Qoëlets linke Hand. Er ließ diese Geste, die ihn ein weiteres Mal an jene andere Frau erinnerte, an die er dachte, einfach zu. Der Daumen der Marquise strich zart über die Handmulde des Reisenden, dort, wo sich die Narbe der Verbrennung befand, die er sich einst am Vorabend seines Aufbruchs in Vannes zugefügt hatte. Dann flüsterte sie mit veränderter Stimme:

»Oh, verzeiht, mein Freund, wenn ich Euch beunruhige, aber ich glaube, es wäre besser, Ihr würdet diese Geschichte mit den Kühen vorläufig beiseitelegen! Das ist der Grund, warum ich Euch geschrieben habe. Mir war daran gelegen, Euch davon in Kenntnis zu setzen ...«

Qoëlet tauchte seinen Blick in den ihren.

»Ich habe erfahren«, erklärte sie, unverwandt Qoëlets verbrannte Hand betrachtend, »dass Doktor Hecquet und die Seinen mit allen Mitteln versuchen, Euch vor Gericht zu stellen, seit sich das Gerücht von Euren Experimenten verbreitet hat. Seid auf der Hut! Liefert ihnen keinen Vorwand, Euch verhaften zu lassen.«

»Aber ich habe Recht!«

»Vielleicht, aber die Affäre des Verlusts von Indien erhitzt die Gemüter sehr heftig. Ihr wart vor drei Jahren in Pondichéry ... Ihr wisst vielleicht, dass dieser tapfre und törichte Lally in Kürze vor Gericht gestellt wird. Pasquier ist als Staatsanwalt beauftragt, die Voruntersuchung durchzuführen ... und zwar als Vertreter der Anklage!... Etwas anderes versteht er nicht zu tun.«

»Das habe ich erfahren …«

»Man hat mich gerade informiert, dass er bei sich zu Hause von Doktor Hecquet Besuch erhalten hat. Dieser Umstand lässt mich nichts Gutes für Euch ahnen. Im Grunde dürftet Ihr nicht in Paris bleiben«, schloss die Marquise und betrachtete nun ihrerseits den Park, der sich allmählich purpurrot verfärbte.

»Aber leider wird in diesem Lande alles immer nur in Paris, wenn nicht in Versailles entschieden!«, rief der Reisende.

»Leider, ja … Versailles hat seine Position bekannt gegeben, indem es beschloss, sich auf das Urteil der medizinischen Fakultät zu verlassen. Ihr seid entschlossen, Euch weiter zu schlagen, das sieht man, das versteht sich. Aber merkt Euch, was ich Euch sage, und vergesst mich nicht. Kehrt besser zur Sonne zurück, mein lieber Qoëlet. Nur hütet Euch vor ihren Verbrennungen …«

Ergriffen küsste Qoëlet die Hand der Marquise, dann war er verschwunden.

ZWEI

Aufgewühlt, verängstigt, empört und das Herz auf der Zunge, begab er sich in die Stadt. Während er die Straße entlang schritt, blickte er sich nun, irgendeinen Spion befürchtend, ständig um.

Eines Abends meldete ihm der Portier, ein Mann hätte ihn über seine Person ausgefragt.

»Wie sah er aus?«

»Oh! Ganz so wie jeder ... Auch eine Frau ist vorbeigekommen und hat sich nach Euch erkundigt, aber ihren Namen könnt' ich Euch nicht sagen. War nicht das erste Mal, dass ich die gesehen hab' ...«

Seine Besorgnis wuchs dadurch noch heftiger. Aber nichts passierte. Als er es nicht mehr länger aushalten konnte, nahm er, die Warnungen der Marquise de Pompadour trotzig missachtend, seine Besuche auf dem Lande in der Umgebung von Paris wieder auf. Die Sache, um die es ging, erschien ihm zu wichtig, als dass er aufhören konnte, sich für sie einzusetzen.

Qoëlet wurde nicht nur von den Trauerfällen und den Leiden durch die Pocken, sondern auch von dem Elend der Bevölkerung auf dem Lande tief erschüttert. Wegen des Getreidemangels hatte sich der Brotpreis seit dem vergangenen Jahr verdoppelt. Es herrschte nicht mehr nur Nahrungsmangel, sondern eine richtige Hungersnot. Das arme Volk vegetierte, siechte dahin. Diese Armut, die ihn an jene seiner Heimat, der Bretagne, erinnerte, verwundete Qoëlets Herz, ohne dass sich Abhilfe schaffen ließ. Natürlich gab er dem Pfarrer des Dorfs, einer

Witwe, einem Krüppel ein paar Münzen. Aber er selbst hatte kaum noch Geld. Die Summen, die er bei den jüdischen Bankiers von Edinburgh deponiert hatte, gingen zur Neige. Ihm war gerade genug geblieben, um sich noch ein paar Monate in Paris zu halten. Und dann… dann stünde er ohne Mittel da. Ohne Zukunft. Und, um's frei heraus zu sagen, ohne ein anderes Ziel als das, seinen Kampf fortzusetzen.

In Paris wurde behauptet, selbst die notwendigsten Lebensmittel würden zusätzlich besteuert, um die Tilgung der Verluste zu sichern, die man durch die Compagnie des Indes erlitten hatte. Es ging das Gerücht, dass ein Teil des Geldes direkt in die Kassen der Direktoren floss. Andere versicherten, dass General Lally, auch wenn er in der Bastille einsaß, heimlich einen Teil dieser Summen einsackte. Der Verlust Indiens erfüllte die Gemüter so sehr, wie er die Geldbörsen geleert hatte. Man redete darüber auf den Märkten, in den Salons, in den Vorzimmern. Bei jeder Gelegenheit. Aus egal welchem Anlass. So waren es Hunderte – Adlige, Bürger, Handwerker –, die darauf warteten, dass endlich die Schuldigen für dieses Desaster ermittelt wurden; sie flüsterten, protestierten, reichten Petitionen ein, schwangen wilde Reden. Man brauchte Geld und Schuldige: Köpfe, die rollten.

All jene in Versailles, die Lally einst bei seinem Aufbruch nach Indien zugejubelt hatten, konspirierten nun um seinen Sturz herbeizuführen. Bussy stand an ihrer Spitze – oder genauer gesagt, hinter jedem Einzelnen dieser Verschwörer. Am 6. April 1764 erfuhr Qoëlet, dass Lallys Getreuen und der Mörder des Chevalier Dubois in die Bastille kamen.

Es wird behauptet, man habe, als Madame de Pompadour zehn Tage später ihren letzten Atemzug tat, auf ihrem Schreibtisch ein Billett ohne Adresse gefunden, auf das sie mit unbeholfener Hand ein *Verlasst Paris!* geschrieben hatte – wovon man mit gutem Grund annehmen kann, dass es für Qoëlet bestimmt war. Überflüssig, sich vorzustellen, was geschehen wäre, wenn diese Post ihren Adressaten erreicht hätte.

Am 29. August 1764 wurde vor der medizinischen Fakultät eine Dissertation gegen die Inokulation verlesen. Zur selben Zeit bahnte sich auf der anderen Seite des Atlantiks, von beiden Welten, der neuen wie der alten, unbemerkt, ein folgenschweres Ereignis an. Ein britischer Offizier namens Jeffrey Amherst, Militärgouverneur von Nouvelle-France, ließ den Indianern aus dem Ohio-Tal, mit denen er sich im Krieg befand, Decken überreichen, von denen er wusste, dass sie mit Pocken infiziert waren. Während also in Amerika zum ersten Mal die »biologische« Waffe eingesetzt wurde, sprach sich in Frankreich die medizinische Fakultät gegen die Pockeninokulation aus.

Als deren letzte aufrechte Anhänger unternahmen Qoëlet und La Condamine einen Gegenangriff. Am 13. September gab die Fakultät, in Vollversammlung vereint, eine neue Entscheidung kund. Charles-Marie de La Condamine war, schwer mitgenommen von dem Kampf, nach Hause gegangen, um sich auszuruhen. Qoëlet überbrachte ihm die Neuigkeit. »Die Fakultät hat ihr Urteil gefällt. Von zweiundfünfzig gegen sechsundzwanzig Stimmen wird die Inokulation der Pocken als nützlich und heilsam anerkannt!«, rief er, als er die Schwelle seines Verbündeten überschritt.

»Das war auch höchste Zeit!«, meinte La Condamine mit einem breiten Grinsen. »Endlich öffnet sich dieses Land der Vernunft.«

»Aber nicht so weit, wie Ihr glaubt«, fuhr Qoëlet verbittert fort, während er ihm eine Abschrift der veröffentlichten Entscheidung reichte. »Hier, seht: Personen, welche inokuliert wurden, ist es vom Tage ihrer Inokulation an bis sechs Wochen nach ihrer Genesung untersagt, mit der Öffentlichkeit in Kontakt zu treten, vor allem aber bleibt das Verbot der Operation in der Stadt und ihren Vororten zum Schutze der Gesundheit weiterhin in Kraft!«

Paris nahm die Nachricht dieses nur halben Sieges mit beißendem Spott auf. Die Mädchen der Etablissements mit roter Laterne sangen ausgelassen mit den Gassenpoeten:

Wenn du vorstößt und ich mich retirier'
Wie willst du dann, wie willst du dann?
Wenn du vorstößt und ich mich retirier'
Wie willst du dann
Dass ich dich inokulier'?

Die ständigen Meinungsumschwünge ermüdeten das Publikum, und es hörte auf, sich für die Sache zu interessieren. Die Mode wandte sich anderen Unterhaltungen zu. Man begeisterte sich für das »Reifenschwingen«. Alles in Paris stand plötzlich »im Reifen«, ließ Reifen um die Hüften kreisen. Den Parisern, immer gern in beobachtender Haltung, schien diese neue Marotte mit weit weniger Risiken verbunden zu sein als die der Inokulation.

Enttäuscht beschloss La Condamine, Paris zu verlassen, und begann eine Reihe von Vorträgen über die Inokulation, die ihn bis nach Russland führten. Qoëlet fand sich allein wieder. Von den dreißig Getreuen, die ganze Monate lang das Hôtel de Lauragais bevölkert hatten, beschuldigten ihn viele, dass er für das Scheitern der Sache verantwortlich sei, und zwar wegen seiner Forschungen mit den Pocken der Kuh, die Bussy ausposaunt hatte. Kurz vor seiner Abreise hatte Tronchin dies dem

Bretonen zu verstehen gegeben. Andere waren noch direkter gewesen.

Die Zeit des Luxus und der Salons war damit für Qoëlet vorbei. Kein Lauragais mehr, der ihn leichtgläubigen Frauen als einen Retter der Menschheit präsentierte. Adieu, trügerische Süße der ehrfurchtsvollen Katzbuckelei, der billigen Komplimente, der schönen Worte. Ohne Bezugsperson in den Salons, mit angezweifelter Glaubwürdigkeit, wurde er nirgends mehr empfangen. Nur die Unbekannte mit den Blumen blieb ihm noch treu und hinterließ weiter ihre anonymen Bouquets bei seinem Portier in der Rue Hautefeuille.

Mit jener demonstrativen Gleichgültigkeit gegenüber dem Unglück des anderen, wie sie in den feinen Kreisen üblich ist, wandten sich die Leute von ihm ab. Seine Worte hatten kein Gewicht mehr. Sein Gesicht langweilte. Sein Hinken wirkte lächerlich.

»Der Einbeinige ist im Reifenschwingen garantiert keine große Nummer!«, wieherten die eleganten Stutzer im Park der Tuilerien.

Tatsächlich interessierte sich Qoëlet überhaupt nicht für das Reifenschwingen. Man möge es ihm verzeihen. Jeden Morgen stieg er die Treppe hinunter und trat vor die Schwelle seines Hauses. Zur Linken das Kloster der Cordeliers oder Jakobiner, gegenüber die Fakultät der Medizin. Er wandte sich nach rechts. Tat ein paar Schritte. Wie viele? Sein Gehstock zählte sie, während er die Seine erreichte ... Da wurde er verhaftet.

DREI

Der Tag war gerade erst angebrochen, als Rat Pasquier im Palais de Justice eintraf. Er vergewisserte sich vor einem Spiegel, dass seine Perücke richtig saß, hüstelte, nieste, schnäuzte sich, rückte nochmals seine Perücke zurecht und trat dann in sein Amtszimmer, wo ihn bereits Monsieur de Brétignières, der ihm bei seiner Arbeit assistierte, und Monsieur Lebreton, sein Gerichtsschreiber, erwarteten.

»Messieurs, guten Tag! An die Arbeit! Der Tag wird lang werden …«

Seit dem 12. Januar 1764, dem Datum der Übertragung des Prozesses Lally an die Große Kammer, verging keine Stunde mehr, die der Gerichtsrat nicht den Ermittlungen in der Sache des Verlusts von Indien widmete.

Der im Jahr davor unterzeichnete Vertrag von Paris beließ Frankreich nur Pondichéry, Chandernagor, Yanaon, Karikal, Mahé und die Kontore Masulipatnam, Kalikut und Surat. Zumindest das, was davon noch übrig war, denn die Engländer hatten diese Orte so sehr verwüstet, dass nur noch Ruinen übrig waren.

Pasquier war nun schon seit zwei Jahren damit beschäftigt, die Zeugen zu vernehmen, die Akten zu sichten, und versuchte die Fäden des Skandals zu entwirren. Die Menge der Personen, die in die Affäre verwickelt waren, war beträchtlich. Die Summen, um die es dabei ging, nicht minder. Die Anklageschriften, Verteidigungen, Widerlegungen und Zeugenaussagen türmten sich auf seinem Schreibtisch. Jeder der Hauptakteure versuchte die Verantwortung für das französische Fiasko einem anderen als sich selbst aufzubürden.

Unter diesen Anklagen gab es einen Namen, den alle ständig im Munde führten und der schlimmsten Verbrechen beschuldigten: Thomas-Arthur Graf von Lally, Ritter des königlich militärischen Sankt-Ludwigs-Ordens, General-Leutnant der Armeen des Königs, Vize-König über die Niederlassungen in Indien, derzeit in der Bastille, wohin er sich vor zwei Jahren aus freien Stücken begeben hatte.

Dies tat auch Monsieur de Moracin, Unterhändler der Compagnie des Indes, Rat des Hohen Rates von Pondichéry und Gouverneur von Masulipatnam, der wie alle Mitglieder jenes Conseil supérieur in dem General die einzige Ursache der in Indien erlittenen Niederlagen sah. Und dies tat erst recht Marquis de Bussy-Castelnau, seines Zeichens Brigadegeneral der Armeen des Königs, der sich in ganz Paris höchst ungünstig über den General verbreitete, dessen Brutalität, Arroganz und Starrsinn anprangerte und ihn als Verräter an seinem Vaterland und seinem König beschimpfte. Sein *Mémoire pour le sieur de Bussy, expositif de ses créances sur la Compagnie des Indes* – die Kostenaufstellung seiner finanziellen Forderungen gegenüber der Ostindischen Handelsgesellschaft, die er sogar als Druckschrift publizierte, machte überall die Runde.

Der Rat hatte diese Personen mehrmals verhört, aber noch hundert andere, und sie alle hatten ihm Lally als ein Monster geschildert. Und schließlich hielt er das Tagebuch in den Händen, das Pater Jean-Baptiste Lavaur, der Superior der Jesuiten in Pondichéry, hinterlassen hatte, ein Dokument, das eine wahre Goldmine an Informationen über das Verhalten des Generals vor und während der Belagerung von Pondichéry enthielt. Es gab nicht einen Satz in diesem in Tierhaut gebundenen Heft, der nicht ein mörderischer, auf den einstigen Vize-Köng gezielter Pfeil gewesen wäre.

Und noch ein anderer Name wurde darin zitiert. Der eines gewissen Qoëlet, Privatmann, während der Belagerung von Pondichéry zugegen, kürzlich Urheber des Pocken-Skandals in Paris. Seine Rolle war dem Rat zunächst unerheblich erschienen. Was ihm Pater Lavaur vorwarf, war harmlos. Er hatte sich den Hass einiger Offiziere und Mitglieder des Conseil supérieur zugezogen, da er Lally unterstützt hatte. Der Jesuit sagte zwar böse Dinge über ihn, klagte aber mehr seine Seele als sein Betragen an. Nein, im Grunde hätte sich Pasquier kaum für Qoëlet interessiert, hätte ihn nicht fünf Monate nach der Verhaftung der wichtigsten Stützen des Generals sein Leibarzt aufgesucht und ihm enthüllt, was für ein Mensch dieser sonderbare Hinkemann war.

Das war im August 1764, vor bald zwei Jahren. Er erinnerte sich noch recht gut. Er war überrascht gewesen, als er vernahm, dass Dr. Hecquet, sein persönlicher Arzt, um eine Unterredung bat. Dieser ließ sich im Allgemeinen erst ausdrücklich bitten, bevor er seine Patienten aufsuchte. Der Staatsanwalt hatte ihn in seinem Arbeitszimmer inmitten von Akten der Sache Lally empfangen, die er sich nach Hause mitgenommen hatte, um sie nach dem Souper zu studieren.

»Was verschafft mir die Ehre, Monsieur Hecquet? Ich hoffe, es handelt sich nicht um eine schlechte Nachricht«, hatte er sich, durch diese Visite beunruhigt, erkundigt, als er ihn begrüßte.

»Nichts, was Eure Gesundheit betrifft, denn um diese steht es bestens, wie ich weiß, da ich gut für sie sorge, Euer Ehren«, hatte ihm Dr. Hecquet geantwortet, während er in dem Lehnsessel Platz nahm, den er ihm seinem Schreibtisch gegenüber angeboten hatte.

»Aber worum geht es dann?«

»Nun, die Sache ist so... Jedermann weiß, dass die Große Kammer des Parlamentsgerichts Euch damit betraut hat, im Prozess gegen General Lally zu ermitteln...«

»Das ist allgemein bekannt.«

»Nun heißt es aber, dass ein Mann, der mir bekannt ist, in Zusammenhang mit diesem Fall erwähnt wird... ein gewisser Qoëlet.«

»Ein kleiner Fisch. Nichts Ernstes, was den betrifft. Seid ganz unbesorgt.«

»Im Gegenteil, Exzellenz! Im Gegenteil!«

»Was wollt Ihr damit sagen?«

»Dieser Qoëlet ist ein schädlicheres Subjekt, als Ihr zu glauben scheint.«

»Wirklich? Ich sehe in den Akten, die man mir übergeben hat, nichts Gravierendes... Gut, er wird von mehreren Zeugen erwähnt als jemand, der General Lally seine Hilfe angeboten hat, aber es scheint, dies geschah ausschließlich zum Wohle der Bevölkerung, bei deren Verpflegung er mitgeholfen hat...«

»Dieser Mann begeht schwere Verbrechen unter dem Vorwand, seinem Nächsten zu helfen. Er hat Tausende von Toten auf dem Gewissen.«

»Tausende? Aber warum hat man ihn für diese Verbrechen nicht verhaftet?«

»Weil es keine offiziellen Beweise gibt... Ich meine, habt Ihr nicht von dem üblen Streit gehört, den die Inokulisten in der medizinischen Fakultät entfachten?«

»Mir ist zu Ohren gekommen, dass Ihr gegen diese Methode gewesen seid, die, wie es heißt, eine türkische sein soll...«

»Ich kann Euch versichern: Diese Geschichte mit der künstlichen Variola ist eine Ungeheuerlichkeit!«

»Aber worin besteht der Zusammenhang zwischen dem Prozess, mit dem ich betraut bin, und diesem … Qoëlet?«

»Dieser Mensch erdreistet sich, seinen Mitmenschen die Kuhpocken zu inokulieren!«

»Die Pocken der Kuh? Das klingt mir ja wie ein Scherz …«

»Glaubt es mir. Ich habe die Information von Marquis de Bussy-Castelnau persönlich. Außerdem habe ich ihn verfolgen lassen … Er geht aufs Land, um sein Übel zu propagieren. Jeden Tag, den Gott geschehen lässt, vergiftet er heimlich Menschen!«

»Aber was erwartet Ihr da von mir? Ich bin für den Indien-Fall zuständig, und im Rahmen dieser Sache erscheint es mir schwierig, das zu verhandeln, was Ihr mir da berichtet. Im Übrigen gebt Ihr selbst zu, dass Ihr die Sache nicht beweisen konntet …«

»Das ist richtig … aber von nun an seid Ihr über einen Mann im Bilde, der in einem Prozess erwähnt wird, mit dem Ihr betraut seid …«

»Ich werde mich daran erinnern, mein lieber Herr Doktor. Ich werde mich daran erinnern …«, hatte der Rat abschließend gemeint, während er Dr. Hecquet zur Tür begleitete.

Einen Monat später war ihm ein postalisches Schreiben des Grafen von Landivisiau zugestellt worden, worin geschildert wurde, wie besagter Qoëlet ihn während der Belagerung von Pondichéry in schändlicher Weise angegriffen hatte. Das gab Pasquier noch mehr zu denken. Dieser Mann hatte zu viele Feinde, um nicht verdächtig zu sein. Weshalb er dem Polizeipräfekten von Paris im Namen der Staatsanwaltschaft des Châtelet Anweisung gegeben hatte, besagten Qoëlet zu ergreifen und in die Bastille zu bringen, wie es mit all jenen geschehen war, die die Partei des Generals ergriffen hatten.

Die Verhöre hatten begonnen. Langwierig, sich endlos wiederholend, ermüdend. Sich mehr als ein ganzes Jahr hinziehend. Am Ende dieser Voruntersuchungen hatte der Magistrat eine Anklageschrift in einhundertachtunddreißig Artikeln verfasst, die er nebst seinen Untersuchungsberichten und Verhörprotokollen der Großen Kammer vorgelegt hatte. Dann war er unter Ausschluss der Öffentlichkeit zur Beglaubigung der Zeugenaussagen geschritten, hatte die Akten gesichtet und die Verhöre der Angeklagten vor den dreiunddreißig Richtern verlesen. Dies hatte sich drei Monate hingezogen. Die Magistraten, die rein gar nichts über Indien wussten, verließen sich bereits nur noch auf das Urteil des Untersuchungsrichters.

Es gab Schuldige. Nun musste man sie verurteilen.

VIER

Bereits im Morgengrauen war es hell genug in der Zelle, um die Inschriften zu entziffern, die Generationen von Gefangenen in den Stein geritzt hatten. Da er seit achtzehn Monaten täglich in der oktogonalen Reglosigkeit dieses Raums erwachte, kannte Qoëlet jedes Detail dieses unbeschreiblichen Geflechts von Zeichnungen und Lettern.

Aber an diesem Morgen schenkte er ihnen keine Beachtung, er hatte schlecht geschlafen, und er hatte Schmerzen. Tatsächlich war es sein Körper, über den er sich seit seinem Einzug in die Bastille am meisten zu beklagen hatte. So als hätte diese Konstruktion aus Fleisch und Knochen, die ihn trug, beschlossen, dass sie die Belastung einer neuerlichen Verhaftung ablehnte.

Mit 53 Jahren befand er sich nun in jenem Alter, in dem die Kräfte all ihre Energie auf das Schwinden konzentrieren. Das Eingesperrtsein verstärkte diesen organischen Rückzug noch. Während jener Monate der Haft erlitt er ständig Schwächeanfälle. Er stellte ein Erlahmen seiner Bewegungen fest, das ihn erst verwundert, dann erzürnt und ihm schließlich Angst gemacht hatte. Er hatte zwei Zähne verloren. Ein Abszess im Mund hatte nur unter großen Schmerzen behandelt werden können. Sein Beinstumpf machte ihm zu schaffen. Er zwang sich, um sich Linderung zu verschaffen, jeden Tag umherzugehen. Vergebens.

Ohne Eile entdeckte sein Auge wieder die Grenzen der ihm zugeteilten Welt: den hölzernen Bettkasten, die Flockseidenmatratze, die feinen Bettlaken. Gegenüber der Tür waren der Kamin, ein Fauteuil, ein Tisch, Feder, Tintenfass, Kerzenleuchter aus Fayence … Die Zimmerdecke, aufhellend gekalkt, um die Löcher zu kaschieren, so hoch, dass ein Mann sie selbst auf den Schultern eines andern stehend nur mit Mühe hätte berühren können. Leicht unterhalb davon im Osten die Öffnung, in der sich eine Stunde zuvor noch ein mageres Mondviertel mühte, bot Ausblick auf ganz offenbar düstere Himmel. Er fühlte sich durch den Raum beengt, als Gefangener seines eigenen Körpers, atmete überdies schwer.

Oh, dieses Gefängnis!

»Jenseits dieser Gitter gibt es Friedhöfe, in denen man lebendiger ist als hier«, war deutlich am Kopfende des Betts zu lesen. Und daneben: »Komm in die Bastille gar schuldlos rein / Lange leb', wer mich siehet wieder kommen raus.«

Sieben Schritte. Sechzehn Spannen. Nach einigen Wochen völligen Freiheitsentzugs hatte Bussy erreicht, ihn besuchen zu dürfen.

»Ich hatte dich gewarnt … Die Sache mit Indien ist ernst, und deine Phantastereien vor der medizinischen Fakultät haben dir nichts genützt! Hältst du es für nützlich, dass ich dir sage, was du Pasquier antworten sollst, oder willst du lieber hier versauern, armer Narr?«, hatte er ihn ironisch gefragt.

Qoëlet hatte ihn zum Teufel gejagt. Dann nichts mehr, nicht ein Zeichen mehr von wem auch immer, vier Monate lang.

Heftiges Kribbeln in den Gliedern hinderte ihn daran, sich ganz zu erheben oder nach irgendetwas zu greifen. Alles drehte sich in seinem Kopf. Ihn schmerzte das Blut in den Adern. Er ließ den Kopf sinken. Eine Haarsträhne fiel ihm vor die Augen. Er sah sich alt werden, fügte sich in jene Resignation, die nur die Inhaftierten kennen. Wie hatte er so tief sinken können? Was hatte er aus seinem Leben gemacht, um nun so vielen Beschränkungen zu begegnen?

Seit einem bestimmten Alter der Kindheit war kaum ein Tag verflossen ohne einen Gedanken darüber, wie sein Tod aussehen könnte. An manchen Tagen, etwa in Bulgarien, bei Orsova, dann in dem Gefangenenlager von Serbien, dann in Gavalur, dem Opiumreich, wo der britische Hauptmann aus wenigen Schritten Entfernung auf ihn feuerte, hatte er sogar geglaubt, seine letzte Stunde sei gekommen. Doch nun, an diesem Morgen, war ihm, als sei diese Stunde ganz besonders nahe und deutlich zu erkennen. Ganz und gar bereit, nach ihm zu greifen, nach ihm und seinem erschöpften Körper, seinen enttäuschten Hoffnungen, seinen verratenen Lieben, seinem fortwährenden Scheitern. Vielleicht war dies zumindest einen kurzen Moment lang sein Wunsch.

Das Eintreten eines Wachpostens, der ihm sein Mittagsmahl brachte, unterbrach seine Gedanken. Er begab sich zu Tisch. Das Essen war köstlich. Es war sein einziger Trost. Irgendjemand – er wusste nicht, wer – bezahlte für ihn für die bessere Verpflegung. Drei Gänge zum Mittag-, fünf zum Abendessen. Burgunderweine, Bettlaken aus Flandern, Kerzen aus dem Poitou. Senf aus Saint-Maixent!

Rundgang im Hof. Dem Soldaten gegenüber, der Befehl hatte, ihm den Rücken zuzukehren, bemerkte er, wie herrlich das Wetter sei. Der Mann antwortete nicht: ihm war gleichfalls verboten, mit den Gefangenen zu sprechen. Einfach zu absurd, diese Geschichte. Plötzlich rief man ihn zurück. Knappe Befehle, Gänge, Zelle: Streng unter seiner Perücke stand Rat Pasquier da, erwartete ihn bereits.

Nach Voltaire ein »brüllender Ochse«, nach d'Alembert ein »Kalbskopf«, so stürzte sich Rat Pasquier auf die schreiendsten Beweise und zog aus dem Rest seinen Gewinn. Der Magistrat war bedenkenlos entschlossen, alle, die Lally irgendwelche

Hilfe geleistet hatten, zu Schuldigen zu machen, indem er seinen Opfern zu diesem Behuf seine Bündel an Zeugenaussagen, Gegenbeweisen, Gerüchten, vom Hörensagen Aufgeschnapptem unter die Nase hielt.

Von Dr. Hecquet vor Qoëlet gewarnt, durch Bussy, Moracin und Landivisiau überzeugt, dass der Mann zu dem verderblichen Klima beigetragen hatte, das die Belagerung von Pondichéry vergiftet hatte, hatte sich Pasquier am Ende der acht Verhöre, die ihn veranlasst hatten, ihn zu treffen, ein endgültiges Bild von seiner Person gemacht.

An diesem Aprilmorgen des Jahres 1766 kam er mit der Absicht, ihn vor der Eröffnung des Prozesses ein allerletztes Mal zu treffen. So war er mit jedem der in der Bastille Inhaftierten verfahren, um Geständnisse in letzter Minute zu erringen, da die Eröffnung des Prozesses in den ersten Maitagen anberaumt war.

»Monsieur«, sagte er zu Qoëlet, als er ihn in seiner Zelle erblickte, »Euch wird in Kürze von der Großen Kammer der Prozess gemacht. Ich habe es jedoch für nützlich erachtet, Euch nochmals anzuhören, denn ich habe mehr Güte als Ihr Verstand besitzt. Habt Ihr mir etwas zu erklären?«

Qoëlet fixierte ihn mit gelassener Resignation. Wozu ein weiteres Mal versuchen, ihm eine Version der Fakten darzulegen, die er nicht hören wollte?

»Nein, Exzellenz, ich habe meinen Erklärungen weder etwas hinzuzufügen, noch etwas davon zurückzunehmen.«

»Da macht Ihr einen Fehler, Monsieur!«, entgegnete Pasquier bissig.

Von seinem Gerichtsschreiber gefolgt, verließ der Rat die Zelle. Von da an war er Qoëlet gleichgültig. Zu viele Male hatte er ihn mit ausgestreckter Hand Jean-Baptistes Tagebuch oder die Aussagen von Bussy, Moracin oder Landivisiau zückend den Raum betreten sehen.

Beim ersten Mal hatte er unschwer das Pergamentheft an der Narbe wiedererkannt, von der der Einband gezeichnet war. Es war tatsächlich dasjenige, das Jean-Paptiste ihm in Pondichéry hatte schenken wollen. Aber was darin geschrieben stand …

FUENF

Am 10. Mai 1766 um drei Uhr nachmittags ließ man ihn aus seiner Zelle holen.

Ketten. Verdeckter Wagen. Gänge des Palais de Justice. Endlich die Grande-Chambre, die Große Strafkammer: der Gerichtspräsident René-Charles de Maupéou und sein düsterer Blick unter einem gigantischen Kruzifix. Die Richter in ihrer Robe mit Hermelinbesatz. Die Wände, bespannt mit Lilientapisserien. Die Mosaikfenster mit purpurroten Spiegelungen.

Der Soldat, der ihn eskortierte, entfernte die Ketten, die ihm die Handgelenke fesselten. Das Rasseln des Metalls zog die Blicke an. Zu Dutzenden, mit stolzer Miene, würdevoller Haltung, beobachteten ihn die Räte, während er vor sie hintrat. Sein Herz schlug schneller, als er gewollt hätte. Er befand sich in der Basilika der Justiz, vor *seinen* Richtern.

Der Präsident forderte Qoëlet auf, niederzuknien und zu schwören, dass er die Wahrheit sagen werde. Der Angeklagte kniete mühsam nieder.

»Ich schwöre!«, sagte er jedoch mit fester Stimme.

Dann wies Monsieur de Maupéou Qoëlet mit dem Kinn auf seinen Platz, einen kleinen Schemel, auf dem er Platz nahm und seinen Gehstock auf den Boden legte.

Nur Pasquiers Gesicht war ihm vertraut. Und tatsächlich war er es, der sich erhob und mit einem rächenden Finger auf Qoëlet zeigte.

»Hohes Gericht! In dieser Strafsache, den Verlust Indiens betreffend, hattet Ihr mit aller gebührenden Gerechtigkeit über die Verantwortung verschiedener Personen zu befinden. Gestern wurde der Schuldigste von allen auf dem Grève-Platz vor dem Rathaus enthauptet!«

Qoëlet schrak zusammen. Lally war also hingerichtet worden. Bussy und Moracin hatten erreicht, was sie wollten ... Madame de Pompadour hatte alles vorausgeahnt.

»Heute«, fuhr Rat Pasquier fort, »habt Ihr bereits drei der unmittelbaren Komplizen eines Mannes vernommen und gerichtet, dessen Name nicht mehr verdient, dass man ihn ausspricht, denn er bedeutet eine Besudelung für die gesamte Nation. Und hier nun ein vierter!

Es gibt Wesen, deren Leben verläuft, wie das Wasser, in geruhsamem Lauf und auf seinem Wege die Wohltaten mehrend, von seiner Quelle bis in den Ozean fließt. Es gibt Menschen, deren Mut Respekt, deren Rechtschaffenheit Bewunderung, deren Erfindungen Dankbarkeit gebietet ... Der Mann, der zu dieser Stunde vor seinen Richtern steht, gehört nicht zu diesen!

Man hätte meinen können, allein der Zufall habe Monsieur Qoëlet auf den Weg nach Pondichéry geführt. Der Zufall ist in diesem Fall verwunderlich, denn zwei Mal betritt dieser Mann jene Stadt und zwei Mal hat sie Angriffe des Feindes zu erleiden! Im Jahre 1748 ist er nämlich bereits dort, während Marquis Dupleix, im Auftrag der Compagnie des Indes Gouverneur von Orissa und Koromandel, dieses Handelskontor verteidigt, was ihm zum Ruhm gereichen wird. Zwölf Jahre später, nach einem ziellosen Irrweg durch Indien, der nicht wenige und darunter ganz erhebliche Geheimnisse birgt, ist er wiederum zugegen, und zwar zur Stunde, als der Brite sich auf dieses Juwel unserer Besitzungen stürzt.«

Eine Pause, und Rat Pasquier hob die Stimme:

»Nein, Hohes Gericht, das ist kein Zufall: das ist ein Fluch!

Ein Priester, durch den wir alle im Laufe dieses Prozesses bereits vieles erfahren haben, ein Priester, der nicht mehr unter uns weilt, der aber von seinem langen Aufenthalt in Indien ein unschätzbares Zeugnis hinterlassen hat, ich meine Pater Jean-Baptiste Lavaur, Superior der Jesuitenmission von Pondichéry, gibt uns wertvolle Auskunft über Monsieur Qoëlet. Und hier, was er von ihm sagt: ›*Gestern, am 16. Mai anno Domini 1748, hat ein aus Frankreich eingetroffenes Schiff einen Menschen zu mir geführt, von dem ich glaubte, ich sähe ihn nie mehr wieder: Qoëlet. Meine Freude hat sich indes sehr bald an seiner heuchlerischen Wesensart gestoßen. Im Umgang mit ihm sind meine früheren Befürchtungen wieder erwacht. Man ahnt den Menschen, der nicht die Stimmen des Himmels vernommen hat, den Verirrten, der sich weigert, auf dem rechten Wege zu wandeln. Er hat einen Hauch des Wahnsinns im Blick. Einen Anhauch, der jener der verlorenen Seelen ist. Just heute Morgen ist er wieder aufgebrochen: gen Norden, beladen mit Waren, welche er mir nicht nennen wollte. Werde ich ihn jemals wiedersehn? Gott, der Herr, möge wachen über ihm, obgleich er nicht von jenen ist, welche IHN loben, wie es sich gebührt. ER wache auch über uns, denn Pondichéry ist von Krieg bedroht.*‹«

Pasquier unterbrach sich über dieser ernsten, mit einer Baritonstimme modulierten Notiz, dann fuhr er nach einem bedeutungsschweren Schweigen fort:

»Soweit, was Pater Lavaur selig über besagten Qoëlet schreibt, und hier, was er zehn Jahre später von ihm sagt, als er so verwunderlich ausgerechnet an jenem Tag wieder auftaucht, als man die Tore der von Belagerung bedrohten Stadt schließt: ›*21. September 1760 –: Heute früh, als ich mich gerade vergewissern ging, ob auch niemand im Nordviertel der Stadt vergessen worden sei, hatte ich die überraschendste Begegnung, die sich denken lässt. Auf der Schwelle eines von seinen Bewohnern verlassenen Hauses fand ich Qoëlet. Zwölf Jahre hatte ich ihn nicht gesehn … Sein Anschein des Irrsinns ist vollkommen, noch schlimmer geworden, so scheint mir, durch Abenteuer, welche er mir jedoch verborgen hielt, aber die, so ahnt man, entsetzlich gewesen sein müssen. Was er mir von seinen Reisen und seinen Plänen berichtete, hat mich entsetzt. Ich bin außerstande, die Worte zu Papier zu bringen, die ihm über die Lippen kamen … Die christliche Nächstenliebe hat mich jedoch bewogen, ihm meine Hilfe anzubieten.‹«*

Ein weiteres Schweigen, um zu unterstreichen, was Jean-Baptistes »Nächstenliebe« seinen Worten an Bürgschaften beibrachte.

»Ich fahre fort, Hohes Gericht, denn die Zeilen, die nun folgen, sind aufschlussreich: *›29. September – : Qoëlet geht mir zur Hand bei der Versorgung, die der unglückseligen Bevölkerung zu leisten ist, aber sein Auftreten gegenüber den Kaufleuten der Stadt lässt mich das Schlimmste befürchten. Er führt Reden, die oft an Provokation grenzen und durch eine fast ständige Verteidigung von General Lally zu Widerstand auffordern. Er ist derjenige, der ihm eingeflüstert hat, bei den Mitgliedern des Conseil supérieur Hausdurchsuchungen vornehmen zu lassen. Die beiden Männer haben eine Form von Komplizenschaft zwischen sich entdeckt, welche dem öffentlichen Interesse schadet, und ich leide in aller Namen.*

16. Oktober – : Qoëlet bereitet mir alle Augenblicke Sorgen. Sein Verhalten gegenüber den Offizieren des Ortes überschreitet die Grenzen des Hinnehmbaren. Heute Nachmittag hat er Graf von Landivisiau, einen der vornehmsten Offiziere, provoziert, indem er verlangte, dass dieser ihm unter dem Vorwand, er selbst sei von älterem Adel, vor einer Tür den Vortritt lasse. Dieses Privileg, das er sich allein aufgrund des Umstandes anmaßt, dass er seine Geburt einem »aktiven« Offizier verdankt, bedeutet angesichts der gegenwärtigen

Lage eine Beleidigung aller unserer Verteidiger. Das Alter hat ihm einen abscheulichen Hochmut verliehen ...‹«

Bei diesen Worten trat Qoëlet, ohne dass er es verhindern konnte, wieder der Jean-Baptiste von vor über dreißig Jahren vor Augen, damals in der Krankenstube des Kollegs, sein Körper zermartert von krankhaften Kasteiungen, die Augen verdreht von jener Ekstase des Leidens, das in ihm so viel Grauen erregt hatte ... Was der Jesuit in sein Heft eingetragen hatte, kam ihm vor wie die Fortsetzung des Gesprächs, das sie an jenem Tag geführt hatten. Man las darin zwischen den Zeilen noch die verbitterte Enttäuschung des Knaben, der damals davon geträumt hatte, Qoëlet mit in seinen Wahnsinn hineinzureißen.

Pasquier schien ihm in diesem Augenblick von einem ähnlichen Zorn beseelt, von dunklen Wahrheiten erleuchtet.

»Dies ist der Mann, Hohes Gericht!«, brüllte er, das Pergamentheft zückend. »Dies ist der Mann: eine unendliche Summe mächtiger Vergehen! So setzt sich dies ganze Seiten lang fort. Wollt Ihr noch mehr davon hören? Dann hier: *›22. Oktober –: Heute hat Qoëlet Monsieur de Moracin sowie drei andere Mitglieder des Conseil auf eine so grobe Art beleidigt, dass sich seine Worte unmöglich auf dieser Seite wiedergeben lassen. Und diesen Menschen habe ich einst so sehr geliebt und suche immer noch nach Entschuldigungen für ihn! Es bedarf wahrlich großen Glaubens, um so undankbaren Menschen zu vergeben. Ich bin es leid, seine zahllosen Fehltritte zu bereinigen. Würde er nicht mithelfen, das Volk und die Soldaten zu ernähren, so wüsste ich weder, was mit ihm geschähe, noch, was ich weiter tun könnte, um ihn zu verteidigen. Er hat meine Zuneigung verraten. Der Herr stehe mir bei!*‹«

Zum Abschluss kam der Rat auf Qoëlets höchst umstrittene Rolle im Streit über die Inokulation zu sprechen. Unter den Richtern, die es müde waren, nun schon seit Monaten von morgens bis abends von Indien reden zu hören, stieß dieser Zusatz des Plädoyers auf neues Interesse. Der Angeklagte stach immer deutlicher von den anderen ab …

»Mit solchen Subjekten wird nicht Geschichte geschrieben, sondern zerstört!«, schloss der Rat seine Rede und schlug dabei mit der Faust auf sein Pult, womit er einige der Richter wieder weckte, die eingenickt waren. »Man braucht nicht lange, um diesen Mann zu richten. Man würde wünschen, dass er in Vergessenheit gerät. Dass er niemals existiert hat. Hohes Gericht, ich fordere Euch auf zu einer entschlossenen und endgültigen Verurteilung. Wascht die Erde rein von dieser Befleckung: Er möge in die Bastille zurückkehren und dort ebenso viele Jahre für seine Verbrechen verbüßen, wie er arme Unglückliche infiziert hat, die nach nichts anderem verlangten, als nach den Gesetzen Gottes, unseres Herrn, zu leben!«

Als Pasquier geendet hatte, forderte der Präsident Qoëlet mit einer Handbewegung auf, sich zu erheben. Der Reisende ergriff seinen Stock und richtete sich mühsam auf. Der Blick eines jeden Richters lastete auf seinen Schultern. Seine Kiefer bissen sich zusammen.

Er spürte die vielfachen Verweigerungen, die sein Körper zum Ausdruck brachte, und übersetzte sie in ebenso viele Rebellionen gegenüber der Ungerechtigkeit der Anklagen, die man gegen ihn vorgebracht hatte. Aufrecht dazustehen und dem Präsidenten ins Angesicht zu sehen, fiel ihm schwer. Und doch war er bereit zur Gegenwehr, er brannte darauf, Abrechnung zu halten, nicht mit dem feisten Pasquier, sondern direkt mit Jean-Baptiste, der ihm noch aus seinem unwahrscheinlichen Himmel eine Hasserklärung schickte.

Auf die Fragen, die man ihm über das Heft stellte, antwortete Qoëlet, indem er von Vannes und von den enttäuschten

Hoffnungen des Pater Lavaur erzählte. Er erklärte, dass er den Jesuiten bereits im Kolleg gekannt hatte, dass er ihm bereits zu jener Zeit seine Abneigungen gegen dessen Art, Gott zu dienen, sein Misstrauen gegenüber einem religiösen Orden kundgetan hatte, der an nichts anderem außer seinem eigenen Ruhm interessiert war.

»Er wollte mich als Jesuiten an seiner Seite sehn. In dieser Hinsicht habe ich seine Hoffnungen verraten …«

Das Argument machte Eindruck. Mehrere der Magistraten hatten nämlich vor zwei Jahren an der Vertreibung der Jesuiten aus dem Land aktiv mitgewirkt.

Was das Übrige anbetraf: die von Landivisiau und Moracin vorgebrachten Beschuldigungen, die er mit aller Entschiedenheit bestritt, wurden selbst nach Ansicht mehrerer Magistraten als »aus der Luft gegriffen« erklärt. Und was die von Bussy betraf, so entschied sich Qoëlet, die reine Wahrheit zu sagen.

»Monsieur de Bussy, den ich besser als viele andere kenne und der mich kennt, hat allein aus diesem Grund versucht, mich zu einer Falschaussage zu bewegen. Um mir ein unbehelligtes Leben zu sichern, hätte es nur einer Lüge bedurft … Um mich ein weiteres Mal aufzufordern, diese Lüge vorzubringen, hat mich Monsieur de Bussy in meiner Zelle besucht. Ihr könnt es unschwer überprüfen; Ihr werdet über seinen Besuch einen Vermerk in den Akten finden. Weil ich ihm diese verweigert habe, stehe ich nun vor Euch. Meine einzige Verteidigung, heute wie gestern, ist die nackte Wahrheit!«

Auch hier war ihm die Existenz einer Verbindung zu einem der wichtigsten Protagonisten der Affäre, die bereits lange vor seiner Ankunft in Indien bestand, von Nutzen. Lavaur, Bussy … diese zweifache Koinzidenz verblüffte die Richter.

Je länger Qoëlet sprach, desto mehr schienen sich die Magistraten zu entspannen. Manche nickten mit dem Kopf. Andere ließen den Anflug eines vage zustimmenden Lächelns erahnen. Während er zwei Jahre zuvor die Pariser zu überzeugen versuchte, sich die Pocken inokulieren zu lassen, hatte der Bretone gelernt, sich Zeit zu nehmen, die Wirkung seiner Pausen zu bemessen, seine Sätze unvollendet in der Schwebe zu lassen, damit dies den Wunsch gebar, ihre Fortsetzung zu vernehmen. Er verstand es, sich auf Kosten seines Anklägers die Sympathien der Richter zu erobern, indem er ihnen maßvoll schmeichelte und gleichermaßen an ihren gesunden Menschenverstand wie an ihren guten Willen appellierte.

»Wer bin ich, Hohes Gericht, in dieser Affäre? Nichts ... Was wirft man mir vor? Dass ich mich geweigert habe, mich Jean-Baptiste Lavaurs Entscheidung anzuschließen, Jesuit zu werden? Dass ich mich geweigert habe, Monsieur de Bussys Rat zu folgen, vor Euch eine Falschaussage zu machen? Und schließlich, dass ich mich an einer medizinischen Polemik beteiligt habe, die, ich darf Euch dran erinnern, zum Sieg des Lagers führte, dem ich angehörte?«

Fassungslos wurde Pasquier Zeuge, wie seine Anklageakte in Stücke zerrissen wurde. Von nun an betrachteten die Richter den Angeklagten wenn nicht gar mit Sympathie, so doch zumindest ohne jenen Hass, der Pasquiers Sieg bedeutet hätte.

Jählings sprang er auf, wandte sich an Qoëlet und fragte:

»Ist es etwa unwahr, dass Ihr behauptet, die menschlichen Pocken mit denen der Kuh zu heilen? Und Ihr denkt, man könnte, wenn Ihr dies tut, Eurer Verteidigung Glauben schenken?«

»Über diese Fragen haben wir nicht zu befinden, sie gehören nicht zur Sache!«, unterbrach ihn Präsident de Maupéou. Dann, an Qoëlet gewandt: »Entfernt Euch, Monsieur, wir ziehen uns zur Beratung zurück …«

Als Qoëlet in seine Zelle zurückkehrte, dachte er, es sei ihm gelungen, sich erfolgreich zu verteidigen.

Er verlor jedoch nicht aus dem Blick, dass die gleichen Richter fünf Tage zuvor General Lally zum Tode verurteilt hatten. Jenseits von Jean-Baptistes Verbitterung, von Bussys rachsüchtigem und Furcht erregendem Ehrgeiz, über all dem Gold und Purpur der Großen Kammer des Parlamentsgerichts herrschte ein mächtiger politischer Wille, der alles erdrücken konnte …

Als am folgenden Tag der Gouverneur der Bastille seine Zelle betrat, um ihm dem üblichen Prozedere gemäß das Urteil der Großen Kammer zu verlesen, kniete der Gefangene nieder, wie man es ihm befahl, und vernahm mit gesenkter Stirn und angehaltenem Atem, was der Offizier verkündete:

»Qoëlet! Nach Abschluss des Untersuchungsverfahrens und der Überprüfung der Zeugenaussagen sowie Anhörung deiner Beweggründe, Verteidigungen und Widerlegungen in der Strafsache des Verlusts der Kolonien an den Küsten von Malabar, Koromandel und Orissa spricht dich das Hohe Gericht von der Anklage wegen Kollusion mit sowie Komplott gegen die Interessen der Compagnie des Indes frei … Dessen ungeachtet gelangt es jedoch zu dem Urteil, dass du durch deinen Mangel an Weitblick und deine frühere wie gegenwärtige Verblendung den Interessen des Königs und seiner Untertanen Schaden zugefügt hast. Aufgrund deiner Vergehen verurteilt dich das Hohe Gericht zu einhundert Francs Strafe; ferner erteilt es dir einen schimpflichen Verweis, erklärt dich für ehrlos und geächtet sowie für alle Zeiten unbefugt, irgendein Amt im Staate auszuüben! Entferne dich aus der Stadt! Entferne dich ... So weit wie möglich ...«

Ohne ein weiteres Wort verließ der Gouverneur der Bastille den Raum. Die Tür seiner Zelle blieb weit offen. Unter dem gleichgültigen Blick der Soldaten des Wachkorps trat er hinaus, war frei.

Alles war verloren, alles bis hin zur Ehre. Er lebte zwar noch, aber sein Name war geschändet durch eine entehrende Verurteilung. Er war zwar frei, aber gezwungen, Paris zu verlassen. Qoëlet war nur noch ein Schatten, auf dem niemand seinen Blick verweilen ließ. Bussy, sich sonnend in seinem Sieg, dürfte sich ins Fäustchen lachen. Jean-Baptiste fand darin von seinem Paradies aus ganz zweifellos seine Revanche. Weder der eine noch der andere hatte seinen physischen Tod gewünscht. Sein bürgerlicher Tod genügte ihnen. Sie hatten gewonnen: Man jagte ihn wie einen Aussätzigen fort.

Am Ende bedauerte er fast, dass die Anklagen, die Hecquet erhoben und Pasquier übernommen hatte, von den Richtern nicht anerkannt worden waren. Zumindest hätten sie dazu geführt, dass die Debatte über die Kuhpocken wirklich voll und ganz zum Ausbruch gelangt wäre ... Dann wäre er vielleicht wegen Hexerei verurteilt worden, hätte bei dieser Gelegenheit aber Zeit gefunden, um zu sprechen, sich zu erklären und, wer weiß, vielleicht einige aufgeklärte Geister für seine Sache zu gewinnen ... Die Wissenschaft hätte Fortschritte gemacht. Stattdessen hatte Richter René-Charles de Maupéou mit einem Satz Jahre des Kampfs, der Suche, der Hoffnung zunichtegemacht.

Von der Haft geschwächt, von den Anklagen gegen seine Person erdrückt, blieb dem Bretonen nur der einzige Trost, dass er noch am Leben war. Er würde diese Welt nicht eingeschlossen zwischen den hohen Mauern der Bastille, sondern woanders verlassen. Aber wo? Er hatte keinen Plan, keine Hoffnung, nicht einmal einen Wunsch. Am Leben zwar, aber nicht mehr wirklich lebend ... Damit war alles gesagt. Das Stück war zu Ende, der Vorhang gefallen, die Schauspieler auf und davon. Er allein war übrig. Niemand wartete auf ihn. Niemand hoffte auf seine Rückkehr. Seine Entblößung, seine Mittellosigkeit, seine Freiheit waren vollkommen.

Ein paar Schritte weiter strömte die Seine. Instinktiv lenkte er seine Schritte auf das Quai zu, setzte sich mühsam auf ein Fass, starrte auf die Kähne, die in Viererrunden auf dem funkelnden Wasser dahinglitten. Da rief eine Stimme nach ihm. Qoëlet wandte sich um. Eine Bürgerin mit rosigen Wangen, üppigen Schenkeln, fülligen Schultern, züchtig bedeckt mit einem Tuch aus fein geblümtem Linnen, blickte ihn mit ihren Porzellanaugen an.

»Marie!«, stammelte er.

Die Verzückung

EINS

Qoëlet betrachtete Marie in Schweigen.

Die Zeit hatte ihr Werk getan. Und doch war unter den stattlichen Formen der Bürgerin noch ein wenig von der Arglosigkeit des Kindes vorhanden, das sie einst gewesen war – als Qoëlet sie bei dem Tuchhändler Lebleu kennen gelernt und ihre Liebe zurückgewiesen hatte.

»Seid Ihr frei?«, fragte sie schließlich, während sie mit einer Regung, die ihr zwei tiefe Linien in die Stirn furchte, die Brauen hob.

»Ja ... Ich erhielt lediglich einen Verweis.«

»Wie die Messieurs de Gadeville, de Chaponay und de Poully.«

»Woher weißt du das?«

Marie überkam ein Schmunzeln, das zwei Grübchen in ihre runden Wangen grub, und senkte den Blick.

»Schon seit zwei Jahren geh' ich jeden Tag ins Palais ... und bis vor die Bastille.«

Völlig verblüfft von dieser Antwort, wusste Qoëlet einen Moment lang nicht, was er sagen sollte. Schließlich fragte er zögernd:

»Das warst also du ... mit meiner Verpflegung?«

»Ja, das war ich ...«

»Aber warum?«, fragte Qoëlet mit bebender Stimme. »Warum hast du mir geholfen, während ich nicht mal versucht habe, dich wiederzusehen?«

»Ich hab' Euch eben nicht vergessen, ich nicht ...«

Eine Röte überfiel das Gesicht, das eine artig unter dem Kinn verschnürte Haube umrahmte. Verlegen gemacht durch dieses »ich nicht«, das deutliche Akzente eines Vorwurfs hatte, wandte er die Augen ab.

»Ich hab' von Eurer Rückkehr erfahren«, erzählte Marie weiter. »Ich war bei mehreren von Euren Vorträgen im Hôtel de Lauragais ... Ich hab' ...«

»Die Blumen!«, schrie Qoëlet auf, da er sich plötzlich wieder an die anonymen Sträuße erinnerte. »Auch die Blumen ...«

»Ja.«

»Und diese Frau, die sich bei meinem Concierge in der Rue de Hautefeuille über mich informieren kam, ebenfalls du?«

Marie nickte. Qoëlet trat einen Schritt näher und ergriff ihre Hände.

»Oh! Verzeiht!«

Sie zuckte mit den Schultern und löste sich aus seinem Griff.

»Warum? Ihr schuldet mir nichts ...«

»Aber warum hast du dich nicht gezeigt? Warum bist du all diese Jahre im Dunklen geblieben?«

»Ich hab' ja gesehn, dass Ihr nicht mehr an mich gedacht habt ... Ich bin keine Frau, die sich lächerlich macht.«

»Ich schulde dir nun zwei Jahre Verpflegung in der Bastille!«

»Ich schenk sie Euch, Monsieur Qoëlet. Mein Geschäft läuft gut ... Seid unbesorgt, ich hab' drum nicht darben müssen! Ich hab's mit leichtem Herzen getan.«

»Aber warum?«, rief Qoëlet und bereute sogleich die Frage, deren Antwort er unschwer ahnte.

»Warum? Aber weil ... ich nie aufgehört hab, Euch zu lieben seit jener Nacht, in der ich Euch alles geschenkt hab ...«, schloss sie mit einem dicken Seufzer des Bedauerns, in den sich auch Verzückung mischte.

Qoëlet verschlug es eine geraume Weile die Sprache. Marie, vor ihm, ihr Kopf umkrönt vom Spitzensaum ihrer Haube, schien wie zu einer Zuckerfigur erstarrt. Was sollte er antworten? Er dachte an den Mann, der er vor zwanzig Jahren gewesen war, als er der Comtesse de Lauragais schrieb, jeden Tag auf eine Antwort auf seine Briefe wartete und sich von der verrücktesten Hoffnung nährte: von der frommen Gräfin geliebt zu werden.

»Marie«, stammelte er. »Marie …«

Sie lächelte ihn aufs Neue an, diesmal leicht spöttisch.

»Marie«, wiederholte er, außerstande, auch nur das geringste Wort hinzuzufügen, schier erwürgt vor Ergriffenheit.

»Hört auf, so zu stammeln! Ihr werdet noch ganz närrisch.« Sie runzelte die Brauen. »Ich weiß wohl, dass Ihr an einen anderen Vornamen als den meinen denkt.«

»Du hast Recht«, brachte Qoëlet schließlich heraus. »Ich habe ihn nicht vergessen können.«

»Geht Ihr nun fort?«

»Ja, sobald ich die Strafe gezahlt habe, zu der man mich verurteilt hat …«

»Ich hab's bereits getan.«

»Aber, Marie …«

»Schon wieder! Hört auf damit. Sagt nichts mehr, Ihr regt mich auf. Ihr müsst nun Paris verlassen, die Verfügung der Großen Kammer befiehlt es, also geht!«

Qoëlet war, als würde der Boden unter seinen Füßen schwanken.

»Geht fort!«, wiederholte grollend diese Frau, die die tiefe Stimme des reifen Alters und doch noch den Blick ihrer sechzehn Jahre hatte. »Geht fort und kehrt nie mehr zurück.«

Sie drehte sich auf dem Absatz um, zeigte dem geliebten Mann nur noch ihren weiten Blusenrücken, dessen Taft sich von den zu fülligen Formen spannte. Noch ein Moment, und sie war ohne einen letzten Blick für ihn um die Ecke der Gasse verschwunden.

Ein paar Stunden später fand sich der Reisende mit seinem Gehstock in der Faust, einem Sack auf dem Rücken, einem Dolch an der Seite, fest entschlossen, endlich nach Hause zurückzukehren, an den Toren der Stadt. Das Abenteuer näherte sich dem Ende. Er hatte gekämpft, und er war besiegt worden. In weiter Ferne im Westen erwartete ihn ein verfallenes Haus, das er, so dachte er in diesem Moment bei sich, nie hätte verlassen sollen. Was hatten all diese Reisen gebracht, da er sich nun mittelloser als je zuvor wiederfand? Was hatte es ihm gebracht, dass er eines Tages fortgegangen war?

ZWEI

Sonderbare Eindrücke überkamen ihn, während er sich dem Ort seiner Kindheit näherte. Bei mancher Gelegenheit hatte er die Erinnerung an jene herbe Landschaft verschönt, obwohl er sich bewusst gewesen war, dass er damit jene eigenartig schwermütige Sehnsucht begünstigte, die allem gilt, was mit der Jugendzeit in Beziehung steht. Und so sehr er auch behauptete, er ließe sich von der sentimentalen Alchemie nicht irreführen, die jene Zeit der Wunder umso mehr vergrößert, je weiter sie sich von uns entfernt, stieg plötzlich wieder die Erinnerung an so viele aufrichtige Verzückungen in ihm auf, dass er sich einredete, er fände in dem Land, wo er einst das Licht der Welt erblickte, schon bald seinen Frieden und vielleicht sogar sein Glück.

Als er von der Heide auf die Landstraße einbog, offenbarte ihm als Erstes der älteste Teil des Hauses Qoëlet seine verschlafene Gestalt: einen Haufen Trümmer. Der alte Turm bedrohte nichts mehr, drohte nur noch einzustürzen. Der wunderliche Erker, der an einer Ecke vorsprang, war nur noch eine eingeschlagene Nase.

Das also war das Haus seiner Kindheitsjahre, zerfressen von Verlassenheit. Aus den Spalten zwischen den Steinen schossen Grasbüschel hervor, die sich an manchen Stellen vereinten, so dass sie eine Art pflanzliche Kruste bildeten, unter der die Mauern buchstäblich verschwanden. An anderen Stellen übersäten Löcher die Fassade wie Blatternnarben oder klafften Risse, die unter jenem Blattwerk verschwanden, um ein Stück weiter rätselhaft verbreitert wieder aufzutauchen.

Zunächst wollte Qoëlet nichts, als die Gerüche seiner Jugend wieder aufzunehmen. Fünfunddreißig Jahre waren vergangen, seit er von hier aufgebrochen war. Ein Unbehagen überkam ihn: Er war nicht ergriffen – sagte sich aber, dass er es eigentlich sein müsste.

Er seufzte und trat in den Hof. Dann fand er den Schlüssel unter einem Stein am Brunnen und ging in das alte Gebäude. Staub. Die Zeit war aufgehoben zwischen diesen Mauern. Er tat ein paar Schritte. Stieß gegen den Tisch im Saal. Eine massive Holzplatte, die selbst zwei Männer nicht hätten heben können. Da tauchte die Vergangenheit wieder auf. Die Zeit lief rückwärts. Hier war er Kind gewesen. Je mehr sich die Formen, die Gegenstände, ihre Schatten wiederfanden, desto genauer wurden seine Erinnerungen. Der Kamin, die Rüstungsstücke, die Wendeltreppe. Erinnerungen stiegen wieder auf: ein Abend vor dem Kamin, eine Fechtpartie mit dem Einarmigen, seine Mutter Madeleine in Gebeten versunken, Wanderungen im Wind, der Lauf der Flüsse, denen er stets zur Quelle folgte.

Er sagte sich, dass er später von der Welt kaum mehr empfangen und entdeckt hatte als das, was er bereits an diesem Ort beobachtet hatte. Welch späte, doch warnende Erleuchtung …

Natürlich waren die Menschen hier von seiner Rückkehr überrascht. Man hatte ihn in weiter Ferne gewähnt oder bereits umgekommen, ertrunken: eine Seele, verstreut in alle Winde, geisternd in der Heide. Nur die Greise erinnerten sich an ihn. Sie waren wenige an der Zahl, zudem senil, und sie brabbelten etwas von einem Schatz und einem Gespenst. Allerdings wurde Qoëlets Entschluss, die Bewirtschaftung der seit langem vernachlässigten Felder wieder aufzunehmen, mit Beifall aufgenommen.

Er war in der Bretagne, im Kreise der Seinen. Paris war nur noch ein Fleck in seiner Erinnerung. Ein zweifacher Fleck. Die, die ihm dort zugejubelt hatten, wünschten ihn nicht wiederzusehen. Allein Graf de Lauragais hatte sich, wieder auf freiem Fuße, erboten, ihm seine Reise zu bezahlen. Bussy hingegen hatte der Bretone nicht wiedergesehen. Hatte es im Übrigen auch nicht gewünscht. Auch La Condamine war unauffindbar geblieben.

Das Verbot galt in Paris weiterhin: Die öffentlichen Inokulationen waren geächtet. In der Fakultät wurde immer noch halbherzig debattiert ... Das Ganze fand bei jenen statt, die eingeweiht waren: in aller Heimlichkeit, so wie sich früher die jansenistischen Konvulsionäre von Saint-Médard versammelten. Die Mode hatte sich erneut gewandelt. Nach dem harmlosen Reifenschwingen waren nun die schreiendsten Exzesse an der Tagesordnung. Sie wurden von den Jansenisten inszeniert, die sich nicht einmal mehr verbargen. Ein Mann hatte sich, um seine Brunst durch das Erschauern seines Körpers zu mäßigen, in sechs Monaten neunzehn Mal ans Kreuz schlagen lassen. Eine Nonne hatte es als ratsam empfunden, sich in einem Fass, das im Innern mit Nagelspitzen gespickt war, einen Abhang hinunterrollen zu lassen. Paris ergötzte sich nur noch an solchen Exzessen, in denen man den Körper marterte, um die Stimme Gottes zu vernehmen. Erfüllt von Ekel, Marie mit ihren Erinnerungen zurücklassend, seine eigenen mit sich nehmend, war Qoëlet mit der Gewissheit fortgegangen, nie mehr umzukehren – als ein Mensch, der Streit und Kampf leid war.

Seine Verurteilung, der Verweis, die allerentehrendste Strafe, hatten ihn tief getroffen. Umso widerstandsloser ließ er sich jetzt den gemächlichen irdischen Rhythmus und den Fluss der bretonischen Jahreszeiten auferlegen. In der Arbeit mit der

Erde und der Aufzucht von Vieh lag eine archaische Schlichtheit, die ihn befriedigte. Säen, ernten, dreschen. Zusehen, wie die Kühe kalben, wie die Kälber, die Fohlen gesäugt wurden. Der Anblick dieses alltäglichen, gewöhnlichen Überlebenskampfes verlieh ihm wieder Mut.

Und doch herrschte auf dem Lande Armut an allem. Wie war es nur möglich, dass man in Paris das Dampfautomobil erfand und zugleich das Elend in der Bretagne zuließ? Überall traf er auch auf dreckstrotzende und blatternnarbige Gesichter. Auf harmlose Krankheiten, die immer bösartiger geworden waren. Auf Schmutz, mangelnde Hygiene, häufig Angst vor allem, Lust auf nichts. Die Pocken verursachten ihre gewohnten Verheerungen. Fest entschlossen, die Krankheit zu bekämpfen, wie er es seit seiner Begegnung mit Baul stets geblieben war, machte er sich daran, das Gesinde seiner Domäne zu behandeln. Aber ach, er stieß auf erbitterte und allgemeine Ablehnung! So etwas mache nur das Vieh, entrüstete man sich. Manche hielten ihn für einen Verrückten. Die andern zogen es vor, zu schweigen, schlossen Tür und Fensterläden, wenn er nahte. Er musste aufgeben.

Da er daran gehindert wurde, die Krankheit zu bekämpfen, die Hungersnot zu besiegen, indem er seine Böden ertragreicher machte. So unmäßig er sich auf seinen Ländereien auch einsetzte, mangelte es ihm doch bald an allem. Der Winter des Jahres 1766 war so lang, die Kälte so extrem, dass manche Bauern ihn mit dem von 1709 verglichen: Qoëlet sah Bäume, die vom Frost gespalten wurden. Der folgende Frühling kam verspätet. Die Gerste und der Buchweizen, womit er seine Felder besät hatte, wuchsen nur mit Mühe. Seine Weiden blieben mager.

Die Pferde, um die er sich so sehr gekümmert hatte, wurden bald von Koliken befallen. Nur wenige überlebten sie, und wenn, dann abgemagert bis aufs Skelett, die Augen verquollen von Eiter, die Haut bedeckt mit Pusteln des *javart* – jener Pferdepocken, die er voller Neugier, doch abgelenkt durch die Katastrophe, die über ihn hereinbrach, beobachtete. Die Nüstern der davongekommenen Pferde bebten vor Panik über den unerträglichen Gestank, der dem Scheiterhaufen entströmte, den man errichten musste, um die Kadaver der toten Tiere zu verbrennen. Der Anblick des Flammenmeers war grauenvoll. Manche der Stallburschen weinten vor Zorn. Trotz dieses Desasters war seine Seelenstärke ungebrochen. Er besaß Mut. Pferde waren verendet? Dann musste man neue kaufen.

Es fehlte grausam an Geld. Was er bei den Juden deponiert hatte, war längst ausgegeben. Die mageren Erträge der Domäne verkauft und bezahlt. Da erinnerte er sich der letzten Lebensmomente des Einarmigen, seines Vaters, und begann mit der Kraft der Verzweiflung sein Zuhause auf der Suche nach den Écus zu durchstöbern, die jener dort laut eigener Aussage versteckt hatte. Kein einziger Winkel wurde verschont. Vom Keller bis zum Speicher inspizierte er jeden Raum, hob die aus den Fugen geratenen Dielenbretter hoch, vergewisserte sich, ob die Steine in den Mauern nicht ein geheimes Versteck verbargen. Keine Fliese, die nicht gelüftet wurde. Kein Balken, der nicht abgeklopft wurde.

Er suchte ganze Tage lang. Wenig essend, kaum schlafend, kannte er das Haus Qoëlet am Ende besser als die Generationen, die es mühsam aneinandergefügt hatten. Seine Hände waren offene Wunden, so oft hatte er sie selbst in die schmalste Mauerritze geschoben. Seine Augen trübten sich, so angestrengt hatte er versucht, selbst in die finstersten Winkel des Schlosses zu spähen. Vergebens. Der Schatz des Einarmigen blieb unauffindbar.

Als er am Abend des siebten Tages vor dem Kamin saß, ließ ihn das Gold des Feuers flüchtig einen Teil des alten Sand- und Silber-Wappens des Klans erkennen, das in die Gusseisenplatte im Hintergrund eingraviert war. Der Kamin: die einzige Stelle, an der er nicht gesucht hatte! Mit einem Satz sprang er auf, rannte bis zum Brunnen und schleppte einen vollen Eimer Wasser heran. Er ertränkte das Feuer, dann schob er mit kräftigen Schürhakenschlägen die Scheite und die Asche fort. Riss die Haken heraus, die die wappenverzierte Platte hielten, und zerrte diese aus der Feuerstelle. Dann klopfte er mit dem Schürhaken gegen die Mauer, die er freigelegt hatte, – und entlockte dem mittleren Stein einen hohlen Laut. Der Mörtel, der diesen hielt, zerfiel, von den ständigen Flammen verbrannt, zu Staub, sobald er an ihm rüttelte. Keuchend packte Qoëlet den Steinblock, der sich mühelos löste und eine Höhlung enthüllte. Er tauchte eine Hand in das Loch und fühlte unter seinen Fingern einen groben Stoff. Er griff danach und zog ein Säckel von der Größe und dem Gewicht einer kleinen Kanonenkugel heraus. Er zitterte, als er das Bändchen aufschnürte und hineinlangte: das Gold des Einarmigen. Vier weitere Male tauchte seine Hand in das Versteck und brachte jeweils einen weiteren Leinenbeutel ans Licht. Der Schatz seines Vaters lag vor ihm, in Goldmünzen, geprägt mit dem Bildnis Ludwigs XIV, zumeist Double-Louis', gekennzeichnet durch das vierfache L.

Schon am nächsten Morgen begab sich Qoëlet zum Marktplatz. Dort erstand er Saat genug, um mit vollen Händen seine Felder für die nächste Saison zu besäen, und zehn stattliche Stuten. Seine Laune besserte sich schlagartig. Hoffnung kam wieder auf. Die Écus-Münzen klirrten in seiner Tasche.

Der Zufall wollte jedoch, dass Seigneur Blanche-Épine, sein Nachbar von jenseits des Waldes, der Sohn des unbeugsamen Feindes des Einarmigen, ihn mit der Börse in der Hand erblickte. Als er ihn so schwer mit Geld bestückt sah, begann der schlaue Fuchs ihn für reich zu halten und machte sich seine Gedanken über dieses unverhoffte Glück. Und so wurde er wenige Tage später im Hause Qoëlet vorstellig, um dem Hausherrn vorzuschlagen, zwischen ihnen einen dauerhaften Frieden zu gründen, den eine eheliche Verbindung mit einer seiner neun Töchter besiegeln solle.

Neun Töchter … Eine hübsche Bemühung in der düsteren Provinz. Die Idee einer Vermählung überraschte Qoëlet nicht einmal. Am liebsten hätte er gelacht. Doch damit hätte er ein Duell riskiert. Daher fiel seine Ablehnung ebenso höflich wie entschlossen aus. Trotz der Vielfalt und Gewähltheit der sprachlichen Vorsichtsmaßnahmen – die einen Wendungen sehr menschlich, um spüren zu lassen, die anderen sehr umwunden, um zu verstehen zu geben, was er sagen wollte – empfand Blanche-Épine die Ablehnung als Affront.

Ganz darauf versessen, den Streit zwischen ihren beiden Häusern wieder neu zu entfachen, versteifte er sich aus Verbitterung auf einen Besitzgrenzstein, der die Grenze zwischen ihren Domänen markierte. Eines schönen Tages entriss er den Mäusen den Rest eines Pergamentstücks, das seiner Ansicht nach sein gutes Recht attestierte, und drohte mit einem Prozess. Qoëlet wies ihn von der Schwelle. Einige Wochen später erschien in seinem Namen jedoch ein Gerichtsvollzieher. Ein Prozess … Das war zu viel. Tausend häusliche Schikanen machten das tägliche Leben bereits entsetzlich schwer. Menschen und Tiere waren von Fieber geschüttelt. Die Ernten zur Hälfte ersoffen. Eine der Stuten hatte gerade einen Abort gehabt. Ohnehin schon Probleme, Hindernisse, Schwierigkeiten genug, und nun sollte er auch noch seinem Nachbarn gegenüber Rede und Antwort stehen, der sich gegen ihn an das Generalparlamentsgericht der Bretagne gewandt hatte.

Die eintönige Unendlichkeit der Heide hielt ihn von allem fern. Und doch ließ der Umstand, dass sein Ruhm zuschanden geworden, sein Reichtum an Raffgierigere übergegangen war, in ihm kein wirkliches Bedauern zurück. Aber nun dies, das war zu viel des Guten! Die muffige Luft der Provinz, das unerschütterlich verschlafene Elend, dieser verdammte Grenzstein, den er bestens kannte und von dem er ohne allen Zweifel wusste, dass er sich seit der Sintflut nicht um Haaresbreite bewegt hatte! Und nun der Gerichtsvollzieher …

Er verlor seine Ruhe. Wusste nicht, wie reagieren, ob die heroische Haltung einnehmen, welche die gewesen wäre, dem Gesetzeshüter einen Tritt in den Hintern zu verpassen, oder die phlegmatische, die ihn dazu antrieb, alles zu akzeptieren. Genug! Schluss damit, ewig an so viel Hinkendes, so viel Schwankendes gebunden zu sein: an die Kuh, das Kalb, eine Wand, die einzustürzen drohte, mal Sonnenschein, mal Regen. Und er immer mittendrin in diesem ständigen Spektakel: im Hühnerhof und in der Mühle, auf der Straße und im Feld. Ständig am Rechnen. Am Verarzten. Am Verbinden. Wachsam auf dem Markt. Gerecht in seinen Urteilen. Seine Pflichten beachtend und fähig, sich Recht zu verschaffen. Jawohl! Sein gutes Recht zu verteidigen. Mit anderen Worten, das der Seinen gegen alle: die Steuer, den Regen, den Wind, den Gerichtsvollzieher …

Was für eine Kakophonie! Was für ein Chaos … Und dieser Gerichtsvollzieher, der jeden Monat wiederkam – in seinem abgewetzten Amtsgewand.

Er hatte all diese Dinge mit Vorsicht abgewogen, bekam aber nur das Schwere daran wie Blei zu spüren. Alles um ihn her stürzte ein, fiel mit blühender Resignation in Trümmer. Offenbar war sein Leben eine ununterbrochene Folge von Niederlagen. In Paris hatte man seine Verurteilung in aller Öffentlichkeit ausposaunt. Bei Lauragais hatte er im *Mercure* gelesen: »Der berüchtigte Monsieur Qoëlet, geschwätziger und hinkender Prediger der Inokulation der türkischen und, so wird uns berichtet, sogar tierischen Variola, hat soeben seine schönste Demonstration gegeben, indem er für seine gewagten Umtriebe während der Belagerung von Pondichéry vom Hohen Gericht der Großen Kammer zur Aberkennung sämtlicher Ehren verurteilt und mit einem schimpflichen Verweis bestraft wurde.«

War er also nichts als das, eine spöttische Notiz in einer Klatsch-Gazette?

Von den offensten Geistern seines Dorfs für einen Sonderling gehalten, von den anderen verstoßen, weilte er immer länger fern von seinem Schloss, seinen Feldern und seinen Weiden. Es wurde gemunkelt, er treibe sich allzu oft in der Heide herum, wo die Winde nach Einbruch der Nacht von bösen Geistern erfüllt waren und das Fieber verbreiteten.

Qoëlet begab sich ins Herz des Waldes. Dort befand sich in der Mitte einer Lichtung ein Druidentisch, bei dem er Frieden fand. Er streckte sich auf dem Boden aus, grub die Finger in die fette, weiche Erde im Unterholz, schloss die Augen, atmete tief. Sein Geist schwang sich in die Lüfte. Öffnete sich zu weiteren Aussichten. Zu unendlich reicheren Welten. Er träumte, erfand sich neu, von köstlicher Freude erfüllt, selig und zufrieden, ans Ziel des Glücks gelangt – seine Erinnerung hinter sich lassend.

Dann führten ihn seine Schritte an den Rand der Heide.

Das Dasein des Volks, das dort lebte, war von einer Einfachheit, die ihm jener nahe schien, die er in Gondwâna kennen gelernt hatte. Männer und Frauen bewegten sich frei, ohne Sorge um irgendeinen Feind. Die Kinder spielten von morgens bis abends. Alles um sie her, Kühe und Kälber, weidete in Freiheit. Die Viehherden lieferten den Heidebewohnern alles bis zum Geringsten, dessen sie bedurften. Es waren Tiere jener uralten Rasse, die man *Bretonne pie noire* nennt, klein, robust, gut in der Milch.

Während er diese Leute beobachtete, ohne dass sie es bemerkten, wurde der Mann mit dem Stock mit dem Löwenkopf schließlich Zeuge ihrer Bräuche. Eines Abends, als er den Heidefrauen zusah, wie sie die Milch heimbrachten, die sie gerade gemolken hatten, bemerkte er eine alte Frau, die sich der kleinen Gruppe näherte. Ohne viele Worte ergriff sie das Handgelenk, das ihr eine der Kuhmägde hinhielt, und presste einen scharfkantigen Stein darauf... Mehr brauchte Qoëlet nicht zu sehen. Bald darauf würde die Heilerin mit ihrem improvisierten Stilett den Schenkel oder Arm eines gesunden Kindes einritzen und ihm die Erreger der *picote* übertragen... Ihm fielen wieder jene Gerüchte ein, die die Dorfbewohner über das Volk aus der Heide kolportierten: »Sie verbreiten die Pocken...« Was für ein Gedanke: Er war bis nach Serbien und Indien gezogen, um dort etwas zu entdecken, was es nur wenige Meilen weit von seinem Zuhause gab...

Gedankenversunken kehrte Qoëlet gerade über jenen Pfad durch den Wald, den er in seiner Kindheit so oft gegangen war, nach Hause zurück, als ihm eine Kreatur mit wild zerzaustem Haar und seltsam pergamentenem Gesicht den Weg versperrte.

»Hast's also noch immer nicht begriffen, armer Narr?«, fragte sie ihn mit zahnlosem Gekicher.

Völlig verblüfft starrte der Reisende in das Gesicht der Hundertjährigen. Trotz der verflossenen Jahre erkannte er sie wieder. Sie beschimpfte ihn, der bald sechzig Jahre alt war, ganz so wie damals, als er erst fünfzehn gewesen war. La Reine Blanche, die Weiße Königin, spuckte auf den Boden, dann fuhr sie, bevor sie erneut in Gelächter ausbrach, fort:

»Weißt's immer noch nicht, kleiner wundersam Genesener! Weißt's immer noch nicht!«

»Was weiß ich nicht?«, fragte Qoëlet, dem die Grimassen der Hexe auf die Nerven gingen, heftig.

»Weißt nicht, wer du bist! Weißt es nicht!«, wiederholte die Weiße Königin.

»Du hast den Verstand verloren!«, murmelte Qoëlet.

»Nicht so arg wie du, der nicht sehn will, was auf der Hand liegt! Bist etwa blöd im Kopf, dass du's noch nicht begriffen hast?«

»Was begriffen, alte Närrin?«

»Erinnerst dich noch, was ich dir gesagt hab vor vielen Jahren?«

»Schon da hattest du den Verstand verloren.«

»Ganz recht, närrisch war ich. Ich hab geglaubt, der Einarmige hätt' dich wieder auferweckt... Viel Schlimmeres hat er getan!«

»Wirst du dich endlich klar ausdrücken?«

»Weißt du, dass die von der Heide sich die Blattern geben, um sich davor zu schützen?«

»Ja, das weiß ich...«

»Und sie haben dir nicht gesagt, was ich schon vor Jahren erfahren hab?«

»Was hätten sie mir sagen sollen?«, fragte er.

»Wer du bist.«

»Und wer bin ich?«

»Einer von ihnen.«

»Wie das?«, fragte Qoëlet, plötzlich verwirrt.

»Der Einarmige hat den toten Sohn, den er mir präsentiert hat in der Samoniosnacht, nicht wieder zum Leben erweckt. Zeig deinen Arm ... Hast du nicht ein Mal am Arm?«

Qoëlet schrak zusammen und dachte an jene Narbe, die er seit jeher an der Schulter trug, sowie an das, was Baul, der Brahmane, gesagt hatte, als er sie entdeckt hatte.

»Los! Zeig her!«, zischte la Reine Blanche mit einem bösen Grinsen.

Qoëlet, wie gelähmt, tat keinen Mucks.

»Willst sie mir nicht zeigen?«, beharrte die Alte weiter. »Macht nichts, in Wahrheit weiß ich's: Du trägst das Mal der *picote*, eine Wunde, die deine Mutter dir bei der Geburt beigebracht hat, du Sohn des Nichts! Ich hab lang gebraucht, bis ich's begriffen hab ... Aber vor der Weißen Königin kann man nichts verbergen. Die armen Schlucker haben mir alles gesagt. In der Nacht, in der du glaubst, du wärst geboren worden, hat jemand eine von ihren Frauen umgebracht. Ihr Kind ist verschwunden ... Du willst die Wahrheit? Da hast du sie! Du bist nicht das Kind des Wunders, du bist das des Verbrechens! Von unsrem edlen Herrn hast du nur den Namen, du Heidebastard!«

Kreidebleich hob Qoëlet die Hand, war drauf und dran, zuzuschlagen.

»Wie?«, rief die Weiße Königin, du verträgst die Wahrheit nicht, Sohn des Nichts? Los, schlag zu! Töt' mich, wie der Einarmige einst getötet hat. Wenn du nicht sein Blut hast, dann übernimm schon seine Verbrechen!«

Qoëlets Hand sank langsam nieder. So reglos im Körper wie aufgewühlt in seinem Geist betrachtete er das hassverzerrte Gesicht der steinalten Hexe. Ohne das geringste Wort hinzuzufügen, wandte er sich um und setzte, verwirrter den je, den Weg zum Hause Qoëlet fort. Wieder zurück in dieser Bleibe, die nicht die seine war, entblößte er noch aufrichtiger, noch kälter, als er je geglaubt hatte, dazu im Stande zu sein, seine Seele.

Ruhig und gelassen gab er jeglichem Ding sein Maß und sein Gewicht. Zählte und zählte erneut das Geld, die Monate, die Jahre, die Gründe zum Trauern, die Zufallsschläge – jene vollen Stunden des Schmerzes wie jene flüchtigen Momente von Glück oder Hoffnung, die ihn getroffen hatten.

Doch er konnte sich des Glaubens nicht erwehren, dass sich noch etwas Außergewöhnliches ereignen sollte. Dass sein Leben noch nicht vollendet war. Dass vor ihm noch eine unberechenbare Zeit zu leben lag. Eine Zeit zu fühlen. Eine Zeit zu hoffen. Und vielleicht eine Zeit, um an Wünschen erfüllt zu bekommen im Maße dessen, das ihm davon noch geblieben war. Das Alter konnte unmöglich nach ihm greifen, ohne dass sich in seinem Leben noch *etwas anderes* ereignete.

Kurz darauf fanden die Dorfbewohner die Tore des Schlosses verschlossen. Auf dem Rand des Brunnens lag ein Sack Gold, versehen mit einem Billett, in dem zu lesen war, dass es ihnen anheimgestellt sei, sich seinen Inhalt zu teilen.

Manche behaupteten in den folgenden Tagen, sie hätten den hinkenden Schatten des Herrn nach Einbruch der Nacht am Saum der Heide umherirren sehen. Einen Schatten, der trotz seines abgehackten Schritts über den Gräsern und Ginstern dahinzuschweben schien.

Dann nichts mehr. Kein Wort mehr. Keine Spur. Man fand sich mit seinem Fortgang ab, wie man sich mit seiner Rückkehr abgefunden hatte. Es zählte allein sein Gold, das auf der Stelle ausgegeben wurde. Als sie begriffen, dass er nicht wieder auftauchen würde, wagten sich einige bis zum Haus Qoëlet vor und begannen die verfallensten Teile des Gemäuers abzureißen, um in den Besitz der Steine zu gelangen. Neue Gehöfte wurden errichtet. Andere vergrößert. Von Qoëlet sprach man nicht mehr, doch sein Gold diente dazu, den Mörtel für die Mauern und die Balken für die Dachstühle zu bezahlen.

Der Winter kam. Man hatte den Heimkehrer vergessen. Alte Bauern erklärten jedoch, sie sähen an manchen Abenden bei Vollmond einen hinkenden Schatten umherstreifen. Halluzinationen? Legende? Man machte sich noch nicht mal die Mühe, ihnen zuzuhören. Wozu sich mit diesem Verrückten beschäftigen, der einige Sommer lang im Haus seiner Väter geblieben war und dann sein Vermögen im Stich ließ und verschwand?

Ja, eines Morgens war Qoëlet in Richtung Heide aufgebrochen. Er hatte das Schloss verlassen ohne einen Blick für die Steine, die ihn aufwachsen, die ihn altern gesehen hatten, die er nicht mehr aufrichten wollte. Man befand sich am Anfang des November. Jener Nebel, der die Leute aus dem Dorf so erschreckte, versperrte das Land. Er war auf einem Hohlweg, tief eingegraben zwischen zwei Weidenhecken, dahingeschritten, der sich vom Schloss entfernte. An der Stelle, wo der Weg sich gabelte, die eine Straße in Richtung Dorf und die andere nach dem Wald abzweigte, war er über einen Graben gesetzt. Vor ihm bedeckte die Heide bis hin zu den fernen Hafenstädten das Land, wogte in der Brandung eines weiten Westwinds, barbarisch, unberechenbar. Wie er sie so in Dunst getaucht vor sich sah, bot sie ihm den Anblick eines weiteren Ozeans. Ohne sich umzuwenden, begann er einfach geradeaus draufloszugehen.

Eine bleiche Sonne begleitete die Schritte des Reisenden. Dann erhob sich der Wind. Er schritt lange dahin, berauscht von der Meeresluft, die sich von Westen her in verrückten Böen ergoss, so lange, bis ihm schien, als sei er unterwegs nach einer ähnlich fernen Gegend wie Gondwâna, wohin er einst zum Preis so vieler Mühen gelangt war. Schließlich sah er durch den Nebel, der sich allmählich auflöste, schemenhaft einige Gestalten rund um ein Feuer, die Wand einer Hütte ... Wenige Männer, dann Frauen, Kinder und ein Greis, der sich bei seinem Nahen erhob. Sein langes Haar wehte im Wind, er trug ein Schaffell und Beinkleider aus Leder. In seiner Faust einen großen knorrigen Stock. Er winkte dem Reisenden und lud ihn mit einem Zeichen ein, sich zu ihnen zu setzen, als würde er ihn seit langem, seit jeher erwarten. Qoëlet trat näher. Endlich kehrte er zu den Seinen zurück. Die Weiße Königin hatte es gesagt; dort war der Anfang von allem. Dort würde das Ende sein.

Schnepfen und Brachvögel, Aale, Milch und Rindfleisch, Brotscheiben mit Wolfsfett und Ginsternektar wurden ihm zur Gewohnheit. Und das Lachen der Kinder, das offene Ohr der Alten. Weder Komfort noch Reichtum, doch ein Leben voller Einfachheit.

Er fischte in den Teichen, er pflegte die Kranken und entnahm den mageren Herden die *picote* unter den Blicken der Frauen, die ihn mit ihrem Neugeborenen in den Armen bereits erwarteten. Alle hatten auf der Schulter jene gleiche Narbe wie er … Alle nahmen die natürliche Ordnung wie einen Segen an.

Bei ihnen führte Qoëlet ein friedliches Leben. Den Blick ergriffen vom ewigen Wogen der Heide, wie ihm früher das Schauspiel des Ozeans eine Wohltat gewesen war, das Gesicht gestreichelt vom Wind, das Haar entknotet, so ließ er die Zeit dahinfließen, ohne sich um irgendein Morgen zu ängstigen.

Der Mann mit dem langen strohfarbenen Haar leitete diese Kolonie, irgendwo verloren inmitten von Heidekraut und Ginster, wohin sich kein Dorfbewohner wagte aus Furcht vor bösem Geschick. Die Seinen nannten ihn nur den Alten. Mit ihm betrachtete Qoëlet lange Stunden das geruhsame und gelassene Wogen der Vegetation. Ihre Worte waren rar. Die Lust, Seite an Seite unter der Sonne dahinzuwandern, genügte ihnen.

»Das ist eine Welt der Träume«, sagte Qoëlet zuweilen und hob die Augen zu dem strahlenden Gestirn.

»Dann lass uns träumen!«, antwortete der Alte mit einem Lächeln.

Süß war's für ihn, zu leben.

VIER

Im Alter liegt eine Langsamkeit, die bedrückend ist. Eine schleppende Ermüdung. Schmerzen, die an den Nerven zehren. Sie erschöpfen. Unbeholfenheiten, die verletzend sind.

Allmählich hatte sich die Ermüdung seines Körpers bemächtigt. Sein Schritt hatte an Sicherheit verloren. Seine Spaziergänge waren kürzer geworden. Seine Bewegungen hatten an Unschärfe gewonnen. Das hatte ihn kaum verwundert. Verwundert einen das Vergehen der Zeit?

Ruhig und gelassen hatte er dem langsamen Schauspiel des Schwindens seiner Kräfte so zugesehen, wie man den Ozean vom Strand zurückfluten sieht. Sein Herz in seiner Brust war seine auslaufende Brandung.

Und doch verstand er sich aufs Fischen und konnte sich noch einige Jahre allein ernähren. Er liebte es, in Begleitung des Alten Fisch zu stechen. Wie geschickt sie beide trotz ihres hohen Alters waren, erregte die Bewunderung der Jüngeren. Der Fisch zappelte durchbohrt an der Spitze des Speers, den er mit Mühe wieder herauszog. Für einen zweiten fehlte die Kraft. Das Auge wurde müde beim Versuch, die goldenen Reflexe der Tiere in der Strömung des Flusses zu erkennen. Die Beine wurden schwach. Er sagte sanft:

»Es ist gut …«

Er hatte seinen Fisch, das war genug.

Oft gingen sich die beiden in den Schatten großer Steine setzen, träumten in Schweigen, ließen ihren Geist ausschweifen – voller Verzückung. Qoëlet sprach immer noch vor allen.

Und der Ton seiner Stimme, die Weisheit seiner Worte erwarben ihm den Respekt seiner Gastgeber und den Titel eines Königs. Man erzog sich nach seinen Maximen. Man merkte sich seine Sprüche. Manche kennen sie noch heute.

Das Gedächtnis ist eine schreckliche, zuweilen grausame Gabe. Qoëlet verlor sie allmählich und mit ihm jeden Bruchteil seines Lebens. Seine Erinnerungen hatten sich eine nach der andern verflüchtigt. Zuerst die belanglosen Fakten. Reine Vergesslichkeiten. Die Stelle, wo er seine Pfeife hingelegt hatte. Der Name seines Landes. Der eines Menschen, dem er im Laufe seines Lebens begegnet war. Er hatte nicht darauf geachtet. Hatte das Ganze der Unaufmerksamkeit zugeschrieben.

Er hatte es an dem Tag begriffen, als er gezögert hatte, bevor ihm der Name wieder einfiel: nicht der seine, sondern der jener Frau, von der er all jene Jahre hindurch behauptet hatte, er würde sie über ihr Dahinscheiden hinaus lieben.

Desgleichen waren die Bilder, die Gerüche und die Laute seiner frühesten Kindheit unerbittlich aufgestiegen und desto tiefer wieder versunken. Alles Übrige war im Laufe der Jahreszeiten entglitten. Oder dem Lauf des Wassers gefolgt. Und doch lächelte der alte Mann, von allen Prüfungen ermüdet, von allem Ehrgeiz erlöst. Bald würde die tiefe Kälte seine Glieder erstarren lassen im Lehm der Erde. In Bälde das Vergessen von allem. Von seinem Fleisch. Von seinen intimsten Erinnerungen. In Bälde all dies, doch in seinem Herzen leuchtete noch immer die Flamme einer unabänderlichen Hoffnung: die Gewissheit eines möglichen Besseren, eines wundervollen Anderen.

Als Erster hatte der Alte bei dem Reisenden die Anzeichen einer gewissen Verwirrung des Geistes festgestellt. Er beklagte ihn nicht. Als Qoëlet die Erinnerung an die jüngsten Ereignisse zu verlieren begann, verhielt der Alte sich ihm gegenüber so, als vernähme er eine bestimmte Bemerkung oder Frage zum ersten Mal. Als Qoëlet sogar seinen eigenen Namen vergaß, erinnerte ihn der Alte von der Heide daran, ohne sich über die Frage zu verwundern.

»Der Geist geht, und der Geist kommt: Er tanzt, und daher dreht sich alles in unserem Kopf wie die Wolken am Himmel«, meinte Qoëlet in einem klaren Moment.

Er lächelte. Das Vergessen brachte ihn nicht aus der Ruhe. Ihm war, als löse er sich allmählich von sich selbst. Als sei er hundert andere. Dann ein Einziger. Dann ein Vogel, der am Himmel kreist. Ein Berg. Ein Fisch. Das Wasser des Flusses. Ein Lichtpartikel: das Gold des Himmels.

SECHS

Siehe, nun ist es Zeit.

Ein jeder hält noch einmal Abrechnung mit zitternden Fingern. Die angehäuften Erinnerungen treten über das Ufer des Gedächtnisses. So viele Jahre damit zugebracht, sich die Seele mit Bildern, mit Gesichtern, mit Gestalten zu füllen. Wohl denn! Dies ist die Stunde der Bilanz. Die Haut rissig vor Alter. Die Zähne wackelnd. Die Knochen schmerzend. Und dann? Was dann? Es bleibt nichts mehr zu tun. Alles ist gesagt. Man richtet nicht mehr auf, was gebeugt ist. So wenig, wie sich die entflohene Zeit einholen lässt.

Qoëlet zählte die Perlen des Rosenkranzes seiner raren Erinnerungen, den Blick verloren im Funkeln des Flusses. Das Gesicht der Gräfin von Lauragais verließ ihn nicht mehr. Die Jahre hatten ihrer Schönheit nichts angetan. Er erahnte ihre Anmut aus den Spiegelungen des Wassers. Ruhig und gelassen. Wie wäre ihr gemeinsames Leben verlaufen, wenn die Pocken sie nicht dahingerafft hätten? Heute, wo sein Gedächtnis so schwach war, fürchtete er sich nicht mehr davor, diese Vergangenheit des Traums zu errichten. Er erfand Freuden, glückliche Tage, Momente, so intim, dass man sie nicht erzählt …

Eines Morgens hatte er gespürt, dass der Tod nahte. Es war noch nicht ganz Tag geworden. Qoëlet erhob sich von seinem Lager und begab sich mit langsamen Schritten zu jenem Fels, an dem er so gern rastete. Ruhig und gelassen hatte er eine Hand auf das unerdenklich alte Gestein gelegt.

»Ein Jegliches hat seine Zeit«, hatte er gemurmelt.

Am Fuße des großen Felssteins weinte der Alte still vor sich hin. Mochten die Frauen und die Kinder ruhig seine Tränen sehen! Er hielt einen Stock mit Löwenkopfknauf in der Hand, drückte ihn liebevoll an seine Brust. Heute kann man ihn im *Musée départemental breton* in Quimper besichtigen. Auf einem Etikett ist zu lesen, dass ihn der berühmte Abenteurer René Madec, der vom Mogulkaiser Shâh Âlam II. um 1770 zum Nabob erhoben wurde, aus Indien mitgebracht hätte.

Nichts anderes wäre von Qoëlet erhalten geblieben, wenn ein ehemaliger Soldat der Grande Armée, als er zu Beginn der 1830er Jahre einen Morgen Heideland umpflügte, nicht sein Holzbein entdeckt hätte. Als er erfuhr, dass man in Périgueux eine Statue zu Ehren von General Baron Daumnesnil errichtete, unter dem er gedient hatte, versicherte dieser ehemalige Soldat der Grande Armée gegenüber der Stadtverwaltung, dass besagte Holzprothese eben General Daumnesnil gehört habe, dem nach der Schlacht von Wagram ein Bein amputiert worden war und der den Beinamen »das Holzbein« erhalten hatte. Er sandte sie den Magistraten der Stadt. Heute ist sie Bestandteil der Sammlungen des Militärmuseums von Périgueux.

So kam es, dass man heute Qoëlets Gehstock dem Indienabenteurer René Madec zuschreibt und Qoëlets Holzbein dem napoleonischen General Pierre Daumesnil. Beide Utensilien kann man, als Schenkung ausgestellt, in der Bretagne und in der Dordogne bewundern. Niemand – auch ich nicht – hat sich bis zum heutigen Tag vor diesen Objekten an seinen Namen erinnert.

NACHWORT

Am 14. Mai 1796 inokuliert der englische Arzt Edward Jenner einem Jungen die Erreger von Kuhpocken (engl. *cow-pox*), die er einem Bauernmädchen entnommen hat, in den Arm. Infolge dieser Operation bildet sich eine variolische Pustel, die jedoch ohne weitere Symptome wieder verschwindet. Von da an zeigt sich das Kind unempfindlich gegenüber den echten Pocken, mit denen der Experimentator es infiziert. Kurz darauf erscheint eine *Untersuchung über die Ursachen und Wirkungen der Variola vaccina, einer in bestimmten westlichen Grafschaften Englands, darunter Gloustershire, zu findenden Krankheit, bekannt unter dem Namen cow-pox.* Ihr Verfasser beschreibt darin, wie man sich auf sichere Art und Weise durch Inokulation der von der Kuh stammenden Variola in den Körper des Menschen gegen die furchtbare Pockenkrankheit schützen kann. Dr. Edward Jenner ist Arzt. Er hat sein Verfahren erfolgreich getestet. In England, wo man entdeckt hat, wie man den Skorbut der Seeleute durch die Zitrone besiegen kann, und wo man die Pockeninokulation seit fast drei Generationen praktiziert, glaubt man ihm ohne Bedenken.

Die Kunde von der Existenz eines unbestreitbar wirksamen Mittels, mit dem sich die Variola bekämpfen lässt, verbreitet sich so rasch wie ein Lauffeuer über die Kontinente, sie ist so verblüffend, wie es heute dic Entdeckung einer sicheren Behandlungsmethode gegen den Krebs wäre. Sofort wird die *Vakzination* (von lat. *vacca*, die Kuh) auch in anderen Ländern eingeführt: in Österreich, in der Schweiz, in Deutschland, in der

Lombardei, in Spanien … In Frankreich wird ein *Comité de la vaccine* gegründet. Auch Asien, der Orient und Amerika entdecken das fantastische Mittel zum Schutz gegen die Angriffe der Pocken.

Als der »gute Dr. Jenner« ein Vierteljahrhundert nach der Veröffentlichung seiner Schrift bescheiden und zurückgezogen stirbt, hat er von allen den Titel *Wohltäter der Menschheit* erhalten. Wenige Jahrzehnte später wird der französische Arzt Louis Pasteur zu Ehren jenes berühmten Vorgängers seine eigenen Entdeckungen als *vaccin* bezeichnen.

Nach dem Erfolg der von Jenner dargestellten Impfmethode signalisierten mehrere Personen aus den verschiedensten Teilen der Welt, dass sie Leute gekannt haben, die diese Methode bereits davor praktiziert hatten. Man zitierte den Fall eines Pastors aus dem Languedoc. Den eines britischen Bauern. In Gloucester, in Holstein, in Mecklenburg, im Elsass, überall, wo es besonders viele Rinderherden gab, hatte man beobachtet, dass Kuhpocken die Menschen dauerhaft immunisierten.

Im Paris des Konsulats erwähnte dagegen so gut wie niemand mehr das Thema Inokulation, das dreißig Jahre zuvor die Gemüter der Stadt so heftig erregt hatte. Wenn überhaupt, dann wurde dabei höchstens an den Namen La Condamine erinnert. Die meisten Persönlichkeiten des *Ancien Régime* hatte man schlicht vergessen.

Trotz ihrer gewaltigen Wirksamkeit als Schutz gegen die Variola löste die Vakzination aufgrund der zuweilen tödlichen Risiken, die sie in sich birgt, zahlreiche Polemiken aus. So hatte Leo XIII, Papst von 1878 bis 1903, erklärt: »Jeder, der die Vakzination vornimmt, hört auf, ein Sohn Gottes zu sein: Die Variola ist eine von Gott gewollte Strafe, die Vakzination eine Herausforderung gegen den Himmel.« Andere haben außerdem befürchtet, sie würde Syphilis, Krebs, Ekzeme, Skorbut oder die Lepra übertragen.

Die Verächter des Verfahrens fanden jedoch kein Gehör, und die Pockenschutzimpfung wurde auf der ganzen Welt weiter betrieben. In Frankreich wurde sie im Jahr 1902 als obligatorisch erklärt. Die letzte Epidemie hat es 1955 in Vannes gegeben. Sie war durch die Rückkehr von Soldaten aus Indochina ausgelöst worden, wo diese sich mit der Krankheit angesteckt hatten.

Im XX. Jahrhundert hat die Variola den Tod von dreihundert Millionen Menschen verursacht. Der letzte Fall wurde 1977 in Somalia beobachtet. Am 8. Mai 1980 hat die Weltgesundheitsorganisation (WHO) die Krankheit als auf der Erde ausgerottet erklärt. Von da an wurde das Programm der Pockenschutzimpfung der Bevölkerung ausgesetzt. Eine der furchtbarsten Geißeln der Menschheit war besiegt.

Bis zum heutigen Tag existieren offiziell noch zwei Stämme des Virus'. Der eine wird in einem amerikanischen Labor, der andere in Russland aufbewahrt. Die Befürchtung von Attentaten mit dem Variola-Virus hat jedoch die Diskussion über die Pockenschutzimpfung wieder neu zum Thema gemacht. Die Krankheit wird nämlich gleichbedeutend mit den nuklearen und chemischen Waffen zu den zwölf Hauptgefahren für die Menschheit gezählt. Diese Aussicht hat die Gesundheitsbehörden verschiedener industrialisierter Länder dazu veranlasst, die in ihren Lagern vorrätigen Einheiten an Antipocken-Impfstoff ebenso aufmerksam wie die möglichen Besitzer von Stämmen dieses Virus' zu erfassen. Überall auf der Erde wurden die Impfstofflager seither wiederhergestellt und durch Verdoppelung der Dosen vermehrt.

Im Jahr 2002 hat der amerikanische Präsident George W. Bush, während er seinen Plan zum Schutz gegen einen terroristischen Pockenangriff der Öffentlichkeit vorstellte, seine Entscheidung bekannt gegeben, er werde sich gemeinsam mit sämtlichem militärischen Personal der Vereinigten Staaten impfen lassen. Europa gelangte dagegen zu dem Urteil, dass die mit einer Massenimpfung gegen Pocken verbundenen Risiken derzeit größer sind als die einer möglichen Epidemie. Man muss nämlich wissen, dass die Pockenschutzimpfung nicht völlig gefahrlos ist. Die Möglichkeit von Komplikationen wird auf 1:5000 geschätzt. Durch Studien, die durchgeführt wurden, als die Krankheit noch grassierte, wurde außerdem nachgewiesen, dass die Isolierung der Erkrankten nach wie vor das sicherste Mittel ist, um jede Verbreitung des Virus' zu verhindern.

Ein Jegliches hat seine Zeit. Daher kann man davon ausgehen, dass heute aufgrund des Fehlens eindeutiger Pockenfälle die Impfung riskanter wäre als der Verzicht auf sie.

GLOSSAR

d'Alembert, Jean le Rond (1717–1783) – Mathematiker, anfangs Mitherausgeber der *Encyclopédie*, stellte seine Mitarbeit nach dem siebten Band ein.

Baron Grimm, eigentlich Friedrich Melchior Grimm – Diplomat, Journalist und engster Freund Diderots. Galt als einer der ganz wenigen Deutschen, die des Französischen wirklich mächtig waren.

Bernoulli, Daniel (1700–1782) – erwarb 1721 einen medizinischen Titel, wurde aber wie sein Bruder Professor für Mathematik in Sankt Petersbourg, erhielt später einen Ruf nach Paris.

Bonneval, Claude Alexandre Comte de (17675–1747) – war ein französischer Adliger, Soldat und Abenteurer, entstammte einer alten Familie aus dem Limousin und trat schon mit 13 dem königlichen Marine-Korps bei. Bot nach vorübergehender Gefangennahme wegen Disziplinlosigkeit seine Dienste erfolgreich dem Osmanischen Reich an.

Bussy, Charles Joseph Patisissier de Bussy-Castelnau (1718–1785) – französischer General.

Daumnesnil, Pierre (1777–1812) – General unter Napoleon I.

Diderot, Denis (1713–1784) – französischer Philosoph, Schriftsteller und treibende Kraft der *Encyclopédie.*

Duclos, Charles Pinot, Sieur de (1704–1772) – französischer Historiograph und Romancier bretonischer Herkunft, protegiert von Marquise de Pompadour und Madame de Tencin; Voltaires Nachfolger als »Historiographe de France«. 1755 wurde er geadelt und im gleichen Jahr ständiger Sekretär der *Académie française*. Duclos pflegte enge Kontakte im Rousseau und d'Alembert, stand bei Ludwig XV. in hohen Ehren. Er verfasste ein umfangreiches historisches Oeuvre, aber auch verspielte Rokoko-Romane.

Dupleix, Joseph-François (1698–1763) – französischer Gouverneur von Bengalen, Vize-König von Indien.

Fürst von Ligne (1735–1804) – Charles-Joseph Fürst de Ligne, niederländischer Feldmarschall in österreichischen Diensten, Diplomat, Historiograph und internationaler *homme de lettres*, korrespondierte mit Voltaire, Friedrich dem Großen, Goethe, Wieland. Seine Gemahlin war Françoise Marie Xavière Fürstin von Liechtenstein.

Hénault, Charles-Jean-François – wohlhabender Advokat, erst Rat, dann Präsident des Parlement de Paris, aufklärerischer *homme de lettres*, Tragödiendichter und Historiograph, führte einen politisch-literarischen Salon, in dem u. a. Abbé de Saint-Pierre, Montesqiueu, Marivaux, Voltaire, Madame de Pompadour und Madame du Deffand verkehrten.

Herzog und Herzogin von Burgund – Louis Duc de Bourgogne, Dauphin de France (1682–1712) und seine Gemahlin Marie Adelaide von Savoyen.

Jenner, Edward (1749–1823) – Landarzt aus Gloucestershire, England. Erkannte die immunisierende Wirkung einer überstandenen Erkrankung an Kuhpocken gegen die menschliche Form der tödlichen Pocken.

La Condamine, Charles Marie de (1701–1744) – französischer Gelehrter, Astronom und Weltreisender, Freund Voltaires, fuhr 1744 als erster Wissenschaftler den Amazonas entlang.

Lally, Comte Thomas Arthur de – französischer General, 1766 in einem Prozess wegen der Niederlage Frankreichs in Pondichéry zum Tode verurteilt, postum dank Voltaire rehabilitiert.

Madec, René (1736–1794) – bretonischer Matrose und Abenteurer, der schon mit elf Jahren auf einem Schiff der *Compagnie des Indes* anheuerte, am Krieg gegen die Engländer teilnahm und schließlich in Indien eine eigene Armee gründete. Von Ludwig XV geadelt.

Marschall von Sachsen – Hermann Moritz von Sachsen (1696–1750), deutscher Feldherr, in Frankreich als *maréchal de Saxe* populär geworden, da er sich durch sensationelle militärische Erfolge in französischen Diensten unter Ludwig XV im Feldzug von Flandern gegen die Engländer auszeichnete (1745 Sieg bei Fontenoy, 1746 Sieg bei Roucoux, wodurch Flandern und die Niederlande unter französische Herrschaft fielen).

Maupéou, René Charles Augustin de (1714–1797) – Präsident des Gerichtshofes von Paris, 1768 Justizminister (Kanzler) von Frankreich.

Musaffar Jang – Muhi ad-Din Musaffar Jang, 1750/51 muslimischer Herrscher (=Nizâm) des Fürstenstaates Hyderabad.

Quesnel, Pasquier (1634–1719) – einer der bedeutendsten Theoretiker des Jansenismus, publizierte ein *Nouveau Testament en français* und dazu von 1687–1708 immer umfangreichere *Réflexions morales sur chaque verset.* Papst Clemens XI verurteilte in der Bulle *Unigenitus* (1713) die jansenistische Bewegung insgesamt und insbesondere 101 Thesen aus Quesnels Schriften, die daraufhin von den Jansenisten erst recht zu zentralen Glaubensartikeln erhoben wurden.

Rhazes, Muhammed Ibn Skarijja (865–932) – bedeutender persischer Arzt und Gelehrter, der zahlreiche medizinische Handbücher und Schriften über Pocken und Masern verfasste.

Saint-Pierre, Abbé Charles-Irénée Castel de (1658–1743) – Mitglied der Academie Française, Verfasser eines Traktats mit dem Titel *Projet pour rendre la paix perpétuelle en Europe* (Projekt zur Schaffung ewigen Friedens in Europa), Paris 1712 (Neuausgabe Paris 1981), gilt als erster Visionär eines friedlichen und vereinten Europas.

Salabat-Jang, Asaf ad Daula Mir Ali Salabat Jang – Großmogul von Hyderabad, 1751 mit französischer Hilfe zum Mogulkaiser erhoben, daher mehr an Kooperation und lukrativen Geschäften mit den Franzosen als an Machtausweitung interessiert.

Tronchin, Théodore – Arzt, stammte aus einer Familie in der Champagne, 1739 in Amsterdam, 1754 in Genf, ab 1766 Leibarzt des Herzogs von Orleans, ferner Leibarzt von zahlreichen Berühmtheiten wie Voltaire.

Vauvenargues, Marquis de (1715–1747) – Luc de Lapiers, geboren in Aix-en-Provence, musste 1744 den Waffendienst quittieren, lebte anschließend in Paris und schrieb seither philosophische Traktate.

Agulhasbank ... Nadelkap – südlichster Punkt Afrikas und die flachen Gewässer vor der Küste, wo sich der Atlantische und der Indische Ozean treffen.

Begum – Bezeichnung einer indischen Fürstin.

Bourbon – Ile de Bourbon, früherer Name von La Réunion.

cipayes – indische Soldaten im Dienst der französischen Armee.

chalingue – alte portugiesisch-französische Bezeichnung kleiner indischer Fischerboote aus der Gegend der Koromandel- und Malabarküste.

Conseil supérieur de Pondichéry – oberste Regierungs- und Verwaltungsinstitution der französischen Besitzungen in Indien unter Vorsitz des Generalgouverneurs; die Räte darin vertraten besonders ihre kommerziellen Interessen als Reeder, Kaufleute und Großgrundbesitzer der *Compagnie française des Indes orientales* (französisch-ostindische Handelskompagnie).

Encyclopédie – *Encyclopédie ou Dictionnaire raisonné des Sciences, des arts et des métiers,* Standardenzyklopädie der französischen Aufklärung, 1751–1789 in 35 Bänden hrsg. von Diderot und d'Alembert, stark antiklerikale Ausrichtung, daher ständig von Verboten bedroht.

Gondwâna – »Land der Gond«, benannt nach den indischen Ureinwohnern, zusammenhängender Großkontinent aus der Frühzeit der Erde, der zwischen Präkambrium und Mesozoikum Südamerika, Afrika, Antarktika, Australien, Madagaskar und Indien umfasste.

Kapitulationen – die mit dem französischen König Franz I. im Jahr 1536 geschlossenen »Kapitulationen« (»kapitelweise« aufgestellte Verträge) waren die ersten einer Reihe von Handelsabkommen, die der osmanische Sultan Süleyman der Prächtige (1520–1566) mit europäischen Staaten zur Ausweitung seines Machteinflusses durch den Außenhandel schloss. Die Verträge vereinbarten Freie Schifffahrt und freien Handel zwischen beiden Reichen sowie uneingeschränkte Gerichtsbarkeit der französischen Konsuln über französische Staatsbürger auf osmanischem Boden; für Franz I. bildeten diese »Kapitulationen« zugleich eine militärische Allianz, erstmals mit einem muslimischen Reich, im Krieg gegen Kaiser Karl V.

Mai-Inseln – alter Name der »Inseln unter dem Wind« der Kapverdischen Inseln.

Nabob – Bezeichnung des Provinzgouverneurs in Indien.

Parlement de Paris – seit dem Mittelalter bis 1790 bestehendes oberstes königliches Tribunal oder »Parlamentsgericht« in Frankreich, das auch die Verordnungen des Königs zu registrieren hatte und ihnen Gesetzeskraft verlieh.

Nouvelle France – Neufrankreich, von 1534–1763 französische Besitzungen in Kanada und Nordamerika zwischen dem St. Lawrence-Strom und Mississippi-Tal, Hudson Bay und Golf von Mexiko; ab 1608 offizielle französische Kolonie, 1663 von Ludwig XV zum französischen Staatsgebiet erklärt, fiel am Ende des Siebenjährigen Krieges unter britische Herrschaft.

Radscha – indischer Fürstentitel.

Râj Gond – vollständiger Name der Ureinwohner Indiens.

Redoute – Festungswerk in Form einer geschlossenen Schanze.

Schlacht von Wagram – Am 5./6. Juli 1809 hielt Napoleon in der niederösterreichischen Stadt den Angriffen von Erzherzog Karl von Österreich stand.

sepoys – indische Soldaten im Dienst der britischen Indien-Armee.

Unberührbare – Angehörige der niedrigsten Kaste Indiens.

Vandavachy (Wandiwash) – Schlacht bei Wandiwash, in der die Briten 1760 die französischen Truppen vernichtend schlugen und danach – durch die Einnahme und Zerstörung von Pondichéry 1761 – die französischen Träume eines »französischen Indiens« zunichtemachten.

INHALT

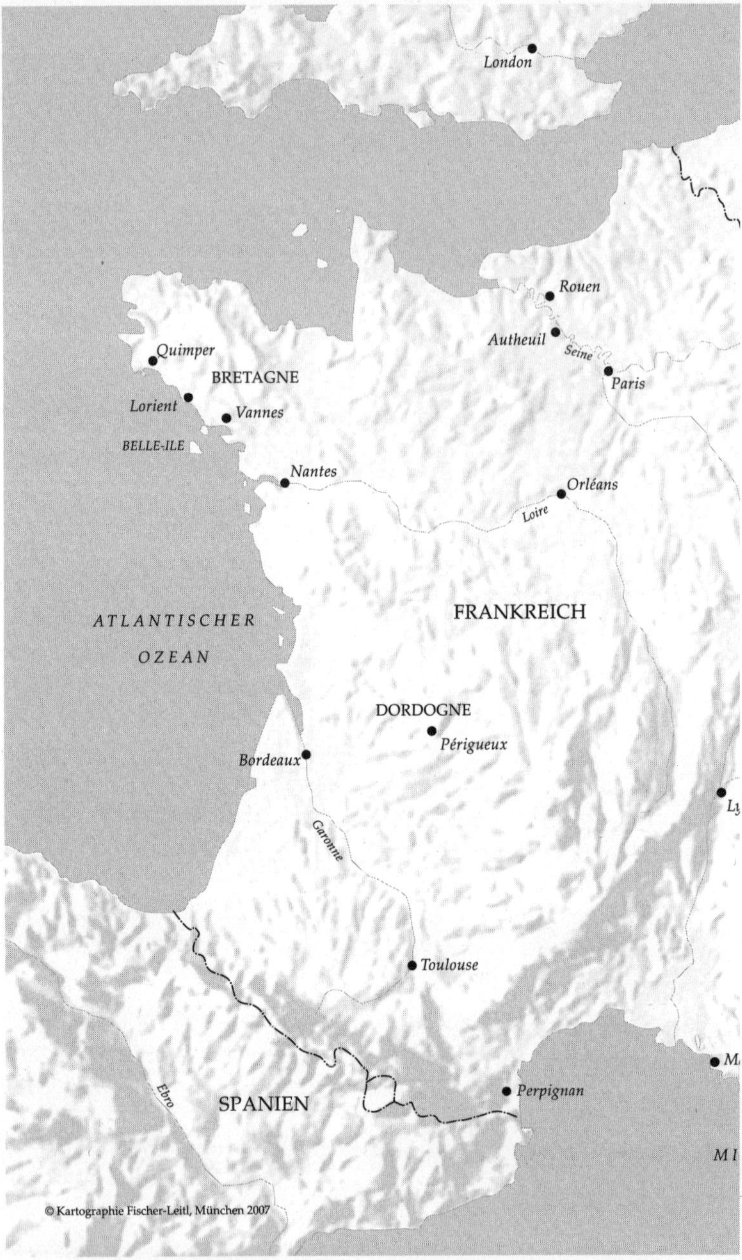

London
Rouen
Autheuil
Seine
Paris
Quimper
BRETAGNE
Lorient
Vannes
BELLE-ILE
Nantes
Orléans
Loire
FRANKREICH
ATLANTISCHER
OZEAN
DORDOGNE
Périgueux
Bordeaux
Garonne
Toulouse
Perpignan
Ebro
SPANIEN
© Kartographie Fischer-Leitl, München 2007

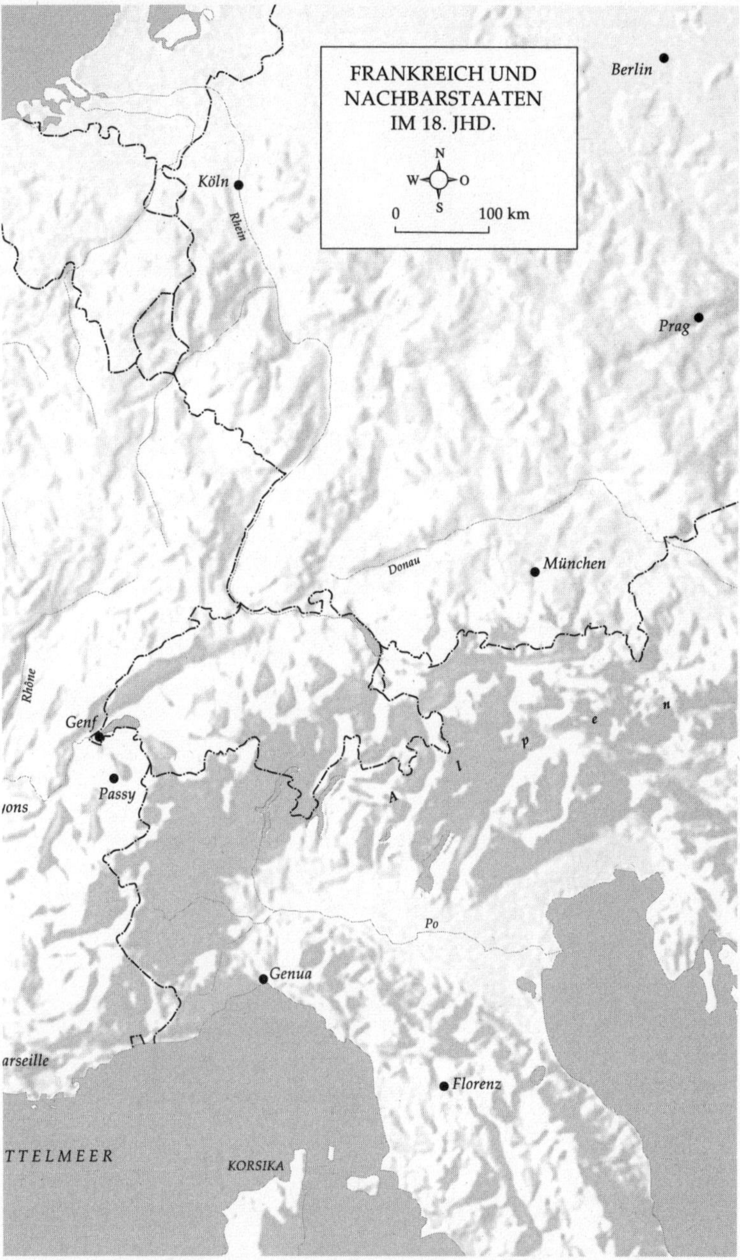
FRANKREICH UND
NACHBARSTAATEN
IM 18. JHD.
N
W
O
S
0
100 km
Berlin
Köln
Rhein
Prag
Donau
München
Rhône
Genf
Passy
yons
A
l
p
e
n
Po
Genua
arseille
Florenz
TTELMEER
KORSIKA

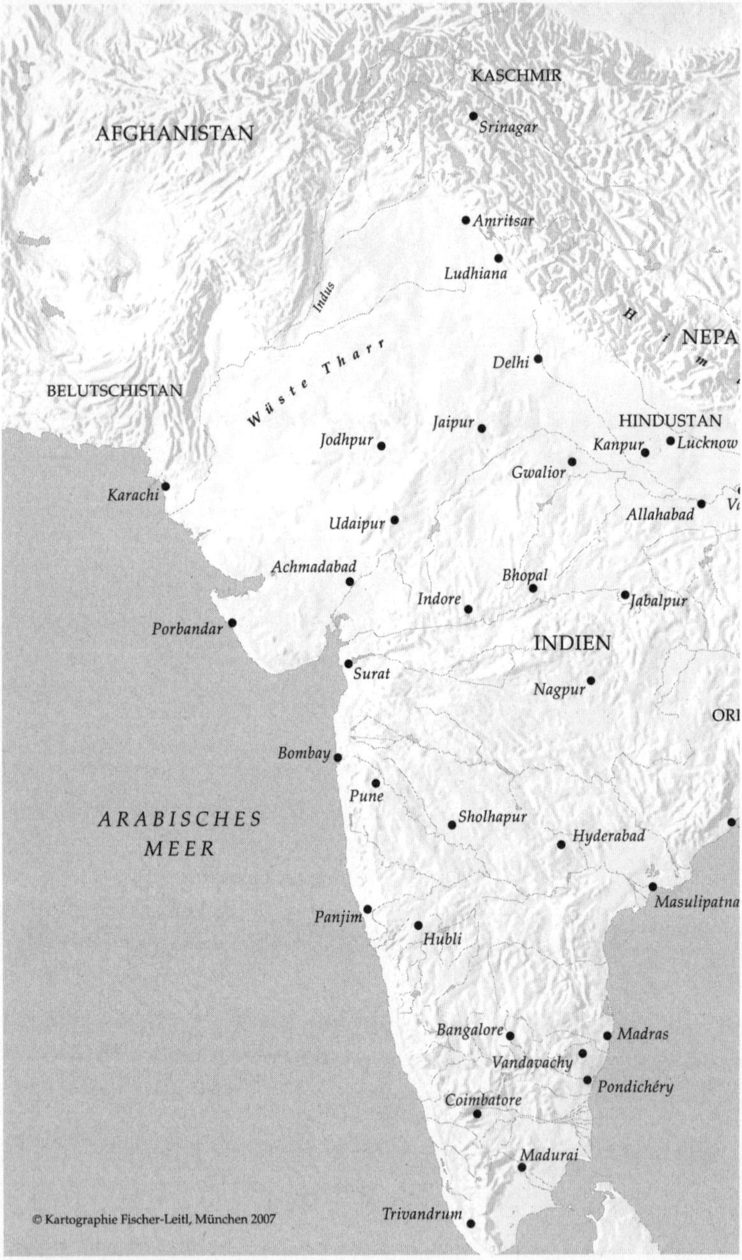
KASCHMIR
Srinagar
AFGHANISTAN
Amritsar
Ludhiana
Indus
H i m
NEPA
Wüste Tharr
Delhi
BELUTSCHISTAN
HINDUSTAN
Jaipur
Jodhpur
Kanpur
Lucknow
Gwalior
Karachi
Allahabad
Udaipur
Achmadabad
Bhopal
Indore
Jabalpur
Porbandar
INDIEN
Surat
Nagpur
ORI
Bombay
Pune
ARABISCHES
MEER
Sholhapur
Hyderabad
Masulipatna
Panjim
Hubli
Bangalore
Madras
Vandavachy
Pondichéry
Coimbatore
Madurai
Trivandrum
© Kartographie Fischer-Leitl, München 2007

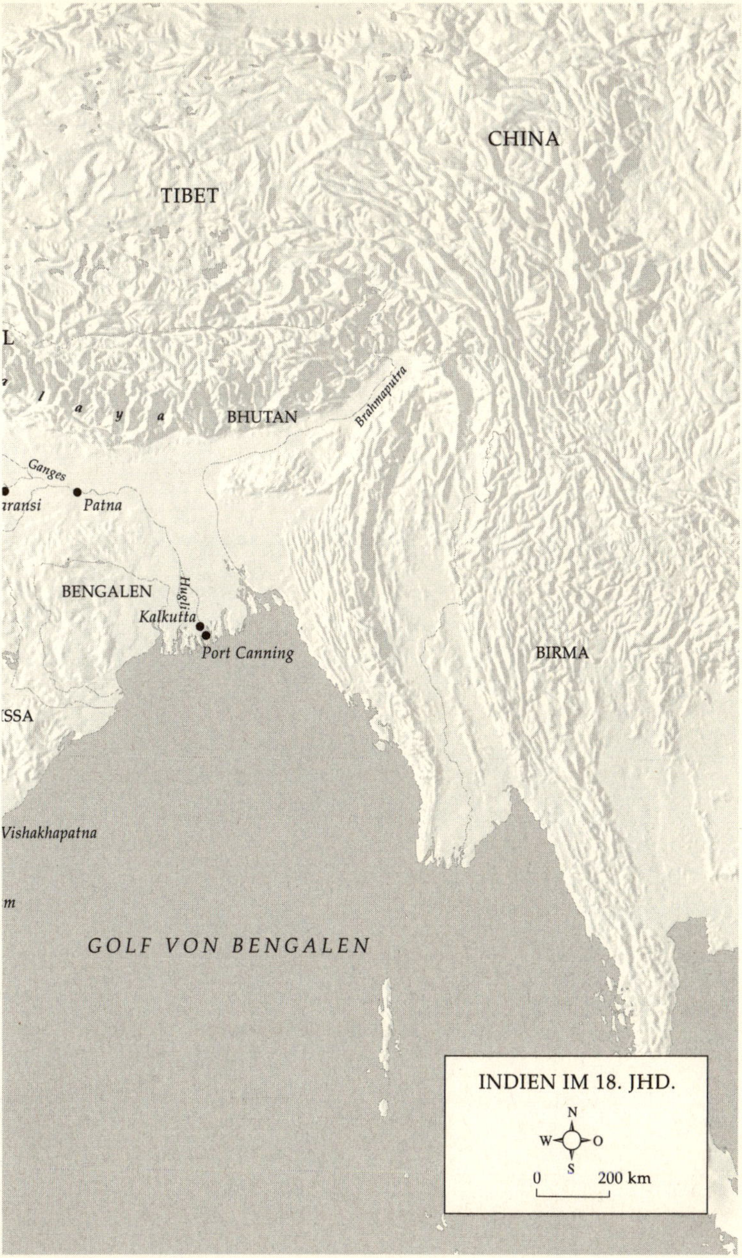

CHINA
TIBET
L
l
a
y
a
BHUTAN
Brahmaputra
Ganges
aransi
Patna
Hugli
BENGALEN
Kalkutta
Port Canning
BIRMA
ISSA
Vishakhapatna
m
GOLF VON BENGALEN
INDIEN IM 18. JHD.
N
W
O
S
0
200 km